LOUISE BAY

Mister Park Lane

Die Romane von Louise Bay bei LYX:

Kings of New York:
1. King of New York
2. Park Avenue Prince
3. Duke of Manhattan
4. Earl of London

Kings of London:
1. King of London
2. London Gentleman
3. London Prince
4. London Heartbreaker
5. Lord of London

Mister-Reihe:
1. Mister Mayfair
2. Mister Knightsbridge
3. Mister Smithfield
4. Mister Park Lane

Außerdem erschienen:
New York Affair
A CEO for Christmas *(exklusiv als E-Book)*

Weitere Romane der Autorin sind bei LYX in Vorbereitung.

LOUISE BAY

MISTER PARK LANE

Roman

Ins Deutsche übertragen
von Wanda Martin

LYX

LYX in der Bastei Lübbe AG
Dieser Titel ist auch als E-Book und als Hörbuch erschienen.

Die Originalausgabe erschien 2021 unter dem Titel »Mr. Park Lane«.

Dieses Werk wurde vermittelt durch die Literarische Agentur
Thomas Schlück GmbH, 30161 Hannover.

Für die deutschsprachige Ausgabe:

Textredaktion: Antje Steinhäuser
Umschlaggestaltung: © Guter Punkt, München | www.guter-punkt.de
unter Verwendung von Motiven von iStock (© ismagilov/DeanDrobot)
und iStock/Getty Images Plus (© kukurikov; © Manuel Hernandez Moya)
Satz: Greiner & Reichel, Köln
Gesetzt aus der Adobe Caslon
Druck und Verarbeitung: GGP Media GmbH, Pößneck
Printed in Germany
ISBN 978-3-7363-1867-0

1 3 5 7 6 4 2

Sie finden uns im Internet unter lyx-verlag.de
Bitte beachten Sie auch: luebbe.de und lesejury.de

Liebe Leser:innen,

in diesem Buch sind exklusive Deleted Scenes
aus der Originalausgabe enthalten. Die Bonusszenen
findet ihr in den Kapiteln 7, 9 und 38.

Wir wünschen euch viel Spaß beim Lesen!

Euer LYX-Verlag

1. KAPITEL

HARTFORD

Mit neunundzwanzig Jahren hatte ich als Ärztin einige der trostlosesten Orte der Welt bereist und dort gearbeitet, aber allein der *Gedanke* an Joshua Luca ließ mich meine schwitzigen Handflächen an der Jeans abwischen und wünschen, ich bekäme meinen rasenden Herzschlag unter Kontrolle.

Zwar hatte ich ihn seit über einem Jahrzehnt nicht gesehen, doch Joshua konnte mich immer noch nervös machen – was ich hasste.

Nicht, dass wir je zusammen gewesen wären.

Nicht, dass ich mich die ganzen Jahre nach ihm verzehrt hätte.

Nicht, dass er mir überhaupt je Beachtung geschenkt hätte. Jedenfalls ganz sicher nicht auf die Art, wie ich sie ihm geschenkt hatte.

Joshua war fast schon wie eine Manie gewesen, bis ich mir mit siebzehn das Bein brach und den Teenagerschwärmereien endgültig abschwor. Über Nacht wurde ich erwachsen und verabschiedete mich von meiner albernen Verknalltheit.

Ich hatte diese alten Gefühle ganz vergessen, bis meine Mum verkündete, sie habe dafür gesorgt, dass ich ein paar Monate bei Joshua wohnen könne, bis ich wieder »auf die Beine« käme – eine unbeabsichtigte Ironie angesichts des Gipses an meinem linken Bein. Ich fing keine Diskussion an. Es lohnte sich nicht, ihr zu erklären, dass es, nachdem ich es auch geschafft hatte, in einem Kriegsgebiet zurechtzukommen, ja wohl das reinste Zuckerschlecken sein dürfte, mich in London einzuleben.

Zucker. Mein schmerzlich vermisster Freund. Zuckerzeug hatte es in dem Außenposten von *Médecins Sans Frontières* im Jemen, wo ich im Einsatz gewesen war, selten bis gar nicht gegeben. Sobald ich meine Tasche abgestellt und geduscht hätte, würde ich mich auf die Jagd nach so etwas wie Zitronenkuchen machen. Mit Streuseln obendrauf.

Ich sollte versuchen, mich ganz auf Gebäck und solche Dinge zu konzentrieren. Alles, nur nicht die Erinnerung an Joshuas sonnengesträhntes Haar im Sommer. Seine langen, schlanken, gebräunten Beine. Daran, wie immer ein Grübchen auf seiner linken Wange erschien, wenn meine Schwester in der Nähe war. Das stets die Lippen umspielende Lächeln, das andeutete, dass er immer für einen Scherz zu haben war. Und wenn er mal Ärger hatte, schaffte er es mit seinem gelassenen Selbstvertrauen, sich herauszureden, bis ihm verziehen wurde. Meinem Teenager-Ich war er wie ein Gott vorgekommen.

Ich war mir nicht sicher, ob er sich überhaupt an mich erinnern würde. Vielleicht an die Monobraue? Die Zahnspange?

Unsere Eltern waren schon so lange ich denken konnte miteinander befreundet. Joshua war genauso alt wie mein Bruder. Meine Schwester war ein Jahr jünger, und zu meinem ewigen Frust war ich das Küken. Das Küken, das in den besten Freund des großen Bruders verknallt war.

Bei ihren Tennismatches und Gesprächen über Mädchen war ich bloß die Zuschauerin am Rand gewesen. Fast schon so, als gehörte ich zur Ausstattung – zur Kulisse von Joshuas und meines Bruders Sommern. Ganz im Gegensatz zu meiner älteren Schwester Thea, die sich den Jeansminirock-Trend zu eigen gemacht hatte, als wäre sie ein fünfundzwanzigjähriges

Supermodel. Thea stand immer im Mittelpunkt. Ich sah zu, wie sie kichernd vor Joshua herumwirbelte, der darauf mit frechem Gegrinse und vorgeschobenen Schmolllippen reagierte. An Thea würde er sich auf jeden Fall erinnern. Im Gegensatz zu meiner leicht zu vergessenden, unscheinbaren Wenigkeit.

Nie hatte ich einer Menschenseele von meiner Schwärmerei für Joshua erzählt. Und mit siebzehn schluckte ich sie hinunter, entschlossen, sie für immer an einen dunklen Ort tief in meinem Innersten zu verbannen.

Jetzt wo ich am Flughafen stand und ihm gleich von Angesicht zu Angesicht gegenüberstehen würde, lief ungewollt ein Schauer über meine Haut und brachte meinen Puls ins Stocken.

Mein Handy brummte. Ich verließ die Warteschlange, um das Handyverbot nicht zu missachten. Der Anruf kam von meiner Mum. Ich ließ die rechte Krücke los und entsperrte das Smartphone.

»Bist du gelandet, Darling?«

Wenn man in Kriegsgebieten arbeitete, sorgten sich die Eltern ständig um einen. Mir machten Kriegsgebiete keine Angst. Wiedersehen hingegen schon.

»Yep. Geh gleich mein Gepäck holen. Kann ich dich anrufen, wenn ich bei Joshua zu Hause angekommen bin?«

»Natürlich. Marian meinte, die Wohnung sei wunderschön. Er ist so ein lieber Junge. Besitzt sein eigenes Unternehmen, eine Marketingagentur. Hat ihnen übrigens gerade ein neues Auto spendiert.«

Ich hatte inzwischen schon mindestens dreimal von dem neuen Auto erzählt bekommen. »Ja. Der Lexus. Ich weiß.« Ich würde nie eine Tochter sein, die ihren Eltern ein brandneues Auto spendierte. So viel Geld verdiente ich nicht. Und selbst wenn – sie brauchten gar keins.

»Er ist überaus erfolgreich. Absolut verlässlich. Sicher wartet er schon auf dich.«

»Ich hätte doch mit dem Heathrow Express in die Stadt fahren können.« Die Vorstellung, dass Joshua sich meinetwegen Umstände machte, passte mir gar nicht. Sicherlich hatte er mitten an einem Dienstag Besseres zu tun, als für mich den Chauffeur zu spielen.

»Du hast ein gebrochenes Bein, Hartford«, sagte Mum in ihrem Keine-Widerrede-Tonfall. Sobald ich meinen Eltern verkündet hatte, dass ich nach London zurückkehren würde, hatte meine Mutter mit ihrem ständigen Einmischen noch einen Gang höher geschaltet. Ich wusste, dass es ein Ausdruck ihrer Erleichterung war. Nach drei Jahren im Ausland würde ich nur noch ein paar Stunden entfernt sein statt mehrere Zeitzonen weit weg. Jetzt wo ich wieder zurück war, würde ich besser darin werden müssen, ihren gut gemeinten Hilfsattacken zu entkommen.

Über die Schulter blickte ich zu der Menschenmenge, die den Gang entlang Richtung Warteschlange drängte. Soeben musste ein Flug gelandet sein, und ich wollte nicht hinter all diesen Leuten feststecken. »Ich sollte ihn nicht warten lassen. Ich melde mich später bei dir.«

»Richte Joshua liebe Grüße aus, und ruf mich an, wenn du angekommen bist.«

Da hatte ich meinen Gesprächseinstieg mit Joshua. Ich konnte ihm sagen, dass ich mit meiner Mutter telefoniert hatte und ihm liebe Grüße von ihr ausrichten solle.

Ich stellte mich wieder in die Warteschlange und sagte mir, wenn ich es schaffte, bei brütender Hitze kranke Kinder auf Feldbetten zu behandeln, käme ich auch mit Joshua Luca klar.

Gar. Kein. Ding.

Als die Türen hinaus zum Ankunftsbereich aufglitten, suchte ich den Halbkreis aus Taxifahrern mit Schildern in den Händen und Menschen, die auf ihre Angehörigen warteten, ab. Ein Stück hinter der Menge, als wäre ein Scheinwerfer auf ihn gerichtet, stand Joshua mit gesenktem Kopf an einen Pfeiler gelehnt und guckte konzentriert auf sein Handy.

Heiß knisterndes Verlangen keimte in meiner Brust auf. Ich musste mich daran erinnern weiterzuatmen. Er war immer noch umwerfend. Und das machte mich rasend. Ich hatte meine Schwärmerei für Joshua vor langer Zeit abgelegt und wollte weiß Gott nicht wieder damit anfangen. Das konnte nur Ärger einbringen. Neuen Ärger.

Seine Schultern waren breiter geworden, aber das dunkelblonde Haar neigte noch immer dazu, perfekt verwuschelt auszusehen. Und dieses unwiderstehliche Selbstvertrauen? Das war immer noch aus zehn Metern Entfernung wahrnehmbar.

Er schaute hoch und sah mir direkt in die Augen, als könnte er meine Gedanken hören. Ich spürte sein schiefes Lächeln zwischen den Beinen.

Vagina, du Verräterin.

Ich grinste und ging auf ihn zu, als hätte ich ihn gerade eben erst in der Menge entdeckt und würde nicht von ihm angezogen werden wie der Blitz von einem Metallmast.

»Hallo.« Ich legte den Kopf in den Nacken, um ihn anzusehen.

Er nahm sich Zeit, den Blick langsam und ungeniert über meinen Körper wandern zu lassen, einmal von Kopf bis Fuß und wieder hinauf, wobei er auf dem Rückweg bei meinen Lippen und Wangen verweilte. »Hartford?«

Sollten wir uns Küsschen geben? Auf eine Wange oder auf beide? Uns umarmen? Warum kam ich mir so unbeholfen vor?

Neunundzwanzig, rief ich mir in Erinnerung.

Ärztin.

Sich in Joshua Luca zu verknallen bringt nichts als Ärger.

Ich zog ihn in eine einhändige Umarmung, wobei ich mich ungelenk mit einem Bein auf die Zehenspitzen stellte, damit ich seinen Hals umfassen konnte. Er versteifte sich kaum merklich, ehe er die Umarmung erwiderte.

»Schön, dich zu sehen«, sagte ich in Richtung seines Haaransatzes.

Ich konnte durch die Jacke spüren, wie seine große Hand fast meinen gesamten unteren Rücken umspannte. Und dieser Duft? Den hatte ich vergessen. Was war das, und wie konnte es sein, dass der in all den Jahren unverändert geblieben war?

Ohne zu fragen, nahm er mir den Rucksack ab, als wöge er nichts, und schwang ihn sich über die Schulter. »Ist das alles? Sonst kein Gepäck?«

Ich zuckte mit den Schultern. »Nope. Nur ich.«

Er nickte Richtung Ausgang, und ich folgte ihm. »Was ist mit deinem Bein passiert?«

Ich blickte hinunter auf meinen Gips, als müsste ich nachsehen, welches Bein er meinte. »Ach, nichts. Bloß ein Unfall.« Ich wollte nicht näher darauf eingehen. Ich wollte nur, dass es verheilte. Und zwar schnell. Damit ich wieder arbeiten konnte. »Erzähl mir von dir, Joshua Luca. Was hast du so gemacht, seit wir uns zum letzten Mal gesehen haben?«

Wieder warf er mir sein typisches Lächeln zu. »Wann haben wir uns denn das letzte Mal gesehen?«

»Ich weiß nicht mehr …«

Ich wusste es ganz genau. Ich weigerte mich, daran zu denken, was nach meinem Unfall passiert war. Noch jahrelang grübelte ich über die Nacht nach, in der ich mir das Bein gebrochen hatte. Joshua war meinen Bruder abholen gekommen, bevor sie zu einer Silvesterparty loszogen. Er war im zweiten Studienjahr an der Uni gewesen und gerade zwanzig geworden. Dank der neuen Bartstoppeln an seinem Kinn und des flachen, durchtrainierten Bauchs, den er unabsichtlich zur Schau gestellt hatte, als er nach der Jacke meines Bruders griff, war mir unser Altersunterschied so bewusst wie noch nie gewesen, während ich ihn vom oberen Ende der Treppe aus beobachtete. Er war zum Mann geworden, und ich kam mir immer noch vor wie ein Kind. Höchstens dreißig Sekunden lang hatte ich einen Blick auf ihn erhascht, aber der war in mein Gedächtnis eingezeichnet wie ein Tattoo. Diese paar Sekunden waren meine letzte schöne Erinnerung an Joshua gewesen.

»Du bist ja deine Zahnspange los.«

Klar, dass er sich an die erinnerte.

»Unfassbar, was? Ich dachte schon, ich müsste die ewig tragen. Die Augenbrauen habe ich mir auch gezupft, keine Monobraue mehr. Außerdem habe ich nebenbei den einen oder anderen Abschluss gemacht.« Menschen konnten sich ändern. Ich war nicht dieselbe wie damals. »Ist lange her.«

»Stimmt.« Er schaute zu mir herüber und runzelte die Stirn, ehe er wieder wegsah. »Da wären wir.«

Als er eine Taste auf seinem Autoschlüssel drückte, öffnete sich der Kofferraum eines teuer aussehenden Wagens. Er warf meinen Rucksack hinein, ehe er die falsche Richtung einschlug und zur Beifahrerseite ging.

Und dann machte er sie auf. Die Beifahrertür. Für mich.

Ich schüttelte den Kopf. War er etwa in den Fünfzigern groß geworden? Das gehörte fest zu jenem Joshua-Luca-Charme, den er schon an sich hatte, seit er aus dem Mutterleib geschlüpft war. Ich wollte nichts damit zu tun haben.

»Was denn?« Er wirkte ehrlich verwirrt.

»Ich kann selbst die Tür aufmachen«, sagte ich, während ich auf meinen Krücken zum Fahrzeug humpelte und auf einen butterweichen Ledersitz sank. Wegen so einer kleinen ritterlichen Geste würde ich nicht gleich dahinschmelzen. Nicht dass er sich *bemüht* hätte, mich zum Dahinschmelzen zu bringen. Mich hatte er gar nicht auf dem Schirm. Joshua brauchte sich nicht zu *bemühen*, Frauen zum Dahinschmelzen zu bringen.

Er zuckte mit den Schultern und machte die Tür zu, ehe er zur Fahrerseite herumging.

»Sorry, falls ich nach Jemen rieche. Könnte sein, dass du nach dieser Fahrt hier drin einen Lufterfrischer brauchst.«

Er setzte aus der Parklücke zurück, und wir begannen, uns durch das enge mehrstöckige Parkhaus zu schlängeln. »Jemen? Ich dachte, du kämst aus Saudi-Arabien.«

»Es gibt keine Direktflüge aus dem Jemen.«

»Sollte man denn Länder bereisen, die keine Direktflugverbindung haben?«

Ich lachte. »Du hörst dich an wie Patrick. Ich habe dort keinen Urlaub gemacht, sondern für *Médecins Sans Frontières* gearbeitet. Aber danke, dass du einen auf großer Bruder machst.«

»Okay«, sagte er, wobei das Stirnrunzeln wieder auftauchte. »Möchtest du ein Wasser?« Er klappte die Armlehne zwischen uns hoch, unter der anscheinend eine Kühlbox eingebaut war, und nahm eine Flasche heraus.

»Danke. Hast du da auch Kuchen drin?«

»Wir sind hier zwar nicht im Supermarkt, aber kann sein, dass du darin einen Apfel findest.«

»Ich habe seit dreizehn Monaten keinen Apfel mehr gegessen.« Ich kramte in dem Fach und fand einen bilderbuchmäßig grünen Apfel. »Willst du mal abbeißen?« Ich hielt das Obst hoch, zog es dann jedoch abrupt weg, als meine Fantasie ein Bild davon darbot, wie er die Zähne in … mir versenkte.

Ob er wohl jemand war, der gern knabberte? Für einen Sekundenbruchteil spulten sich versaute Szenen in meiner Vorstellung ab: Joshua im Bett, nackt. Joshua über mir, die Arme angespannt, den Blick auf meine Lippen gerichtet. Die Hüften vorschiebend –

Stopp.

Ich musste mich dringend zusammenreißen, Bleiche fürs Hirn besorgen und den Schmetterlingen in meinem Bauch eine Dosis Propofol verabreichen. Ich würde für einige Monate bei diesem Kerl wohnen. Da konnte ich ihm nicht sabbernd nachlaufen wie ein verknallter Teenager. Außerdem wusste ich, von Joshua besessen zu sein, war gefährlich. Und zwar im wahrsten Sinne des Wortes. Ich musste um mich herum ein undurchdringliches Joshua-Luca-Abwehrschild errichten.

Wir waren nur Freunde, nichts weiter.

Ich wusste nicht, was ich zuerst bewundern sollte: den umwerfenden Hundertachtzig-Grad-Ausblick auf das London Eye, das riesige Wohnzimmer mit Sofas, die wie weiche Marshmallow-Wölkchen aussahen, oder das nervige Grübchen in Joshuas linker Wange, das mich schon faszinierte, seit ich zwölf war.

»Hier wohnst du?«, fragte ich in dem Versuch, so zu tun, als wäre mir das Grübchen gar nicht aufgefallen. »Du hast einen ausgesprochen guten Geschmack für jemanden, der als Kind den größten Spaß daran hatte, meinem Bruder die Unterhose in die Poritze zu ziehen, wenn er am wenigsten damit rechnete. Hier sieht es aus wie in einem riesigen Hotelzimmer.«

Er schob die Hände in die Hosentaschen und senkte den Blick zu Boden, ganz genauso wie früher, wenn er mit Thea geflirtet hatte. Er schaffte es, eine Mischung aus Selbstvertrauen und Verlegenheit an den Tag zu legen, die ich immer total süß gefunden hatte. Joshua war kein bisschen schüchtern, und so fragte ich mich, wann genau er wohl gemerkt hatte, wie sexy ein Hauch Bescheidenheit sein konnte. »Das Lob für die Einrichtung kann ich nicht einstecken. Das Apartment gehört zum *Park Lane International.*«

»Zum *Park Lane International*? Also lebst du in einer Wohnung, die zu einem Hotel gehört? Du kannst den Zimmerservice bestellen, wann immer du willst? Und das Fitnessstudio nutzen und so?«

»Und so, genau«, bestätigte er nickend.

»Wow.« Ich hatte das ganze letzte Jahr unter einem Zeltdach auf einem Feldbett geschlafen. An Fünf-Sterne-Luxus würde ich mich erst einmal gewöhnen müssen. Nur, dass ich nicht vorhatte, mich daran zu gewöhnen. Ich schaute mich um und überlegte, wo ich wohl meine Sachen ablegen könnte. Es schien nur eine Tür zu geben. Vielleicht würde ich auf dem Sofa übernachten. »Wo schlafe ich denn?«

»Im Herd? Oder in der Badewanne?« Joshua grinste. »Oder vielleicht im Schlafzimmer im Bett? Ist eine ziemlich konventionelle Wahl, aber definitiv die bequemste.«

Joshua ragte über mir auf, die Brust breiter und voluminöser als beim letzten Mal, als ich ihn gesehen hatte. Er besaß immer noch den Humor eines Siebzehnjährigen. »Ich lache innerlich. Im Ernst, Joshua. Wo?«

Er zuckte mit den Schultern. »Ich war noch nie hier drin. Ich wohne nebenan in Apartment P1. Ich schätze, es ist da drüben.« Er durchschritt den Wohnbereich und drückte eine Tür auf. »Yep. Hier ist das Schlafzimmer.«

»Moment mal, du wohnst hier gar nicht? Ich dachte, ich würde in deinem Gästezimmer übernachten.«

»Hattest du gehofft, mich morgens in Boxershorts zu sehen zu kriegen?« Er grinste und riss zweideutig die Augen auf.

Ich konnte nicht abstreiten, dass ich mich während der sechzig Minuten, seit wir vom Flughafen losgefahren waren, gefragt hatte, wie er wohl in Boxershorts aussah, aber das würde ich ganz bestimmt nicht zugeben. »Mum meinte, du hättest ein freies Gästezimmer.«

»Das hier ist sozusagen das Gästezimmer des Penthouse. Eine separate Wohnung, die nur Gästen von mir zugänglich ist. Das ist, als hätte man ein Poolhaus oder so was in der Art.«

Aus der Männersprache übersetzt hieß das, er wollte ungestört bleiben. »Joshua, wenn du nicht willst, dass ich bei dir wohne, dann brauchst du das nur zu sagen. Ich habe auch noch andere Freunde.«

Ich war mir gar nicht sicher, ob ich tatsächlich so viele Freunde in London hatte. Die meisten lebten quer im Land verstreut. Und in der ganzen Welt. Aber Joshua musste kein Mitleid mit mir haben – ich hätte schon was gefunden. Meine Mutter hatte mich angefleht, bei ihm zu wohnen – mir gesagt, er sei einsam in London und brauche Gesellschaft. Eindeutig hatte sie nur ihren Kopf durchsetzen wollen. Aus Erfahrung hätte ich gewarnt sein sollen, doch ich war zu erschöpft gewesen, um mit ihr zu diskutieren, und hatte mich einverstanden erklärt, so lange bei ihm unterzukommen, bis ich eine eigene Wohnung gefunden hätte.

»Du tust ja so, als würde ich von dir verlangen, in meinem Kofferraum zu schlafen.« Meine Reaktion ließ ihn völlig unbeeindruckt. »Ich habe die Wohnung für drei Monate gemietet. Ist kein Ding.«

»Moment mal, du hast sie für drei Monate gemietet?« Ich ertrug es nicht, mir vorzustellen, wie viel das wohl kostete. »Gib den Schlüssel zurück. Das kann ich mir nie und nimmer leist–«

Joshua trat vor mich und streichelte meinen Arm, als müsste er ein wildes Pferd zähmen. Ich versuchte, die Wärme auszublenden, wie seine Finger sich mit Nachdruck in meine Haut zu drücken schienen, wie unglaublich gut er aus nächster Nähe duftete.

»Es ist kein Ding. Ich erwarte nicht, dass du für irgendwas bezahlst.«

Ich schüttelte seine Hand ab. Der Körperkontakt drohte meine Schwärmerei wieder zu entflammen, wie wenn man ein Streichholz an Zunder hielt. »Joshua!« Er verstand es überhaupt nicht. »Das macht es noch schlimmer. Ich erwarte doch nicht, dass du meine Miete übernimmst. Der ganze Sinn dahinter, warum man bei jemandem übernachtet, der ein Zimmer freihat, ist doch, dass gar keine Kosten entstehen.«

»Aber *du* hast die Kosten doch nicht. Wenn es dir damit besser geht, kannst du ja so tun, als wäre das mein Gästezimmer.«

»Ich brauche eine Dusche.« Ich ließ mich aufs Sofa fallen, weil mich mit einem Mal der Jetlag, die Reiseanstrengung und die letzten dreizehn Monate einholten. Als ich in die Marshmallow-Kissen sank, fragte ich mich, ob ich mich wohl je wieder rühren könnte. »Hast du schon bezahlt? Kannst du das Geld erstattet bekommen?«

»Nein. Ich habe einen Vertrag unterschrieben. Und überhaupt, wo willst du denn sonst hin? In jemandes Gästezimmer schlafen oder, schlimmer noch, auf einer Couch, wenn du genauso gut hierbleiben kannst?« Er nickte in Richtung der Panoramaaussicht. »Du warst in der Ferne und hast dort kranke Menschen geheilt. Betrachte es doch als deine Belohnung.«

Ich wollte weder Lob noch ein Dankeschön. »Du machst dich lächerlich.«

Er grinste. »Gern geschehen. Ich nehme mal an, du hast

Hunger.« Er swipte auf seinem Handy herum. »Aus dir ist doch nicht so eine weltverbessernde Veganerin geworden, oder?«

»Ja, ich habe Hunger, und nein.« Ich träumte schon ein ganzes Jahr davon, einen Burger von der Größe meines eingegipsten Beins zu essen. Gemüse kam in meinen Wunschvorstellungen nicht vor.

»Gott sei Dank. Dann also Burger?«

Trotz meiner Verärgerung über Joshua schlich sich ein kleines Lächeln auf meine Lippen. In Sachen Lebensstil mochte er zwar das genaue Gegenteil von mir sein, aber in Sachen Essensvorlieben hätten wir anscheinend bei der Geburt getrennte Zwillinge sein können. *Und vielleicht noch ein Stück Torte*, verkniff ich mir zu sagen. Wenn es um Biskuitböden ging, war ich wählerisch, und ich wollte mir erst noch in Ruhe überlegen, was mein erstes Stück nach der Zeit im Jemen werden sollte. »Für einen Burger würde ich gerade so ziemlich alles tun.«

»Interessant«, sagte er und warf mir einen Blick zu, während er auf seinem Handy tippte. Dann setzte er sich auf das Sofa gegenüber. »Da würde mir eventuell das eine oder andere einfallen.« Keine Ahnung, wie es ein Grübchen hinbekam, doppeldeutig zu wirken, aber Joshuas schaffte das.

Noch nie hatte sein offensives Geflirte mir gegolten. Irgendwie war es schmeichelhaft, doch ich musste mir in Erinnerung rufen, dass er das immer so machte. Er konnte nicht *nicht* flirten. Für Joshua war Flirten eine Art unbewusste Angewohnheit, so automatisch wie das Atmen.

»Schön zu sehen, dass du dich kein bisschen verändert hast.«

»Schön zu sehen, dass du dich sehr wohl verändert hast.« Er hielt für einen Sekundenbruchteil inne und sah mich an, als wären wir ein langjähriges Paar und nicht etwa praktisch Fremde. Er blinzelte zweimal, räusperte sich dann. »Nur dass der missbilligende böse Blick immer noch derselbe ist.«

»Hey«, sagte ich und bewarf ihn mit einem teuren Kissen. Er wehrte es ab wie Zuckerwatte. »Ich gucke nicht böse.«

Er lachte in sich hinein. »Keine Sorge. Das ist süß.«

Süß?

Ich würde mein Abwehrschild ordentlich aufrüsten müssen.

2. Kapitel

Joshua

Ich schaute hoch zum blassgrauen Londoner Himmel und überlegte, welchen Monat wir noch gleich hatten. In England war der Sommer nie garantiert, aber heute fühlte es sich eher nach November an als nach Juni. Eindeutig hatte Hartford die Hitze des Nahen Ostens nicht mit hergebracht, als sie am Vormittag gelandet war. Während ich in die Piccadilly einbog, durchforstete ich mein Gehirn nach Erinnerungen an Hartford. Ich erinnerte mich an ihre Zahnspange, schlaksig lange Gliedmaßen und an zum Dutt zusammengebundene Haare. Ihre ganze Familie hatte sich immer beschwert, sie sei eine Tagträumerin und mit den Gedanken ständig woanders. Abgesehen davon stieß ich nur auf unheimlich viele Leerstellen. Sie war eigentlich immer da gewesen; ich konnte mich bloß an wenig Konkretes erinnern.

Da schwebte ein Detail an die Oberfläche – ein Spitzname. Irgendwas mit Feen oder Ballett … Ach genau, sie hatte Ballett getanzt. Ein Riesenunterschied zu der ernsten, doch unbestreitbar wunderschönen Ärztin, die ich heute vom Flughafen abgeholt hatte. Ich schüttelte den Kopf – ich konnte jetzt nicht über sie nachdenken. Es gab anderes, worauf ich mich konzentrieren musste.

Ich schlug den Kragen meines Jacketts hoch, damit mir die kalte Luft nicht mehr den Rücken hinunterströmte. Ich hätte für den kurzen Fußweg zu dem Restaurant, in dem ich meinen größten Kunden treffen würde, einen Mantel mitnehmen sollen. Als Marketingchef von GCVB war Eric einer der einflussreichsten Menschen der Luxusgüterbranche, was bedeutete, dass er das Restaurant aussuchen durfte. Dasjenige, das er gewählt hatte, war beliebt und hatte die passende Anzahl Sterne für Eric. Ich fand es ein bisschen protzig, selbst für meinen Geschmack. Wenigstens schmeckte das Steak dort fantastisch. Geduckt wandte ich mich in eine Seitengasse, und der Türsteher in roter Uniform begrüßte mich. Ich ging hinein.

Ich war fünf Minuten zu früh da, Eric würde noch nicht hier sein. Er kam gern die berühmte Viertelstunde zu spät.

»Guten Tag, Mr Luca.« Die blonde Empfangsdame neigte den Kopf, als sie mich begrüßte. »Ihr Gast hat bereits Platz genommen. Darf ich Sie zu Ihrem Tisch führen?«

Obwohl ich nun im Warmen war, stellten sich mir die Nackenhaare auf. Ich starrte sie an, während ich verarbeitete, was sie gerade gesagt hatte. Wieso war Eric so früh dran? Das kam sonst nie vor.

Die Dame vom Empfang führte mich zu einem Tisch in der Ecke, an dem Eric in einem blitzsauberen weißen Hemd mit hochgekrempelten Ärmeln saß, das Jackett lässig über die Stuhllehne gehängt. Er war nicht nur früh dran – er war schon so lange hier, dass er es sich bereits bequem gemacht hatte.

»Schön, Sie zu sehen«, sagte ich, schüttelte Eric die manikürte Hand und setzte mich dann.

»Joshua. Ich nehme das Kalbsbries und dann das Steak. Und Sie?« Erics Englisch war nahezu perfekt, aber im Restaurant kam immer sein französischer Akzent zum Vorschein. Vielleicht, weil er *normalerweise* ein entspannter Gast war, der sich mit den Servicekräften über die Speisekarte austauschte. Er besprach gern die Weinauswahl mit dem Sommelier. Heute nicht. Heute hatte Eric bereits bestellt, und sein französischer Akzent war nicht zu hören.

»Hervorragende Wahl, Eric. Das nehme ich auch.« Ich hatte nicht vor, Zeit damit zu verschwenden, erst einen Blick in die Speisekarte zu werfen, wenn ich mich genauso gut gleich darauf konzentrieren konnte, was Eric mir mitzuteilen hatte. Denn er hatte mir eindeutig etwas mitzuteilen.

»Wir waren schon eine Weile nicht mehr zusammen Mittag essen«, sagte er. »Im Head Office war mächtig viel zu tun.«

»Wenn man schon viel zu tun hat, dann doch am besten in Paris.«

Luca Brands war auf die Zusammenarbeit mit Luxusmarken spezialisiert, und der größte Luxuskonzern war GCVB. Wir waren für das Branding und Marketing aller dreißig Marken der GCVB Group verantwortlich, welche von Hautpflege über Parfum und Champagner bis hin zu elf der größten Modehäuser reichten. GCVB war nicht nur Luca Brands' größter Kunde, sondern sorgte für rund vierzig Prozent unserer Umsätze.

»Wie lange arbeiten wir jetzt schon zusammen?« Er trank einen kleinen Schluck von dem Wein, den ihm der Sommelier hingestellt hatte. »Sechs oder sieben Jahre?«

»Nächsten Monat werden es sieben Jahre.« Ich lehnte mich zurück und streckte die Beine aus, um den Eindruck zu vermitteln, dies wäre nur eines unserer gewöhnlichen Lunchtreffen. Doch wir wussten beide, dass dem nicht so war.

»Und mir gefällt Ihre Arbeit. Das wissen Sie.« Er brauchte das »Aber« nicht hinzuzufügen, ich nahm es dennoch wahr.

»Das freut mich. Ihr Geschäft ist unser Geschäft.«

Er hörte gar nicht zu. Er tat so, als interessierte ihn der Brotkorb zwischen uns unheimlich. Viel eher war er schon auf das konzentriert, was er gleich sagen würde. »Ja, ja. Und in all der Zeit hat Luca Brands nie in Betracht gezogen, zu expandieren und außerhalb der Luxusbranche tätig zu werden?«

Ich holte Luft und überlegte, ob ich darauf antworten sollte. »Was bewegt Sie zu der Frage?«

Er sah hoch und präsentierte sein typisches spitzbübisches Grinsen, das sagte: *Ich weiß etwas, was du nicht weißt.*

»Also«, sagte er, wobei er das Wort in die Länge zog. »Sie wissen doch, dass GCVB gern Unternehmen aufkauft.«

Seit Beginn der Zusammenarbeit mit Luca Brands hatte GCVB eine Übernahme nach der anderen gestartet. Immer wenn ein Unternehmen neu zur Gruppe hinzukam, veranstaltete Eric einen Pitch zwischen den Branding- und Marketingagenturen in der frisch erweiterten Gruppe sowie Luca Brands. Wer den Pitch gewann, durfte die nun vergrößerte Unternehmensgruppe exklusiv vertreten. Wir hatten jeden Pitch problemlos gewonnen. Bisher jedenfalls.

»Wie Sie wissen, ist GCVB im Luxussegment führend. In letzter Zeit hatten wir das Gefühl, alle Unternehmen der Branche aufgekauft zu haben, an denen wir interessiert waren. Daher …«

Er genoss das hier. Ich konnte nicht sagen, ob er lediglich von der neuen Übernahme begeistert war oder ob er es genoss, mich zappeln zu lassen.

»Also haben wir die Fühler in Richtung Pharmaindustrie ausgestreckt.«

Es war, als hätte er einen Mülleimer auf den Tisch ausgeleert. Seine Verkündung war ebenso unerwartet wie unerfreulich. »Tatsächlich?« Es schien sich um eine Strategieausweitung zu handeln, und zwar auf eine Branche, in der Luca Brands überhaupt keine Erfahrung hatte.

»Ja. Hohe Gewinnspannen. Ein Wachstumssektor. Auf den

ersten Blick scheint eine Expansion in diese Branche kein logischer Schritt für uns zu sein, aber die Aktionäre wollen Wachstum sehen, und unser CEO kommt ursprünglich aus der Pharmaindustrie. Es ergibt durchaus Sinn.« Eric warf sich ein dickes Stück Brot in den Mund und kaute. Nachdem er geschluckt hatte, fragte er: »Also, welche Erfahrungen hat Luca Brands im Bereich Pharma?«

Eric konnte ein richtiger Arsch sein. Er wusste, dass wir keinerlei Pharma-Erfahrung hatten. Luca Brands war eine spezialisierte Agentur, unser Erfolgsmerkmal bestand gerade darin, nicht zu viele konkurrierende Schwerpunkte zu haben. »Soll eine einzige Branding- und Marketingagentur die ganze, nun neu erweiterte Unternehmensgruppe betreuen? Oder wollen Sie Spezialisten für die einzelnen Bereiche?« Ich wollte endlich zur Sache kommen.

»Heutzutage gibt es viele Agenturen, die alle Branchen bedienen.«

»Das stimmt«, erwiderte ich. »Aber wir sind keine ›Einheitsbrei für alle‹-Agentur. Wir haben uns spezialisiert. Auf unsere Kernkompetenz. Und wir sind die Besten auf unserem Gebiet.«

Eric nickte energisch, während er sein Kalbsbries schnitt. »Ich schätze Ihre Arbeit. Deshalb biete ich Ihnen auch an, trotz Luca Brands' mangelnder Erfahrung mit um die erweiterte Unternehmensgruppe zu pitchen.«

Das klang, als glaubte er nicht, dass wir Aussicht auf Erfolg hatten. Ich bemühte mich, einen ruhigen Tonfall und eine unbewegte Miene beizubehalten. »Haben Sie nicht Sorge, dass Sie Abstriche in Sachen Qualität machen müssen – egal, wen Sie beauftragen werden?«, fragte ich.

»Nein.« Sein Tonfall war entschieden, so als wüsste er, dass er sich mit diesem Vorwurf herumschlagen müssen würde.

»Ich bin zuversichtlich, dass, wer auch immer den Zuschlag bekommt, genauso gut im Luxussegment arbeiten wird wie im Pharmabereich und umgekehrt.«

Ich nickte.

»Sie wirken besorgt.« Eric präsentierte ein weiteres wölfisches Grinsen, bevor er einen Schluck von dem teuren Wein trank, den ich bezahlte. Unterdessen hatte er die Zukunft meines Unternehmens in der Hand.

»Ist das so?« Mein Pokerface war perfekt. Ich wirkte nicht besorgt. Eric *hoffte* nur, ich wäre besorgt. »Wenn Sie sich keine Sorgen machen, dann tue ich das auch nicht. Schließlich arbeiten Sie schon seit zwanzig Jahren als Marketingchef für Luxusmarken. Wenn Sie mit der Pharmabranche klarkommen, dann werden wir das auch.«

In Wahrheit wusste ich, wenn ich heute diesen Lunch verließ, würde ich tausend Sorgen haben, die ich vor meiner Ankunft in diesem Restaurant noch nicht gehabt hatte. Sollte Luca Brands GCVB als Kunden verlieren, würden wir fast die Hälfte unseres Geschäfts einbüßen – ganz zu schweigen von unserer Dominanzstellung im Luxusmarkensegment. Alles, was ich aufgebaut hatte, könnte verloren sein, und Hunderte Stellen und Lebensunterhalte wären dahin.

Eric erhob sein Glas. »Es ist eine Wachstumschance. Sagt man das nicht so?«

Ich erhob ebenfalls mein Glas. »Zweifellos werden wir beide mit der Herausforderung wachsen.«

Verdammt. Ich wollte das Mittagessen ausfallen lassen, ins Büro zurückkehren und anfangen, mir eine Strategie zu überlegen. Zuerst mal würde ich gute Kräfte aus dem Pharmabereich einstellen müssen. Ich brauchte Leute, die sich in der Branche auskannten. *Top*leute. In Gedanken fing ich an, meine Kontakte durchzugehen. Wen kannte ich alles?

»Ich dürfte Ihnen das eigentlich nicht verraten, aber dieser Pitch wird nicht nur die übliche Präsentation der Referenzen umfassen. Ich werde Sie bitten, eine konkrete Kampagne für ein spannendes neues Medikament zu entwerfen, das Merdon bald herausbringt.«

Mein Herz pochte, als würde ich von der einen schlechten Nachricht zur nächsten sprinten. »GCVB hat das Unternehmen bereits gekauft?«

»Ja. Es wird heute bekannt gegeben. Merdon. Sie haben jede Menge großartige Ideen zur Demokratisierung der Medikamentenverfügbarkeit.«

Was zum Teufel sollte das heißen? »Demokratisierung?«

Er zuckte mit den Schultern, als wäre doch klar, was er meinte. »Besonders für den US-Markt, wo die Pharmakonzerne bis zum Auslaufen der Patentrechte astronomische Preise verlangen.«

Ich nickte vieldeutig. Ich hatte kaum einen Durchblick, wovon er da redete. Der US-amerikanische Pharmaziemarkt entzog sich komplett meiner Fachkenntnis.

»Merdons Strategie lautet, extrem überteuerte Medikamente, die noch patentgeschützt sind, zu überarbeiten, damit sie zu einem erschwinglichen Preis produziert werden können. Dann vertreibt das Unternehmen sie nach Möglichkeit rezeptfrei. So schaltet es den Mittelsmann aus: gierige Ärzte, die einen dicken Teil vom Umsatz einstreichen. So bringt es die Medikamente viel günstiger an die Menschen, die darauf angewiesen sind. Ist das nicht wunderbar?«

So, wie er es erklärte, klang es beeindruckend. Auch wenn ich mich nicht erinnern konnte, schon jemals das Wort *erschwinglich* aus Erics Mund gehört zu haben. Es kam mir einfach total merkwürdig vor, dass GCVB in eine Branche einstieg, die sich dermaßen von Luxusgütern unterschied. Aber ich war auch nicht der CEO von GCVB oder einer der Aktionäre. Mein Job bestand darin, mit der Situation, mit der ich konfrontiert wurde, umzugehen, statt sie zu hinterfragen.

»Ein Großteil der Arbeit wird auf die USA abzielen, aber Luca Brands hat auf diesem Markt ja großartige Erfolge vorzuweisen. Wer immer diesen Pitch gewinnt, wird Gutes für die Menschen tun, Joshua. Statt sich also darauf zu konzentrieren, die Welt noch stylisher und schöner zu machen, ist das hier die Chance für Luca Brands, etwas wirklich Bedeutsames zu leisten.« Damit versuchte er zum ersten Mal, mir die Idee schmackhaft zu machen, was in mir den leisen Hoffnungsschimmer weckte, dass er uns als Sieger sehen wollte.

»Klingt spannend«, sagte ich mit aufrichtigem Interesse. Ich hatte Spaß an meiner Arbeit. Ich liebte die Luxusgüterbranche und die Kreativität, die mit ihr einherging, aber ich mochte Herausforderungen und setzte mir gern höhere Ziele. »Mir gefällt der Gedanke, Gutes bewirken zu können – jenen Medikamente verfügbar zu machen, die sie am dringendsten brauchen.«

»Ganz genau«, sagte Eric. »Gut zu wissen, dass Sie die Vorstellung, in einem Bereich außerhalb Ihrer Expertise tätig zu werden, nicht völlig abschreckt.«

»Unsere Expertise sind einzigartige, qualitativ hochwertige Leistungen im Bereich Branding und Marketing. Wir wären hocherfreut, Sie bei Merdon sowie mit dem gesamten Portfolio von GCVB zu unterstützen. Wer pitcht außer uns noch?« Ich wäre ein Trottel, wenn ich nicht nach der Konkurrenz fragen würde.

Eric grinste. »Außer Ihnen sind es noch zwei aktuell für Merdon tätige Agenturen, zudem werde ich zwei neue Agenturen zu dem Pitch einladen. Sie wissen schon, damit Sie auch ganz sicher auf Zack bleiben, Joshua.«

Ich lächelte so langmütig ich konnte. Ich würde mehr als nur auf Zack sein müssen, um den Auftrag für einen Kunden aus einer Branche zu bekommen, mit der ich keinerlei Erfahrung hatte. Aber es gab keine Alternative. Ich musste diesen Pitch gewinnen, sonst würde ich mit ansehen müssen, wie mein Unternehmen und meine Angestellten litten. Verlieren war keine Option.

3. KAPITEL

JOSHUA

Während Dexter am Tresen bestellte, ging ich gedanklich meinen heutigen Tag durch. Zuerst Hartfords Ankunft, die mich … verwirrt hatte. Dann beim Lunch die Neuigkeiten von Eric, die das Potenzial hatten, meinem Unternehmen immens zu schaden und den Hunderten von Angestellten, die sich auf mich verließen. Es war gerade mal Dienstag. Was hatte diese Höllenwoche noch in petto?

Ich wusste nicht recht, ob ich mich nach einem Bier und einem Gespräch mit meinen Kumpels besser fühlen würde. Aber bestimmt auch nicht schlechter.

»Du wirkst nachdenklich.« Dexter, einer meiner besten Freunde, stellte mir ein Glas hin und setzte sich. »Hast du etwa vorgeschlagen, was trinken zu gehen, weil du über deine Gefühle reden willst?«

»Woher weißt du das?« Ich grinste und versuchte, so zu tun, als spürte ich den Druck nicht, unter den mich Erics Ankündigung setzte. Ich mochte zwar nicht darüber reden, aber nach Hause gehen und deswegen Trübsal blasen kam auch nicht infrage. Es war ungewöhnlich, dass ich unserer Gruppe spontan an einem Dienstag vorschlug, etwas trinken zu gehen. Normalerweise arbeitete ich dienstags lange und traf mich dann mit Kelly auf einen Drink, bevor wir bei ihr landeten. Oder in einem Hotel. Ich hatte nicht gern Leute bei mir zu Hause, deshalb war meine Wohnung quasi tabu für Frauen. Auch aus dem Grund hatte ich für Hartford die Wohnung nebenan angemietet. Ich hatte zwar ein Gästezimmer, aber Hartford war im Grunde eine Fremde für mich.

Hartford.

»Hast du heute die Kleine vom Flughafen abgeholt?«, fragte er und erriet damit beinahe meine Gedanken.

»Yep.« Bei unserem Kneipentreffen letzte Woche hatte ich mich bei meinen Jungs darüber beschwert, dass ich eine neue Nachbarin bekam. Aber diese Neuigkeit war im Vergleich zu der, die ich beim Mittagessen erfahren hatte, in den Hintergrund getreten.

»Ist sie der Grund für ... deine Laune?«

Ich hatte keine *schlechte* Laune. Ich war bloß angespannt, was nicht meinem Normalzustand entsprach. Nicht nur, dass mein Unternehmen auf der Kippe stand, ich konnte auch diese Unruhe nicht abschütteln, die Hartfords Ankunft in mir ausgelöst hatte. Für gewöhnlich würde ich nach Hause gehen und mich in die Badewanne legen. Aber da sich Hartford nebenan aufhielt, kamen mir meine üblichen Gewohnheiten wenig verlockend vor. Ich hatte erwartet, ich würde ein mir vage bekanntes Mädchen in die Stadt fahren, ihm die Schlüssel für die Nachbarwohnung in die Hand drücken und dann zur Tagesordnung übergehen. Aber als sie auftauchte ... war sie eine Erscheinung. Wider Erwarten.

Trotz meiner verschwommenen Erinnerungen war Hartford sofort wiedererkennbar. Sie strahlte eine Herzlichkeit und Vertrautheit aus, die *eigentlich* angenehm sein müsste. War sie auch. Und zugleich nicht.

»Ich habe keine Laune.«

»Hat Miss Dienstagabend dir den Laufpass gegeben?«

Ich konnte nicht genau sagen, was mich so daran nervte,

dass Dexter und mein restlicher Freundeskreis Kelly »Miss Dienstagabend« nannten. Vielleicht die Tatsache, dass sie sich dadurch nach einer Routineübung anhörte beziehungsweise ich mich wie ein Gewohnheitstier. Sex war niemals bloß Routine und ich kein Gewohnheitstier. »Mach dich nicht lächerlich.«

»Ach, stimmt ja, sie kann dir gar nicht den Laufpass geben, denn dazu müsstet ihr ja überhaupt erst mal eine Beziehung führen.« Seit Dexter mit Hollie zusammen war, hatte er sich in einen dieser Männer verwandelt, die fanden, eine feste Freundin täte jedem gut. Diese Erfahrung hatte ich allerdings schon hinter mir und nicht vor, sie zu wiederholen.

»Falls du es vergessen haben solltest: Ich habe es lange vor dir mit einem Antrag probiert.«

Er versuchte nicht mal, sein Zusammenzucken zu überspielen. »Ich weiß, Kumpel.«

Tristan unterbrach uns beide, indem er nach dem für ihn bereitstehenden Bier griff, ohne uns auch nur Hallo zu sagen. Nach einem großen Schluck setzte er sich auf den kleinen Barhocker zwischen uns.

»Durstig?«, fragte Dexter.

»Doch bloß nach Aufmerksamkeit.« Ich grinste über meinen eigenen Witz, während Tristan die Augen verdrehte.

»Joshua wollte uns gerade von Hartford erzählen«, sagte Dexter.

»Nein, wollte ich eigentlich nicht. Ich habe nicht vorgeschlagen, einen trinken zu gehen, damit wir über Frauen reden. Ihr solltet mich besser kennen.« Ich wollte mich mit Menschen umgeben, die auf meiner Seite standen. Menschen, auf deren Unterstützung ich zählen konnte.

»Ich dachte, Miss Dienstagabend heißt Kelly«, wunderte sich Tristan. »Hat sie mit dir Schluss gemacht?«

»Stimmt, normalerweise treffe ich mich dienstags mit Kelly. Und nein, wir haben nicht Schluss gemacht. Wir führen überhaupt gar keine Beziehung.« Das zwischen Kelly und mir war vollkommen unverbindlich. Keiner von uns beiden erhoffte sich mehr. So gefiel es ihr und mir.

»Na gut, Mr Schmollerich. Hat *Kelly* dir gesagt, dass sie dienstagabends keinen Sex mehr mit dir haben möchte?«

»Nein. Sie hat heute Abend bloß keine Zeit.« Das war gelogen. Ich hatte ihr abgesagt und nicht umgekehrt. Ich war einfach nicht recht in der Stimmung zum Vögeln.

»Wer ist dann Hartford?«, fragte Tristan.

Wieso war das denn immer noch Thema?

»Joshua, wer ist Hartford?«, ließ Tristan nicht locker.

»Die Tochter einer Freundin meiner Mutter.« Damit spielte ich unsere Verbindung herunter. Meine Mum und Marion – Hartfords Mutter – telefonierten mindestens fünfmal am Tag miteinander. Unter Garantie wusste die beste Freundin meiner Mutter sogar darüber Bescheid, wie oft mein Dad am Tag Stuhlgang hatte. Und ich war mit den Kent-Kindern zusammen aufgewachsen. Genauer gesagt war Patrick mein bester Freund gewesen, und an Thea hatte ich meine Flirtkünste geübt. Und dann war da noch Hartford.

Hartford, das schlaksige, verträumte Mädchen, aus dem nun eine Frau geworden war, die auf mich zukam und mich umarmte, als wären wir beste Freunde. Ihre pragmatische Ärztekluft verbarg einen Körper, der sich ziemlich erwachsen anfühlte. Ich hatte mich bemüht, an etwas anderes zu denken, als ihre Brüste gegen meinen Oberkörper drückten, dann aber festgestellt, wie meine Gedanken von ihrem Busen zur Wahrnehmung ihrer Lippen ganz dicht an meinem Hals wanderten.

»Gut, und warum unterhalten wir uns über sie?«, wollte Tristan wissen.

»Joshua hat sie vom Flughafen abgeholt und steht seitdem neben sich«, sagte Dexter. Es war im Scherz gemeint, kam der Wahrheit für meinen Geschmack aber einen Tick zu nah.

»Ist sie heiß?« Das war mal wieder typisch Tristan.

»Nicht mein Typ.« Das stimmte. Nichts an Hartford erinnerte an die Frauen, mit denen ich sonst Zeit verbrachte. Ich war Frauen gewohnt, die aussahen, als wären sie gerade der *Vogue* entstiegen – und manchmal traf das auch zu. Glamouröse, wunderschöne Frauen.

Hartford dagegen war ihr Aussehen eindeutig völlig schnurz. Ihr Haar sah aus, als hätte eine Katze fünf Runden lang damit gekämpft, bevor es auf ihrem Kopf zusammengebunden worden war, und sie trug weder eine Spur Make-up noch ein sorgsam ausgewähltes Outfit.

Aber sie war zweifellos schön.

Ich mochte keine Überraschungen. Doch alles an Hartfords hohen Wangenknochen, vollen rosa Lippen und sehr erwachsenem Körper hatte mich umgehauen. Ich konnte nicht sagen, ob es daran lag, dass sie so offen und natürlich war, oder daran, dass ich sie eindeutig unbeeindruckt ließ, aber irgendetwas an ihr hatte mich aus der Bahn geworfen.

Auf der Fahrt vom Flughafen nach Hause hatte sie viel erzählt. Ich hatte unterdessen herauszufinden versucht, was genau mich an ihr so verwirrte. Als sie dann in ihren Apfel biss und genüsslich stöhnte, fuhr mir der Laut geradewegs in die Lenden. Mir schossen Bilder durch den Kopf, wie sie nackt auf mir hockt und mich mit in den Nacken geworfenem Kopf reitet, während sie ihre Fingernägel in meine Brust gräbt.

Genau das war so beunruhigend. Ich stellte mir Hartford nackt in meinem Bett vor.

Hartford, die schlaksige kleine Schwester eines Mädchens, mit dem ich meine Flirtkünste geübt hatte.

Hartford, die Tochter der engsten Freundin meiner Mutter.

Hartford, meine neue Nachbarin.

Ich musste ihr ihren Freiraum lassen. Oder besser gesagt brauchte ich Abstand von ihr.

Auf keinen Fall würde ich mit Hartford diese Grenze überschreiten. Es gab allzu viele Gründe, warum das keine gute Idee wäre. Erstens mal war sie dermaßen nicht mein Typ, dass es schon einem Scherz gleichkam. Zweitens hatte ich nicht vor, mit jemandem Gelegenheitssex zu haben, der am Ende womöglich verletzt sein würde, insbesondere nicht, wenn diese Person eine dermaßen feste Verbindung zu meiner Familie hatte. Vor allem aber ging ich keine Beziehung ein. Niemals.

Hartford würde bloß die nächsten drei Monate nebenan wohnen, danach wäre sie wieder weg. Bis dahin würde ich vollauf damit beschäftigt sein, zu verhindern zu versuchen, dass meine Firma unterging.

Ich schaute hoch, als sich Andrew an unseren Tisch setzte. Ich hatte nicht damit gerechnet, dass er es schaffen würde.

»Also, worum geht's?«, fragte er, während er sein Jackett auszog und es sorgfältig über einen freien Hocker hinter sich hängte.

»Ich überlege, wie ich mein Unternehmen vor dem Kollaps retten kann.«

»Kollaps?«, fragte Dexter. »Was ist denn passiert?«

»Mein wichtigster Kunde hat gerade ein Pharmaunternehmen gekauft.«

»Wer? GCVB?« Tristan griff nach seinem Bier. »Wieso sollte ein Luxusgüterkonzern ein Pharmaunternehmen kaufen?«

»Vielleicht wollen sie den Muskelrelaxanzien ein neues Packaging verpassen?« Es war der falsche Zeitpunkt für Dexters Witze. »Mal abgesehen davon, dass es unternehmerisch keinen Sinn ergibt – wieso ist das ein Problem für dich?«

»Es ist sogar ein riesengroßes Problem.« Ich berichtete ihnen von Erics Plan, den gesamten erweiterten Konzern von einer einzigen Agentur betreuen zu lassen.

»Gut«, sagte Andrew, »aber du hast solche Pitches doch bisher jedes Mal gewonnen. Am Ende wirst du Merdons Markenaufbau und Werbung ebenso übernehmen wie für die übrigen Unternehmen des Konzerns.«

»Wir etablieren und vermarkten *Luxuswaren*«, sagte ich. »Keine Pharmaka. Damit haben wir null Erfahrung. Nie im Leben lässt Eric uns das Branding und Marketing für Merdon machen.«

»Dann musst du wohl mal Vollzeit arbeiten und dir was überlegen«, sagte Dexter.

Ich konnte mir ein Augenrollen nicht verkneifen. »Ich arbeite bereits *Vollzeit*. Ich bin in der Kreativbranche tätig, da lässt sich die Produktivität nicht an den Arbeitsstunden hinterm Schreibtisch messen.« Ich hatte keine Lust, mir von Dexter vorhalten zu lassen, ich würde nicht genug arbeiten. Ich musste versuchen, einen Plan zu entwerfen, eine Rettung vor dem sicheren Untergang.

»Heuere als ersten Schritt Leute an, die sich in der Pharmabranche auskennen«, sagte Andrew. »GCVB kennt und mag euch. Es ist keine ausgemachte Tatsache, dass sie euch fallen lassen werden. Ich kenne da ein paar Leute. Mit denen bringe ich dich in Kontakt.«

Luca Brands war im Luxusgütersegment absolute Spitze. Eric wusste das. Aber er wusste auch, dass ich keine Ahnung von Pharma hatte. Wiederum wäre ich nicht so weit gekommen, wenn ich immer gleich aufgeben würde. Luca Brands würde nicht kampflos aufgeben.

»Du gewinnst am Ende doch immer jeden Pitch«, sagte jetzt auch Dexter. »Stimmt schon, hier geht's um eine andere Branche, aber deine Arbeit bleibt unterm Strich die gleiche. Du kriegst das hin. Da habe ich keinen Zweifel.«

Ich stieß den Atem aus. Genau darum hatte ich Kelly abgesagt. Ich musste von jemandem hören, dass es machbar war. Wer wäre da geeigneter als die Männer, die mich besser kannten als ich mich selbst – und allesamt selbst Titanen in ihrem Beruf waren?

»Und bis dahin hast du noch eine sexy neue Nachbarin, die dich auf andere Gedanken bringt«, sagte Tristan.

»Ich kann dir jetzt schon sagen, dass ich Hartford niemals anrühren werde. Nicht so. Überhaupt nicht.«

Es gab jede Menge vernünftige Gründe, warum ich mich von Hartford fernhalten sollte, hauptsächlich welche, die mit ihrer Verbindung zu meiner Familie zu tun hatten. Abgesehen davon war der Hauptgrund, warum ich vorhatte, ihr aus dem Weg zu gehen, dass ich mir heute auf der gemeinsamen Autofahrt mit ihr nach Hause wieder wie ein Teenager vorgekommen war. Wie damals, bevor ich Luca Brands gegründet hatte. Bevor ich meine erste Million gemacht hatte. Bevor mich meine Verlobte abserviert hatte. Es war verwirrend – als würde man im eigenen Körper in der Zeit zurückreisen –, und das konnte ich im Moment so gar nicht gebrauchen. Wenn ich meine Firma und meine Angestellten retten wollte, musste ich absolut fokussiert sein. In den nächsten Monaten würde kein Platz für verwirrende Frauen sein, die nebenan wohnten. Ich würde um mein berufliches Überleben kämpfen. Hartford mochte zwar Ärztin sein, aber mein Leiden konnte sie nicht heilen.

4. KAPITEL

JOSHUA

Als ich am Samstagmorgen nach dem Training im hauseigenen Fitnessstudio aus dem Fahrstuhl kam, konnte ich den Blick nicht von Hartfords Tür lassen. Obwohl mich in jeder wachen Stunde allein die Sorgen um mein Unternehmen beschäftigen sollten, waren meine Gedanken in den letzten Tagen immer wieder zu Hartford gewandert. Was machte sie gerade? Wie kam sie mit dem gebrochenen Bein zurecht? Hatte ich mir die Gefühle, die sie in mir wachgerüttelt hatte, vielleicht nur eingebildet? Aber vor allem: Warum bekam ich diese Frau nicht aus dem Kopf?

Gerade als ich den Schlüssel im Schloss drehte, ging ihre Tür auf, und Hartford erschien, an ihrer rechten Krücke hing eine zugeknotete Tüte.

»Joshua!«, sagte sie und lächelte dabei so breit, dass mein Herz in meiner Brust ins Stolpern kam. »Wie geht's dir?«

»Brauchst du Hilfe damit?« Ich nickte zu der Tüte. Wie egoistisch ich Depp gewesen war, nicht nach ihr zu sehen. Sie hatte ein gebrochenes Bein und hätte wahrscheinlich Hilfe beim Auspacken und Sich-Einrichten gebrauchen können.

Sie lachte. »Das ist bloß Müll. Ich bringe ihn zum Müllschacht. Ehrlich gesagt bin ich ein bisschen besessen von dem Teil. Ich such schon Vorwände, ihn zu benutzen.«

»Du bist besessen davon, Sachen wegzuschmeißen?«

Sie rümpfte die Nase. »Nein, bloß vom Müllschacht. Aufklappen, reinwerfen und voilà, alles weg.«

Ich musste lachen. »Okay.«

Sie zuckte mit einer Schulter, als wäre ihr völlig egal, was ich davon hielt. »Es ist total praktisch.«

Heute trug sie nicht mehr ihre pragmatische Arztkluft, sondern hatte sie gegen etwas getauscht, das nach Pyjama aussah. Bei mir verfestigte sich der Eindruck, dass Hartford irgendwie keine normale Kleidung besaß.

»Hast du schon ausgepackt?«

»Ja. Das hat nicht lange gedauert. Ich wollte gerade zum Supermarkt. Willst du mitkommen?«

Ich sollte reingehen, ein Bad einlassen, Musik anmachen und mich entspannen – damit ich fit für die chaotische nächste Woche wäre –, aber ich hatte Hartford ein paar Tage nicht gesehen und … Na ja, ich hatte meiner Mutter doch versprochen, ich würde dafür sorgen, dass es ihr gut ging. »Gibt es denn einen in der Nähe?«

Sie kniff die Augen zusammen. »Joshua Luca, bitte sag mir, dass du deine Einkäufe selbst erledigst.«

Diese Frau hatte irgendetwas an sich, was mich zum Lächeln brachte, selbst wenn sie halb mit mir schimpfte. »Kann ich nicht, denn das wäre gelogen.«

»Dann bestehe ich darauf, dass du mitkommst.« Als sie an mir vorbeihumpelte, nahm ich einen Duft nach Zimt wahr. »Ich gehe nur eben zum Müllschacht, dann können wir los.«

Ihr schien gar nicht in den Sinn zu kommen, dass ich etwas vorhaben könnte. Oder dass ich deshalb nicht einkaufen ging, weil ich keine Zeit dafür hatte oder gar nicht wollte oder jemanden hatte, der solche Dinge für mich erledigte. Irgendetwas an ihrer Selbstverständlichkeit fesselte mich. Das und der fantastische Hintern, von dem ich nicht die Augen lassen konnte, während sie den Korridor entlanghinkte.

Nachdem sie den Müll eingeworfen hatte, kam sie zurück. »So.« Ihre Augen waren groß und strahlend und ganz auf mich gerichtet. »Ich muss mir nur noch die Hände waschen, meine Tasche schnappen, und dann können wir los. Ja?«

Ich gewann den Eindruck, dass sie gar keine Antwort erwartete, denn sie verschwand wieder nach drinnen, um sich fertig zu machen. Ich ging in meine Wohnung, zog die Jacke aus und dann wieder an. Das hier war lächerlich. Ich wollte nicht einkaufen gehen. Ich hatte vor, mir Zeit zum Nachdenken zu nehmen, beziehungsweise »Geniezeit«, wie Tristan das gern nannte. Tristan wusste nicht, dass ich meine Geniezeit gern in der Badewanne verbrachte. Selbst unter besten Freunden konnte man zu viel über sich preisgeben. In der Badewanne fielen mir Problemlösungen ein. Seit ich von der Merdon-Übernahme erfahren hatte, hatte ich jeden Tag ein Bad genommen. Ich wartete immer noch auf die zündende Idee.

Ich konnte meine Geniezeit wohl auch nach dem Ausflug zum Supermarkt einlegen. Das hieße, ich könnte Hartfords Einkäufe nach Hause tragen, sie dann damit allein lassen und die Tür zumachen. Wahrscheinlich würde ich feststellen, dass dieser Anfall von … was auch immer ich da gefühlt hatte, als ich sie vom Flughafen abholte, ebenso verschwunden war wie dieser innere Aufruhr, der mich erfasst hatte. Nach einer Einkaufstour mit Hartford hätte ich wieder einen klaren Kopf und könnte mich gedanklich auf meine Arbeit konzentrieren.

»Bist du startklar?« Hartford steckte den Kopf zur Tür herein.

»Du weißt den Weg?«

»Na sicher. Sag mir bitte, dass *du* weißt, wo der nächste Supermarkt ist.«

Ich konnte mir ein belustigtes Schnauben nicht verkneifen. Sie stichelte gern, aber so, dass es … fast charmant herüberkam. »Gleich um die Ecke gibt es einen *Waitrose*.«

»Dann gehen wir da hin.« Sie grinste mich an, als wäre ich ihr Schüler und hätte unerwartet die richtige Antwort auf ihre Frage gewusst.

Als wir hinaus in den Londoner Nieselregen traten, atmete sie tief ein. Ich zwang mich, den Blick von ihrer sich hebenden Brust loszureißen. Hatte sie schon immer so eine Oberweite gehabt? »Ich hatte vergessen, wie sich Regen anfühlt.«

»London ist ganz anders als der Jemen, nehme ich an.« Ich führte uns zur nächsten Kreuzung.

»Der Unterschied könnte nicht größer sein.« Sie drehte den Kopf zum Hotelkomplex um. »Im Compound haben wir natürlich in Zelten geschlafen.«

»Compound?«

Hartford bewegte sich so gekonnt über die Kreuzung und den Bürgersteig, als hätte sie schon immer ein eingegipstes Bein. Meine Mutter mochte annehmen, sie bräuchte Hilfe bei der Eingewöhnung, aber da irrte sie sich. Wie es aussah, brauchte sie niemandes Hilfe bei irgendetwas. »Quasi ein umzäuntes und bewachtes kleines Dorf, in dem wir uns frei bewegen konnten, ohne … uns zu sorgen. Dort waren wir in Sicherheit.«

»Und außer um ins Krankenhaus zu fahren, hast du es nie verlassen?« Das musste wie im Gefängnis gewesen sein. Ich konnte mir nicht vorstellen, auch nur eine Woche lang so zu leben, geschweige denn ein Jahr.

»Doch manchmal, um Ausrüstung abzuholen oder einem verletzten Kind zu helfen, das nicht ins Krankenhaus gebracht werden konnte. Aber nicht allein.«

Im Prinzip hatte sie ihre eigene Sicherheit und sämtlichen

Komfort aufgegeben, um Menschen Hilfe zu leisten. Das war absolut ... bewundernswert. »Warum bist du eigentlich zurückgekommen?«

Sie nickte in Richtung ihres Beins.

»War das ein Geschoss oder so etwas?«

Sie schnaubte, fast so, als wäre sie enttäuscht. »Nein. Ich bin gestolpert, aber der Knochen muss instabil gewesen sein vom ersten Mal, als ich mir das Bein gebrochen habe. Diesmal war's nicht so schlimm.«

Ich hätte gedacht, zu stolpern wäre besser, als angeschossen zu werden, aber vielleicht verstand ich die feinen Unterschiede nicht. »Mum meinte, du fängst hier eine neue Stelle an. Dann bleibst du also?«

»Ja. Nächste Woche geht es los. Ich werde was das Praktische angeht etwas eingeschränkt sein wegen ... du weißt schon, dem Bein. Aber ich kriege das schon hin. Kriege ich immer.«

»Freust du dich darauf?«

Sie nickte und schaute weg, als wäre sie sich nicht ganz sicher. »Es wird eine Veränderung sein.«

Das klang wenig enthusiastisch. Auf meine hochgezogenen Augenbrauen hin fuhr sie fort.

»Es wird mir als Fachärztin helfen, denke ich. Es ist bloß ... na ja, ich habe die letzten Jahre gern für *Médecins Sans Frontières* gearbeitet. Man gibt alles, weißt du? Ich weiß nicht, ob ich in einer Stadt wie London genauso ... beschäftigt sein werde.« Ihre Stimme wurde gepresst, als hätte sich jemand daraufgesetzt.

»In London brauchen die Menschen auch ärztliche Behandlung.«

»Mal sehen. Egal, ich hatte keine Wahl. Ich musste zurückkommen, und die Stelle ist in einem guten Krankenhaus. Ich muss für vieles dankbar sein. Mein Chef ist quasi der *Guru* der Kinderheilkunde, also werde ich zumindest ganz viel lernen.«

Ich konnte nicht fassen, dass man so unglücklich darüber sein konnte, wieder in London zu sein, der besten Stadt der Welt – noch dazu in einem Penthouse mit Blick auf den Hyde Park. Doch ihre offenkundige Enttäuschung rührte etwas in mir, und ich wollte sie vertreiben.

»Gib dem Ganzen eine Chance. Vielleicht gefällt es dir hier ja, wo du jetzt unter ägyptischer Baumwolle und Kaschmir schläfst.«

Als sie lachte, zog sie ihre Nase kraus, wie es mir früher nie bei ihr aufgefallen war. Ich verspürte den Drang, ihre Taille zu umfassen und sie an mich zu ziehen, um die Sommersprossen auf ihren Wangen näher in Augenschein zu nehmen. Ich wollte ihr das Gefühl geben, dass alles gut werden würde.

Wieso nur hatte ich mich auf diese Einkaufstour eingelassen?

»Jetzt kommt der beste Teil«, sagte sie, als ich die Einkaufstüten abstellte. »Alles auspacken. Gucken, was man so alles erstanden hat.«

»Das könnte ich eher nachvollziehen, wenn wir bei *Hermès* gewesen wären und nicht bei *Waitrose*.«

Als sie mich angrinste, versuchte ich mir einzureden, es würde sich nicht gut anfühlen, sie zum Lächeln zu bringen.

»Schnapp dir einen Schäler, und mach dich an die Kartoffeln«, sagte sie. »Und komm mir nicht mit *Ich weiß gar nicht, wie man einen Schäler benutzt.* Ich habe den Apfelkuchen deiner Mutter gegessen; ich weiß, dass du schälen kannst.«

Sie hatte recht, ich war als Kind öfter zum Schälen eingeteilt worden, als ich heute noch aufzählen konnte. »Das ist schon eine Weile her. Sag noch mal: Warum genau können wir nicht einfach etwas bestellen? Dann bräuchte ich überhaupt nichts zu schälen. Und wir hätten den ganzen Vormittag was Spannenderes machen können, als einkaufen zu gehen.«

»Etwas Spannenderes?« Sie schnaubte durch ihre total anknabbernswerten Lippen. »Als gäbe es etwas Spannenderes, als sich durch Supermarktgänge zu kämpfen. Besonders, wenn man mich dabei an seiner Seite hat.«

Ich konnte nicht anders, als über ihre Lockerheit mit mir zu lächeln. Das beruhte auf Gegenseitigkeit. Es war fast allzu entspannt, ihre Gesellschaft zu haben. »Ja, megaspannend.« Ich musste den Sarkasmus faken.

Sie lachte ein warmes, sonniges Lachen, das die Regenwolken zu vertreiben drohte. »Ah! Das passt perfekt.« Sie holte ein riesengroßes leeres Marmeladenglas hervor, das sie in einem der Küchenschränke gefunden hatte. »Was meinst du, wie viel hättest du heute für die Essensbestellung ausgegeben?«

Ich kam nicht umhin, mich zu fragen, ob ich für meine Antwort eine spöttische Zurechtweisung ernten würde. »Ich weiß nicht genau. Wieso?«

»Ich will dein Geld.«

»Ich dachte, du willst mein Geld eben *nicht*, oder zumindest nicht, dass ich das Apartment miete. Was brauchst du denn?«

»Was hättest du heute fürs Essen ausgegeben?«

Ich gab es auf, zu verstehen zu versuchen, worauf sie hinauswollte. »Ich weiß nicht. Fünfzig, sechzig Pfund.«

Sie schüttelte fast unmerklich den Kopf und streckte eine Hand aus. »Okay, her damit. Gib mir fünfzig Pfund.«

Sie verlangte Geld von mir, damit ich ihre Kartoffeln schälte? Ich hatte nicht die Energie, mit ihr zu diskutieren. Ich holte bloß meine Geldbörse heraus und gab ihr drei Zwanzig-Pfund-Noten.

»Perfekt.« Sie schraubte den goldenen Metalldeckel vom Glas und steckte das Geld hinein. »*Médecins Sans Frontières* kann immer eine Spende gebrauchen. Das kommt einem guten Zweck zugute. Danke.«

Ich war nicht sicher, ob es am guten Zweck lag oder an ihr, aber es ging irgendwie ein Ruck durch meinen Bauch. Die Leidenschaft, mit der sie Gutes tat, war bewundernswert. »Wirst du wieder für sie in den Freiwilligendienst gehen?«

Sie holte ein Backblech heraus und zuckte dann mit den Schultern. »Ich war jetzt dreimal im Einsatz. Meine Mum möchte es nicht.« Sie wurde still. »Aber ich habe gern viel zu tun.«

»Glaubst du wirklich, dass du nicht auch in einem Londoner Krankenhaus viel zu tun haben wirst, Hartford?«

Sie nickte heftig, als versuchte sie, sich selbst zu überzeugen. »Das hoffe ich. Mein neuer Job dort geht am Montag los. Außerdem werde ich versuchen, so viel Erfahrung wie möglich zu sammeln, indem ich freiwillig Extraschichten übernehme.«

Diese zielstrebige, engagierte Frau schien so gar keine Ähnlichkeit mit der flatterhaften Tänzerin zu haben, die ich als Kind gekannt hatte. War das schon immer eine Seite von ihr gewesen, und ich hatte sie bloß nicht wahrgenommen? Ich versuchte, mich zu erinnern, konnte es jedoch nicht.

»Zwischendurch solltest du dir auch irgendwann Zeit fürs Privatleben nehmen.«

»Als was bezeichnest du das hier denn?« Sie warf mir ein Lächeln zu, während sie Rosmarin über das Hähnchen streute.

Seltsam, wie gemeinsame Erfahrungen und gemeinsame Bekannte eine Verbindung zwischen zwei Menschen erzeugen konnten. Ich wusste nicht recht, ob ich vor ihrer Ankunft am Flughafen jemals zwei ganze Sätze zu Hartford gesagt hatte, doch es kam mir so vor, als würde ich sie seit dreißig Jahren genau kennen.

»*Das hier* ist körperliche Arbeit«, erwiderte ich grinsend. Einem Teil von mir gefiel der Gedanke, dass ich ihr Privatleben darstellte. »Soll ich eine Massage im Spa für dich buchen oder so was? Geht auf mich.« Innerlich verdrängte ich die Vorstellung, wie sie bäuchlings auf einer Massageliege lag, sich ihre Kurven sanft unter dem dünnen Tuch abzeichneten und darauf warteten -

»Du bist echt witzig.«

Das wollte ich gar nicht.

»Erzähl mir von deiner Arbeit«, sagte sie. »Was bedeutet ›PR und Marketing‹ eigentlich? Wenn man den ganzen Tag mit Medizin zu tun hat, meint man schnell, es gäbe auf der Welt nichts anderes.«

»Meine Firma entwickelt und setzt PR- und Marketingstrategien für Luxusmarken um.«

»Okay, da brauche ich schon noch mehr Details.«

Was war das hier? Ein Interview? Normalerweise unterhielt ich mich gern über meine Arbeit, aber nicht heute. Nicht mit ihr. »Das bedeutet, dass eine Luxusmarke –«

»Nenn mir mal ein Beispiel, was eine Luxusmarke ist.«

Ich konnte mir ein leises Lachen nicht verkneifen. Ich war von Leuten umgeben, denen ich das nicht zu erklären brauchte. Selbst außerhalb der Arbeit waren meine besten Freunde wohlhabend und gönnten sich gern etwas. Hartford kam aus einer ganz anderen Welt. Einer einfacheren. Einer, mit der ich schon sehr lange nichts mehr zu tun gehabt hatte. »Du weißt schon, Moët et Chandon, Tiffany oder Dior. Du gönnst dir vielleicht nicht gern etwas, aber mit dem *Konzept* Luxus kannst du doch etwas anfangen, oder?«

Als sie die Augen zusammenkniff, wie um zu versuchen, es

zu verstehen, bekam ich das Gefühl, dass sie es nur halb im Scherz machte. Ich musste lachen.

»Diese Unternehmen geben uns Geld dafür, dass wir eine Markenstrategie entwickeln. Manchmal erstellen wir nur eine Anzeigenkampagne. Manchmal sind wir an allen Entscheidungen beteiligt, vom Packaging über die Preisgestaltung bis hin zu der Überlegung, in welchem Regal das Produkt stehen soll.

»Ich glaube, ich hab's verstanden. Und gehört dieses Hotel hier«, sagte sie und deutete dabei vage durch den Raum, »zu deinen Kunden?«

»Nein, ich hätte es aber gern als Kunden.« Die kleine Gruppe internationaler Luxushotels passte genau in unser Portfolio, doch im Moment war ich zu sehr damit beschäftigt, meine Bestandskunden zu behalten – und einen Kunden im Besonderen –, um an irgendeine Neuakquise zu denken.

»Wohnst du deswegen hier?«

»Nein, ich lebe hier, weil ich eine zentrale Lage brauche und die Aussicht großartig ist. Das Hotel liegt mittendrin. Die hoteleigenen Anlagen sind praktisch. Und es gefällt mir. Wer würde nicht hier wohnen wollen – mal abgesehen von dir? Ich kann dir ein Bett aus Nägeln bestellen, und du könntest immer nur das kalte Wasser anstellen, wenn du duschst. Würdest du dich dann wohler fühlen?«

Sie zuckte mit den Schultern. »Solange ich einen Platz zum Schlafen habe und etwas zu essen in den Magen bekomme, reicht mir das. Mir sind andere Dinge wichtig.«

Diese Weltanschauung war völlig ungewohnt für mich. Verurteilte sie mich dafür, dass ich andere Ansprüche hatte? Und warum zum Teufel kümmerte es mich, ob sie mich verurteilte? Ich wollte nachfragen, wo ihre Prioritäten lagen, wenn es ihr nicht auf Lebenskomfort ankam. Ich wollte nachbohren und mehr erfahren. Aber ich hielt mich davon ab. So waren wir nicht miteinander. Wir brauchten keinen Tiefgang. Ich half ihr, weil das meine Mum glücklich machte. Ich musste mich auf mein Unternehmen konzentrieren.

Meine Hände erstarrten in der Bewegung, als ich einen Geistesblitz hatte.

Merdon. Pharmaka. Experten.

Ich sollte Hartfords Wissen anzapfen, um eine Strategie für die GCVB-Präsentation entwickeln zu können, die wir, wie ich wusste, sehr bald würden halten müssen. Hartford war als Ärztin viel näher an der Pharmaindustrie dran als ich. Gleichzeitig arbeitete sie mit den Endkunden dieser Unternehmen – den Patienten. Ich musste ihre Gedanken dazu erfahren, ihre Denkweise verstehen. Offenbar war die Badewanne nicht der einzige Ort, an dem mir Ideen kamen.

Ehe ich die Gelegenheit hatte, die erste meiner hundert Fragen zu stellen, vibrierte ihr beiseitegelegtes Handy wegen einer neuen Nachricht. Sie nahm es hoch und ließ den Löffel aus der anderen Hand fallen, als sie sah, von wem die Nachricht kam. »Mein Chef«, sagte sie, während sie auf dem Display nach oben wischte. Dann stöhnte sie. Und fluchte. Und stöhnte noch ein paarmal, bevor sie das Telefon weglegte.

»Was ist denn?«

»Gerry hat mich nächsten Freitag zum Abendessen mit ihm, seiner Frau und einigen Kollegen vom Krankenhaus eingeladen. Und ich kann nicht mal behaupten, ich müsste arbeiten, denn er kennt den Schichtplan.«

Hatte ich etwas verpasst? War eine Einladung zum Essen denn das Schlimmste überhaupt? »Na, dann geh zu dem Essen bei deinem Chef.«

Sie stöhnte erneut, nahm jedoch den Löffel hoch und fing wieder an zu rühren. »Als wäre es so einfach. Erstens mal kenne ich den Mann gar nicht. Zweitens ist er eine Koryphäe der Kinderheilkunde.«

»Und du bist Kinderärztin. Also wo liegt das Problem?«

»Das ist mein Fachgebiet, ja. Für ihn zu arbeiten ist schon einschüchternd genug. Jetzt muss ich auch noch zu ihm nach Hause und … du weißt schon, mich mit ihm und seiner Frau unterhalten und …« Noch mehr Herumgestöhne. »Drittens habe ich nichts anzuziehen. Und zu allem Überfluss hat er auch noch geschrieben, dass ich jemanden mitbringen soll.« Sie riss den Kopf herum und sah mich an. »Oh mein Gott, würdest du vielleicht mitkommen?«

Die Freitagabende waren eigentlich für Candice reserviert. »Ich glaube, diesen Freitag habe ich schon etwas vor.«

»Klar«, sagte sie. »Natürlich hast du. Was soll ich überhaupt zu einem Abendessen mit meinem Chef anziehen? Ich meine, das ganze letzte Jahr über hatte ich immer nur Arztkleidung an oder das hier –« Sie deutete mit den Händen an sich herab zu dem unförmigen kakifarbenen Jogginganzug-Schrägstrich-Pyjama, den sie trug. »Und selbst bevor ich in den Jemen ging … Ich meine, ich habe viel gearbeitet. Ich war noch nie sonderlich gesellig.«

Nichts von dem, was sie sagte, kam überraschend. »Du brauchst Klamotten«, sagte ich und nahm dabei mein Handy aus der Hosentasche. »Ich kenne ein paar Frauen, die da vielleicht helfen könnten.«

»Ich möchte nicht von deinen Freundinnen eingekleidet werden, Joshua.«

»Gut, ich habe nämlich keine Freundin. Ich rufe die Kavallerie.«

»Das wird jetzt aber nicht so eine *Pretty-Woman*-Nummer, wo du den Concierge anrufst, der jemanden in einem Edelkaufhaus kennt und so weiter?«

Ich lachte leise über ihre Analogie. An Märchen glaubte ich nicht. »Keine Sorge. Keine *Pretty-Woman*-Nummer. Ich bin kein Richard Gere.«

»Und ich schlafe aus Prinzip nicht für Geld mit jemandem oder fange an, Zahnseide zu benutzen. Das Leben ist *viel zu kurz* für Zahnseide.«

Wieder schaute ich sie an und fragte mich, ob sie bewusst so witzig war oder nicht. Kopfschüttelnd blickte ich wieder auf mein Handy.

»Okay, nächsten Freitag am frühen Abend, vor dem Essen bei deinem Chef, hast du ein Date.«

Als ihr Gesicht eine hübsche rosa Farbe annahm, musste ich mich davon abhalten, ihr nicht mit dem Daumen über die Wange zu streicheln. *Konzentrier dich, Joshua.*

»Ich will kein Date. Ich will ein Kleid, das ich bei der Einladung meines Chefs tragen kann. Hörst du mir überhaupt zu?«

»Ich nehme dich mit zu Freunden von mir. Zu Beck und Stella. Stella kann dir etwas leihen. Und so, wie ich sie kenne, wird sie Hollie und Atumn mit einspannen und –«

»Oh mein Gott, Joshua. Was hast du gemacht?« Sie sah ernsthaft besorgt aus.

»Ich habe dir etwas zum Anziehen besorgt. Du wirst diese Frauen lieben. Sie werden sich um alles kümmern und –«

Als sie erneut stöhnte, hatte der Laut einen leicht hysterischen Beiklang.

Ich verstand nicht, warum sie nicht begeistert war. »Wenn du dich dann besser fühlst, komme ich als dein Begleiter mit.« *Shit.* Ich sollte mich doch auf die Arbeit konzentrieren – was bedeutete, weniger Zeit mit Hartford zu verbringen und nicht etwa mehr.

Sie sah mich an und machte große Augen. »Ja? Ich dachte, du hättest schon etwas vor.« Ein Blick zu ihr und ich wusste, dass ich es nicht wieder zurücknehmen konnte. Ihr Gesichtsausdruck war reinste Verletzlichkeit und Dankbarkeit. Als sie mir die Hand auf die Schulter legte, erstarrte ich – nicht, weil ich durch ihre Berührung wie versteinert war, sondern weil ich nur noch daran denken konnte, wie sehr ich mir wünschte, ich könnte mein Hemd ausziehen, um zu spüren, wie ihre Fingerspitzen in meine Haut drückten.

Shit. Shit. Shit.

Ich räusperte mich und versuchte, mich wieder in den Griff zu kriegen. »Nichts, was ich nicht absagen könnte.« Sie drückte kurz meine Schulter, bevor sie die Hand wieder wegnahm.

Das Abendessen mit Hartfords Chef könnte eine günstige Gelegenheit darstellen. Mehr nicht. Ich würde das für jede Freundin der Familie tun. Den Abend in einem Raum mit lauter Ärzten zu verbringen würde mir hoffentlich helfen, einen Einblick in ihre Welt zu bekommen, um mich auf den Pitch bei GCVB vorzubereiten.

Hier ging es nicht um Hartford. Hier ging es ums Geschäft.

5. Kapitel

JOSHUA

Ich ließ die weiche Wärme von Becks Whiskey meine Kehle hinunterrinnen. Wir waren schon seit Stunden hier. Ich wusste nicht recht, was Stella und Autumn mit Hartford anstellten, aber danach zu urteilen, wie lange sie brauchten, machte ich mich darauf gefasst, dass irgendwann Frankensteins Monster auftauchen würde.

»Wie läuft es mit dem Pitch für GCVB?«, fragte Beck.

Ich nickte. »Ganz okay, eigentlich. Ich bin dabei, externe Fachleute zu engagieren, und der Gedanke, etwas Neues anzufangen, gibt mir neue Energie.« Zu erleben, wie hingebungsvoll Hartford sich bei ihrer Arbeit für andere Menschen einsetzte, hatte mir einen Schub gegeben, als ich ihn brauchte. Zuerst war ich darauf aus gewesen, den Merdon-Pitch zu gewinnen, weil ich GCVB nicht als Kunden verlieren wollte. Inzwischen begeisterte mich der Gedanke regelrecht, in einer ganz anderen Branche für ein Unternehmen tätig zu werden, das die Lebensqualität vieler Menschen verbessern wollte.

»Mann, Mann, wie sich das Blatt doch gewendet hat. Wie kam das denn?«

Schulterzuckend schaute ich in Richtung Treppe, wo Hartford jetzt bald auftauchen musste. »Der Kunde hat eine Reihe von Unterlagen geschickt, die die positiven Effekte ihres

Vorhabens in den USA skizzieren, wichtige Medikamente für jene Menschen verfügbar zu machen, die sie brauchen. Sie versuchen wirklich, etwas zu verändern. Vielleicht ist es an der Zeit, mit Luca Brands ein neues Kapitel aufzuschlagen.«

»Du klingst begeistert. Ist es auch an der Zeit für ein neues Kapitel in Joshua Lucas Geschichte?« Er nickte in Richtung Treppe. »Sie ist hübsch.«

»Sie ist eine Freundin der Familie. Ich tue ihr einen Gefallen, und überhaupt, mir gefällt das Kapitel, in dem ich mich gerade befinde. Ich halte nichts davon, einen Schritt zurück zu machen.«

»Zurück?«, fragte Beck.

Bevor ich ihn daran erinnern konnte, dass ich den Weg einer ernsthaften Beziehung schon einmal eingeschlagen hatte, kam Stella mit einem Grinsen so breit wie China ins Wohnzimmer. »Sie ist absolut perfekt.« Sie klammerte die Hände zusammen, als würde sie womöglich explodieren, wenn sie losließe. »Sie ist total bodenständig und wunderschön, hat aber diese ›Umwerfend, weiß es aber gar nicht‹-Ausstrahlung.«

Es hörte sich an, als wollte Stella mich von irgendetwas überzeugen. Aber ich brauchte nicht überzeugt zu werden. Ich wollte bloß auf die Party und Hartfords Kollegen treffen.

»Sie ist ein nettes Mädchen. Bist du mal langsam fertig mit ihr? Wir müssen los.« Sie brauchten sie doch bloß in ein Kleid zu stecken und vielleicht etwas mit ihren Haaren zu machen. Wie lang konnte so etwas denn schon dauern?

»Sie ist eine *Frau*, Joshua. Eine schöne, kluge, witzige *Frau.*« Sie warf Beck einen Blick zu, der daraufhin pflichtschuldig nickte.

»Ich habe sie nur kurz kennengelernt«, sagte Beck. »Aber sie schien echt nett zu sein.«

Stella verdrehte die Augen. »Wart's ab, bis du sie siehst, Joshua. Sie hat tolle Haut. Ihr Gesicht ist so hübsch wie das einer Puppe. Und falls du auf Brüste stehst, Joshua, ihre Brüste – «

»Hör auf damit, Stella.« Ich verzog das Gesicht. Ich wollte nicht an Hartfords Brüste denken. Nicht schon wieder. Oder an ihre makellose Haut. Oder an ihre Fingerspitzen auf meinem Arm oder daran, wie ihr Lächeln mein Innerstes wärmte. Ich wollte das alles ignorieren.

»Na, du wirst es ja selbst sehen.«

Genau in dem Moment tauchte Hartford hinter Stella am Fuß der Treppe auf. Mein Penis regte sich, und ich musste ein Stöhnen unterdrücken. Sie sah aus, als hätte Vivien Leigh ein Baby mit Adriana Lima bekommen.

Stella hatte recht: Hartford sah atemberaubend aus. Ihre langen Haare, die ich am Wochenende bloß hatte erahnen können, waren offen und zu glänzenden Wellen gestylt; ihre eisblauen Augen schienen zu funkeln; und waren ihre Lippen immer schon so voll gewesen oder lag das an dem leuchtend roten Lippenstift? Und meine Güte, ich hatte keine Vorstellung davon gehabt, dass sich solche Kurven unter ihrer unförmigen Arztkluft versteckten.

»Wir haben nur ein Problem«, sagte Autumn, als sie hinter Hartford ins Zimmer kam.

Soweit ich das beurteilen konnte, schien es keinerlei Probleme zu geben.

»Sie will die Schuhe nicht tragen. Oder wenigstens einen davon.« Autumn hielt ein paar schwarze Riemchensandalen hoch. »Dabei sind die von Jimmy Choo.«

»Das ist ein Kunde von mir«, sagte ich. »Offenbar sind sie sehr bequem.«

Hartford prustete los. »Na, dann kannst du sie ja anziehen.«

Vor einer Challenge schreckte ich nie zurück. »Wirf sie rüber«, sagte ich, während ich meinen Schuh aufschnürte.

»Du wirst doch keine Frauenschuhe tragen, Joshua«, sagte Hartford mit einem finsteren Blick zu mir.

Ich schnürte meinen Schuh wieder zu und stand auf, damit ich ihr gesamtes Outfit sehen konnte. »Was hast du denn vor, zu diesem Kleid anzuziehen? Deine üblichen Turnschuhe?« Ein Paar Riemchensandalen wäre besser, aber angesichts ihres Gipses würde einer reichen müssen. Ihr Kleid war die perfekte Wahl für ein Abendessen mit dem Chef. Es hatte Ärmel, zeigte nicht zu viel Dekolleté und reichte bis über die Knie. »Ist das von Roland Meurier?«, erkundigte ich mich.

»Findest du es zu eng?«, fragte Hartford.

»Ich finde, es sieht großartig aus«, antwortete ich.

»Du brauchst nicht so geschockt zu tun.« Hartford seufzte.

Ich verdrehte die Augen. »Ich kenne dich schon ewig, Hartford. Ich bin nicht geschockt.« Erinnerungsstücke fügten sich wieder zusammen: Hartford mit streng zum Dutt zusammengebundenen Haaren, in einer Yogahose steckende lange Beine, der Oberkörper betont von einer Strickjacke mit einer Schnürung um die Taille. Ich konnte mich nicht daran erinnern, ob sie damals hübsch gewesen war, aber zweifellos war sie es heute.

»Mir werden die nicht passen«, sagte ich und hielt dabei Stellas Schuhe hoch. »Also musst du sie tragen. Oder zumindest einen.«

»Auf keinen Fall«, erwiderte Hartford. »Das geht zu weit. Ich werde mir nicht noch den gesunden Knöchel verstauchen, wenn ein Bein schon eingegipst ist. Ich soll doch einen guten Eindruck machen.«

»Du wirst dir nicht den Knöchel verstauchen«, sagte ich. »Ich bin ja da, um dich zu stützen.«

»Probier sie doch wenigstens mal an«, sagte Stella. »Bitte?«

Als Hartford mich unter den Wimpern hervor ansah, trafen sich unsere Blicke für einen Sekundenbruchteil. Die Luft veränderte sich. Autumns Geschwärme und Stellas Gut-Zureden traten in den Hintergrund, bis es nur noch uns beide gab.

»Mir zuliebe«, sagte ich.

Sie hielt die Luft an, als hätte sie eigentlich gerade etwas anderes sagen wollen. »Ich versuch's.«

Sie blinzelte, und wir befanden uns wieder im Zimmer.

»Der sieht super aus«, sagte Autumn, während sie zuschaute, wie Stella Hartford den Schuh anzog.

Steifen Schritts ging ich zu ihr. Wir mussten los.

»Ich werde hinfallen«, sagte Hartford.

»Du kriegst das schon hin«, flüsterte ich ihr ins Ohr.

Ich versuchte zu ignorieren, wie meine Freunde hinter mir miteinander tuschelten. Wahrscheinlich dachten sie sich schon Geschichten aus, dass ich Ende des Jahres verheiratet sein würde und dies die Frau war, in die ich mich verlieben würde. Sie begriffen nicht, dass dies kein Date war. Ich ging zu diesem Abendessen, um einen Insiderblick ins Gesundheitswesen zu bekommen. Außerdem half ich der Tochter einer alten Freundin der Familie. Die zufälligerweise umwerfend aussah.

6. Kapitel

HARTFORD

Es war lange her, dass ich ein Kleid getragen hatte. Die zehn Jahre alte Narbe an meinem Bein war verblasst und somit inzwischen fast unsichtbar, aber jedes Mal, wenn ich das silbrige Rinnsal an meiner Wade sah, regte sich Panik in mir. Erinnerungen drohten hervorzubrechen, und mir fiel wieder ein, warum meine Teenie-Verknalltheit in Joshua Luca so abrupt geendet hatte. Wenigstens heute Abend war die Narbe unter dem Gips verborgen.

Ich reckte das Kinn und zwang mich, unbestimmt vor mich hinzulächeln.

»Alles okay?«, flüsterte Joshua. Gerry, mein zukünftiger Chef, war Getränke holen gegangen, während seine Frau Margo nach dem Essen sah. Die anderen vier Gäste – alles Kollegen von der Kinderstation – unterhielten sich und lachten über Insiderwitze, von denen ich wusste, dass ich sie selbst dann nicht verstünde, wenn ich schon seit fünf Jahren mit Gerry arbeiten würde. Zum Glück lieferte mir mein gebrochenes Bein einen Vorwand, um an der Seite auf einem Barhocker zu sitzen, abseits vom Mittelpunkt des Geschehens. Joshua stand pflichtbewusst an meiner Seite und schien sich so wohl in seiner Haut zu fühlen wie immer.

Margo war unglaublich glamourös, sodass mein rüschiges Kleid nicht unpassend für das Abendessen war. Nur unpassend für mich. Ich war nicht für aufgestylte Frisuren gemacht. Oder für Rüschen. Oder Glamour. Zu der Zeit, als ich vielleicht Interesse an solchen Dingen entwickelt hätte, hatte ich mir schon beigebracht, mich auf die Arbeit zu konzentrieren und so gut wie alles andere auszublenden. Sich die Zeit zu nehmen, durch Läden zu bummeln oder verschiedene Frisuren auszuprobieren, hätte meinen Gedanken nur die Gelegenheit geboten, abzuschweifen – und das konnte ich überhaupt nicht gebrauchen.

»Ich mache bestimmt Flecken auf das Kleid«, flüsterte ich, während ich bewusst über Joshuas Schulter schaute, um nicht das frische weiße Hemd mit dem offenen Kragen zu betrachten, in dem er noch gebräunter wirkte als sonst. Er sah aus, als gehörte er auf eine Yacht.

»Geht gar nicht. Es ist schwarz.«

Er kannte mich nicht besonders gut. Ich war mir ziemlich sicher, dass ich es schaffte, so ziemlich alles einzusauen. Besonders wenn ich nervös war. Ich zuppelte am Rock des Kleids.

»Über Knielänge ist nicht kurz«, sagte Joshua lächelnd durch zusammengebissene Zähne. Er hatte die ganze Autofahrt lang versucht, mich davon zu überzeugen, dass alles über Knielänge bei einem Geschäftstermin in Ordnung war. Nur dass dies hier kein Geschäftstermin war. Medizin war kein Geschäft. Für mich jedenfalls nicht.

»Hast du überhaupt eine Ahnung, mit wem wir gleich essen werden? Gerry ist der Pädiater, dem alle anderen Pädiater nacheifern. Gerüchten zufolge hat der Premierminister seine Nummer auf der Kurzwahltaste, und er hat schon mehrfach den Posten als oberster Gesundheitsberater der britischen Regierung abgelehnt. Wie um alles in der Welt soll ich ihn beeindrucken?«, erwiderte ich.

»Sei einfach du selbst.« Sein Blick wanderte zwischen meinen Augen und meinen Lippen hin und her, hinunter zu meiner Brust und wieder hinauf. Unbeabsichtigtes Flirten. Er konnte es einfach nicht lassen. »Du bist witzig, ziemlich charmant, und du siehst wunderschön aus.«

Ich verdrehte die Augen. Joshua hatte den Charme ganz für sich gepachtet. Deswegen schwirrten auch ständig Frauen um ihn herum. Vor ein paar Tagen im Supermarkt fragten ihn zwei Verkäuferinnen, ob sie ihm behilflich sein könnten, ohne überhaupt zu merken, dass ich direkt neben ihm stand – und noch dazu mit Krücken. Das Mädchen an der Rezeption in der Lobby des Apartmenthauses begrüßte ihn immer. Von mir hatte sie noch nie auch nur Notiz genommen. Selbst Margo war errötet, als sie einander die Hand gaben, dabei war sie mindestens fünfundzwanzig Jahre älter als er. Joshua Luca war ein Frauenmagnet.

»Ich benehme mich nicht sonderlich erwachsen.«

»Du bist Ärztin«, erwiderte Joshua. »Das ist so ziemlich die Definition von Erwachsensein.«

Er verstand es nicht. Medizin war meine Komfortzone. Wenn ich ein unter Schmerzen leidendes Kind vor mir hatte, wusste ich, was zu tun war. Ich wusste, wie man beruhigte, untersuchte und alles Nötige tat, um eine Diagnose zu stellen. Und ich wusste, wie man heilte. Außerhalb des Krankenhauses konnte alles passieren.

»So, bitte schön.« Gerry kam mit einem Glas in jeder Hand auf uns zu. »Zwei Old Fashioned.«

»Einer meiner Lieblingsdrinks«, sagte Joshua und strahlte Gerry an.

Dieser grinste. »Meiner auch. Manche Männer trinken lieber Whiskey pur, aber ich genehmige mir gern einen Old Fashioned. Besonders nach einem Tennismatch. Wenn ich vom Platz komme, habe ich das Gefühl, mir den verdient zu haben.« Er lachte in sich hinein. »Spielen Sie Tennis, Hartford?«

Ich schüttelte den Kopf. Ich konnte nicht mal eine Alternative anbieten – *Nein, tut mir leid, Tennis ist nicht meins, aber ich liebe Squash/Korbball/Golf.* Nope, Sport und ich passten nicht recht zusammen. Tanzen hatte mich fit gehalten. Heute sorgte meine Arbeit dafür, bei der ich den ganzen Tag auf den Beinen war.

»Ich tue gern so, als könnte ich spielen«, sagte Joshua und unterbrach damit meine merkwürdige Nicht-Antwort. »Vor ein paar Jahren habe ich mich bereit erklärt, bei einem Charity-Turnier im Queen's Club mitzumachen, und wurde von Andy Murray fertiggemacht. Danach habe ich aufgehört, so zu tun als ob.«

Ich lachte los. Das musste doch ein Witz sein, oder? Nicht mal Joshua konnte ernsthaft schon eine Partie Tennis mit Andy Murray gespielt haben.

»Es war trotzdem ein Riesenspaß, von einem der Besten geschlagen zu werden.«

»Das möchte ich wetten.« Gerry machte große Augen. Er war eindeutig beeindruckt – aber wer wäre das nicht? »Ich liebe Tennis. Spiele schon ewig. Hält mich jung.«

»Sie sollten nächsten Sommer mit zum Charity-Turnier kommen. Vielleicht können Sie Andy schlagen.«

Joshua fühlte sich in dieser Umgebung vollkommen wohl – verteilte Komplimente und Einladungen zum Tennis, als wäre Gerry ein alter Freund. Wenn Joshua so weitermachte, würde er noch vor mir befördert werden, dabei hatte er gar keine medizinische Ausbildung.

»Ich wäre hocherfreut, junger Mann. Jeder Anlass, meinen Schläger rauszuholen oder anderen beim Spielen zuzusehen, ist mir recht. Margo und ich haben Dauerkarten für Wimbledon. Lassen wir nie ausfallen.«

»Dann organisiere ich das«, sagte Joshua.

»Und vielleicht sollten Sie Hartford Tennis beibringen. Ich halte viel von Work-Life-Balance.« Gerry drehte sich zur Seite, als Margo ihm auf die Schulter tippte und ihm einen weiteren Old Fashioned in die Hand drückte. »Cheers«, sagte er und erhob sein Glas.

»Work-Life-Balance«, wiederholte Joshua. »Absolut. Die hält einen fit.«

Fast unmerklich rückte Gerry ein Stück näher an Joshua. »Wenn man sich nicht immer ausschließlich nur ums Berufliche kümmert, macht einen das sogar effizienter, scharfsinniger, *besser.* Das versteht kaum einer. Alle wollen immer nur noch mehr Überstunden anhäufen. Wenn man unter meiner Leitung tätig ist, zählt zur Leistungsbeurteilung maßgeblich dazu, ob man auch ein Privatleben neben dem Krankenhausalltag hat.« Er nickte in meine Richtung. »Ich erwarte von Ihnen, mir nicht nur zu beweisen, dass Sie Patienten behandeln können, sondern auch zu zeigen, dass Arbeit und Privatleben bei Ihnen in einem ausgeglichenen Verhältnis stehen.«

Was zum Teufel sollte das denn heißen?

»Ich bin ein Fan von Alex Soojung-Kim Pangs Ansatz«, meinte Joshua ohne jedes Stocken. »Die besten Ideen kommen mir nie am Schreibtisch.«

Alex wer?

»Guter Mann.« Gerry schenkte Joshua sein, wie ich inzwischen festgestellt hatte, typisches knappes Nicken, dann wandte er sich zu mir. »Wenn man gerade von einem Einsatz für *Médecins Sans Frontières* zurück ist, muss man an der Work-Life-Balance arbeiten. Unter solchen Bedingungen nimmt einen die Arbeit voll und ganz in Anspruch. Aber auf die Dauer geht das nicht. Schneiden Sie sich eine Scheibe von Josh hier ab.« Er klatschte Joshua eine Hand auf die Schulter, als wären sie alte Freunde.

Kurz fragte ich mich, wie viel Felicity, meine Chefin im Jemen, Gerry von mir erzählt hatte. Sie hatte mich schon Monate, bevor ich mir das Bein brach, zu überzeugen versucht, dass ich nach London zurückkehren sollte. Sagte mir, ich müsste Dates haben, mit dem Stricken anfangen, irgendwo arbeiten, wo kein permanenter Belagerungszustand herrschte. Sie sagte mir, es würde mir guttun, zu Hause zu sein. Aber ich liebte meine Arbeit dort. Ich konnte Menschen wirklich helfen, und es gab so viel zu tun, dass die Wochen und Monate wie im Flug vergingen. Als ich mir das Bein brach, musste ich gehen. Wenn ich nicht arbeiten konnte, war ich eine Last, nahm nur Essen und ein Bett weg. Also war ich gezwungenermaßen hierher zurückgekommen. Es war nicht meine freie Entscheidung gewesen.

»Ich habe gern viel zu tun«, sagte ich. »Außerdem besitze ich jede Menge Energie. Schätze, in der Hinsicht habe ich einfach Glück.«

»Sie brauchen Erholung.« Gerrys Miene war ernst wie die eines strengen alten Schulmeisters. »Was nicht bedeutet, auf dem Sofa herumzuliegen und Gott weiß was auf diesem Netpix zu gucken. Sondern abseits des Krankenhauses Zeit in sinnvolle Aktivitäten zu investieren, die Sie glücklich machen. Es bedeutet, auf sich selbst zu achten, den Kontakt zu den Menschen, die einem wichtig sind, zu pflegen und sich ein Leben neben dem Beruf zu gestalten.«

Gerry klang ganz ähnlich wie Felicity. Das war vermutlich wenig überraschend – Felicity hatte mit ihm zusammengearbeitet und mich für die Stelle bei ihm empfohlen. Dennoch fragte ich mich unwillkürlich, ob sie ihn wegen mir vorgewarnt hatte.

»Ich sage das allen, die mit mir zusammenarbeiten«, fuhr Gerry fort. »Ob Sie meinen Rat befolgen, wird sich in Ihrer

Beurteilung widerspiegeln. Ich erwarte, dass Sie mir alle vierzehn Tage sowohl berichten, was im Krankenhaus los war, als auch, was Sie *neben* der Arbeit gemacht haben.«

Das konnte er doch nicht ernst meinen. Gut, die Leute redeten ständig von Work-Life-Balance und Achtsamkeit, aber solange ich eine gute Ärztin war, kam es darauf doch nicht an?

»Ich möchte, dass Sie während Ihrer Zeit bei mir nicht nur eine *gute* Ärztin werden, sondern eine *herausragende*. Und das schafft man nicht, wenn man immerzu arbeitet. Das mag zwar widersinnig klingen, aber vertrauen Sie mir. Man kann keine herausragende Arbeit leisten, wenn man Körper und Geist nicht die Zeit gibt, sich von der anspruchsvollen Arbeit zu erholen.«

Aus den Augenwinkeln konnte ich Joshua nicken sehen. Er war ein verdammter Multimillionär. Das war er doch nie im Leben geworden, indem er sich freitags immer freigenommen hatte.

»Freiraum zum Nachdenken und um den Horizont zu erweitern ist der einzige Weg zu wahrem Erfolg«, sagte Joshua. Ich bemühte mich, nicht die Augen zu verdrehen.

»Es freut mich sehr, dass Hartford jemanden hat, der sie in dieser Richtung bestärkt.« Gerry nickte mir zu. »Denken Sie an meine Worte. Wir unterhalten uns wieder. Wie gesagt, ich erwarte alle zwei Wochen ein Update, Ende nächster Woche das erste.« Er schaute zu Joshua. »Sie müssen für mich auf sie aufpassen. Entschuldigen Sie mich, ich gehe nur kurz Margo zur Hand.«

Ich setzte ein Lächeln auf, als Gerry auf dem Absatz kehrtmachte und wegging.

»Na, vielen Dank, dass du dich auf meine Seite schlägst«, sagte ich im Flüsterton.

»Für mich hat es sich so angehört, als wären wir alle auf derselben Seite – auf deiner. Er will nur helfen. Genauso wie ich.«

Klar, dass Joshua es nicht verstand. Ich hatte *gern* viel zu tun. Ich wollte nicht auf der Couch herumgammeln und Kochsendungen gucken.

»Warst du immer schon so …« Er sah mich aus zusammengekniffenen Augen an und … ich konnte nicht wegschauen. Ich konnte den Blick nicht von den goldenen Sprenkeln in den blauen Iriden losreißen, von den geschwungenen Wimpern, dem kantigen, ausgeprägten Kinn.

Da er den Satz nicht beendete, tat ich es. »Stur? Rechthaberisch?«

»Ich wollte nichts von beidem sagen.« Er schob die Hände in die Hosentaschen, eine Geste, die ich schon tausendmal bei ihm gesehen hatte. »Aber dein Chef hat dir gesagt, was er von dir erwartet. Er gibt dir einen Weg vor, wie du Eindruck auf ihn machen kannst. Ich dachte, genau das wäre dein Ziel?«

Dass er recht hatte, machte ihn kein bisschen weniger nervig. Ich wollte kein Hobby. Schnitte man mich in zwei Hälften, wäre ich Ärztin durch und durch. »Wie würde es dir gefallen, wenn dir jemand sagen würde, dass du dich von Grund auf ändern und den Rest deines Lebens am Schreibtisch arbeiten und Daten einpflegen sollst?«

Er hatte die eigenartige Angewohnheit, eine Pause zu machen, bevor er sprach. Ich wusste nicht recht, ob er die Antwort nur hinauszögerte, um mich zu quälen, oder ob er überlegte, was er sagen würde. So oder so, es weckte in mir das Bedürfnis, die Stille zu überbrücken. »Wenn es nötig wäre, damit ich in meinem Traumberuf weiterkomme, würde ich es machen.«

Urgh. Wenn er es so ausdrückte, klang es total einleuchtend. Für mich war es allerdings nicht so einfach. Ich wusste nicht, was ich anstellen sollte, wenn ich nicht arbeitete.

»Vielleicht hilft es dir, dich in London einzuleben und neue Freunde zu finden. Wer weiß, vielleicht hat er ja recht und du wirst dadurch sogar besser in deinem Job.« Als Joshua mich anschaute, war es, als wüsste er, dass ich ihm nicht abkaufte, wovon Gerry und er mich überzeugen wollten. »Mit Physiologie kennst du dich doch aus, nicht wahr? Es ist wie beim Laufen. Kein Mensch würde behaupten, wenn du Tag für Tag pausenlos läufst, wirst du dadurch schneller. Dein Körper würde einfach irgendwann streiken. Alle Sportler absolvieren unterschiedliche Trainingseinheiten und legen Ruhephasen ein. Mit der Arbeit ist es genauso. Du brauchst Zeit für andere Aktivitäten und Zeit zum reinen Nichtstun. Dadurch wirst du besser im Job. Versprochen.«

Ich wollte Gerry durchaus beeindrucken. Selbst wenn ich nicht ewig im Krankenhaus arbeiten würde, ein gutes Arbeitszeugnis von ihm konnte meine Karriere befördern, während ein mittelmäßiges sie ruinieren konnte. Wenn ich weniger arbeiten sollte, um in meinem Beruf voranzukommen, wie ich es mir immer erträumt hatte, dann würde ich das wohl versuchen müssen. Es würde nicht leicht werden. Die Vorstellung, Freizeit zu haben, kam einer Gewitterwolke gleich, die meine Sonne verdunkelte. Ich wollte nicht darüber nachdenken, wer ich überhaupt war, wenn ich die Zeit hatte, etwas anderes zu tun, als mich wie besessen der Medizin zu widmen. Das vielbeschäftigte, produktive, hochkonzentrierte Ich mochte ich viel lieber. »Ich habe keine Ahnung, wo ich anfangen soll. Ich hatte noch nie ein Hobby. Schlag jetzt ja nicht Tennis vor – ich bin ein hoffnungsloser Fall.« Ich hatte keinerlei andere Interessen außer Medizin. Seit der Zeit vor meinem Studium nicht mehr. Seit dem Unfall nicht mehr.

»Du kochst doch gern. Wie wär's, wenn du Unterricht nimmst?«

»Kochen ist kein Hobby. Sondern überlebensnotwendig. Wenn ich nicht kochen würde, hätte ich nichts zu essen.«

»Dann mach es zu einem. Fang mit Kuchen backen an oder Sushi rollen oder so.«

Ob Gerry so einfach zufriedenzustellen sein würde?

»Ein Schritt nach dem anderen«, las Joshua meine Gedanken. »Vielleicht kannst du mir die eine oder andere Kochstunde geben. Und wenn du dann erst mit dem Kochen losgelegt hast, fällt dir bestimmt noch etwas anderes ein. So ist das mit der Kreativität – sie braucht Freiraum, um sich zu entfalten.«

»Ich liebe meine Arbeit. Ich bin eine gute Ärztin. Was ist Schlechtes daran?«

»Gar nichts, solange es nicht das Einzige ist, was du tust. Er hat recht: Wenn dein Leben noch aus anderen Aktivitäten besteht, wirst du dich in deinem Beruf steigern.«

»Das sehe ich anders. Nehmen wir mal Bill Gates. Hat der Hobbys?«

»Ich hab gehört, er spielt gern Bridge. Und Jack Dorsey geht wandern.«

»Wer ist Jack Dorsey? Ein Kumpel von dir?«

»Bloß der Typ, der Twitter erfunden hat. Und Square. Und –«

»Okay, ich versteh schon. Ich werde anfangen zu stricken oder so.« Ich kippte einen großen Schluck Old Fashioned herunter und zuckte zusammen. Whiskey mochte ich fast so ungern, wie mir ein Hobby zu suchen. Aber mit Gerry und Joshua im Nacken würde ich es wohl versuchen müssen. Vielleicht hatten sie recht und durch den Abstand von der Arbeit würde ich meine Kompetenz steigern. Was sie nicht verstanden, war, dass ich nicht bloß so hart arbeitete, um eine bessere Ärztin zu werden. Medizin war schon seit Langem mein Seelenbalsam – die ultimative Ablenkung. Wenn man sich darauf konzentrierte, andere Menschen zu retten, dachte man nicht mehr an die vertanen Chancen im Leben. Nichts außer Medizin hatte die Macht, mich von *Was-wäre-wenn*-Gedankenspielchen abzulenken, und genau so gefiel es mir.

7. Kapitel

JOSHUA

Ich biss von einer Scheibe Toast ab und bewunderte in Boxershorts dasitzend den Ausblick auf den Park. Über Lautsprecher hörte ich meiner Mutter zu, die mir von ihrer Woche erzählte. Es gab Drama ohne Ende in Buckinghamshire.

»Wie dem auch sei, ich plappere und plappere, dabei hast du mir noch gar nicht erzählt, wie es sich so mit einer Mitbewohnerin lebt. Sie muss doch schon fast zwei Wochen da sein. Hast du dafür gesorgt, dass sie sich willkommen fühlt?«

Dass ich zusammenzuckte, hatte nichts mit der bitteren Marmelade auf meinem Toast zu tun. Ich hatte meiner Mutter gar nicht erst erzählt, dass Hartford nebenan wohnte. »Ehrlich gesagt habe ich sie kaum gesehen.«

»Ich hoffe doch, du kümmerst dich um sie.«

»Sie ist eine erwachsene Frau. Sie braucht niemanden, der sich um sie kümmert.«

»Hilfst du ihr, sich einzugewöhnen?«

Das Abendessen bei ihrem Chef zu Hause war … interessant gewesen. Ich hatte Gerry gemocht. Und Margo. Sie waren herzlich und ungekünstelt. Ich würde auf jeden Fall sicherstellen, dass sie Tickets für das Tennisturnier nächstes Jahr bekamen, und davor würde ich Gerry vielleicht sogar mal zum Mittagessen einladen. Er könnte noch ein nützlicher Kontakt in der Medizinwelt werden. Hartford allerdings war nervös gewesen. Als sie mir gestanden hatte, sie benehme sich nicht sonderlich erwachsen, hatte ich das für einen Witz gehalten. Aber Hartford schien dermaßen auf die Medizin konzentriert zu sein, dass sie vergessen hatte, was es sonst noch in der Welt gab. Gerry hatte es auch gemerkt und war eindeutig besorgt.

»Natürlich. Aber ich habe viel zu tun. Sie hat viel zu tun.«

»Marion sagte, sie sei ...« Sie senkte die Stimme, als stünde Marion direkt neben ihr. »Recht besessen von der Arbeit. Wollte anscheinend gar nicht wieder weg aus dem Jemen.«

Ich hatte sie nicht groß nach ihrer Zeit im Ausland gefragt. Oder wie es ihr damit ging, wieder zurück zu sein. Vielleicht war ich ihr doch nicht ganz der Freund, der ich sein sollte. Ich würde ihr nachher mal schreiben, um nachzuhorchen.

»Sie ist ein liebes Mädchen, nur ... völlig auf die Arbeit fixiert, berichtet Marion. Und natürlich wünscht Marion sich sehnlichst Enkelkinder.«

Ich trank einen Schluck Orangensaft, um einen drohenden Erstickungsanfall zu verhindern, denn ich konnte spüren, wie sich mir die Kehle zuschnürte.

»Tja, ich bin nicht sicher, ob ich da weiterhelfen kann.«

»Ich schon«, erwiderte meine Mutter.

Sie konnte doch nicht ernsthaft wollen, dass ich Hartford nicht nur drei Monate hier unterbrachte, sondern auch noch schwängerte. »Mutter«, sagte ich in deutlich warnendem Tonfall. Sie und ich standen uns nah, aber um mein Sexleben zog sich stillschweigend ein Stacheldrahtzaun. Manches sollte eine Mutter nicht über ihren Sohn wissen.

»Du hast doch Freunde, die Single sind, oder? Was ist denn mit Gabriel?«

»Ach, dann willst du ganz allgemein die Kupplerin spielen, nicht bloß für mich?« Ich grinste und wusste, dass sie ebenfalls lächelte. »Gabriel lebt mit Hollies Schwester zusammen.

Das hatte ich dir doch erzählt. Sie haben sich vor Kurzem verlobt.«

»Ach ja, stimmt. Na, und was ist mit Tristan? Oder Andrew?«

Wenn meine Mutter Genaueres über das sogenannte »Beziehungsleben« von Tristan oder Andrew zu hören bekäme, würden ihr dir Ohren bluten.

»Na ja, Mum, ich glaube, Marion würde nicht wollen, dass Hartford mit einem der beiden ausgeht.«

»Na, du hast doch bestimmt noch andere Freunde. Vielleicht jemand aus deiner Firma. Anscheinend kennt sie niemanden in London.«

»Okay, Mum, ich werde sehen, was ich tun kann.« Nach dem Abendessen bei Gerry und Margo hatte ich vor, heute mal bei ihr reinzuschauen. Sie hatte sich eindeutig unwohl gefühlt. Wenn sie tatsächlich in meinem Gästezimmer wohnen würde, hätte ich gelegentlich ganz nebenbei nach ihr sehen können. Schuldgefühle krallten sich in meinen Bauch, weil ich egoistischerweise angenommen hatte, sie käme allein klar.

Ein Klopfen an der Tür erregte meine Aufmerksamkeit. Sonst klopfte nie jemand bei mir. Genau das brachte eine Rezeption in der Lobby – keine unerwarteten Besucher. Es konnte nur eine Erklärung geben: Hartford.

»Kann ich dich später zurückrufen? Es hat geklopft.« Während ich aufstand, versicherte ich meiner Mutter, ich würde mir mit Hartford wirklich Mühe geben, dabei wusste ich ganz genau, dass ich dieser gleich gegenüberstehen würde. Es konnte niemand anderes sein.

Ich legte auf und schwang die Tür auf.

»Guten Morgen!«, sagte sie.

Sie zu sehen war, wie ein Glas kaltes Wasser zu trinken, von dem man erst merkte, wie sehr man es gebraucht hatte, wenn es geleert und der Durst gestillt war. Die Sommersprossen auf ihrer Nase schienen ein wenig blasser geworden zu sein, seit ich sie vom Flughafen abgeholt hatte, aber sie wirkte immer noch stets richtig frisch. Es war beinahe, als würde ihre Weltanschauung – eine andere, als die aller anderen Menschen, denen ich je begegnet war – von innen heraus strahlen.

»Hartford.«

Sie hielt einen langhenkeligen Beutel mit einem Bild von einem Dackel darauf hoch. Offensichtlich erwartete sie eine Reaktion, doch ich wusste nicht recht, was ich sagen sollte.

»Bist du etwa jetzt erst aufgestanden?« Sie klang schockiert darüber, dass man so faul sein konnte, am Wochenende bis neun auszuschlafen.

»Es ist Samstag«, antwortete ich bewusst vage. In Wahrheit war ich seit etwa fünf Uhr wach. Ich hatte trainiert und dann ein langes Bad genommen. GCVB hatte mich informiert, dass wir nächste Woche das Briefing zu dem Medikament bekommen würden, das Merdon auf den Markt bringen wollte, und da wollte ich vorbereitet sein.

»Die Sonne scheint, es ist Samstag, und ich befolge deinen Rat«, sagte sie und nahm dabei den Beutel herunter. »Ich habe alle Zutaten fürs Kuchenbacken. Ich bin zwar eine ganz passable Köchin, aber eine miserable Bäckerin. Jetzt habe ich allerdings Zeit zum Üben – und einen Grund, gut darin zu werden. Jeder mag doch die Kollegin, die immer etwas leckeres Selbstgebackenes mitbringt, oder nicht? Gerry kann mir den Beweis dafür, dass ich seinen Rat befolge, buchstäblich aus der Hand fressen.«

Genau genommen kannte ich Hartford schon ewig, aber Augenblicke wie dieser machten glasklar, dass wir einander nicht sonderlich gut kannten. Keiner meiner fünf besten Freunde – Männer, die mich besser kannten als irgendjemand sonst – würde mir je vorschlagen, einen Kuchen zu backen. Niemals.

»Du willst, dass ich mit dir backe?«

»Na ja, Gerry, du und alle anderen wollen doch unbedingt, dass ich mir ein Hobby zulege. Das Einzige, was ich außer der Medizin sonst noch mag, ist Kuchen essen. Also extrapoliere ich.«

Extrapolieren?

»Ich habe die Zutaten für einen Schokoladenkuchen besorgt und für einen Cheesecake«, fuhr Hartford fort. »Ich finde, wir fangen mit dem Schokoladenkuchen an. Ich meine, wer isst nicht gern Schokoladenkuchen? Cheesecake können wir danach machen.«

Ich wollte ihr erklären, dass Sport oder ein Hobby, bei dem man tatsächlich mit Menschen interagieren musste, eine bessere Beschäftigung für einen Samstag wären, allerdings hatte ich ihr selbst geraten, kleine Schritte zu machen. Das hier war einer. So gerade eben.

Einen Kuchen mit Hartford zu backen hieß, Zeit mit ihr zu verbringen und zuzugucken, wie diese Sommersprossen hüpften und sich verzogen, wenn sie diverse übertriebene Gesichtsausdrücke aufsetzte. Ich *sollte* eigentlich eine Ausrede erfinden, aber wenn ich mitmachte, konnte ich meiner Mum ehrlich sagen, dass ich mir Zeit für Marions Tochter genommen hatte. Außerdem konnte mich die Aktion vielleicht von der Tatsache ablenken, dass ich Tausende Mitarbeiter entlassen müssen würde, wenn meine Geniezeit nicht irgendein Wunder hervorbrachte.

»Gib mir zehn Minuten, um zu duschen und mir was anzuziehen. Ich komme dann rüber.«

Sie grinste mich an, sichtlich zufrieden darüber, dass sie sich mich zu Willen gemacht hatte. Was ihr nicht gelungen wäre, wenn ich es nicht selbst gewollt hätte – nur um das klarzustellen.

»Kannst aber ruhig das Hemd weglassen.« Sie ließ den Blick an meinem nackten Oberkörper hinunterwandern. »Ich meine, wir wollen schließlich kreativ werden. Vielleicht inspiriert mich deine Nacktheit ja.«

»Raus hier«, sagte ich scherzhaft, als wäre ihr unverhohlenes Bewundern meines Körpers fast beleidigend. »Ich backe nicht nackt.« Ich machte eine Pause, bevor ich hinzufügte: »Es sei denn, du bist es auch.«

Sie schüttelte den Kopf. »Ich glaube, du würdest sogar mit deiner Großmutter flirten, wenn sie noch leben würde.« Sie drehte sich um und ging zu ihrem Apartment.

Über die Schulter rief sie mir zu: »Bring eine Schürze mit.«

8. KAPITEL

HARTFORD

Ich fragte mich, wie lange es wohl dauern würde, bis Joshua auffiel, dass mein Gips ab war. Bis dahin würde ich herauszufinden versuchen, wofür die ganzen Küchenutensilien gedacht waren, die ich gerade ausgepackt hatte. Bei gefühlten achtundneunzig Komma drei Prozent davon hatte ich keine Ahnung, wie man sie benutzte. Das Sieb kannte ich. Und die Rührschüssel. Aber der Rest überstieg meine Kompetenz.

»War das alles in deiner Küche?« Joshua wirkte genauso ratlos, wie ich mich fühlte. Damit er mir beim Backen half, hatte ich ihn von nebenan hergeschleppt, wo er damit »beschäftigt« gewesen war, in Boxershorts abzuhängen. Wenn er derart felsenfest davon überzeugt war, dass Gerry recht hatte und man noch etwas anderes tun musste, als zu arbeiten, dann sollte es ihm nichts ausmachen, mir zur Hand zu gehen.

»Ein Teil davon. Ich habe Alice vom Empfang erzählt, dass ich Backzutaten einkaufen gehe, und als ich wiederkam, stand ein Riesenkarton mit den ganzen Sachen hier vor meiner Tür.«

»Dann backen wir also wirklich?«

»Ja. Es dürfte dich freuen zu hören, dass ich nicht vorhabe, dich mit einem Sieb zu operieren.«

»Wieso jetzt?« Konfus fuhr er sich mit den Händen durchs Haar.

»Weil das Sieb nicht steril ist, natürlich.«

Er brauchte einen Moment, um zu verarbeiten, was ich gesagt hatte, bevor er mich mit einem Blick aus seinen blauen Augen durchbohrte. »Doch nicht, wieso du mich nicht operierst, sondern wieso backen wir jetzt?«

»Gerry und ich hatten Freitag unsere erste Besprechung. Er war sehr verärgert darüber, dass ich ihm nichts erzählen konnte, was ich in meiner Freizeit unternommen habe. Er sagte, er wolle mich am Montag erneut sprechen, um zu hören, was ich am Wochenende gemacht habe. Kannst du das fassen?«

»Der Mann meint es ernst«, sagte er.

Ich zog die Rührschüssel und die Waage beiseite. Damit würde ich anfangen. »Ich werde den fertigen Kuchen für die Kollegen mit ins Krankenhaus nehmen, damit Gerry den handfesten *Beweis* dafür sieht, dass ich ein Hobby habe.«

Ich gab ihm mein iPad und krempelte dann die Ärmel hoch. »Das Rezept steht da. Miss du den Zucker ab, ich stelle den Backofen an.«

»Gut.« Er drückte auf der Waage herum. »Weißt du, wie die funktioniert?«

»Keine Ahnung. Du bist doch der geniale Unternehmer.« Ich stellte den Ofen an und machte mich daran, für uns Platz zum … Backen freizuräumen. Es war verrückt. Keine meiner Fantasien hatte jemals Mehl beinhaltet, als ich vor Jahren ständig von Joshua träumte.

»Was hat eine Waage denn damit zu tun, ob ich ein genialer Unternehmer bin?« Er zog eine Augenbraue hoch – ein Move, der, soweit ich es beurteilen konnte, schon seit er sechzehn war fest zu seinen Flirtmethoden gehörte. »Ich meine, ich *bin* eindeutig ein genialer Unternehmer.« Als er mich mit zusammengekniffenen Augen ansah, musste ich lächeln.

»Hast du ein Abzeichen oder so was?«

»Zweifelst du etwa an mir? Nur zu deiner Information: Ja, ich habe ein Abzeichen *und* ein entsprechendes Tattoo.«

»Ein Tattoo?« Ich scannte seinen vollbekleideten Körper ab, als hätte ich einen Röntgenblick.

»Ein Tattoo.« Als er meinen Blick sah, grinste er. »Jetzt wüsstest du wohl zu gern, wo?«

Es war, als hätte er meine Wangen in Flammen gesetzt. Da fantasierte ich ein Mal nicht von ihm, und er unterstellte es mir. »Du laberst nur Quatsch«, sagte ich, schnappte mir das iPad und tat so, als würde ich das Rezept lesen.

»Vielleicht zeige ich es dir mal.«

Beruhige dich, Herz. Selbst wenn Joshua der hässliche Cousin von Herman Munster wäre, würde sein Selbstvertrauen jede Frau, in deren Nähe er je kam, in den Bann ziehen. Ich musste mein Abwehrschild hochfahren.

»Da muss ich mir vielleicht vorher erst noch mit einem Löffel die Augen auskratzen«, gab ich zurück. Auf keinen Fall würde er auch nur den Hauch einer Ahnung davon kriegen, was sein Geflirte mit mir anstellte.

Ich musste einen kühlen Kopf bewahren und mir in Erinnerung rufen, dass er gar nicht anders konnte. Es ging nicht um mich; Joshua hatte ein chronisches Leiden: unheilbares Flirten.

Ich stellte die Zutaten zusammen mit den Backutensilien bereit, die ich zu brauchen glaubte: Kuchenformen, Backpapier, Teigschaber, Rührschüssel. Es schien viel komplizierter zu sein, als ich es mir vorgestellt hatte, als mir heute Morgen die Idee dazu gekommen war.

»Ich finde es super, dass du bereit bist, dich auf das Leben neben dem Beruf einzulassen.« Joshua hatte herausgefunden, wie die Waage funktionierte, und löffelte Zucker in die Schüssel.

»Wieso beschäftigt es dich überhaupt, ob ich gerne Überstunden mache?«, fragte ich.

Kurz wirkte er verlegen. »Ich bin bloß … na ja. Ich habe meiner Mum gesagt, ich würde dafür sorgen, dass du dich gut einlebst.«

»Verstehe.« Warum sonst sollte ihn interessieren, was ich machte? Er hatte ja nicht einmal bemerkt, dass mein Gips ab war. Ich ließ die Butter in den Zucker plumpsen. »Anscheinend müssen wir das verrühren.«

»Die Butter? Geht das überhaupt?«

Ich las das Rezept noch einmal. »So steht es hier. Mit einem Handmixer, das ist wohl dieses Teil hier.« Ich hielt ein Gerät hoch, das aussah wie eines, das meine Grandma besaß. »Das solltest vielleicht lieber du machen.«

Ich stöpselte den Mixer ein, und Joshua fing an zu rühren. Stumm guckten wir beide zu, wie sich die Zutaten zu verbinden begannen. Joshua schaute so konzentriert in die Schüssel, als hinge seine gesamte Zukunft davon ab. Ich wandte den Blick ab, damit er mir nicht von den Augen ablas, wie megasüß ich das fand. Ich konnte mich nicht erinnern, ihn je gesehen zu haben, sich bei etwas anstrengen zu müssen. Alles schien ihm zuzufallen. Backen anscheinend aber nicht. Tja, da wären wir schon mal zwei.

Joshua schaltete das Gerät aus, und ich reichte ihm ein Ei, wobei ich sorgsam darauf achtete, seine Hand nicht zu berühren. Mein Abwehrschild brauchte heute nicht noch weiter auf die Probe gestellt zu werden.

»Jetzt müssen wir die Eier aufschlagen und weiterrühren.« So weit, so gut. »Also, ich sorge dafür, dass wir beide bis zu den Ellbogen in Butter stecken. Und was sind deine Hobbys?«

»Schlagsahne mag ich lieber als Butter.« Er schenkte mir ein extrem sexy Lächeln, bei dem sein Grübchen in den fünften Gang hochschaltete. Mein Abwehrschild knarzte und quietschte, sodass ich mich wegdrehte und an der Spüle zu schaffen machte. Ich hatte meine Verknalltheit in Joshua vor langer Zeit abgelegt und nicht vor, wieder darin zurückzuverfallen. Egal wie verführerisch dieses Grinsen und das blöde Grübchen sein mochten.

»Aber mal im Ernst …« Er schaute mich an, als ich wieder zum Küchentresen kam. Der Teig fing an, Glanz zu bekommen – wir backten! »Ich habe einen engen Freundeskreis, mit dem ich viel Zeit verbringe. Ich gehe gern ins Fitnessstudio und …«

»Und was?«

»Und nichts Besonderes. Solche Sachen eben. Du weißt schon, Zeit mit Menschen verbringen. Abgesehen von den Leuten, mit denen ich zusammenarbeite.«

»Wie lange bist du schon Single?« Ich überlegte angestrengt, ob ich je gehört hatte, dass Joshua eine Freundin hatte. »Hättest du nicht mal fast geheiratet? Was ist damals passiert?« In dem Sommer, nachdem ich mich fürs Medizinstudium beworben hatte, hatte meine Mutter es einmal erwähnt, aber ich wollte damals nichts darüber hören. Nach dem Unfall *dachte* ich nicht einmal an Joshua.

»Ich treffe mich mit Frauen.« Sein Tonfall war knapp und angespannt, und der sonst so gelassene Joshua, an den ich gewöhnt war, mauerte und wurde defensiv. »Ich brauche keine Freundin, die mich vervollständigt. Oder eine Ehefrau.«

»Tut mir leid«, sagte ich und zuckte fast darüber zusammen, wie er die Worte ausspie. »Ich meinte bloß – du hast viele – und ich dachte –« Ich hasste es, etwas Falsches gesagt zu haben und nicht einmal zu wissen, wieso. Genau aus diesem Grund sollte ich nicht *menscheln* dürfen.

»Ich bin glücklich damit, wie es ist.« Genauso schnell, wie seine Laune gekippt war, drehte sie sich wieder. Er lächelte. »Ich habe ein sehr erfülltes Leben. Außerdem mangelt es mir nicht an weiblicher Gesellschaft.« Und einfach so tauchte das Grübchen wieder auf.

»Gut.« Ich lächelte erleichtert, weil der vertraute Joshua wieder da war.

»Du bist froh, dass ich regelmäßig flachgelegt werde?«

Schulterzuckend lachte ich. »Na sicher. Wieso denn nicht?«

Wir arbeiteten in zufriedenem Schweigen vor uns hin, während wir die Zutaten vermengten, den Teig in Backformen gossen und sie dann in den Ofen schoben. Ich stellte den Timer meiner Armbanduhr auf zwanzig Minuten ein, wie es im Rezept stand.

Gegen die Arbeitsfläche gelehnt standen wir beide da und behielten die durchsichtige Backofentür im Auge, als rechneten wir damit, dass ein krallenbesetztes, fauchendes Etwas daraus entwich. »Ist schon komisch«, brach ich schließlich das Schweigen. »So viel Freizeit wie im Moment hatte ich noch nie. Für die Arbeit bin ich gestählt, aber nicht fürs Leben außerhalb davon.« Was mir mit am meisten an der Medizin gefiel, war, dass es so viel zu lernen gab. Jede Menge Prüfungen. Vieles, woran man denken musste. Was bedeutete, dass ich nicht an das dachte, was ich gern vergessen wollte.

»Hast du als Kind nicht viel Ballett getanzt?«

Mein Bauch geriet in Aufruhr, als er sich an den Oberkopf fasste.

»Du trugst deine Haare meistens hochgebunden. Praktisch immer. Ich erinnere mich an einen allgegenwärtigen Dutt. Hast du schon mal überlegt, einen Kurs für Erwachsene zu belegen?«

Ich wollte die vergangenen zehn Sekunden auslöschen und so tun, als hätte er nie gefragt, aber so lief das im Leben nicht. »Ich kann nicht mehr tanzen, seit ich mir zum ersten Mal das Bein gebrochen habe«, sagte ich, so schnell ich die Worte herausbekam. »Nicht richtig. Nicht so, wie ich gern würde.« Erinnerungen an die Nacht des Unfalls brachen über mich herein – wie fest überzeugt ich gewesen war, dass bei Gewitter zu fahren kein Problem sei. Wie sicher ich mir gewesen war, dass ich Joshua und Patrick von der Silvesterparty retten konnte, auf der sie festsaßen. Mein Teenager-Hirn hatte das für eine prima Idee gehalten, obwohl ich gerade erst die Führerscheinprüfung bestanden hatte. Ich hätte alles gegeben, damit Joshua Notiz von mir nahm. Ich hatte mein Herz an die Vorstellung gehängt, wenn ich die beiden abholte, würde er mit einem Mal merken, dass ich nicht mehr bloß die kleine Schwester war. Hätte mein siebzehnjähriges Ich nur geahnt, was kommen würde – die dunkle Windschutzscheibe, durch die man kaum etwas erkennen konnte, die regennassen Straßen, auf denen die Reifen keinen Grip hatten. Die Kurve, die ich zu spät genommen hatte.

Der Straßengraben.

Die Rettungssanitäter.

Der gebrochene Knochen, der sich schmerzhaft durch meine Haut bohrte.

Und die Bitterkeit Monate später, als ich meinen Platz in der Ballettschule verlor, weil ich schlicht nicht mehr so tanzen konnte wie früher.

Meine Armbanduhr piepte los und riss mich aus meinen Erinnerungen. Ich wischte übers Display, um den Alarm auszuschalten. Meine Rettung, der Kuchen.

Ich holte tief Luft und konzentrierte mich auf das, was sich im Backofen befand.

»Alles okay bei dir?«, fragte Joshua.

»Bestens.« Durchs Zurückblicken ließ sich nichts ungeschehen machen. Es erinnerte mich nur daran, warum es so wichtig war, stets beschäftigt zu bleiben und mein Abwehrschild intakt zu halten.

»Du wirkst aber nicht so.«

Ich ignorierte ihn. Der Teig in den Formen sah nicht anders aus als beim Hineinschieben in den Ofen. Sollte der nicht hochgehen oder so? Ich schaute zu Joshua, ob er mehr Ahnung davon hatte, was wir hier machten, doch er starrte bloß in den Backofen.

»Wenn du keinen Unterricht nehmen willst, wie wäre es dann, in eine Ballettaufführung zu gehen?«

Hatte er den Wink nicht kapiert, dass ich nicht darüber reden wollte? »Warum? Damit ich den ganzen Abend lang neidisch auf die ganzen Tänzer sein kann, die sich nicht das Bein gebrochen haben?« Ich konnte mir nichts Schlimmeres vorstellen.

»Es macht dir also gar keinen Spaß, wenn du nicht selbst tanzt?«

Früher hatte ich es geliebt, mir Aufführungen des Royal Ballet im Royal Opera House anzusehen. Ich war bei jeder Gelegenheit hingegangen. Das hatte meine Entschlossenheit und meinen Ehrgeiz befeuert. Aber heute? Da würde es mich nur an das erinnern, was ich nicht hatte. An die Dummheiten, die ich begangen hatte. »Ich glaube nicht.«

Er fuhr sich mit den Händen auf diese Art durchs Haar, die glauben machte, er sei ein bisschen schüchtern. »Luca Brands hat ein Logen-Abo für das Royal Opera House. Ein wichtiger Kunde von mir liebt die Oper. Aber die Ballettaufführungen besucht nie jemand. Du solltest hingehen.« Er zog sein Portemonnaie hinten aus der Jeanstasche und schob dann eine Visitenkarte auf die Arbeitsplatte. »Ruf einfach meine Assistentin an, wenn du hingehen möchtest. Nimm jemanden mit. Oder geh allein hin. Jederzeit.«

Ich trat einen Schritt vom Tresen weg und näher zum Backofen. »Danke.« Ich hatte die Kunst perfektioniert, nicht ans

Ballett zu denken, und jetzt kam Joshua und sagte, dass ich mir, wann immer ich wollte, die Auftritte einer der weltbesten Ballettkompanien ansehen konnte. Für mein altes Ich wäre es das perfekte Geschenk gewesen. Doch ich war nicht mehr die Alte.

»Ich schätze, ich sollte sie rausholen«, sagte ich, wobei ich mir die Ofenhandschuhe anzog. »Glaubst du, sie sind fertig?«

»Ich habe keine Ahnung. Ich habe in meinem ganzen Leben noch keinen Kuchen gebacken. Was meine Küchenerfahrung angeht, ist es beim Äpfelschälen geblieben.«

»Wenn ein Blinder die Blinden führt.« Ich klappte die Ofentür auf und nahm eine der Formen heraus. Nun, der Teig bewegte sich immerhin nicht mehr so wie beim Hineinschieben. Ich nahm auch die zweite Form heraus und wandte mich wieder dem Rezept zu. »Wir müssen sie auf einen Gitterrost stürzen.«

»Ich weiß nicht recht, ob die so aussehen, wie sie sollten. Müssten die nicht höher werden?« Joshua streckte die Hand aus und drückte auf einen der Kuchenböden, während er ein Gesicht schnitt, als grübelte er über einen wichtigen Schachzug.

»Ich werde das Rezept befolgen und sie aus der Form holen.« Genau wie es im Rezept stand, stürzte ich die Böden auf einen Gitterrost.

»Sie sind überhaupt nicht aufgegangen«, sagte Joshua. »Wir müssen irgendwas falsch gemacht haben.«

»Nein, ich hab's überprüft. Wir haben alles so gemacht, wie es hier steht.« Aber er hatte recht. Der Kuchen sah nicht gut aus und hatte sich beim Stürzen schwer angefühlt.

»Stella kann gut backen.« Joshua rieb sich mit der Handfläche übers Kinn, während er auf die beiden flachen Scheiben starrte, als wären sie ein Problem, das es zu lösen galt. »Vielleicht solltest du sie anrufen, ob sie dir ein bisschen Unterricht geben kann.«

Jetzt machte er sich aber lächerlich. »Ich kenne Stella doch gar nicht gut.«

»Zwei Fliegen mit einer Klappe. Du kannst sie besser kennenlernen *und* lernst backen. Vielleicht freundet ihr euch ja an. Vielleicht auch nicht. Deine Backkünste können jedenfalls nicht schlechter werden.«

»Hey!« Ich pikte erneut in den Teig, um herauszufinden, ob er beim Abkühlen lockerer wurde. »Du warst doch auch die ganze Zeit dabei.«

»Shit!«

Als ich mich umdrehte, hielt Joshua seinen Arm hoch. Ein rascher Blick auf die noch heißen Backformen neben ihm verriet mir genau, was passiert war.

»Hast du dir den Arm verbrannt?«

Sein schmerzverzerrtes Gesicht reichte als Antwort. Ich zog ihn zur Spüle und stellte das Wasser an. »Halte ihn hier drunter.« Die Haut war dunkelrot. Ich hielt seinen Arm unter den kalten Strahl und griff zur Armatur, um sie einen Tick wärmer einzustellen, damit das Wasser nicht allzu kalt wurde.

»Ist schon gut«, sagte er und versuchte, seinen Arm wegzuziehen.

»Nein, ist es nicht. Wir müssen die Stelle länger kühlen, als du meinst.« Ich hatte nicht vor, ihm zu sagen, wie lange. Wenn er schon nach zehn Sekunden ungeduldig wurde, würde er nach zehn Minuten die Wände hochgehen.

»Ehrlich, mir geht's gut.«

»Der rote Striemen hier sagt aber etwas anderes. Ich hatte vergessen, was für ein schwieriger Patient du bist.« Joshua war sonst immer so cool und gelassen – hätte er nicht gerade Schmerzen, wäre es lustig, ihn so genervt zu erleben. »Habe ich dir eigentlich schon mal erzählt, dass du mich dazu inspiriert hast, Ärztin zu werden?« Ich rückte seinen Arm zurecht, damit sich die Verbrennung vollständig unter dem Wasserstrahl befand, und fuhr dann mit meiner Geschichte fort, um ihn abzulenken. »Als Patrick und du über Ostern von der Uni zu Hause wart, habt ihr Tennis gespielt, und du hast dir den Knöchel verstaucht.«

Er sah mich stirnrunzelnd an und konnte sich eindeutig gar nicht an das Ereignis erinnern, das mein ganzes Leben verändert hatte.

»Du hattest versucht, einen krassen Ball zu kontern, und bist dabei hingefallen.« Ich hatte den seltsamen Sturz noch vor Augen und wie sein Fuß nachgegeben hatte, bevor er zu Boden ging.

»Als ich mir den Knöchel verstaucht habe und ins Krankenhaus musste? Da warst du dabei?«

Ich stieß ein schwaches Lachen aus bei dem Gedanken, dass er sich nicht einmal an meine Anwesenheit erinnerte, geschweige denn daran, wie ich ihn direkt nach dem Sturz versorgt hatte. Es war genau neunzehn Wochen nach dem Unfall passiert, bei dem mein Schmachten nach Joshua mein Leben für immer veränderte. Ich war damals kaum mehr ein Schatten meiner selbst gewesen. Kein Wunder, dass er sich nicht erinnerte.

Dieser Nachmittag war ein weiterer Wendepunkt für mich gewesen. Ich hatte seit meinem Unfall kaum gegessen oder gesprochen. Meine Schwärmerei für Joshua war seit neunzehn Wochen passé. Mein Platz an der Ballettschule war verloren. Dass ich Patrick und Joshua an jenem Vormittag zugeschaut hatte – statt im Bett zu liegen und die Decke anzustarren –, lag nur daran, dass es nicht ganz so nervig war, wie meinen Eltern zuzuhören, die darüber stritten, ob ich eine Therapie brauchte oder nicht. Mein Vater war strikt dagegen gewesen, meinte, ich würde mich schon wieder fangen. Meine Mutter hatte versucht zu helfen. Ich wusste, dass eine Therapie nichts ändern würde. Nichts würde etwas ändern. Durch meine eigene Dummheit hatte ich mir die Zukunft vermasselt und würde nie wieder dieselbe sein. Ich hatte mich damit abgefunden, den Rest meines Lebens im Bett zu liegen.

»Ja, ich war dabei. Ich habe deinen Knöchel hoch gelagert. Die Schürfwunden mit meiner Wasserflasche gespült. Es hat sich gut angefühlt, sich um jemanden zu kümmern. Danach beschloss ich, Ärztin zu werden.« Für Joshua hörte ich mich wahrscheinlich albern an – wie ein Kind, das spielte, sein kranker Teddy müsste gesund gepflegt werden. Aber so war es nicht. Während ich Joshua versorgte, hatte ich die ganze Zeit weder an den Unfall noch an meine verlorene Zukunft gedacht. Es war, als hätte das Erste-Hilfe-Leisten alles andere aus meinem Hirn gefegt. Ich hatte jemandem geholfen, der Schmerzen litt; ich war zu etwas nütze gewesen.

Patrick hatte man praktisch nicht gebrauchen können – er sagte zu Joshua, er solle es einfach rauslaufen. Ich war diejenige gewesen, die wusste, was zu tun war. Ich hatte meinen Bruder angewiesen, meine Eltern zu holen, und mit Joshua über Fußball geredet, um ihn abzulenken. Ich ließ ihn sich auf mich stützen, damit er zu einer Bank humpeln konnte, und legte dann seinen Fuß auf Patricks Sporttasche. Erst nachdem meine Eltern gekommen waren und Joshua ins Auto eingeladen hatten – mein Bruder fuhr mit –, kehrten die Gedanken an den Unfall schlagartig zurück. Und da wusste ich, dass ich Ärztin werden musste. Es wäre meine Rettung. Das Universum hatte mir eine zweite Chance gegeben. Ich ergriff sie – und folgte diesem Weg seitdem.

»Ich dachte, ich wäre im Krankenhaus gewesen?«

»Warst du auch. Meine Eltern haben dich hingebracht.« Ich war zu Hause geblieben. Es sollte noch Monate dauern, bis ich wieder in ein Auto stieg. Selbst heute saß ich nie selbst am Steuer.

»Ja, ich erinnere mich vage daran. Aber wie sich herausstellte, war es nur eine Verstauchung.« Eine Verstauchung, die meinen Lebensweg verändert hatte. »Heute wird kein Krankenhausbesuch nötig«, sagte er mit einem Nicken zu seinem Arm, den ich noch immer unter fließendes Wasser hielt.

»Du wirst es überleben. Sieht nicht so aus, als würde sich eine Brandblase bilden.« Ich ließ seinen Arm los und stellte den Wasserhahn ab.

Er lehnte am Küchenschrank, während er mir zusah, wie ich seinen Arm mit einem Küchentuch trocken tupfte. Auf einmal veränderte sich die Atmosphäre, und mir wurde überaus bewusst, wie dicht wir beisammenstanden, wie sich Joshuas Muskeln unter seinem T-Shirt wölbten, wie sich, als er den Arm anspannte, ein Schalter an meinem Herz umlegte und es zu galoppieren begann. Er grinste zu mir herunter, woraufhin ich einen Schritt wegtrat. Wo zum Teufel war mein Abwehrschild, wenn ich es brauchte?

»Wo ist dein Gips hin?«, sagte Joshua mit einem Blick auf mein Bein, als hätte ich anscheinend vergessen, ihn wieder anzulegen, nachdem ich auf der Toilette gewesen war. »Und du gehst ja ohne Krücken. Wann ist das denn passiert? Wie fühlst du dich?«

Ich lachte. Es war ihm endlich aufgefallen. »Er wurde gestern abgenommen. Und ich fühle mich gut. Ein bisschen schwach zwar, aber vielleicht gehe ich nachher noch ins Fitnessstudio des Hotels.«

Er trat einen Schritt zurück, weiterhin auf mein Bein fixiert, als wäre es unglaublich, dass ich unter dem ganzen Gips immer noch eines besaß. »Warte mal kurz. Ich habe da etwas, das dir guttun wird.«

Nein, hast du nicht, dachte ich bei mir. *Hast du ganz bestimmt nicht.*

Er ließ die Tür angelehnt, als er aus meiner Wohnung verschwand. Wo wollte er denn hin?

Ich machte mich daran, das Chaos aufzuräumen, das wir veranstaltet hatten. Als ich die Spülmaschine zuklappte, tauchte Joshua hinter mir auf.

»Komm, setz dich.« Er legte mir eine Hand aufs Kreuz und führte mich zum Sofa. »Leg dein Bein auf meinen Schoß.«

Ich verzog das Gesicht. »Nein, Joshua. Was hast du denn vor?«

Er stellte eine kleine Flasche auf den Beistelltisch, zog mein Bein auf seine Knie und schob meine Arzthose hoch. Nach hinten gelehnt stützte ich die Arme hinter mir auf und rechnete damit, dass etwas Verhängnisvolles passieren würde.

»Bestimmt ist deine Haut total trocken von dem Gips.« Er griff nach der Flasche, drehte sie auf den Kopf und gab sich etwas Lotion auf die Hand. »Dieses Zeug ist super. Der Eukalyptus pflegt, und Aloe vera spendet Feuchtigkeit.«

Ehe mein Gehirn Zeit hatte, zu verarbeiten, was gleich passieren würde, schrie ich schon auf, als er mit den Händen mein Bein hinaufstrich.

Er grinste. »Ist ein bisschen kalt, nicht? Warte ab, es wird sich gleich ganz toll anfühlen.«

In meinem Kopf schrillte eine Sirene los: *Alarm. Ausfall des Abwehrschilds. Ausfall des Abwehrschilds.*

»Entspann dich.« Joshua hob den Kopf. »Leg dir ein Kissen in den Rücken. Du musst lernen, dich auch mal um dich selbst zu kümmern. Diese Lotion bringt echt was. Du wirst sehen.«

»Vielen Dank, Estée Lauder.« Ich schaute in dem Versuch aus dem Fenster, mich von Joshuas festem Griff abzulenken. Unwillkürlich fing mein Körper an zu ermatten. Ich musste mich immens zusammenreißen, um nicht zu seufzen – seine Hände fühlten sich einfach so gut an. Zu gut. Das hier war eine ganz schlechte Idee. Es war, als wüsste er von meinem Abwehrschild und hätte es sich zum Ziel gemacht, es auszuschalten.

»Deine Haut ist ein bisschen trocken, aber das Bein sieht sehr gut aus.« Er sprach mit sanfter Stimme und beugte sich vor, um es näher in Augenschein zu nehmen. »Man sieht gar nicht, dass es wochenlang eingegipst war.« Als er plötzlich mit dem Eincremen aufhörte, wusste ich, dass er meine Narbe bemerkt hatte. »Hast du dich da geschnitten?«

»Die ist vom ersten Mal, als ich mir das Bein gebrochen habe«, sagte ich und starrte dabei aus dem Fenster, damit er nicht merkte, wie sehr mich das immer noch schmerzte.

»Deswegen hast du mit dem Tanzen aufgehört?«

Ich nickte.

»Das muss schwer gewesen sein. Ich weiß noch, wie wichtig es dir war.«

Ich versuchte, mein Bein wegzuziehen, doch er verstärkte seinen Griff. Als ich nachgab, fuhr er damit fort, die Lotion in meine Haut einzumassieren. Seine Bewegungen wurden nachdrücklicher und langsamer, sodass mein ganzer Körper in Aufruhr geriet. »Vielleicht brauchst du ein Bad.«

»Nein, danke. Ich nehme nie ein Bad.« Was gab es in der Badewanne schon zu tun, außer drin zu liegen und nachzudenken? Das klang nach absoluter Folter. Wobei, bis vor fünf Minuten hatte ich eine Massage von Joshua auch noch für die reinste Hölle gehalten. Ich schloss die Augen in dem vergeblichen Versuch, die Joshua-Luca-Eindrücke abzuwehren, die auf mich einströmten.

»Vielleicht kann ich dich eines Tages doch dazu überreden«, sagte er, während er mit den Daumen seitlich an einer Seite meiner Tibia hinauffuhr und an der anderen wieder hinab. Wenn er so weitermachte, würde ich nicht nur in Joshua verknallt sein – sondern schwanger mit seinem Kind.

»Versprichst du mir was?«

Alles, dachte ich. Ich schüttelte den Kopf, um wieder zu mir zu kommen und mir in Erinnerung zu rufen, wer hier gerade bei mir war. Als ich die Augen aufmachte, stellte ich fest, dass er mich ansah, als würde er gleich etwas Wichtiges sagen.

»Wenn ich dich dazu inspiriert habe, Ärztin zu werden, dann muss ich dich doch auch dazu inspirieren können, Stella anzurufen.« Ich machte den Mund halb auf, um etwas zu erwidern, fand jedoch keine Worte. »Der Kuchen sieht echt übel aus.«

Ich lächelte. »Okay.« Mit einem kleinen Nicken nahm ich das Bein von seinem Schoß. Ich konnte nicht anders, als leicht enttäuscht darüber zu sein, dass er mich losgelassen hatte.

9. Kapitel

Joshua

Stella grinste mich an, als sie in Becks Lieblingsrestaurant – einem Griechen in Soho, bei dem wir alle zusammen zu Mittag aßen – auf den Stuhl mir gegenüber rutschte. »Hallo, Joshua.«

Mein Blick huschte zu Beck, weil ich mich fragte, ob er mich wohl vorwarnen würde, was Stella im Schilde führte. Denn sie heckte definitiv etwas aus.

»Stella.« Ihren Namen sprach ich aus, als dächte ich auf einem Feld voller Tretminen über meinen nächsten Schritt nach. Ich griff nach der Speisekarte und tat so, als würde ich überlegen, ob ich den Lachs oder das Hühnchen bestellen sollte.

Stella legte die Hand auf die Seite, die ich gerade studierte, um meine volle Aufmerksamkeit zu bekommen. »Du wirst das Hühnchen nehmen. Machst du immer.«

»Ich glaube, ich nehme den Lachs.«

»Interessant. Du wirkst defensiv.« Sie grinste noch breiter. »Apropos interessant, wo ist Hartford?«

Stirnrunzelnd blickte ich erneut zu Beck, bekam jedoch keine Reaktion. Er versteckte sich hinter seiner Speisekarte, um sich möglichst aus dem Vorhaben rauszuhalten, das Stella eindeutig verfolgte. »Ich verstehe nicht, was du meinst.«

Tristan erschien in der Tür, und ich winkte ihn in der Hoffnung zu uns, dass Stella dadurch von mir abgelenkt würde. Und von Hartford. Oder mir und Hartford.

»Ich liebe das Hühnchen in diesem Laden«, sagte er, während er sich setzte und sich ein Glas Wasser aus der Flasche eingoss, die auf dem Tisch stand. »Wo sind denn alle anderen?«

Beck beschloss, sich doch an unserem Mittagessen zu beteiligen, und legte die Speisekarte weg. »Gabriel und Autumn sind übers Wochenende in Paris. Andrew meinte, er versucht es zu schaffen, er hat aber einige geschäftliche Telefonate zu erledigen.«

»Und Dexter und Hollie?«, fragte ich.

»New York. Wegen irgendwas mit Diamanten.«

»Hartford hat mich angerufen«, verkündete Stella. »Deine«, sie hob die Hände und machte Anführungszeichen in die Luft, »›Mitbewohnerin‹ möchte Backnachhilfe von mir.«

»Toll«, sagte ich ehrlich erfreut darüber, dass Hartford sich bei Stella gemeldet hatte. »Ich hoffe, ihr findet einen Termin. Sie hat nicht viele Freunde und ist viel zu sehr auf ihre Arbeit fixiert.«

»Oh ja, ich werde mir auf keinen Fall die Gelegenheit entgehen lassen, Zeit mit ihr zu verbringen. Wir haben schon etwas abgemacht. Hollie und Autumn kommen auch vorbei. Wir sind alle ganz *fasziniert* von ihr.«

Fasziniert? Das war aber eine komische Beschreibung dafür, wie man jemanden fand. Sie war doch kein Ausstellungsstück im Museum. »Ach ja?«

»Ja, ich möchte die Frau kennenlernen, die dich dazu bringt, mit ihr essen zu gehen und in deiner Freizeit zu backen.«

»Ich war nicht mit ihr essen – nicht in dem Sinne.« Gerry und Margos Dinner-Einladung war kein Date gewesen, aber deswegen eine Diskussion anzufangen lohnte sich nicht. »Ich hab's dir doch gesagt, sie ist eine Freundin der Familie. Ich habe meiner Mum versprochen, dass ich ihr helfe, sich in London einzuleben.«

Als Stella mich angrinste und nickte, leuchtete ihr Gesicht wie ein Feuerrad. »Und echt hübsch ist sie auch.«

Ich runzelte die Stirn in dem Gefühl, in eine Falle zu tappen. »Sicher.«

»Eigentlich nicht dein Typ«, befand Stella, »aber definitiv freundintauglich. Und wenn du mich fragst, sogar ehefrautauglich.«

Stella hatte den Verstand verloren.

»Ich lüge dich nicht an Stella. Sie ist eine Freundin der Familie. Ich helfe ihr.« Stella hatte die Sache komplett in den falschen Hals bekommen. »Du kannst doch unmöglich denken, dass sie – ich meine, ich kenne sie schon mein ganzes Leben. Da ist nichts – Beck, jetzt hilf mir doch mal.«

»Stella«, sagte Beck. »Joshua protestiert *viel* zu heftig. Ich glaube, du könntest da tatsächlich den richtigen Riecher haben.«

»Du und ich sind geschiedene Leute.«

Beck zuckte mit den Schultern. »Besser als *tatsächlich* geschieden zu werden, weil ich mich in aller Öffentlichkeit gegen Stella gestellt habe. Und überhaupt, mal ganz im Ernst, es hört sich so an, als würdest du das Mädchen mögen.«

»Die Frau«, berichtigte ihn Stella.

»Sie ist in Ordnung. Aber du hast sie doch auch kennengelernt. Sie ist ja wohl kaum mein Typ.«

»Weil sie schlau ist?«, fragte Stella. »Wahrscheinlich schlauer als du. Und wunderschön. Und wie eine Ehrlichkeitsbombe auf zwei Beinen.«

Ich bemühte mich, nicht über Stellas erstaunlich zutreffende Beschreibung zu lachen. Nichtsdestotrotz war Hartford nicht mein Typ. »Versuch jetzt nicht, daraus eine Joshua-schläft-nurmit-dummen-Models-Gardinenpredigt zu machen. Erstens mal sind nicht alle Models dumm. Und zweitens schlafe ich auch liebend gern mit einer genialen Wissenschaftlerin, wenn sie aussieht wie Gisele.«

Stella stöhnte. »Es geht nicht immer nur ums Aussehen, Joshua. Du musst dich doch auch mit der Frau unterhalten können, die du datest.«

Eigentlich nicht, wagte ich nicht, laut zu erwidern. Ich brauchte mit den Frauen, mit denen ich schlief, nicht über den Jemen-Konflikt diskutieren zu können.

»Hartford ist schön«, sagte Stella. »Und echt klug. Und sie hat einen megawichtigen Beruf – außerdem hat sie dich dazu gekriegt, zu backen.«

»Sie ist ein tolles Mä- eine tolle *Frau*. Und wie ich schon die ganze Zeit sage: Ich helfe ihr, sich in London einzuleben.«

»Tja, wenn du dich nicht beeilst, wird jemand sie dir wegschnappen.« Stella warf mir einen warnenden Blick zu, als wüsste sie etwas, das ich nicht wusste. Datete Hartford etwa schon jemanden?

Obwohl sie Ärztin war und bereits in einem Kriegsgebiet gelebt hatte, stand fest, dass Hartford in mancherlei Hinsicht extrem naiv war. In London wimmelte es von Männern, die Frauen wie sie als Beute betrachteten. Ich musste sie unbedingt mal anrufen, um herauszufinden, was für ein Kerl das genau war. Um sicherzugehen, dass man sich wegen dem keine Sorgen machen musste.

»Weißt du, du könntest allen anderen ja zuvorkommen«, sagte Stella. »Frag sie, ob sie am Donnerstag mit dir essen geht oder so.«

Diese Frau ließ nicht locker.

»Es war nicht gelogen, als ich sagte, dass sie nicht mein Typ ist. In die Richtung denke ich bei ihr gar nicht.« Hartford war nicht mehr das Mädchen, das ich zuletzt im Garten meiner Eltern gesehen hatte. Die langen Beine waren noch da. Die Zöpfe auch. Aber sie war definitiv zur Frau geworden. Zu einer wunderschönen Frau. Trotzdem würde ich nicht der Vater von Marions Enkelkindern werden. Das passte nicht zu mir.

»Vielleicht solltest du deinen Typ wechseln. Vielleicht datest du die falsche Sorte Frauen. Und wenn ich ›daten‹ sage, meine ich ›Sex haben‹. Ist es nicht mal an der Zeit für eine feste Beziehung?«

Beck unterbrach den Gedankenstrom seiner Frau mit einem Räuspern. »Stella.«

»Was denn?«, fragte sie. »Joshua ist umwerfend. Und charmant und reich, und habe ich schon umwerfend gesagt – «

Beck zog die Stirn kraus. »Muss ich mir etwa Sorgen machen?«

Stella blinzelte, ehe ihre Miene aufklarte. Sie lachte und machte ein Gesicht, wie es Mütter bei ihren Neugeborenen aufsetzten. »Natürlich nicht ganz so attraktiv wie du, mein Schatz.«

Beck verdrehte die Augen. »Hör einfach auf, dich in Joshuas Leben einzumischen. Er wird es schon hinkriegen.«

»Aber Hartford ist so toll. Sie ist perfekt für ihn.«

»Du hast sie doch erst ein Mal getroffen, Stella«, sagte ich. Kein Zweifel, Hartford war toll, das bedeutete jedoch nicht, dass ich mit ihr schlafen wollte. Mehr als nur Sex wollte ich mit niemandem haben, und etwas Unverbindliches kam mit einer alten Freundin nicht infrage.

»Und mit ihr telefoniert habe ich auch«, sagte Stella.

»Es würde mich freuen, wenn Hartford und du Freundinnen werdet. Aber du musst es jetzt echt mal gut sein lassen. Ich habe kein Interesse an Hartford.«

Stella sackte auf ihrem Stuhl nach hinten und griff sich ihr Wasserglas. »Okay, ich lasse es. Für heute. Aber wenn sich meine Meinung nach dem Backunterricht nicht geändert haben sollte, warne ich dich schon mal vor, dass du das heute nicht zum letzten Mal gehört haben wirst.«

Ich war erleichtert, mich auf den Rest des Mittagessens freuen zu können, ohne dass Stella mir dabei Hartfords Vorzüge anpries. Sie war meine Nachbarin, und ich kannte sie schon fast mein ganzes Leben. Ich wusste, wer sie war. Im Prinzip jedenfalls. Sie war schlau und witzig und schön und hatte ihren eigenen Kopf. Aber ich würde auf gar keinen Fall mit ihr schlafen.

10. Kapitel

HARTFORD

Ich klappte die weiße Pappschachtel auf und schob die Torte auf den Teller aus der Kantine. Zwei Krankenschwestern, die im Begriff waren, den Pausenraum zu verlassen, blieben stehen.

»Haben Sie die gebacken?«, fragte diejenige mit dem Pferdeschwanz.

Ich zuckte zusammen. »Ich habe sie gekauft. Ich hatte versucht, eine zu backen, bin aber gescheitert.«

»Die sieht aber gut aus«, sagte ein Mann hinter mir.

»Greifen Sie zu, Jacob«, antwortete ich dem Arzt, der gerade in den Pausenraum gerauscht war, weshalb sich die Aufmerksamkeit sämtlicher Frauen nun auf ihn richtete statt auf meine Torte. Jacob war der Frauenschwarm des Krankenhauses. Es war leicht zu erkennen, warum. Er trug sein hellblondes Haar raspelkurz geschnitten, sodass seine blauen Augen und sein markanter Kiefer maximal zur Geltung kamen. »Ich habe Servietten mitgebracht, ich musste Mabel aus der Kantine nämlich schon mein Erstgeborenes versprechen, um bloß einen Teller zu bekommen.«

»Das ist aber nett von Ihnen. Haben Sie die gebacken?«, fragte Jacob.

Ich schüttelte den Kopf.

»Hartford! Nach Ihnen habe ich gesucht«, sagte Gerry, als er in den Pausenraum geschlendert kam. Er schaute zwischen

Jacob und mir hin und her. »Haben Sie mal eine Minute?« Ohne eine Antwort abzuwarten, ging er wieder durch die Tür hinaus, durch die er gerade hereingekommen war. Ich beeilte mich, ihm zu folgen.

Gerrys Büro sah aus, als könnte es früher ein Lagerraum gewesen sein. Es war winzig, hinter der Tür stand ein zusammengeklappter Rollstuhl, und es mangelte eindeutig an Fenstern.

»Setzen Sie sich.« Er schloss die Tür hinter mir und zog einen Hocker unter seinem Schreibtisch hervor.

»Sie haben Torte mitgebracht.« Während er sprach, checkte er etwas auf seinem Computer. »Das ist nett von Ihnen.«

»Ich habe versucht zu backen, doch es ist mir misslungen, also habe ich die Torte gekauft. Aber ich werde einen neuen Versuch starten. Eine Freundin von Joshua wird mir sogar Backunterricht geben. Sie wissen schon, ich versuche, mir ein Leben neben der Arbeit zuzulegen, wie Sie es mir nahegelegt haben.«

Stirnrunzelnd wandte er sich mir zu. »Das ist schon mal ein guter Anfang. Und es ist schön zu hören, dass Sie Freundschaften schließen. Sie sagten doch, Joshua und Sie seien kein Paar. Gibt es da noch jemand anderen?«

Ehe ich antworten konnte, schüttelte er den Kopf, als wollte er sich selbst rügen. »Ich weiß, ich sollte das nicht fragen, aber meine Assistenzärzte sind für mich wie meine Kinder. Ich möchte sie gern glücklich sehen. Erfüllt. Margo sagt, ich sei ein übergriffiger alter Mann, und ich schätze, da hat sie recht –«

Er wurde durch ein Klopfen an der Tür unterbrochen.

»Herein.« Sein Tonfall war ganz strenge Autorität.

Jacob streckte den Kopf zur Tür herein. »Die Studie, nach der Sie gefragt hatten.« Er reichte Gerry einen verblassten roten Schnellhefter.

»Haben Sie sich schon eine Freundin zugelegt, Jacob?«

Jacob räusperte sich. »Nein, noch nicht, Sir.«

»Gut, gut. Dann werden Sie Hartford zum Essen ausführen.«

Beschämung kroch meine Glieder hinauf. Hatte mein Chef etwa gerade für mich jemanden gefragt, ob er mit mir ausging? Gerry schien zwar ein liebenswürdiger Mensch zu sein, aber er brauchte mich nun wirklich nicht zu verkuppeln.

Ich fing an zu protestieren, doch Gerry hob die Hand, um mich zum Schweigen zu bringen. »Jacob findet mich genauso übergriffig wie Sie, aber tun Sie mir den Gefallen.« Er wandte sich an Jacob. »Hartford kennt mich noch nicht so lange wie Sie. Sie muss sich noch an meine Marotten gewöhnen. Sie können Sie ja vielleicht beim Essen auf Stand bringen.«

Jacob salutierte Gerry gelassen, als hätte er das schon tausendmal erlebt und fände es kein bisschen seltsam. »Kein Problem. Ich verrate ihr, wie genau man Ihnen aus dem Weg geht.«

Gerry lachte auf und fuhr dann zusammen, als sein Telefon klingelte.

»Samstagabend?«, fragte Jacob mich.

Ich schüttelte den Kopf. »Ehrlich, Sie haben doch sicher etwas Besseres zu tun–«

»Ach, das wird lustig. Ich habe Dienst, sollen wir uns also um halb neun treffen? Ich schreibe Ihnen noch, wo genau.«

Ich zuckte mit den Schultern. Vor meinem Chef, der mich eben verkuppelt hatte, konnte ich wohl kaum ablehnen. »Okay. Geben Sie mir Bescheid, dann komme ich dorthin.« Ich bemühte mich, begeistert zu klingen, gab jedoch eine furchtbar schlechte Schauspielerin ab.

Als Gerry auflegte, glitt Jacob aus dem Büro und zog die Tür hinter sich zu.

»Also«, sagte er und räusperte sich. »Wir sind letzte Woche vom Thema abgekommen, weil wir uns darüber unterhalten haben, was Sie neben der Arbeit so machen. Erzählen Sie mal, fühlen Sie sich wohl bei uns?«

»Alle haben mich sehr freundlich aufgenommen, und ich habe das Gefühl, schon viel länger hier zu sein, als es tatsächlich der Fall ist.« Ich fragte mich, ob ich ihn darauf ansprechen sollte, dass er aussah, als hätte er seit einer Woche nicht geschlafen. »Der nebenberufliche Kram ist eine Herausforderung, aber ich arbeite daran.«

»Das merke ich. Bleiben Sie dran. Ich möchte alle zwei Wochen ein Update. Bis dahin könnte ich bei einer Sache Ihre Hilfe gebrauchen. Allerdings möchte ich nicht, dass es Ihrer Eingewöhnung im Weg steht oder dem Vorhaben, sich ein Leben neben der Arbeit zuzulegen.«

Das klang interessant. Nickend forderte ich ihn auf, fortzufahren.

»Im Ernst, Hartford. Es handelt sich um die Sorte Projekt, die einen völlig in Anspruch nehmen kann. Sie müssen mir versprechen, dass Sie außerhalb der Arbeit weiterhin so gute Fortschritte machen.«

»Ich verspreche es«, erwiderte ich.

Er schob seinen Stuhl zurück und stieß nickend die Luft aus. »Was ich Ihnen gleich sagen werde, ist streng vertraulich, und Sie dürfen es unter gar keinen Umständen irgendjemandem weitererzählen.« Gerrys Miene wechselte von fröhlich zu stählern.

»In Ordnung, ich erzähle es keiner Menschenseele.«

»Ich habe früher an der medizinischen Fakultät von Harvard unterrichtet und viele wunderbare Freunde in den USA, von denen viele während meiner sechs Jahre in Cambridge Kollegen oder Studenten von mir waren. Einer dieser Freunde arbeitet dort drüben inzwischen für einen großen Pharmakonzern und hat mir äußerst beunruhigende Neuigkeiten mitgeteilt.«

Er machte eine Pause, als erwartete er, dass ich etwas sagte, ich hatte jedoch keine Ahnung, worauf er hinauswollte.

»Eine Freundin hat sich an mich gewandt, weil das Unternehmen, für das sie arbeitet, eine neue Strategie fährt, um die Verkaufszahlen einiger Medikamente zu steigern, die aktuell in der Entwicklung sind. Sie haben eine ganze Abteilung dafür eingerichtet, Medikamente zu entwickeln, die rezeptfrei verkauft werden können. Das klingt erst einmal unproblematisch, stimmt's?« Er wartete zwar keine Antwort ab, doch ich nickte dennoch mit dem Kopf. »Allerdings beschäftigen sich ganze Teams damit, die Bestimmungen und Regularien zu studieren und für das Medikament Schlupflöcher in der Gesetzgebung zu finden. Nach allem, was man so hört, bestechen sie die Regulierungsbehörden, wo es nur geht.«

Ich spürte, wie sich die Härchen an meinen Armen aufstellten. Pharmaunternehmen hatten große Macht und konnten viel Gutes tun, aber die kleinste Verirrung und sie konnten mächtigen Schaden anrichten.

»Merdon bemüht sich um die rezeptfreie Zulassung einiger neuer Medikamente, die eine annähernd ähnliche Zusammensetzung haben wie Arzneimittelformulierungen, die derzeit nur auf Rezept erhältlich sind. Schlimmer noch, sie gehen dabei zuerst Medikamente für Kinder an. Sie hoffen, sich zunutze machen zu können, dass Eltern für ihre Kinder die schnellst- und bestmögliche Hilfe wollen.«

Ich konnte die Brisanz seiner Worte bis tief in meine Brust spüren. »Das ist skandalös. Glauben Sie, die kommen damit durch?«

»Tja, ich gebe mein Bestes, um es zu verhindern. Allerdings muss ich vorsichtig sein, denn ich möchte den Job und guten Ruf meiner Freundin nicht gefährden.«

»Sie sagten, Sie möchten meine Hilfe. Was kann ich tun?«

Gerry seufzte. »Die fangen in Amerika an. Mit einem ADHS-Medikament namens Calmilizer.«

»Calmilizer? Davon habe ich in den Fachzeitschriften gelesen. Das muss ein Irrtum sein.« Ein so heftiges Medikament konnte doch unmöglich *rezeptfrei* verkauft werden.

»Nein, sie melden es schon in wenigen Wochen an. Wenn sie in den USA die Zulassung bekommen, werden sie das als Druckmittel bei den britischen Behörden benutzen. Sie haben vor, ihren Mist auch diesseits des Atlantiks zu vertreiben.«

»Dann –«, begann ich und brach dann ab, weil in meinem Kopf die Alarmglocken schrillten. Das war *übel.* »Es kann doch niemand erwarten, dass Eltern medizinische Entscheidungen für ihre Kinder treffen, die dauerhaften Schaden anrichten könnten. Ein Kind mit einer derart ernsten Störung sollte ärztlich betreut werden.« Meine Wut wurde zur Lawine. »Wollen Sie mir etwa sagen, dass Merdon versuchen wird, ein Medikament, *das die Stimmungslage eines Kindes beeinflusst,* rezeptfrei zu verkaufen, als handelte es sich um einen Lolli oder so?«

»Sie stecken anscheinend einen zweistelligen Millionenbetrag hinein.«

»Was können wir unternehmen? Eine Unterschriftensammlung starten. Eine Initiative starten. Hat sich irgendwer deswegen an Sie gewandt? Sie sind als Pädiater der angesehenste Fachexperte der Welt.«

Er zuckte mit den Schultern. »Natürlich nicht – Merdon will nur Geld machen, und in der Zulassungsbehörde sitzt nur ein Haufen Bleistiftschubser. Die müssen sich ja nicht mit den Konsequenzen ihrer Entscheidungen auseinandersetzen.« Gerry zog einen altmodischen metallenen Aktenschrank auf und nahm eine Akte heraus, die er mir gab. »Ich brauche jemanden, der mit einem frischen Blick auf die Sache schaut und sich einen Plan überlegt. Ich dachte mir, da Sie sich nicht davor scheuen, in Kriegsgebieten zu arbeiten, könnten Sie genau die Richtige für diese Aufgabe sein.«

Diese Sache könnte zu einer Farce für eine ganze Generation von Kindern werden. Man musste etwas unternehmen, und ich war genau die richtige Person dafür. Das war genau die Art von Problem, auf das ich mich schon die ganze Zeit dringend stürzen wollte.

»Ich möchte helfen. Und ich verspreche, dass ich weiterhin backen werde und mit Jacob essen gehe, aber das mit diesem Medikament dürfen wir nicht zulassen.«

Gerry lächelte müde und nickte. »Ich wusste, dass es richtig war, Sie einzustellen.«

Wir mussten Merdon aufhalten, bevor sie ihr Vorhaben in die Tat umsetzten. Ich hatte zwar keine Ahnung wie, doch ich war entschlossen, zu tun, was immer nötig war.

11. KAPITEL

HARTFORD

Nach einer Woche, die ich mit Recherchen über Merdon und Calmilizer zugebracht hatte, war ich erschöpft. Zu meiner eigenen Überraschung freute ich mich tatsächlich auf eine Pause. Meine Ziele für heute waren simpel: an einem einzigen Nachmittag von einer Beinahe-Fremden alles übers Dating in Erfahrung bringen, was ich wissen musste, und probieren, einen Kuchen zu backen, der nicht schmeckte, als taugte er eher als Straßenbelag. Und wenn möglich versuchen, die Arbeit für ein paar Stunden zu vergessen.

Stella riss ihre Wohnungstür auf und streckte mir die Arme entgegen, als wäre ich eine von der Army heimkehrende Tochter. »Hartford – es ist so schön, dass du da bist. Wir backen, bis sich die Tische biegen!«

Stellas positive Energie schien ihre Umgebung mit Sonnenschein zu erfüllen. Ich hoffte nur, sie hatte nichts dagegen, wenn ich sie beim Backen über Männer und Dates ausfragte. Ich hatte schon tausendmal überlegt, Jacob abzusagen. Doch ein Date mit jemandem – irgendjemandem – war aus zweierlei Gründen eine gute Idee: Erstens blieb dann mein Chef zufrieden. Aber zweitens, und vielleicht noch viel wichtiger, würde es dafür sorgen, dass mein Abwehrschild gegen Joshua intakt blieb. Meine Abwehrkräfte waren in letzter Zeit wie schlechtes WLAN – schwankend und manchmal ganz weg. Nachdem er mir die Massage gegeben hatte, war ich ihm ein paar Tage aus dem Weg gegangen, während die alte Verknalltheit wieder bei mir anklopfte und ich sie ausgesperrt zu lassen versuchte. Das Abendessen mit Jacob würde also einen doppelten Zweck erfüllen. Und da ich schon lange vor meiner Tätigkeit für *Médecins Sans Frontières* nicht mehr bei einem Date gewesen war – und selbst damals hatte ich nicht gerade eine eindrucksvolle Erfolgsbilanz vorzuweisen gehabt –, brauchte ich Hilfe.

Wenn ich Gerry mit meinen diversen außerberuflichen Interessen und meinem schillernden Sozialleben beeindruckte, würde er hoffentlich merken, dass ich meine berufliche Laufbahn ernst nahm und mich komplett der Medizin verschrieb. War das ein Widerspruch? Ja. War es wahrscheinlich der Schlüssel zu einem Empfehlungsschreiben vom berühmtesten Pädiater Großbritanniens? Ebenfalls ja.

»Hallo.« Ich gab mir Mühe, entspannt und erfreut zu wirken, als ich einen Blick über Stellas Schulter warf und Autumn zusammen mit einer weiteren Frau an der Kücheninsel sitzen sah. Es würde zwar Mut kosten, vor einem Publikum Fragen übers Dating zu stellen, aber lieber das, als mich bei Jacob komplett zum Narren zu machen.

Stella bedeutete mir hereinzukommen, doch ehe sie Gelegenheit hatte, mich vorzustellen, sprang die Unbekannte von ihrem Hocker, kam herüber und zog mich in eine herzliche Umarmung.

»Ich freue mich sooo, dich kennenzulernen! Ich bin Hollie.« Sie trat zurück. »Joshua!«, sagte sie unerklärlicherweise.

»Eigentlich heiße ich Hartford«, erwiderte ich ehrlich verwirrt. Ich war gerade mal dreißig Sekunden hier und fühlte mich schon völlig überfordert.

»Ja, Joshuas neue … *Nachbarin.*« Sie grinste mich an, als teilten wir zwei irgendein Geheimnis.

Stella führte mich zu einem der Barhocker und ich setzte mich hin, leicht beunruhigt darüber, wo ich hier reingeraten war. Es war erst Mittag. Hatten die drei sich schon zum Frühstück einen Wein genehmigt?

»Du musst nachsichtig mit uns sein. Joshua hat uns noch nie eine seiner Frauen vorgestellt, deshalb sind wir alle ein bisschen aus dem Häuschen«, erklärte Stella.

Eine seiner Frauen? War ich etwa in einer Seifenoper aus den Fünfzigern gelandet?

»Da ist nichts zwischen uns. Ich kenne ihn schon ewig. Unsere Mütter sind beste Freundinnen.« Wenn man meine geheimen Fantasien mal beiseiteließ, war es ungefähr so wahrscheinlich, dass Joshua romantische Gefühle für mich entwickelte, wie dass er eine Scheibe Toast mit der ekligen Marmelade datete, die er als Kind so geliebt hatte.

»Hmmm«, machte Hollie und schloss dabei die Augen.

»Dann hattest du also keinen Sex mit ihm?«, fragte Autumn.

Ich lachte. »Nein, definitiv nicht. Jedenfalls nicht in echt.«

Stella machte große Augen. »In deiner Vorstellung also …?«

Seufzend schaute ich mich in der Küche um und überlegte, wann wohl der Backunterricht losgehen würde. Als ich mich wieder zur Kücheninsel umdrehte, starrten mich drei Augenpaare an. Ich kam nicht umhin, die Wahrheit zu sagen. »Ich war ein fünfzehnjähriges Mädchen voller Hormone und Joshua ein großer, braun gebrannter, unfassbar gut aussehender Achtzehnjähriger. Klar hatte ich da so meine Träume.«

»Wir brauchen Mimosas«, verkündete Hollie. Stella sprang von ihrem Hocker und holte Gläser heraus.

»Ist es denn eine gute Idee, beim Backen zu trinken?«, fragte ich.

»Na klar«, meinte Stella, wobei sie eine Packung Orangensaft aus dem Kühlschrank nahm.

»Erzähl uns alles über Joshua mit achtzehn. Hast du ihn mal geküsst?«, fragte Autumn.

Binnen Minuten hatte Stella vier Mimosas eingeschenkt und sämtliche Backutensilien auf die Arbeitsfläche gestellt.

Ich schüttelte den Kopf. »Nie. Ich meine, er war wählerisch, was die Mädels angeht. Und wenn er bei uns vorbeikam – was ständig der Fall war –, dann hat er, wenn überhaupt, nur meine Schwester Thea beachtet.«

»Stopp mal.« Autumn hob die Hand. »Na, sicher hat er dich bemerkt. Sieh dich doch nur an.«

Verdammte Amerikaner und ihr ständiger übertriebener Optimismus.

»Nicht ganz. Stell dir mich mit einer Monobraue und Zahnspange vor.«

»Oooch. Wie süß«, sagte Hollie. »Das ist ja noch besser, als ich dachte. Du bist zu diesem wunderschönen Schmetterling gereift, und jetzt hat Joshua gemerkt, was er die ganze Zeit vor der Nase hatte.«

Diese Mädels waren verrückt. Völlig gaga. Ich musste dringend das Thema wechseln, sonst würden sie noch anfangen, meine Hochzeit mit Joshua zu planen. Und auch wenn sich das für mein fünfzehnjähriges Ich nach einem wahrgewordenen Traum anhörte, war ich mir ziemlich sicher, dass wir alle im Gefängnis landen würden, wenn das so weiterging.

Stella konnte die Stimmung im Raum anscheinend besser lesen, als ich ihr zugetraut hätte, denn sie wechselte prompt das Thema. »Ein paar grundlegende Backtipps: Alle Zutaten sollten Raumtemperatur haben, wenn du anfängst, auch die Eier. Stell als Erstes den Backofen an und fette die Bleche und Formen ein. Sogar noch, bevor du irgendwelche Zutaten abwiegst.«

Ich holte Notizblock und Stift aus meiner Tasche und kritzelte die beiden Anweisungen auf, bevor ich den Block weglegte. »Eigentlich«, sagte ich in der Hoffnung, das Gespräch auf realistischeres Terrain zu bringen, »hatte ich gehofft, neben dem Backen auch ein paar Tipps und Tricks rund ums Dating zu kriegen? Weil –«

»Liebend gern«, sagte Stella. »Wir helfen, wo wir können. Joshua ist ein toller Kerl, es wird langsam mal Zeit, dass er sich jemand Richtiges sucht, statt zwischen Miss Dienstagabend und dem Model der Woche hin und her zu hüpfen.«

Miss Dienstagabend? Wollte ich überhaupt wissen, wer das war? Ich hätte nicht herkommen sollen. Diese Frauen dachten, ich wäre hier, um mich mit ihnen anzufreunden, weil sie die Freundinnen und Ehefrauen von Joshuas Clique bester Freunde waren. Hatte er denn nicht erklärt, wer ich war? Ich würde einfach ganz schnell reden müssen und meine Seite der Geschichte darstellen. »Ich bin nicht Joshuas Freundin. Oder werd's bald sein. Ich bin bloß die Tochter der besten Freundin seiner Mum. Bis letzte Woche hatte ich ihn über zehn Jahre nicht gesehen. Aber ich habe dieses Wochenende ein Date und keine Ahnung, was ich anziehen oder worüber ich mich unterhalten soll und so weiter. Für Tipps wäre ich echt dankbar.« Ich atmete aus. Mir schwante, wenn man in dieser Gruppe nicht schnell genug redete, kam man nie dazu, etwas zu sagen.

Hollie und Autumn wechselten einen Blick. »Es könnte funktionieren«, meinte Hollie.

»Zeig ihm, was ihm entgeht«, erwiderte Autumn. »Wir wollen zwar keine Spielchen spielen, aber manchmal brauchen Männer wie Joshua einen kleinen Schubs.«

»Das habe ich auch zu Beck gesagt«, warf Stella ein.

Oh Gott. Sie kapierten es nicht. »Ich habe nicht vor, Joshua einen kleinen Schubs zu geben. Ich bin gerade erst wieder zurück in England. Alles, was ich besitze, passt in einen Rucksack. Ich möchte bloß wieder arbeiten, meinen Chef damit beeindrucken, dass ich auch noch andere Interessen als meinen Beruf habe, und mit jemandem ausgehen, um zu beweisen, dass ich kein asozialer Workaholic bin. Joshua steht nicht auf meiner ›To-do-Liste‹.«

»Hier, wieg zweihundertfünfundzwanzig Gramm Butter ab und gib sie in die Schüssel zu dem Zucker, den ich schon abgemessen habe«, sagte Stella und fügte dann beiläufig hinzu: »Dann stehst du also nicht auf Joshua?«

Ich sprang von meinem Hocker und machte mich an die Arbeit. »Vielmehr stehe ich nicht auf Masochismus.«

Stella machte große Augen. »Joshua steht auf SM?«

Wieso wurde diese Unterhaltung immer noch schlimmer? »Nein! Vielleicht? Ich weiß es nicht. Ich meinte, ich stehe nicht auf Schmerz. Ich bin kein Teenie mehr. Ich bin inzwischen so schlau, nicht Männern wie Joshua nachzuschmachten.«

»Gut für dich«, sagte Autumn. »Aber ihr backt Kuchen zusammen und verbringt Zeit miteinander. Meinst du nicht, dass da Flirtvibes im Spiel sind?«

Ich schüttelte den Kopf. Ich wollte nicht zögern und den Mädels damit ein Krümelchen von etwas bieten, was nicht existierte. Ich versuchte, die Erinnerung daran zu verdrängen, wie seine Hände mein Bein massiert, seine Daumen in meine Wadenmuskeln gedrückt hatten. Wenn ich vor dieser Gruppe auch nur errötete, könnte ich mir das noch ewig anhören. Joshua brauchte das Flirten wie das Atmen – so war er einfach. Schon immer gewesen. Wenn zwischen uns also Flirtvibes aufkamen, dann hatte das nichts mit mir zu tun. »Und dann nehme ich den Mixer und verrühre alles?«

Stella, die eindeutig verstanden hatte, dass ich jede Hilfestellung gebrauchen konnte, hielt die Rührschüssel für mich fest.

Doch nicht einmal das laute Surren des elektrischen Mixers konnte diese Mädels von ihren Kuppelversuchen abbringen. »Na, trotzdem können wir ja wohl noch hoffen«, sagte Autumn. »Ich meine, du bist schön. Er ist schön. Ihr kennt euch seit der Kindheit – es ist, als wartete das Märchen darauf, wahr zu werden. Aber bis dahin kannst du uns erst mal von dem Typen erzählen, mit dem du verabredet bist.«

Da gab es nicht viel zu erzählen. Abgesehen davon, dass wir beide als Kinderärzte arbeiteten und er umwerfend aussah, wusste ich gar nichts über Jacob. »Wir treffen uns Samstag um acht.«

»Das ist perfekt«, befand Stella. »Der Druck ist nicht so groß, weil ihr Kollegen seid. Falls es nicht funkt, ist das Abendessen einfach eine Gelegenheit, einander besser kennenzulernen.«

Das stimmte. Wir konnten uns im Zweifelsfall über unsere medizinische Ausbildung unterhalten und darüber, wo wir studiert hatten. »Irgendwelche Ratschläge? Dos and Don'ts?«

»Sei einfach du selbst.« Sie schob mir einen Karton Eier hin. »Schlag ein Ei auf und rühr dann weiter. Das machst du viermal. Nie alle Eier auf einmal hinzugeben, sonst stockt der Teig und wird klebrig.«

Ich befolgte ihre Anweisungen. Bald bekam der Teig die geschmeidige, cremige Konsistenz, die ich von meinem misslungenen Versuch mit Joshua wiedererkannte. Bis jetzt schienen wir noch nicht zu dem Arbeitsschritt gekommen zu sein, den ich komplett vermasselt hatte. »Ist es denn okay, sich hauptsächlich über die Arbeit zu unterhalten?«

»Natürlich«, erwiderte Hollie. »Worüber redest du denn mit Joshua?«

Zum Glück kam das Backen der Beantwortung von Hollies Frage in die Quere.

»Jetzt miss zweihundertfünfundzwanzig Gramm von dem Mehlmix ab und sieb ihn in die Schüssel«, sagte Stella. »In diesem Mehlmix ist das Backpulver schon enthalten, aber manchmal brauchst du zusätzlich welches. Guck dir immer genau das Rezept an.«

»Jacob wird direkt aus dem Krankenhaus kommen. Er holt mich nicht ab, deshalb nehme ich an, ich sollte mich casual anziehen?« Ich hielt inne, um mir die Sache mit dem Mehl zu notieren, und befolgte dann die Anweisung.

»Ja«, meinte Autumn. »Nette Jeans sind gut.«

Was waren denn *nette* Jeans? Ich hatte keine Ahnung.

Unter Stellas Anleitung fügte ich Vanille und Zitronenzesten hinzu, goss die Mischung in bereits gefettete Formen und stellte sie in den Backofen. Sie sah genauso aus, wie die, die Joshua und ich zubereitet hatten, aber hoffentlich würde der Teig diesmal hochgehen.

»Gut gemacht.« Stella erhob ihr Glas. »Auf Kuchen, Dates und darauf, Joshua wachzurütteln, was ihm entgeht.«

Trotz des absurden Trinkspruchs hob ich mein Glas. Heute mochte zwar ein ordentlicher Kuchen zustande kommen, aber in Sachen Datingtipps war der Nachmittag mau. Ihre Besessenheit von Joshua war ein bisschen seltsam. Ihre Besessenheit von Joshua *und mir* grenzte an unangenehm. Merkten sie denn nicht, dass Joshua und ich nicht als Paar funktionierten? Zunächst mal hätten wir nicht unterschiedlicher sein können. Er sah immer aus, als käme er gerade von einem Fotoshooting, und ich immer so, als käme ich gerade aus dem Krankenhaus. Er konnte jeden mit seinem Charme einwickeln, während ich Hilfe brauchte, um einen Umtrunk mit lauter Kollegen zu überstehen. Er lebte in einem Hotel in Mayfair, während ich auf Immobilienportalen nach einer Einzimmerwohnung in Borehamwood suchte. Wir passten nicht zusammen. In keinerlei Hinsicht. Unsere einzige Gemeinsamkeit war, dass wir nicht backen konnten, und danach zu urteilen, wie die Biskuitböden im Ofen hochgingen, würde selbst diese Gemeinsamkeit nicht lange anhalten.

12. Kapitel

Joshua

Während ich auf den Fahrstuhl zum Penthouse wartete, tippte ich eine Nachricht an meine Assistentin, in der ich sie anwies, die Unterlagen abzuschicken, mit denen Luca Brands ein Logen-Abo für das Royal Opera House abschloss. Als ich Hartford erzählt hatte, wir besäßen bereits eines, mochte ich vielleicht ein bisschen übertrieben haben. Oder auch komplett gelogen, je nachdem, wie man es betrachtete. Aber das Abo würde auch der Unterhaltung unserer Kunden dienen, außerdem hoffte ich, Hartford würde es nutzen. Mir war noch in Erinnerung gewesen, dass sie Ballett mochte, jedoch hatte ich nicht gewusst, dass sie das Tanzen nach ihrem Unfall hatte aufgeben müssen. Ihrer Reaktion nach zu urteilen, als ich vorschlug, Unterricht zu nehmen, machte sie das offensichtlich noch immer traurig. Dass sie jederzeit einen Logenplatz nutzen konnte, würde sie hoffentlich ermutigen hinzugehen. Immerhin hätte sie dann Gerry etwas zu erzählen.

Als ich auf der Penthouse-Etage aus dem Fahrstuhl trat, sah ich Hartford gegen die Tür gelehnt dasitzen. Sie trug keine Arztkleidung. Irgendetwas stimmte nicht.

»Joshua!« Sie sprang hoch wie ein glücklicher Welpe, der den ganzen Tag allein gelassen worden war. Bei ihrem Enthusiasmus wurde mir flau im Magen. Es war überraschend schön, sie zu sehen. Wir hatten seit unserem Backschlamassel nicht mehr miteinander gesprochen. Und sie sah gut aus. Ich war mir nicht sicher, ob ich sie schon jemals in Jeans gesehen hatte. Ihre Haare trug sie wieder offen wie zu dem Abendessen bei Gerry und Margo.

»Sollte ich fragen, warum du vor deiner Wohnung auf dem Boden hockst?«

Sie zuckte bloß mit den Schultern. »Auf dem Nachhauseweg vom *Liliana's* muss ich irgendwo meinen Schlüssel verloren haben.«

»Von der Cocktailbar *Liliana's*? Hast du dich dort mit einem der Mädels getroffen?« Ich schloss meine Tür auf und lud sie mit einem Nicken ein hereinzukommen. Während sie mir nach drinnen folgte, schrieb ich dem Empfang und bat darum, einen Ersatzschlüssel hochzubringen.

»Nein, ich hatte ein Date.«

Das flaue Gefühl in meinem Magen wurde noch einen Tick stärker. »Ein Date?« Ich bemühte mich, nicht geschockt zu klingen. Wieso hatte ich angenommen, Hartfords kleine Welt bestünde aus wenig mehr als dem Krankenhaus, ihrer Familie und ... mir? Da hatte ich mich offensichtlich getäuscht.

Sie kam herein, warf sich auf mein Sofa und zog die Beine an. »Mit einem Arzt aus dem Krankenhaus. Gerry hat es arrangiert.«

»Okay, und wie war's?«

Sie stöhnte. »Er scheint ein netter Kerl zu sein, aber ... ich bin in solchen Situationen hoffnungslos aufgeschmissen. Beziehungsweise eigentlich immer.«

»Was war denn das Problem, wollte er sich nicht über Kuchen unterhalten?«

Sie lachte, und das flaue Gefühl im Magen wollte einfach nicht nachlassen. »Kann ich einen Kaffee kriegen oder musst du den erst bestellen?«

»Sehr witzig«, erwiderte ich und trat hinter die Kücheninsel. Ich stellte die Espressomaschine an und holte zwei Tassen heraus.

»Und hast du Kuchen da?«

»Ich kann welchen bestellen. Soll ich?«

Sie rümpfte die Nase, sodass sich ihre Sommersprossen zusammenzogen. »Vielleicht einen halben Cupcake.«

»Hartford, bist du etwa ein Stressesser? Erzähl mir, was heute Abend los war.«

Schnell bestellte ich zwei Cupcakes, machte zwei Espresso und setzte mich zu ihr aufs Sofa. Sie wollte offensichtlich reden, und ich war hier, um ihr zu helfen, sich einzuleben. Das gehörte alles zu dem Versprechen, das ich meiner Mutter gegeben hatte – mehr nicht.

»Was Dates angeht, bin ich ein hoffnungsloser Fall«, sagte sie. »Und das macht mir gar nichts aus. Wirklich. Bloß, weil Gerry die Verabredung eingefädelt hatte und er so fest von diesem ganzen Work-Life-Balance-Ding überzeugt ist, hatte ich das Gefühl, ich müsste es mal versuchen. Jacob ist …« Sie zog die Nase kraus und verzog den Mund, als müsste sie niesen. »Er sieht gut aus«, sagte sie. »Alle im Krankenhaus sind hin und weg, wenn er einen Raum betritt.«

»Du aber nicht?«

Sie zuckte mit den Schultern. »Ich weiß nicht. Ich glaube, ich fühle mich einfach nicht … wohl mit ihm.« Sie machte eine Pause, als sollte ich etwas dazu sagen. Nur was?

Hartford schien immerzu hundertprozentig sie selbst zu sein, wenn sie bei mir war. Im Vergleich dazu hatte ich ihr Unbehagen auf der Cocktailparty miterlebt. Ich hatte angenommen, die vielen Leute dort hätten bewirkt, dass sich in ihr Schneckenhaus zurückzog, oder vielleicht der Druck, Gerry zu beeindrucken. Wieder einmal stellten sich meine Annahmen als falsch heraus. »Ich bin nicht sicher, ob ich der Richtige bin, um dir Rat in solchen Dingen zu geben.«

»Stimmt. Die Mädels sagen, du datest nicht. Du lässt dich nur von Miss Dienstagabend flachlegen – wer auch immer das ist.« Sie zuckte mit den Schultern. »Flachgelegt zu werden, wäre schon gut, glaube ich. Bin mir allerdings nicht sicher, ob ich damit Punkte bei Gerry sammeln würde.«

Es ärgerte mich, dass die Freundinnen meiner Kumpel so unverblümt über mein Sexleben sprachen. Eins hatte ich inzwischen gelernt: Wenn ich versuchte, ihnen zu verklickern, dass sie das nichts anging, opferte ich bloß eine halbe Stunde meines Lebens, die ich nie zurückbekommen würde, dafür, ihnen bei ihrer Gardinenpredigt darüber zuzuhören, warum ich eine Beziehung nötig hatte.

»Die sollten nicht mit dir über mich reden. Sie verstehen es nicht. Mein Sexleben ist kein Witz. Sondern eine bewusste Entscheidung.« Ich holte Luft und versuchte, meinen Kiefer zu entspannen. Ich hatte dieses Beziehungsding versucht, und es hatte nicht funktioniert. Heute war ich glücklich mit meinem Leben. Was ging es irgendwen anders an, was ich machte? Sie brauchten ja nicht wie ich zu leben.

»Eine bewusste Entscheidung?«

»Ach, egal. Wie dem auch sei, flachgelegt zu werden ist immer gut. Es eignet sich hervorragend zum Stressabbauen.«

Lachend trat sie mir gegens Bein, als wären wir wieder Teenager. »Wäre es nicht gut, von jemandem flachgelegt zu werden, mit dem ich mich hinterher unterhalten mag? Ich hab keine Ahnung. Dieses ganze ›Beziehungsding‹ ist irgendwie an mir vorbeigegangen, als ich studiert habe. Ich bin keine Jungfrau mehr oder so. Ich bin bloß nicht …«

Ich versuchte, mir das Lächeln zu verkneifen. Mir gegenüber schien, was immer sie dachte, geradewegs aus ihr herauszupurzeln. Sie hatte null Filter und fühlte sich fast schon *zu* wohl. Als ich kapierte, dass ich die Ausnahme von der Regel war, wurde mir leicht um die Brust, und mein Bauch beruhigte sich.

»Also, wonach suchst du die Frauen aus, mit denen du schläfst?«

Ich stöhnte. Dieses Thema wollte ich mit Hartford nicht vertiefen. »Bei dir klingt das, als gäbe es einen Katalog.«

»Aber ist es denn rein körperlich? Du willst gar nicht reden und so?«

Seit wann ging es hier eigentlich um mich? Unterhielten wir uns nicht über sie?

Sie wartete meine Antwort nicht ab. »Und die Frauen, mit denen du zusammen bist, wollen auch gar nicht reden?«

»Ich bestehe nicht darauf, dass Schweigen herrscht, aber na ja …« Für meine Sextreffen mit Frauen hatte ich mich noch nie geschämt. Sie waren absolut einvernehmlich und für beide Seiten befriedigend, außerdem spielte ich keine Spielchen oder heuchelte mehr Interesse, als tatsächlich vorhanden war. »Wir verbringen nicht wegen der anregenden Gespräche Zeit miteinander.«

Sie sah mich an und ließ den Blick über mein Gesicht wandern, meinen Hals hinunter, zu meiner Brust, meiner Taille, meinem Schwanz. »Ihr wollt nur den Körper des anderen.« Ihre Stimme war jetzt weicher. So wie in dem Moment, als ich sah, wie sie für das Abendessen bei Gerry aufgestylt erschien und sich der Raum um uns herum aufzulösen schien. Heute gab es hier nur Hartford und mich. »Ihr zieht euch also einfach aus und …«

Ich erlaubte mir, zur Antwort meinen Blick ihren Körper hinabwandern zu lassen. Dabei registrierte ich ihre leicht geöffneten Lippen und wie ihre Zunge hervorschoss, um sie zu befeuchten; ich genoss den Anblick ihrer vollen Brüste, die sie vor ein paar Wochen auf dem Flughafen an mich gedrückt hatte. Ihre Wespentaille, ihre Beine. Was sich dazwischen befand.

»Es ist rein körperlich«, flüsterte sie.

»Genau.«

Unsere Blicke trafen sich – und ich konnte nicht anders, als mich vorzubeugen und ihre Halsbeuge zu küssen. Nur ein Mal. Einmal konnte doch nicht schaden, oder? Oder zweimal? Ich küsste ihre zarte Haut erneut.

Als sie den Kopf neigte, damit ich besser herankam, drückte mein Schwanz gegen meinen Hosenstall. Verdammt, wann hatte mich eine Frau, die ich kaum berührte, schon mal derart aufgegeilt? Mein Herz wummerte gegen meine Rippen wie ein Presslufthammer, und ich musste mich anstrengen, meine Atmung in den Griff zu bekommen, als wäre ich gerade vom Peloton gestiegen. Ich drückte einen weiteren Kuss auf eine Stelle höher an ihrem Hals und sog ihren süßen Duft nach Zimt ein. Eine Hand an ihre Kieferpartie geschmiegt, lehnte ich die Stirn gegen ihre, um meinen Puls zu beruhigen.

»Joshua.« Mein Name kam als Seufzen heraus. Als sie ihre Hand meine Brust hinaufwandern ließ, stöhnte ich. Obwohl ich wusste, dass ich aufhören sollte, wollte ich es einfach nicht. Ich wollte, dass sie mehr von mir berührte. Alles an mir.

Unsere Lippen berührten sich beinahe. Ich wollte sie nur noch schmecken. Nur ein Mal. Ehe ich verarbeiten konnte, was gerade passierte, öffnete sie den Mund, und ihr heißer Atem ließ den letzten Faden meiner Selbstbeherrschung zerreißen. Ich drückte mich gegen sie, presste die Lippen unter zarten heißen, feuchten Küssen auf ihre. Als sie leicht den Mund öffnete, nahm ich ihre Unterlippe zwischen die Zähne und saugte ihre Süße ein, als wäre sie mir zu lange vorenthalten worden.

Mein Gott, was war denn nur los mit mir?

Ihr entwich ein kleines Stöhnen, das mir direkt in den Schwanz schoss.

Da klopfte es laut an der Tür, und Hartford machte einen Satz in die Luft, als hätte ich ihr einen Stromschlag verpasst.

Sie schlug die Hand vor den Mund. »Mein Schlüssel.«

Eilig ging sie die Tür aufmachen, während ich versuchte, durch pure Willenskraft meine Erektion zu vertreiben. Fuck. Ich legte den Kopf auf die Sofalehne.

Shit. Was hatte ich da eben getan? Ich konnte Hartford doch nicht küssen. Vielleicht hatte mich heute Abend eine Art falsches Besitzdenken dazu gebracht, eine Grenze zu überschreiten. Ich hatte nicht damit gerechnet, dass sie verkünden würde, sie komme von einem Date, außerdem hatten wir so viel Zeit miteinander verbracht … Ich war ein verdammter Idiot.

Sie kam wieder ins Wohnzimmer geschlichen. »Ich habe jetzt einen Ersatzschlüssel und werde mich nicht wieder auf dieses Sofa setzen«, erklärte sie. »Das ist … kein … kein guter Platz.«

Obwohl es mich ein bisschen traf, dass sie unseren Kuss ganz eindeutig bereute, lachte ich leise.

»Habe ich eine Grenze überschritten?«, fragte ich.

»*Wir* haben eine sehr wichtige Unter-keinen-Umständen-übertreten-Grenze überschritten. Ich meine … das ist … du bist … ich …«

Meine Güte, bei ihr klang es ja, als wäre ich toxisch. Wobei sie recht hatte. Jede wie auch immer geartete *Sache* zwischen uns konnte nur Ärger bringen. Ich nickte. »Es war bloß ein Kuss, Hartford.« *Lügner*, dachte ich innerlich. »Keine große Sache. Lass uns so tun, als wäre es nie passiert.«

Dass sie enthusiastisch nickte, versuchte ich in Gedanken abzutun.

»Du solltest Dates haben«, platzte ich heraus. »Nach einem Typen kannst du doch nicht gleich aufgeben.« Wenn sie einen Freund fand, würde sie viel weniger Zeit mit mir verbringen. Außerdem gäbe es dann einen weiteren triftigen Grund, die Grenze nicht noch einmal zu überschreiten. Ja, dass Hartford sich einen Freund suchte, war eine Spitzenidee. Je schneller, desto besser. »Ich helfe dir dabei, damit du dir nicht aufgeschmissen vorkommst. Ich suche deine Dates für dich aus. Ich finde jemanden für dich, mit dem du reden *und* vögeln willst.«

Sie sah mich missmutig an, als hätte ich ihr gerade eine Woche Nachsitzen aufgebrummt. »Nur wenn ich *deine* Dates aussuchen darf.«

Ich lachte. »Meine Dates? Wovon redest du?«

»Wenn ich Dates haben muss, dann du auch.«

Wo wollte sie denn die Art von Frauen finden, die ich daten wollte? Ganz einfach: Nirgends, ich hatte nämlich kein Interesse am Dating. Aber ich konnte so tun als ob, damit Hartford sich tatsächlich verabredete. Dann würde dieses Bauchflattern weggehen, wenn ich sie sah, dieses gelegentliche Herzstolpern, wenn sie mich berührte, und dieses Kribbeln in meiner Leistengegend, wenn sie lachte.

»Abgemacht«, sagte ich. »Ich organisiere drei Dates für dich. Ich coache dich jedes Mal, und hinterher bist du dann bereit, dich richtig ins Beziehungsleben zu stürzen.«

»Drei Dates?«

»Jeder muss erst einige Frösche küssen.«

Ein Lächeln umspielte ihre Lippen. »Ich habe Bedingungen.«

»Schieß los.«

»Kein Date dauert länger als zwei Stunden. Kein Sex. Und wir teilen uns die Rechnung.«

»Dir ist aber schon klar, dass es nicht um ein Date zwischen *uns beiden* geht, oder?«, fragte ich.

»Sicher. Aber du erwartest schließlich von mir, dass ich etwas Neues mache und mich aus meiner Komfortzone bewege. Also kann das doch auch für dich gelten. Interessiert es dich nicht, auszuprobieren, ob du dich einfach nur zwei Stunden mit einer Frau unterhalten kannst?«

Abgesehen von meinem unmittelbaren Bekanntenkreis hatte ich mich seit zehn Jahren mit keiner Frau mehr zwei Stunden lang allein unterhalten. Es sei denn, es ging um Geschäftliches. Hartford war die einzige Ausnahme.

»Komm schon«, sagte sie. »Es geht um sechs Stunden deines Lebens. Ich coache dich auch.« Sie grinste mich an, als würde sie mir einen Gefallen tun und nicht umgekehrt.

Sie streckte die Hand aus. Als wir uns darauf die Hand gaben, lief mir ein heißer Schauer den Arm hinauf, der mir bestätigte, dass ich die richtige Entscheidung getroffen hatte. Nach drei Dates würde Hartford mit Sicherheit einen Freund haben, und ich könnte endgültig damit aufhören, mir immer wieder zu sagen, dass sie überhaupt nicht mein Typ war.

13. Kapitel

HARTFORD

Eine Woche, nachdem wir unsere Abmachung getroffen hatten, war unser Kuss bei Joshua eindeutig aus dem Sinn. In den Tagen danach hatte ich auf Zeichen seinerseits geachtet, und er hatte uns wieder komplett in die Friendzone gesteckt. Es war eine Erleichterung. Als er anbot, mich nach Borehamwood zu begleiten, wo ich mir eine Mietwohnung ansehen wollte, die ich online gefunden hatte, freute ich mich riesig. Nachdem wir auf eine Art Vorplatz vor einem Fish-and-Chips-Imbiss eingebogen waren, stellte Joshua den Motor ab und beugte sich vor, um zu begutachten, was wir vor uns hatten. Er brauchte seine Wochenenden nicht dafür zu opfern, mir bei der Wohnungssuche zu helfen, hatte es aber angeboten, und ich hatte zugestimmt. Er kannte sich viel besser mit London und Immobilien aus als ich. Außerdem besaß er ein Auto, sodass ich mir keine Gedanken zu machen brauchte, ob ich in das Gewitter geraten würden, das schon den ganzen Vormittag in der Luft hing.

»Ich glaube, hier können wir nicht parken.« Ich suchte nach meinem Handy. Ich war mir sicher, dass das Gebäude auf der Website des Maklers anders ausgesehen hatte.

»Meinst du, die haben bloß zum Scherz das Schild mit dem fetten P aufgestellt und die weißen Markierungen gezogen?«, fragte Joshua.

Als ich hochschaute, sah ich tatsächlich ein Parkschild. »Glaubst du, zur Wohnung gehört ein eigener Stellplatz?«

»Ich glaube, zur Wohnung gehört Fish-and-Chips-Duft.«

»Keine Sorge.« Ich neigte den Kopf in Richtung Armaturenbrett. »Dank der Zitronenhälften wird es im Wagen nicht stinken.« Mit einem Nicken zu den Zitronen, die ich auf sein Armaturenbrett gelegt hatte, machte ich die Tür auf. »Komm und schau dir an, wie der Rest der Welt lebt, Joshua Luca. Wir können nicht alle in einem Penthouse auf der Park Lane wohnen.« Bis ich aus Joshuas Nachbarwohnung ausziehen würde, blieben noch sechs Wochen, aber ich musste mit der Suche nach einer neuen Bleibe loslegen. Ich hatte keine Ahnung, wie lange es dauern würde, bis ich etwas fand.

»Es gibt auch so etwas wie guten Durchschnitt.«

»Man sollte nie nach dem Äußeren urteilen. Vielleicht gefällt es dir drinnen.«

Joshua schob sich die Sonnenbrille in die Haare und schenkte mir einen Blick nach dem Motto »nie im Leben«. Ich ließ mich nicht beirren. Der Makler hatte gesagt, die Wohnung sei gute zehn Quadratmeter größer als alles, was ich normalerweise in meiner Preisklasse bekommen würde, außerdem waren es nur fünf Minuten Fußweg zum Bahnhof. Ich konnte es nicht erwarten, mich drinnen umzusehen.

Als ich auf die leicht klebrige Klingel drückte, wurde die Tür geöffnet, ohne dass sich jemand über die Gegensprechanlage meldete. Joshua bedeutete mir mit einem Nicken, zuerst hineinzugehen, also betrat ich den mit grüner Auslegware ausgelegten Hausflur. Er hatte recht, hier roch es tatsächlich nach Frittiertem. Hoffentlich war es in der Wohnung nicht ganz so heftig.

»Sie ist im zweiten Stock.« Ich fing an, die Treppe hochzugehen.

»Zweite Etage und kein Fahrstuhl?«

»Genau. Das ist doch gut. Es hätte auch der vierte Stock sein können.«

Die Auslegware auf der Treppe war abgetreten und fleckig, aber sicherlich stand demnächst eine Reinigung an. Wenn man sie gründlich schrubbte, sähe sie wieder frisch aus.

Als wir den Treppenabsatz zum zweiten Stock hochkamen, stand ich direkt vor dem Makler.

»Jas?«, fragte ich.

»Hartford«, sagte er. »Freut mich. Willkommen in Ihrem neuen Zuhause.« Dann trat er beiseite, damit ich hineingehen konnte.

»Gut«, sagte ich mit einem Nicken in Richtung des Wohnzimmers, das auf einer Seite eine kleine Küchenzeile hatte mit ein paar Schränken, einer Spüle, einem Herd und einem Kühlschrank mit Gefrierfach. Was brauchte ich sonst noch in einer Küche? Auf der anderen Seite des Raums war Platz für ein Zweiersofa, und mittig unter das Fenster würde ein kleiner Tisch mit Stühlen passen. Das war ein Pluspunkt, mit dem ich gar nicht gerechnet hatte. Ich würde einen Platz zum Essen haben und zum Arbeiten am Laptop.

»Der Imbiss ist direkt unter uns?«, fragte Joshua.

»Nein«, antwortete Jas. »Im ersten Stock hat der Imbissbesitzer seine Wohnung, und der Laden ist im Erdgeschoss. Ziemlich praktisch, wenn man spätabends von der Arbeit im Krankenhaus heimkommt.«

»Genau das habe ich auch gedacht«, erwiderte ich und grinste Joshua breit an, bevor ich nach nebenan ins Schlafzimmer schlenderte. Auch wenn er es gut überspielte, merkte ich, wie schockiert er war. »Oh ja. Es ist klein, aber absolut ausreichend.«

»Das Bad hat keine Wanne«, rief Joshua.

»Ist mir egal. Ich dusche sowieso immer. Ich finde die Wohnung toll, Jas.«

»Würden Sie zwei sie zusammen mieten?«, wollte Jas wissen.

Bei der Vorstellung, Joshua Luca – Mr Park Lane – würde über einer Frittenbude in Borehamwood wohnen, konnte ich mir ein Lachen nicht verkneifen. »Nein, nur ich allein. Joshua hat schon eine Wohnung.«

»Wie gesagt, Sie haben Glück, für den Mietpreis zwei Zimmer zu bekommen. In dieser Preiskategorie bekommt man sonst nur Einraumwohnungen.«

»Was ist denn dein Budget?«, fragte Joshua und wirkte verwirrt.

»Man soll seine Nase nicht in fremde Angelegenheiten stecken«, sagte ich und tippte mir dabei an die Nase. »Die Wohnung hat Charme.« Ich legte die drei Schritte bis zum Fenster zurück und blickte über die Dächer. »Mir gefällt, dass sie unmöbliert vermietet wird. Dann kann ich sie nach meinem Geschmack einrichten.« Ich drehte mich wieder zur Raummitte um. »Ja, sie gefällt mir sehr. Muss ich mich schnell entscheiden?«

»Auch wenn sie erst in fünf Wochen frei wird, dürfte sie bis Freitag vermietet sein. Wie gesagt, es ist eine echte Gelegenheit. Wenn Sie Interesse haben, sollten Sie es mich so schnell wie möglich wissen lassen.«

Ich verbrachte einige Minuten damit, zwischen dem Schlaf-, dem Wohnzimmer und dem Bad hin und her zu gehen, und versuchte, mir vorzustellen, ich würde hier wohnen. Es war etwas völlig anderes als ein Zelt im Jemen. Zuerst mal würde ich hier meine Privatsphäre haben. Ich konnte die Tür zumachen und hätte meine Ruhe. Das war eine Annehmlichkeit, von der ich vor meiner Rückkehr nach London ganz vergessen hatte, wie sehr ich sie genoss. Joshua und ich hatten komplett unterschiedliche Vorstellungen davon, was Luxus bedeutete. Mir reichte diese Wohnung völlig.

Es fehlte nur Joshua als Nachbar. Es war schön, ihn ganz in der Nähe zu haben, auch wenn mein Abwehrschild immer wieder Einschläge verkraften musste und eine schwere Störung erlitten hatte, als wir uns küssten. Ich konnte mir keinen Grund vorstellen, warum wir uns nach meinem Umzug weiterhin treffen sollten. Wir waren vor dem Jemen nicht miteinander befreundet gewesen, und wie er selbst sagte, hatte er ein arbeitsreiches, erfülltes Leben. Ich bezweifelte, dass ich noch einen Platz darin haben würde, wenn ich erst nicht mehr in seiner direkten Nähe wäre. Obwohl ich wusste, dass es angesichts meines schwächelnden Abwehrschilds am besten so war, zog sich mir jedes Mal der Magen zusammen, wenn mir dieser Gedanke kam.

Wir verabschiedeten uns von Jas, und ich versprach ihm, ich würde ihn bis zum Abend anrufen.

»Na, das hat ja nicht besonders lange gedauert«, meinte Joshua, als wir wieder ins Auto stiegen.

»Das ist eine Zweiunddreißig-Quadratmeter-Wohnung. Wie lange wolltest du denn da drin bleiben?«

Als er lachte, erschien wie aus dem Nichts wieder dieses verdammte Grübchen, sodass mir Gott weiß was für ein Kribbeln zwischen die Schenkel fuhr.

»Ich versteh's nicht, Hartford. Wir sind hier mitten in der Pampa – ich meine, gehört das überhaupt noch offiziell zum Londoner Stadtgebiet? Außerdem ist die Wohnung winzig. Und echt nicht so toll. Du hast doch Geld. Du bist Ärztin, meine Güte noch mal.«

»Ja, aber ich will nicht bloß für die Miete mein ganzes Gehalt ausgeben. Ich habe die letzten fünf Jahre auf einem Feldbett geschlafen. Diese Wohnung reicht mir voll und ganz.« Ich wollte sparen. Man konnte nie wissen, wann schlechtere Zeiten kamen. Das hatte ich auf die harte Tour gelernt.

»Aber du könntest dir doch bestimmt etwas leisten, wo das Bett nicht zwischen die Wände gezwängt steht und du permanent nach Fish and Chips stinkst.«

»Findest du den Gestank schlimmer als Jemen-Geruch?« Ich meinte es absolut ernst. Ich wollte meine Patienten nicht verschrecken, indem ich abschreckend stinkend zur Arbeit kam.

»Ich nehme an, deswegen ist die Miete so spottbillig.«

Vielleicht konnte ich mir ein Parfum zulegen oder so. Und überhaupt, bis zu meiner Ankunft im Krankenhaus würde der Geruch doch bestimmt verflogen sein. »Ich werde darüber nachdenken. Die Wohnung ist eine gute Option.«

»Zum Glück verkuppele ich dich mit deinen Dates, bevor du hier einziehst. Der Fish-and-Chips-Gestank kann ein Abtörner sein.«

Ich lachte. »Du bist so ein Snob. Wenn es der Richtige ist, will er mich, Frittenfett hin oder her.« Ganz so sicher war ich mir da zwar nicht, doch ich würde oben im zweiten Stock wohnen. Wie schlimm konnte der Gestank da werden?

»Du machst dich lächerlich«, sagte er. »Aber wo wir gerade bei deinen Dates sind, ich habe deine erste Lektion in Sachen Liebe ausgesucht.«

Es war, als wäre ich urplötzlich auf einem vollen Bahnsteig mit jemandem zusammengestoßen und bräuchte einen Moment, um das Gleichgewicht wiederzufinden. *Er will nur nett sein. Er versucht, mir zu helfen, damit ich Gerry beeindrucken kann.* Vielleicht würde ich ja sogar jemanden kennenlernen, in den ich mich verliebte.

»Sein Name ist Tom. Und er ist Fotograf.«

Ich stöhnte. »Bitte sag mir, dass er nicht daran gewöhnt ist, den ganzen Tag mit Kendall Jenner und Gisele zu verbringen.«

Er ließ ein Grinsen aufblitzen. »Nope. Er ist Food-Fotograf. Wie du siehst, ist es eine wohlüberlegte Zusammenführung. Du magst gern Kuchen. Er mag gern Kuchen fotografieren. Es ist das perfekte, zuckersüße Match.«

»Woher kennst du ihn?«

»Er ist der Bruder meiner Sekretärin.«

Das schien mir aber eine schwache Verbindung zu sein. Hatte er im Büro ein Plakat ausgehängt oder wie? *Single-Mann für zweistündiges, strikt sexfreies Date mit trutschiger Ärztin gesucht, die wenigstens keine Monobraue mehr hat.*

»Hast du ihn überhaupt schon mal kennengelernt?«

»Ich habe darauf bestanden, ein Foto von ihm gezeigt zu bekommen. Er scheint ein netter Kerl zu sein. Soweit ich es beurteilen kann, lebt er weder bei seiner Mutter noch ist sein Hobby Tiere quälen. Du triffst dich diesen Freitag um halb acht mit ihm im Liliana's.«

Er war offenbar begeistert. Doch es gab nicht eine Zelle in meinem Körper, die auch nur einen Hauch Enthusiasmus aufbringen konnte. Ich hatte nicht die Energie, Small Talk mit einem Fremden zu betreiben. »*Diesen* Freitag?«

»Ja, diesen Freitag. Also, wen hast du für mich ausgesucht?«

»Haben wir ein Doppeldate?« Die Vorstellung war der Horror. Mit Joshua befreundet zu sein war gut. Schön sogar. Das hieß aber nicht, dass ich ihn nicht attraktiv fand. Das hieß nicht, dass ich insgeheim nicht hoffte, seine gelegentlichen Berührungen oder sein Lächeln wären doch absichtliche Flirtversuche. Ich wollte meine Unzulänglichkeiten nicht auf dem Prüfstand wissen, während ich zuguckte, wie Joshua *total absichtlich* seinen Charme auspackte und mit der Frau neben mir flirtete.

»Nein. Ich meine, wenn du willst, können wir.« Er zuckte mit den Schultern. »Könnte lustig werden. Wenn du dabei bist, langweile ich mich wenigstens nicht.«

»Tja, freut mich zu hören, dass ich dich nicht langweile, aber die Frau, die ich für dich ausgesucht habe, kann Freitag nicht. Leider wirst du den Abend ohne mich verbringen müssen.«

Wir hielten an einer Ampel, und er sah mich grinsend an. »Okay, dann erzähl mal, wer ist diese Frau?«

Um ehrlich zu sein, hatte ich noch niemanden gefunden. Doch das würde ich. Ich würde einfach etwas für Sonntagabend arrangieren müssen. »Ich verrate dir nichts. Aber sei bloß nett zu ihr. Und deinen Penis zeigst du ihr auch nicht, du hast es versprochen.«

»Hältst du mich etwa für einen verkappten Exhibitionisten?«

»Keine Ahnung, Joshua. Mein Bruder und du habt ständig eure Hosen runtergezogen.«

»Das war im Planschbecken. Und wie alt waren wir da, elf?«

»Einmal Exhibitionist, immer Exhibitionist.«

»Ich finde es echt nicht gut, dass du mich als einen Sexualtäter hinstellst, Hartford.« In gespieltem Ernst zog Joshua beleidigt die Stirn kraus.

Ich lachte los, was ansteckend zu sein schien, denn er fing auch an zu kichern. »Ich nehme es zurück. Ich bin überzeugt, dass du deinen Penis nur privat zeigst. Aber die Regel lautet keinen Sex, Joshua Luca. Mal sehen, ob du das schaffst.«

Es mochten zwar nur noch sechs Wochen Freundschaft vor uns liegen, doch die würde ich durchweg genießen.

14. Kapitel

JOSHUA

Die ganze Woche lang hatte ich den Pitch von Luca Brands für Calmilizer vorbereitet. Er war gut, doch irgendetwas fehlte. Es mochte daran liegen, dass ich sonst mit Luxusmarken zu tun hatte, doch dass es unserer Idee an Glanz und Originalität mangelte, beunruhigte mich. Die Calmilizer-Kampagne sollte nicht weniger als fantastisch werden – zum Wohl von Luca Brands, aber auch, weil ich wollte, dass die Kampagne so viele Eltern wie möglich erreichte. Je mehr Menschen sie wahrnahmen, desto mehr Kindern würde geholfen werden.

Ich lehnte mich auf meinem Platz am Esstisch zurück und blickte über den Laptop hinweg auf die Skyline der Stadt, um Inspiration zu finden. Mein Team hatte recherchiert, wie der Markt rezeptfreier Medikamente für Kinder aussah, und für Merdon im Grunde erneut das konzipiert, was es bereits gab. Ich wollte etwas anderes. Etwas Besseres. Etwas, das zeigte, dass sie uns den Auftrag geben sollten, eben *weil* unsere Expertise im Luxusmarkensegment lag, und nicht etwa trotz alledem.

Selbst eine ausgiebige Geniezeit in der Badewanne heute Abend hatte keinen Durchbruch gebracht. Das konnte unmöglich etwas damit zu tun haben, dass Hartford noch nicht von ihrem Date mit Tom zurück war. Ihre Verspätung beschäftigte mich. Und es beschäftigte mich, dass sie mich beschäftigte. Die Zwei-Stunden-Marke war schon seit mehr als einer Stunde überschritten.

Was kümmerte es mich, ob sie sich an die Regeln hielt?

Ich sagte mir immer wieder, es läge daran, dass ich ihren Rat in Bezug auf eine leise kleine Idee wollte, die ich für den Merdon-Pitch hatte – was auch stimmte. Außerdem wollte ich wissen, wie sie sich mit Tom verstanden hatte, weil ich mit ihr befreundet war, richtig?

Immerhin sollte ich sie bei diesen Dates coachen. Das hatte ich versprochen.

Bevor sie aufgebrochen war, hatte sie drei verschiedene Outfits anprobiert und mir jeweils demonstriert, wie sie stehend, gehend und sitzend darin aussah, bevor ich mein endgültiges Urteil abgeben konnte. Sie sah in allen dreien gut aus. Aber das hellblaue Top passte am besten zu ihrem Teint, außerdem war die Größe des Ausschnitts perfekt.

Ich riet ihr, das grüne anzuziehen.

Und *das* beschäftigte mich am meisten. Wieso wollte ich nicht, dass sie richtig toll aussah, wenn sie Tom traf? Ja, ich fand sie attraktiv. Ja, mein Körper schien jedes Mal, wenn sie in der Nähe war, instinktiv zu reagieren. Und der Kuss? Der war unglaublich gewesen. Doch das alles änderte nichts an der Tatsache, dass ich kein Mann war, der etwas Ernstes mit einer Frau anfing. Hartford hatte etwas Besseres verdient.

Ein Klopfen an der Tür riss mich aus meinen Gedanken. Ich sollte weniger grübeln. Und ich sollte Kelly anrufen. Ich hatte sie einige Wochen nicht gesehen. Ich hatte viel zu tun gehabt und … einfach nicht das Bedürfnis gehabt, sie anzurufen.

Als ich die Tür aufmachte, stand eine breit lächelnde Hartford davor. Ich hatte den Fahrstuhl gar nicht gehört.

»Hast du für unsere Nachbesprechung Kuchen da?«, fragte sie mich grinsend.

Gott, war sie hübsch.

»Machen wir das denn? Eine Nachbesprechung? Jetzt?«

»Na klar.«

Das gefiel mir an Hartford. Die meisten anderen Frauen würden sich dafür entschuldigen, mich gestört zu haben, oder fragen, ob es okay war, dass sie so spät noch vorbeikamen. Sie dagegen platzte ganz selbstverständlich in mein Leben – das war erfrischend.

Ich machte zwei Espresso und schob einen über den Tresen. »Ich habe Cookies and Cream ausgesucht«, sagte ich, während ich die Kuchenschachtel hervorholte, die vorhin geliefert worden war.

Als sich ein Lächeln auf ihrem Gesicht ausbreitete, strengte ich mich an, das Gefühl leichten Stolzes darüber wegzuschieben, dass ich ihr eine Freude gemacht hatte. »Von der Dragonfly Bakery? Im Ernst? Von der habe ich schon gehört. Es soll die beste von ganz London sein. Hast du die etwa für mich bestellt?«

»Ja, aber ich muss dich warnen: Ich habe Hintergedanken dabei.« Ich wusste, dass sie auf den Kuchen stehen würde. Er sah nach Herzinfarkt auf einem Teller aus, aber mir war versichert worden, es sei der beste, den man kriegen konnte. »Als Gegenleistung für den Kuchen möchte ich dir ein paar Fragen als Fachexpertin stellen.«

»Geht klar. Gott, sieht der toll aus. Und guck mal: Schokoladenstreusel. Und was ist – ach du heilige Buttercreme. Sind das etwa kandierte Veilchen?« Sie angelte sich eine der harten lila Dekoblüten und steckte sie sich in den Mund. »Oh du lieber Biskuitteig, so eine hatte ich seit einer Ewigkeit nicht mehr.«

Sie wirkte total glücklich. Mit einem Mal fiel mir ein, dass sie vielleicht wegen des Dates mit Tom so gute Laune hatte.

»Könnte sein, dass ich mir das ganze Teil genehmigen muss«, sagte sie mit einem verträumten Blick auf den Kuchen. »So was Schönes habe ich noch nie gesehen.« Als sie mich ansah, versank ich in ihren blassblauen Augen wie in einem tahitianischen Swimmingpool aus einem Hochglanz-Reisemagazin. Yep, ich musste definitiv Kelly anrufen.

Sie nahm das Messer und versenkte es im Biskuit.

Ich beobachtete, wie sie sorgsam zwei Stück herausschnitt und sich Kuchenteller und -gabeln nahm. »Hier.« Sie schob mir einen der Teller zu. »Wenn du Mavis auch so verwöhnst, macht sie dir einen Antrag, ehe der Abend rum ist.«

Ich beobachtete, wie sie sich eine Gabel voll Kuchen in den Mund schob und dann reglos verharrte und die Augen schloss, als wollte sie die Welt um sich herum ausblenden, damit sie sich ganz auf den Genuss der Aromen konzentrieren konnte.

Dann erst registrierte mein Hirn, was sie da gerade gesagt hatte.

»Mavis? Wer ist Mavis?« Ich ging um die Kücheninsel herum und setzte mich neben sie. Unsere Hocker standen leicht eingedreht, sodass wir einander fast anblickten.

Sie öffnete erst ein Auge, dann das andere. »Dein Date für Sonntagabend.«

»Du verkuppelst mich mit einer Frau namens Mavis?«

»Joshua, hat dir schon mal jemand gesagt, dass es nicht auf Äußerlichkeiten ankommt und auch nicht auf den Namen einer Frau? Ich wurde nach einer Stadt in Connecticut benannt, in der meine Eltern es miteinander getrieben haben. Ich meine, wenn die Leute nach meinem Namen gehen würden –« Ihr Satz wurde durch eine zweite Gabelvoll Kuchen unterbrochen.

Wegen Mavis machte ich mir keine Gedanken. Wer sie war, spielte keine Rolle, es ging ja nur um zwei Stunden. Ich war ziemlich sicher, dass ich die einhundertzwanzig Minuten mit so ziemlich jedem Menschen herumbringen konnte. Mich beschäftigte eher Hartford. Und ihr Date mit Tom. Und natürlich der Merdon-Pitch.

»Also, wie war Tom?«

Sie legte den Kopf schief. Und neigte ihn dann zur anderen Seite. »Okay.«

Das war's? Sie hatte unser vereinbartes Zeitlimit um gut eine Stunde überzogen. Das musste doch wohl bedeuten, dass das Date super gelaufen war? Was verschwieg sie mir? »Was soll das heißen, *okay*?«

»Bloß, dass er ganz nett war. Den Drang, ihm die Klamotten vom Leib zu reißen, hatte ich jetzt nicht, aber es war ein netter Abend.«

Ich versuchte, die Erinnerung an ihre Hand auf meiner Brust, kurz bevor wir uns geküsst hatten, zu verdrängen. Hatte sie mir die Klamotten vom Leib reißen wollen? »Aber du warst lange weg.«

»Ich habe mich noch mit dem Barkeeper unterhalten. Er hat mir von einer Lebensmitteltafel gleich um die Ecke erzählt. Ich glaube, da schaue ich diese Woche mal vorbei.«

»Du willst zu einer Tafel gehen?« Erst die schreckliche Wohnung in Borehamwood und jetzt ging Hartford zur Tafel? Nahm sie etwa Crack, und ich wusste nichts davon?

»Ja, vielleicht fange ich als ehrenamtliche Helferin an. Um meinen Horizont zu erweitern und meinen Chef zu beeindrucken. Ich denke mir, ehrenamtliches Engagement ist ein Kompromiss zwischen Tagesbesuchen im Spa und der Arbeit im Krankenhaus.«

So langsam ging mir auf, dass Hartford gern viel um die Ohren hatte. Allerdings trieb sie es ins Extrem. »Schätze schon.«

»Das Tolle ist, dass man sich, anders als es sonst oft ist, dort nicht verpflichtet, jede Woche dieselbe Schicht zu übernehmen. Ich kann meine Einsätze rund um meine Dienste im Krankenhaus legen, das ist ein Riesenvorteil.«

»Du bist ein guter Mensch, Hartford.« Daran gab es keinen Zweifel – ganz objektiv betrachtet würde jeder Fremde, der sich anschaute, womit sie ihre Zeit verbrachte, das Gleiche sagen. Und das inspirierte mich, die Calmilizer-Kampagne noch besser zu machen.

»Nett, dass du das sagst. Du bist auch ein guter Mensch.«

War ich das? Ich spendete zwar an Wohltätigkeitsorganisationen, konnte mich jedoch nicht erinnern, wann ich das letzte Mal etwas Altruistisches getan hatte – mal abgesehen davon, meinen Freunden zu helfen, was nicht richtig zählte. Aber Hartford war zweifellos wirklich gutherzig. Und schlau. Und schön. »Ich versuch's. Ehrlich gesagt hast du mich da ein bisschen beeinflusst.«

Sie machte sich gerade. »Habe ich das?«

Ich nickte. »Ja, mein Kunde hat ein Pharmaunternehmen gekauft und will, dass ich dafür pitche.«

»Ein Pharmaunternehmen?« Sie guckte so besorgt, als hätte ich ihr gerade erzählt, ich würde mit Alligatoren wrestlen.

»Ja, und statt genervt zu sein, weil ich versuchen muss, mich in ein anderes Thema als Luxusgüter einzuarbeiten, habe ich wirklich Spaß daran. Es ist wohltuend, Menschen helfen zu können. Es ist ein Ansporn.«

Sie runzelte die Stirn. »Große Pharmakonzerne haben nicht gerade den Ruf, altruistisch zu sein.«

»Ja, oder? Das dachte ich auch. Aber das Unternehmen, für das ich pitche, hat es sich zum Ziel gesetzt, Medikamente erschwinglicher für die Menschen zu machen, die auf sie angewiesen sind.«

Ihr Stirnrunzeln schien sich in ihre Mimik eingegraben zu haben. »Für welches Pharmaunternehmen pitchst du denn?«

Ich schüttelte den Kopf. »Das ist streng vertraulich, aber es geht um die Guten. Und es fühlt sich super an, an ihrer Seite zu sein.«

Das Stirnrunzeln wich einem zaghaften Lächeln, und sie aß noch eine Gabelvoll Kuchen. Ich beobachtete, wie sie kaute und schluckte. »Gefällt mir, dass ich einen guten Einfluss auf dich habe.« Ihre Stimme war weicher geworden, wodurch mir ihr gehauchtes Flüstern kurz vor unserem Kuss wieder in den Sinn kam.

Kopfschüttelnd versuchte ich, mich wieder zu konzentrieren. »Darf ich deine Zeit in Anspruch nehmen und dich zum Thema Kinder und Medikamente ausfragen?«

»Was willst du wissen?«

»Als Kinderärztin musst du doch Medikamente verschreiben. Hast du Probleme damit, die Kinder dazu zu kriegen, sie auch wirklich einzunehmen? Was ist, wenn sie sich weigern?«

Auf ihrem Gesicht breitete sich ein Grinsen aus, als hätte ich ihr gerade das größte Kompliment gemacht. »Das kann durchaus ein Problem sein. Natürlich hängt es stark vom Alter der Kinder ab. Wenn sie alt genug sind, bespricht man es am besten mit ihnen und erklärt ihnen, wofür das Medikament ist und dass es ihnen damit besser gehen wird. Aber das funktioniert manchmal nicht, oder aber sie sind noch zu klein dafür. In dem Fall kann man das Medikament im Essen verstecken oder in einem Getränk auflösen.«

»Beeinträchtigt das irgendwie die Wirksamkeit?«, fragte ich. Meine Idee war es, die Darreichungsform des Medikaments zu ändern und aus einer Tablette eine Süßigkeit zu machen – eine Art Fruchtgummi oder so etwas. Das Medikament sollte Kindern helfen, also sollten sie es gern einnehmen.

»Kommt auf das Medikament an.« Sie unterbrach sich, um mit der Gabel einen Bissen vom Kuchen abzuteilen. »Da müsstest du deinen Kunden fragen. Um welche Art von Medikament geht es denn?« Ich kam nicht dazu, ihr zu antworten, denn sie rollte schon mit den Augen. »Ich nehme an, das kannst du mir nicht verraten.«

»Sorry.«

»Ich finde, Pharmaunternehmen sollten weder Marken aufbauen noch Werbung betreiben«, sagte sie. »Die Regierung sollte es verbieten. Medizin sollte Medizin sein.«

»Da hast du wahrscheinlich recht. Wenigstens versucht dieses Pharmaunternehmen mit dem Medikament, für das wir pitchen, tatsächlich Gutes zu bewirken«, erwiderte ich. »Es ist kein typischer Pharmakonzern.«

Sie verdrehte die Augen. »Ich hoffe es.«

Eric hatte uns jede Menge Hintergrundinformationen zu Merdon und Calmilizer geschickt. Ihre Arbeit war wirklich beeindruckend. Luca Brands war dem Ziel, ihnen dabei zu helfen, Kindern und ihren Eltern zu helfen, einen Schritt näher. Das Gespräch mit Hartford bestätigte meine Vermutung, dass meine Aufgabe jetzt darin bestand, das Medikament ansprechend für Kinder zu machen – und somit auch für die Eltern, denen nicht länger der Kampf um das Herunterschlucken bevorstand. Vielleicht war das genau der Funke, der nötig war, um Eric zu überzeugen, dass Luca Brands die Merdon-Kampagne stemmen konnte.

Zwischen uns auf dem Küchentresen brummte Hartfords Handy. »Das ist Tom«, sagte sie, und ihre Augen begannen zu strahlen. Sie freute sich, von ihm zu hören. Das war doch gut, oder? Ich musste das Grummeln in meiner Magengrube eben einfach ignorieren.

Sie las die Nachricht und lachte.

»Was denn?«, fragte ich.

»Er schreibt: ›Würde mich freuen, dich wieder zu treffen. Vielleicht können wir demnächst mal zusammen Kuchen essen gehen?‹«

»Na, er weiß schon mal, wie er Eindruck auf dich macht.«

»Was soll ich antworten?«, fragte sie. »Wir haben gar nicht besprochen, wie es mit unserer Abmachung nach den ersten Dates weitergeht.«

»Hier geht es nicht bloß um unsere Abmachung, sondern darum, dass du … neue Bekanntschaften machst. Wenn du ihn magst, dann sag zu.«

Als sich unsere Blicke trafen, wollte ich ihr einen kurzen Moment lang sagen, sie solle schreiben, dass sie leider kein Interesse habe. Ich wollte sie in die Arme schließen und sie immerzu küssen. Und genau aus diesem Grund war ein zweites Date eine prima Idee.

»Ich weiß nicht recht, ob ich ihn mochte. Ich meine, ja, er war nett. Aber ich bin einfach kein allzu geselliger Mensch, verstehst du?«

»Nein, verstehe ich nicht. Du hast dich mit den Leuten unten am Empfang angefreundet und mit einem Typen, der bei der Tafel arbeitet. Jede Menge Leute mögen dich. Ist Tom jemand, von dem du gemocht werden möchtest?« Tom hatte ich ohne jeden Hintergedanken ausgesucht. Ich hatte versprochen, Hartford ein Date zu organisieren, und der Bruder meiner Sekretärin hatte Zeit. Aber wo wir jetzt so darüber redeten, fragte ich mich, mit welchem Typ Mann Hartford glücklich wäre. Wahrscheinlich mit einem, der lauter altruistische Dinge tat. Einem, der bei Greenpeace arbeitete oder vielleicht ebenfalls Arzt war. Selbst wenn eine Beziehung für mich infrage käme – was nicht der Fall war –, sollte Hartford mit jemandem zusammen sein, der besser zu ihr passte.

»So etwas hatte ich lange nicht mehr. Was, wenn er mich küssen will? Oder mit mir schlafen?«

»Du brauchst nichts zu machen, was du nicht willst.«

»Du küsst super«, sagte sie, und ihr Blick huschte dabei kurz hinunter zu meinem Mund und wieder nach oben.

Mein Kiefer verspannte sich, während ich innerlich versuchte, die Bilder davon zu vertreiben, wie ich sie an mich zog, die Lippen auf ihre presste, ihren süßen Duft einsog. Immer wenn ich glaubte, Abstand zwischen uns geschaffen zu haben, brachte sie so einen Spruch. »Was soll ich sagen? Ich lege die Latte gern hoch.«

»Jetzt komm mir bloß nicht mit deinem Grübchen. Du weißt genau, was das mit mir anstellt.«

Mein Grübchen? »Nein, weiß ich nicht, würde ich aber gern, glaube ich.«

Klirrend ließ sie ihre Gabel auf den Teller fallen und rutschte von ihrem Hocker, um sich vor mich zu stellen. War das etwa eine Aufforderung? »Du meine Güte, Joshua. Kein Wunder, dass dich die Frauen anbeten. Alles, was du sagst, impliziert heißen, schweißtreibenden Sex.«

Ich lachte. »Ist das so?«

Ehe sie antwortete, steuerte sie auf die Tür zu. »Ich muss hier raus. Wenn ich noch fünf Sekunden länger bleibe, bespringe ich dein Bein und versuche, dich zu küssen.«

Ich sah zu, wie sie mir auf ihre typisch übertriebene Art zuwinkte und die Wohnung verließ.

Ich war dankbar, dass sie gegangen war, denn ich hatte gehofft, sie würde bleiben.

15. Kapitel

JOSHUA

In dem Restaurant in Covent Garden war ich noch nie gewesen. Hartford hatte es ausgesucht, doch es wirkte nicht wie eines, in das sie selbst gehen würde. Es war im Industrial Style eingerichtet, mit Stahlträgern im Raum, kreuz und quer unter der Decke verlaufenden Rohren, Metallstühlen und einem Betonfußboden. In meiner Vorstellung würde sich Hartford in einem Restaurant mit Holzbalken, Natursteinwänden und einem knisternden Kaminfeuer wohler fühlen. Da ich ein Date mit einem Model hatte, mit dem Hollie mich schon länger zu verkuppeln versuchte, hatte Hartford das Restaurant garantiert auf Empfehlung eines der Mädels gewählt. Es war, als hätten sie sich alle zusammengetan, um dafür zu sorgen, dass ich mich verliebte.

Das würde nicht passieren.

Ich überflog die Speisekarte und suchte schnell etwas aus, damit ich mich auf mein Date konzentrieren konnte. Und dann holte ich mein Smartphone hervor.

Hoffentlich ist das Essen gut, sonst schleppe ich dich zur Strafe noch mal mit mir hierher, schrieb ich Hartford.

Blitzschnell vibrierte mein Handy.

Jedes Essen ist gutes Essen. Aber ich sitze hier und drücke die Daumen, dass es nicht deinen üblichen Ansprüchen genügt, damit ich eine kostenlose Mahlzeit kriege.

Ihre Antwort war mal wieder typisch. Ungeschönt, aber irgendwie weise. Dort, wo sie schon gearbeitet hatte, war sie wahrscheinlich Menschen begegnet, denen die Vorstellung, in einem Restaurant zu speisen, fast wie der Himmel vorkam. Ihre Sicht auf die Welt brachte mich dazu, alles und jeden in einem neuen Licht zu betrachten. Das war verunsichernd. Entnervend. Unangenehm.

Aber aus irgendeinem Grund gierte ich danach.

Ich genoss es, ihre Meinung zu erfahren. Über alles.

Als ich eine große, sehr schlanke Blondine auf mich zukommen sah, wusste ich, dass es Natalie sein musste – beziehungsweise Mavis, wie Hartford sie im Spaß getauft hatte. Ich stand auf und grinste breit. Dann wurde mir mein Grübchen bewusst, und ich schwächte das Lächeln ab.

»Schön, dich kennenzulernen. Ich bin Joshua und du … bist wunderschön.«

Ihr Blick huschte zu Boden, und sie sah mich unter den Wimpern hervor an. »Vielen Dank.« Sie war ein Model mit sämtlichen Attributen, die man erwartete: lange Beine, reine Haut, große Augen und ein Schmollmund, den sie einzusetzen wusste. Sie erinnerte mich ein bisschen an Kelly, nur mit erdbeerblonden Haaren. »Scheint ein netter Laden zu sein. Ich war noch nie hier.«

Wir setzten uns beide und betrieben Small Talk. Nachdem unsere Getränke serviert worden waren und wir Essen bestellt hatten, fanden wir als gemeinsames Gesprächsthema Fotografen, mit denen wir beide schon zusammengearbeitet hatten – sie vor der Kamera und ich bei Kampagnen.

»Die Welt ist klein«, sagte sie.

»Erst recht London. Man würde nicht meinen, dass sich unsere Wege in einer Stadt mit fast neun Millionen Einwohnern so oft kreuzen.«

»Ich muss gestehen, dass mir einiges über dich zu Ohren gekommen ist. Ich glaube, du hast ein paar meiner Freundinnen gedatet.«

Wir waren an einer Weggabelung angelangt; der Abend konnte in verschiedene Richtungen weitergehen. Entweder würde sie mich wegen der Geschichten mit ihren Freundinnen in die Mangel nehmen oder nicht.

»London ist eher ein Dorf als eine Stadt«, erwiderte ich. »Wie mir scheint, hast du Insiderinformationen. Das ist ein bisschen …« Ich sah ihr einige Sekunden in die Augen, ehe sie wegschaute. »… unausgewogen. Was sollte ich zum Ausgleich über dich wissen?«

Als sie lächelte, wirkte sie zehn Jahre jünger. »Du meinst, was all meine Ex über mich sagen würden?«

So hatte ich die Frage eigentlich nicht stellen wollen, aber wenn sie sie mir beantworten wollte, würde ich sie nicht davon abhalten. Ich lehnte mich zurück und wartete auf ihre Ausführungen.

»Ich schätze, da kommt es darauf an, wen man fragt.« Sie unterbrach sich und zog die Augenbrauen zusammen. »Die meisten waren absolute Mistkerle.« Ihr Tonfall wurde hart, und sie presste die Lippen zusammen.

Oha. Vielleicht stand auf der Speisekarte auch eine Decke, die ich bestellen und über das Wespennest werfen konnte, in das ich soeben gestochen hatte.

»Dann erzähl mir doch stattdessen, was deine besten Freunde über dich sagen würden?« Unwillkürlich fragte ich mich, wie Hartford mich wohl beschreiben würde.

Auf meine Frage hin schien Natalie sich zu entspannen, und ihr Lächeln kehrte zurück. »Dass ich schön bin, natürlich. Und ein bisschen drüber. Und dass ich immer weiß, wo es Musterverkäufe gibt. Ich bin immer die Allererste in der Warteschlange.«

Die zweite Eigenschaft klang von allen am interessantesten. »Wieso sollten sie dich als ein bisschen ›drüber‹ beschreiben?«

»Ach, na ja, ich bin immer diejenige, die auf einer Party ihren Schuh verliert. Ich schätze, ich bin einfach ein bisschen wild.«

Hmmm. »Was machst du denn so alles Wildes?«

»Feiern. Reisen. Nackt im Meer schwimmen. Bei einer Party auf einer Yacht kommt alles zusammen, was ich im Leben am tollsten finde. Magst du Yachten?«

Ich kannte Mädchen wie Natalie. Es war angenehm, einen Abend mit ihnen zu verbringen, aber zwei Tage später hatte man Probleme, sich noch an irgendwelche Einzelheiten zu erinnern. »Klingt nach Spaß. Ich war schon auf einigen Yachten.«

»Mega, oder?«

Ich konnte mich nicht erinnern, mich je auf einer Yacht gelangweilt zu haben. Doch ich wusste auch nicht mehr so recht, was daran so toll gewesen war. »Total.«

»Entschuldige mich, ich gehe mal kurz auf die Toilette.« Als sie Richtung WCs ging, holte ich mein Handy heraus.

Keine Nachrichten.

Was machst du?, schrieb ich Hartford.

Deine zwei Stunden sind noch nicht um. Wieso unterhältst du dich nicht mit deinem Date?

Ich grinste. *Sie musste mal. Hast du Kuchen für die Nachbesprechung da?*

Was würde ich ihr über Natalie berichten? Sie war ganz nett. Aber der Abend kam mir ein bisschen sinnlos vor. Nein, ich musste aufhören, so zu denken. Ich war hier, weil das bedeutete, dass ich Abstand von Hartford gewann. Was mir guttat. Außerdem bedeutete es, dass Hartford bereit war, auf Dates zu gehen, was auch ihr guttun würde. Und ihrer Karriere. Sie würde genauso schnell wieder aus meinem Leben verschwinden, wie sie darin aufgetaucht war, und für mich würde alles wieder normal werden.

Sie antwortete: *Ich habe was Besseres als Kuchen.*

Vor meinem inneren Auge blitzte ein Bild auf von Hartford am Fenster, mit Blick auf London, nackt, den Kopf zu mir gedreht.

Shit. So meinte sie es nicht. So, wie ich Hartford kannte, meinte sie damit wahrscheinlich, dass sie zwei Kuchen dahatte.

Das nenne ich eine Kampfansage.

Ich beobachtete, wie Natalie auf eine Weise zum Tisch zurückgeschlendert kam, die nur große, gertenschlanke Frauen draufhatten. »Die Toiletten sind voll cool.« Sie setzte sich wieder. »Die solltest du dir angucken.«

Ich nickte, während ich überlegte, ob mir eine witzige oder charmante Antwort auf einen Kommentar zu den Restauranttoiletten einfiel.

Unsere Hauptspeisen wurden serviert, und wir verfielen in Schweigen, während wir uns dem Essen widmeten. Nur dass Natalie gar nichts aß. Nicht wirklich. Sie hatte den Lachs auf Brunnenkresse bestellt, aber abgesehen von ein paar Blättchen Kresse, schien sie die Komponenten nur auf dem Teller herumzuschieben.

»Keinen Hunger?«

»Ich habe morgen ein Shooting. Da möchte ich keinen Blähbauch haben.«

»Verstehe.« Wir hätten besser nur auf einen Drink herkommen sollen statt gleich zum Essen. Als an meinem Oberschenkel erneut mein Handy brummte, wollte ich zu gern nachsehen, was Hartford geschrieben hatte. Ich widerstand dem Drang. Ich hatte diesem Date zugestimmt, um Abstand zu gewinnen und nicht etwa, um etwas zu haben, worüber ich mich mit Hartford unterhalten konnte – einen Vorwand, um noch mehr Zeit mit ihr zu verbringen.

»Also Hollie kennst du doch auch, oder?«, fragte ich auf der Suche nach einem Gesprächsthema.

»Ja. Sie ist supernett. Ihr Schmuck ist absolut traumhaft. Ich stehe voll drauf, mehrere Stücke so zu kombinieren, dass eines trotzdem heraussticht, weißt du?«

Nickend kaute ich mein Steak.

»Manche Models verstehen nichts davon, wie man Schmuck trägt, aber ich finde, ich habe ein Auge dafür. Tatsächlich möchte ich später auch als Designerin arbeiten.«

»Das klingt spannend«, erwiderte ich. »Hollie gibt dir bestimmt liebend gern Tipps.«

»Im Moment habe ich megaviel zu tun. Ich möchte erst mal meine Marke so weit aufbauen, dass ich etwas mit großer Reichweite machen kann – vielleicht eine Kollaboration mit Tiffany oder so.«

Das klang ehrgeizig. Aber Ehrgeiz war gut.

»Ich möchte die Welt einfach schöner machen. Manche Kreationen, die man so sieht, sind verdammt hässlich. Ich möchte die Schönheit zurückbringen.« Sie grinste. »Das find ich gut. Die Schönheit zurückbringen. So wie in *die Sexyness zurückbringen* … nur eben mit *Schönheit*. Solche Sachen fallen mir einfach so ein. Andauernd. Ich stecke voller Ideen. Ich bin extrem kreativ.«

Ich schluckte noch einen Bissen hinunter, bevor ich Messer und Gabel weglegte. Mir reichte es. Natalie sollte mich von Hartford ablenken, doch während ich hier saß, konnte ich nur daran denken, ins Penthouse zurückzukehren und mit meiner Nachbarin von nebenan zusammen Kuchen zu essen.

16. KAPITEL

HARTFORD

Ich feierte meine Woche sechs in London, indem ich eine Torte backte.

Nicht nur, dass ich gebacken hatte – die Biskuitböden waren hochgegangen, die Buttercreme hatte die perfekte Konsistenz, und das Gesamtwerk sah durchaus essbar aus. Gut, eventuell hatte ich Stella zwischendurch zweimal anrufen müssen, um etwas nachzufragen, aber immerhin war sie nicht hier und leitete mich an.

Ich hatte es allein geschafft.

Als ich einen Schritt zurücktrat, um die auf der Arbeitsplatte stehende Kreation zu bewundern, musste ich schon sagen, dass ich mich selbst übertroffen hatte. Joshua würde beeindruckt sein.

Falls er sie überhaupt jemals zu sehen bekam. Nachdem ich mir ein Foto von seinem Date heute Abend angesehen hatte, könnte ich es ihm ehrlich nicht verübeln, wenn er ihretwegen unsere Kein-Sex-Regel brechen würde. Sie war wunderschön. Groß, schlank und mit einem verträumten Blick. Durch und durch ein Supermodel.

Aber ich hatte gebacken.

Ein Klopfen an der Tür ließ mich zusammenzucken, und ich konnte mir das Grinsen nicht verkneifen. Das musste Joshua sein, oder? Niemand sonst würde abends um … Ich sah auf meine Uhr. Moment, es war gerade mal Viertel vor neun. Das Date sollte doch eigentlich bis halb zehn gehen.

»Wer da?«, rief ich.

»Ich hoffe mal, du hast Kuchen da«, erwiderte Joshua.

Ich zog die Tür auf. »Wusste ich's doch, dass du es keine zwei Stunden lang aushältst, dich nur bei einem Abendessen mit einer Frau zu unterhalten.«

Stöhnend schob er sich an mir vorbei und blieb dann stehen, als er sah, was in der Küche stand. »Gute Arbeit«, sagte er, und ich wurde gefühlte zwei Zentimeter größer.

»Die hat drei Böden«, erklärte ich. »Außenrum ist die Vanillecreme mit Borkenschokolade-Stückchen verziert.«

»Sehr gut«, wiederholte er und betrachtete sie von Nahem. »Und welche Füllung?«

Ich zog das Gesicht kraus. Ich war kurz vorm Platzen, so sehr freute ich mich darauf, es ihm zu zeigen. »Das errätst du nie.«

Er guckte mich an wie Miss Marple, wenn sie den Mörder entlarvt hatte. »Gib mir ein Messer.«

Ich ging zur Besteckschublade. »Hey, du musst erklären, warum du schon so früh wieder zurück bist. Vereinbart waren zwei Stunden.«

»Glaub mir, es hat sich angefühlt wie drei Stunden. Zuerst brauche ich Torte.«

Das war ein fairer Deal. Ich gab ihm das Messer. »Warte, schneide sie noch nicht an. Lass mich erst Teller und Gabeln holen.« Eilig wuselte ich umher, um alles bereitzustellen.

»Gut«, sagte ich. »Leg los.«

Joshua sah mich kopfschüttelnd an, als würde ich komplett abdrehen. »Na, jetzt wo du es so spannend gemacht hast, erwarte ich aber etwas echt Besonderes.«

Er hatte ja keine Ahnung, was gleich kommen würde. Das hier war mehr als besonders.

Er schnitt mit dem Messer durch den Biskuit, und als die Klinge auf den versteckten Inhalt traf, machte es klick-klick-klick.

»Was hast du da drin versteckt?« Er zog das Messer heraus, maß ein Tortenstück ab und schnitt erneut hinein. »Okay. Wenn da was Lebendiges drinsteckt, verklage ich dich wegen seelischer Misshandlung.«

»Du Feigling. Jetzt mach schon.«

Auf der Messerscheide zog er das Tortenstück heraus und enthüllte das Tollste, was ich je gesehen hatte.

»Wow«, machte er, als die dragierten Süßigkeiten aus dem Inneren auf den Tortenständer purzelten.

»Mini-Schokoladeneier! Im Supermarkt waren die letzten übrigen Tüten im Angebot.«

»Wie cool«, sagte er.

»Ja, total. Ich habe das mal in einer Fernsehsendung gesehen und mir das Rezept rausgesucht. Bist du beeindruckt?«

Er lachte. »Ja, sehr. Ich hoffe, das schmeckt so gut, wie es aussieht.«

»Dank Stella werde ich immer besser im Backen. Es sollte zumindest essbar sein.«

Joshua schnitt noch ein Stück ab, und wir nahmen unsere Teller mit zum Sofa.

»Also, erzähl mir von Natalie«, sagte ich. »Hollie meinte, sie sei genau dein Typ.« Umwerfend schön und bestimmt super im Bett.

»Schmeckt gut«, sagte er, den Mund voller Torte, und deutete mit der Gabel auf seinen Teller.

Ich schluckte einen ersten Bissen herunter. »Richtig lecker.« Die Borkenschokolade und die Mini-Eier gaben der Torte den Extrakick. »Aber erzähl mir von deinem Date.«

»Natalie war ganz nett.«

»Aber keine Frau, für die du dein Singleleben aufgeben würdest?«

Seufzend stellte er seinen Teller ab. »Nein, so gar nicht.«

»Ich kann mir schon vorstellen, dass du gar nicht unbedingt etwas ändern willst. Mit Supermodels zu schlafen und in einem Hotel zu leben ist kein schlechter Standard.«

»Ich schlafe nicht mit Supermodels.« Er machte eine Pause. »Zumindest ist das schon eine ganze Weile nicht mehr vorgekommen.«

Ich lachte. »Na, wenn du keine Lust darauf hast, kannst du das zweite und dritte Date sein lassen. Du hast schon bewiesen, dass ich recht hatte: Du schaffst es nicht, dich zwei Stunden lang mit einer Frau zu unterhalten.«

»Stimmt gar nicht«, erwiderte er. »Du bist eine Frau. Und ich schaffe es, zwei Stunden lang mit dir zu reden.«

Bei dem Gedanken, dass ich für Joshua eine Ausnahme war, etwas Besonderes, machte mein Herz einen Hüpfer und rutschte mir bis in die Magengrube. Ich musste mich zusammenreißen. Er hatte eindeutig klargemacht, dass er mich nicht begehrte. Ja, wir hatten uns geküsst, aber das war nur ein kurzfristiger Kontrollverlust gewesen. Wir hatten einfach zu viel Zeit miteinander verbracht. Mein Abwehrschild hatte nicht funktioniert und … war einfach seinem Instinkt gefolgt oder so. Weil ich nun mal eine Vagina besaß und er durch und durch ein Aufreißer war.

Ich nahm eins der Mini-Eier von meinem Teller. »Ja, aber ich zähle nicht. Ich kenne dich schon seit –«

Das Brummen von Joshuas Handy unterbrach uns. Er schaute aufs Display. »Ist von Natalie. Da sollte ich wohl lieber nachschauen.«

Ich zuckte mit den Schultern. »Zeig mir, wie man so was handelt, Trainer.«

Nachdem er mit den Fingern übers Display gewischt hatte, riss er angesichts der Nachricht den Kopf nach hinten. Beeindruckt wirkte er nicht.

»Beschimpft sie dich? Warst du fies zu ihr?«

Er fing an zu lachen. »Beschimpfen würde ich das nicht nennen. Und nein, ich war nicht fies.«

»Was schreibt sie?«

Er betrachtete mich, als überlegte er, was er antworten sollte. »Genau genommen hat sie nichts *geschrieben*. Sie kommuniziert lieber über Bilder.«

Ich setzte mich kerzengerade hin. »Echt? Etwa Nacktbilder?«

Wieder lachte er und nickte.

Das war ja mal wieder typisch, dass ihm eine Frau Nacktbilder schickte, die er gerade erst kennengelernt hatte. Aber diese Wirkung hatte Joshua Luca eben auf Frauen. »Welche Hälfte denn?« Ich beugte mich zu ihm rüber, um etwas zu sehen.

»He, nicht. Das zeige ich dir auf gar keinen Fall.« Er wischte und tippte auf seinem Handy herum. »So. Ich habe es gelöscht.«

»Das ist sehr gentlemanlike von dir«, sagte ich, während ich noch einen Bissen Kuchen aufgabelte. Mein Abwehrschild war nicht darauf vorbereitet, dass seine Reaktion so … Ich wusste nicht recht, ob *höflich* oder *erwachsen* es wirklich traf, aber sein Sinn für Anstand rührte mich mehr als erwartet.

»Ich bin doch kein Fünfzehnjähriger, der seine Freunde mit Nacktbildern von Frauen beeindrucken muss.«

Immer wenn ich dachte, mein Abwehrschild würde wieder einwandfrei funktionieren, kam prompt Joshua und sprengte Löcher hinein. Doch ich wurde immer besser darin, sie wieder zuzuspachteln. Ich musste einfach hoffen, dass das ganze Ding nicht eines Tages komplett zusammenkrachen würde. »Was wirst du antworten? Was antwortet man überhaupt, wenn man ungefragt ein Nacktfoto von jemandem bekommt, den man praktisch gar nicht kennt?«

»Vielleicht sollte ich gar nichts antworten. Ich habe ja nicht vor, mich wieder mit ihr zu treffen. Außerdem will ich nicht, dass sie noch mehr schickt.«

»Nein? Hollie meinte, sie sei wunderschön. Vielleicht hätte sie Lust, deine Miss Donnerstagabend zu werden.«

Joshua brummte etwas in sich hinein, was ich jedoch nicht genau verstand.

»Du musst doch etwas antworten.«

»Vielleicht sollte ich einfach … Danke sagen?«

Ich trat ihm gegens Schienbein und versuchte, nicht darüber zu lachen, dass er gerade so herrlich ratlos war. Ein Teil von mir hatte angenommen, Joshua bekäme regelmäßig ungefragt Boobie-Fotos. »Ich dachte, ich wäre hier diejenige, die einen Dating-Coach braucht. Du kannst doch nicht Danke zu einer Frau sagen, nachdem sie dir ein Foto von ihren Brüsten geschickt hat, ohne wie ein Arschloch zu klingen.«

»Du hast recht.«

»Klar habe ich recht.«

Er tippte auf dem Handy eine Nachricht und hielt es mir dann hin. *War toll, dich heute kennenzulernen. Viel Erfolg mit dem Schmuckdesign. Mach's gut.*

»Du bist voll der Profi«, sagte ich ehrlich beeindruckt. Er hatte auf höfliche Weise klargemacht, dass er kein Interesse hatte. »Ich würde mir denken, dass du ein netter Kerl bist, die Chemie aber einfach nicht gestimmt hat.«

»Ich *bin* ein netter Kerl. Und die Chemie hat *echt* nicht gestimmt.«

Joshua war nett. Zu mir jedenfalls. Aber ich war nicht sicher, ob ich auch so empfinden würde, wenn wir eine Liebesbeziehung hätten. In meiner Vorstellung konnten die Frauen, mit denen er schlief, nicht genug von ihm bekommen und wollten stets mehr. Verdammt, selbst ich musste gegen dieses Gefühl ankämpfen, dabei waren wir gar nicht miteinander im Bett gewesen. Zum Glück.

»Du hast ja selbst zu mir gesagt, dass man erst einige Frösche küssen muss, bevor man den richtigen Menschen findet.«

»Gib mir noch ein Stück Kuchen, sonst organisiere ich dir für dein nächstes Date auch ein Model.«

»Klingt gut. Ich stehe auf schöne Männer. Du hast mich für alle Zeit verdorben.«

Als er den Kopf zu mir drehte, konnte er sein Grinsen nicht verbergen. »Bitte was hab ich?«

»Mich verdorben.« Ich seufzte übertrieben. »Weiß doch jeder, dass man alle seine späteren Freunde an seinem ersten Schwarm misst.« Ich zog die Nase kraus. Wieso plapperte ich permanent meine intimsten Gedanken aus?

»Du warst in mich verknallt?« Er wirkte ehrlich überrascht. Als wäre ihm das neu. Dabei hatte ich immer das Gefühl, es in Leuchtschrift auszustrahlen. Vielleicht hatte ich es doch besser verborgen als gedacht.

»Megamäßig.« Dass ich es zugeben konnte, bewies umso mehr, dass ich heute ein anderer Mensch war.

Sein Grübchen war wieder da und ebenso das sexy Grinsen, das er sich patentieren lassen und weiterverkaufen sollte. »Die Vorstellung gefällt mir.«

»*War*«, gab ich zurück. »Ich *war* in dich verknallt. Vergangenheitsform.« Ich hielt den Gedanken nicht aus, dass ich immer noch von ihm fantasierte. Das Abwehrschild einer Frau konnte schließlich nicht *rund um die Uhr* durchhalten.

»Oh«, machte er und tat verletzt, als kümmerte es ihn, ob eine Frau wie ich aktuell in ihn verknallt war. Vielleicht ging er einfach davon aus, dass ihn alle Frauen begehrten. Und wahrscheinlich lag er damit gar nicht allzu sehr daneben.

»Bei deinem nächsten Date muss ich es besser machen«, sagte ich in dem verzweifelten Versuch, das Thema zu wechseln. »Ich werde die perfekte Frau für dich finden.«

»Wenn du das sagst.« Er stieß ein Seufzen aus. »Achte darauf, dass sie interessant ist. Oder witzig. Oder lächerlich. Wenn ich zwei Stunden mit dir verbringe, ist es nie so krampfig, wie es mit Natalie war.«

Bei seinem Kompliment stieg mir die Hitze in die Wangen. Er hatte es echt drauf, Frauen ein gutes Gefühl zu geben. Vielleicht sollte ich neben der Tätigkeit als Ärztin noch einen Verleih aufziehen und ihn an Frauen vermieten, die sich ein wenig mies fühlten.

»Ja, aber bei uns ist das was anderes«, sagte ich. Zwischen uns war es immer locker. Nicht, dass ich nicht regelmäßig etwas Falsches sagte und mich vor ihm blamierte – ich wusste bloß, dass sich das nicht auf sein Verhalten mir gegenüber auswirken würde. Unsere Beziehung konnte einen doofen Fauxpas verkraften, weil unsere Familien dermaßen eng verbunden waren. »Wir sind wie Bruder und Schwester.«

»Sind wir nicht«, platzte es aus ihm heraus. »Das ist … gestört. Umso mehr, da wir uns geküsst haben und du mir eben gestanden hast, dass du in mich verknallt warst.«

Dieser Kuss … »Ja, früher mal. Ich kenne dich jetzt schon so lange …«

»Ach, komm, Hartford. Bin ich echt wie ein Bruder für dich?«

Ich dachte darüber nach. Ich würde Joshua stets zu unfassbar attraktiv finden, um ihn als einen Bruder zu betrachten. Wenn er mich auf eine bestimmte Art ansah, bekam ich immer noch eine Gänsehaut. Ich war immer noch fasziniert von seinen Händen, seiner Brust, dem Grübchen. Jetzt wo ich ihn ein bisschen besser kannte, fand ich nicht nur das lässige Selbstvertrauen, seinen Charme und sein gutes Aussehen attraktiv. Er sorgte sich um mich und wollte, dass ich bei meiner neuen Arbeit Erfolg hatte. Außerdem konnte er über sich selbst lachen und sich hinterfragen. Er war nicht nur umwerfend, obendrein genoss ich seine Gesellschaft auch total.

»Na ja, nicht unbedingt wie ein Bruder. Eher wie ein … Freund, der einem richtig gut das Bein massieren kann und gar nicht schlecht küsst?«

Da war das Grübchen wieder. »Mach dir nichts vor. Ich küsse super.«

Das stand mal fest.

17. Kapitel

Joshua

Im Kaufhaus wimmelte es von Menschen. Ich kämpfte mich durch die Menge zur Schmuckabteilung im hinteren Teil des Gebäudes, wo ich Hollie finden würde. Ich hatte ihr liebend gern eine meiner besten Stylistinnen ausgeborgt, damit diese ihr half, ihren neuen Stand bei *Harvey Nichols* einzurichten. Sie ahnte nicht, dass sie mir den Gefallen viel früher als gedacht erwidern würde.

Am Abend zuvor hätte ich beinahe wieder versucht, Hartford zu küssen. Selbst jetzt regte sich mein Penis in meiner Hose, wenn ich daran dachte, dass sie in mich verknallt war. Ich musste etwas unternehmen.

»Joshua!«, rief Hollie, als sie mich entdeckte. »Was machst du denn hier?«

»Ich wollte Zeuge deines Riesenerfolgs sein. Wie lief es mit Camilla?«

»Oh mein Gott, danke, dass du sie mir geborgt hast. Sie ist total kreativ und hat mir sehr dabei geholfen, die Kollektion optimal zu präsentieren.« Sie hielt inne, um mir eine Hand auf die Schulter zu legen. »Kannst du es fassen, dass ich bei Harvey Nichols bin?«

»Und ob ich das kann. Deine Sachen sind toll.« Ich konnte sehen, warum die *Vogue* einen solchen Wirbel um Hollie machte. Sie hatte echt Talent.

»Stimmt, aber ich bin nur zwei Gänge entfernt von *Dior* und *Chanel*. Es ist irre.«

»Du hast hier wirklich einen sehr guten Platz. Das wird bestimmt ein reißender Erfolg.« Ich schaute hinunter in die Glasvitrinen, wo ihr Schmuck auf einer meeresgrünen Unterlage auslag. »Das sieht echt trendy aus. Nicht zu voll.«

»Genau«, erwiderte sie. »Genau so wollte ich es. Ich bin erst einmal nur für eine Probezeit hier, also abwarten, wie es sich entwickelt. Aber ich schwöre dir, ich komme auch gern her und arbeite an der Kasse, wenn sie dafür weiterhin meine Sachen verkaufen. Ich könnte mir nichts Besseres vorstellen.«

»Du hast das super gemacht, Hollie. Es ist mehr als verdient.«

»Lieb von dir, Joshua. Und vielen Dank für die Hilfe. Aber jetzt verrat mir mal: Warum bist du wirklich hier?«

Okay, sie hatte mich durchschaut. Für gewöhnlich schaute ich nicht mal eben bei Harvey Nichols vorbei, aber nach dem gestrigen Abend brauchte ich ihre Hilfe, um jemanden für Hartford auszusuchen, der ihr echt gefallen würde.

»Wie du vermutlich weißt, arrangiere ich Dates für Hartford, um ihren Bekanntenkreis ein bisschen zu erweitern. Ich suche jemanden für ihr zweites Date. Da habe ich mich gefragt, ob du vielleicht jemanden kennst?« Hollie lernte durch ihren Beruf und die Wohltätigkeitsveranstaltungen, die sie zusammen mit Dexter besuchte, viele Leute kennen, und ich hoffte, sie kannte jemanden, der gut zu Hartford passen würde. Ich hatte in letzter Zeit viel zu viel Zeit mit ihr verbracht. Die Grenzen waren verwischt. Ich musste sie wieder deutlich nachziehen.

Hollie lehnte sich mit der Hüfte gegen den Verkaufstresen und verschränkte die Arme vor der Brust. »Lass mich eins klarstellen.« Sie machte eine Pause. »Du *glaubst*, du möchtest, dass ich dir jemanden vorschlage, mit dem Hartford ausgehen könnte?«

Ihre Frage war merkwürdig formuliert. »Ähm, ich bin mir nicht ganz sicher, ob ich dir folgen kann, aber ja. Ich brauche Hilfe dabei, ihr ein Date zu organisieren. Du magst Hartford doch, oder? Sie ist witzig, interessant und mit Leidenschaft Ärztin.«

Meine Güte, ich war gestern ganz kurz davor gewesen, sie zu küssen. In den Sekunden zwischen dem Aufstehen und dem Zur-Tür-Gehen hatte ich mich noch geradeso beherrschen können, sie nicht bei den Hüften zu packen, an mich zu ziehen und den Mund auf ihren zu schmiegen. Diesen Fehler durfte ich nicht noch einmal machen. Darauf hatten wir uns geeinigt. Außerdem war es offensichtlich, dass sie heute genauso wenig etwas mit mir anfangen wollte wie ich mit ihr …

»Ja, so ist sie«, stimmte mir Hollie zu.

»Genau, und ich muss einen Mann finden, der einer Verabredung mit ihr würdig ist. Du kennst doch bestimmt jemanden. Jemanden, mit dem *du* ausgehen würdest, wenn du nicht mit Dexter verheiratet wärst. Jemand, der deiner würdig wäre.«

Schweigend sah sie mich aus zusammengekniffenen Augen an. »Ja, da wüsste ich tatsächlich jemanden.«

»Ach ja? Beschreib ihn mir.« Ich atmete einmal tief durch und nahm mir vor, das Beste von demjenigen anzunehmen, den Hollie da im Sinn hatte.

»Klar doch. Er ist umwerfend – könnte als Model arbeiten, wenn er nicht vollauf damit beschäftigt wäre, seine eigene Firma zu leiten und haufenweise Geld zu verdienen. Er ist lieb, witzig, verdammt klug. Hatte schon lange keine feste Beziehung mehr, aber ich glaube, er ist bereit dafür.«

Ich räusperte mich. »Gut, okay … das klingt toll. Woher kennst du ihn?«

»Tatsächlich habe ich ihn schon kurz nach meinem Umzug nach London kennengelernt.« Sie unterbrach sich, um etwas unter dem Tresen hervorzuholen. In der Hand hielt sie einen flachen, ovalen Gegenstand – einen Bilderrahmen vielleicht. Hollie bedeutete mir näher zu kommen und drehte das Teil dann um: einen Spiegel. »Ich rede von dir, du Dummkopf.«

Ein kalter Schauer lief mir den Rücken hinunter. »Nein, definitiv nicht. Ich … fange nichts Festes mit Frauen an.«

»Aber du magst Hartford«, sagte sie.

»Natürlich mag ich Hartford.« Ich konnte mir nicht vorstellen, dass irgendwer sie nicht mochte. Sie gehörte zu jenen Menschen, mit denen sich jeder sofort wohlfühlte. Noch so ein Grund, warum ich etwas Abstand brauchte. Ich fühlte mich allzu wohl dabei, Zeit mit ihr zu verbringen.

»Na, warum führst *du* sie dann nicht zu ihrem zweiten Date aus?«

Ich schnaubte. »Ich habe dir doch gesagt, dass ich keine Beziehungen eingehe. Ich brauche einen Typen, den sie mögen könnte und der zu einer Beziehung *bereit* ist. Jemanden, mit dem sie sich vielleicht ein zweites Mal trifft. Der ihrer Mutter vielleicht sogar die Enkelkinder schenkt, die sie sich so sehnlich wünscht.« Ich hatte nicht vor zu verraten, dass ich Hartford geküsst hatte oder dass sie *früher* in mich verknallt gewesen war. Dann würde Hollie mir ewig in den Ohren liegen.

Ihr Blick sagte mir, dass sie mir bereits die Antwort geliefert hatte, nach der ich suchte. Hatte sie aber nicht.

»Du musst doch jemanden kennen«, sagte ich. Vielleicht hatte ich mich an die Falsche gewandt. Eventuell sollte ich meinen Kumpel Nathan fragen. Seine Brüder waren alle Ärzte. Vielleicht würde einer von ihnen mit ihr ausgehen. Ein Arzt verstand Hartford wahrscheinlich besser – ihr Bedürfnis, Menschen zu helfen, und ihre Hingabe für den Beruf.

»Ich werde drüber nachdenken. Aber du solltest dir überlegen, ob du nicht doch mit ihr essen gehst.«

Dass Hollie es nicht verstand, überraschte mich – sonst war sie immer ziemlich auf Zack. »Wir essen ständig zusammen zu Abend, weil wir Nachbarn sind.«

Hollie lachte. »Wie ihr sechs Jungs es geschafft habt, Milliardäre zu werden, ist mir ein Rätsel. Manchmal seid ihr dumm wie Brot.«

Ich sah sie böse an. »He. Nicht so abfällig, bitte.«

»Joshua, du magst Hartford ganz offensichtlich. Und das ist toll. Ich weiß, dass es ungewohnt für dich ist, aber das macht nichts. Geh mit ihr aus. Verdreh ihr den Kopf. Ich weiß aus sicherer Quelle, dass sie sich durchaus schon mal ausgemalt hat, dich zu vernaschen.«

Hollies Grinsen verriet mir, dass ich es nicht geschafft hatte, rasch genug die Kinnlade wieder hochzuklappen. »So ist das nicht zwischen uns. Wir sind Freunde. Und wie schon gesagt, ich habe kein Interesse an einer Beziehung.«

Sie sah mich an, als wäre ich der dümmste Mensch auf Erden. »Joshua, Joshua, Joshua. Ich werde mal überlegen, ob ich noch einen *anderen* kenne, der der Richtige für Hartford sein könnte. Aber ich würde vorschlagen, dass du selbst mal gründlich darüber nachdenkst, ob du wirklich möchtest, dass sie mit jemand anderem ausgeht. Bis du zur Vernunft kommst und merkst, was du direkt vor deiner Nase hast, ist sie vielleicht schon vergeben.«

Das klang doch perfekt. Je schneller Hartford nicht mehr Single wäre, desto besser.

18. Kapitel

HARTFORD

Ich hatte eine Mission: Gerrys »Ein Leben neben dem Beruf«-Anforderung für diese Woche erfüllen *und* ein Date für Joshua finden. Mit der heutigen Führung durch die National Gallery ließe sich hoffentlich beides erledigen.

Ich stellte mich auf die Zehenspitzen, um einen Blick auf das große Gemälde zu erhaschen, zu dem uns die Museumsführerin geleitet hatte. Ein Mann vor mir merkte, wie ich mich abmühte, etwas zu sehen, und schob sich nach links, damit ich bessere Sicht auf die auf einem blauen Laken liegende Nackte hatte. Sie drehte uns Rücken und Po zu und betrachtete sich selbst im Spiegel. Es war genau die Art von Gemälde, die man in einem Kunstmuseum erwartete.

»Also, das ist selbstverständlich die Venus«, sagte die Museumsführerin.

War das selbstverständlich? Ich hatte nicht die leiseste Ahnung.

Unsere Führerin war um die dreißig – vielleicht zwei- oder dreiunddreißig. Sie war etwa so groß wie ich, hatte aber glattes, glänzendes Haar und war makellos geschminkt. Auf dem blassgoldenen Lanyard, das ihr um den Hals hing, stand, dass sie Janet hieß.

Joshua könnte sie mögen. Ihre Namen würden sich süß zusammen anhören. Und als eine der Kuratorinnen des Museums dürfte sie klug sein. Joshua verdiente eine Frau, die mit ihm mithalten konnte.

Ja, sie kam definitiv infrage.

»Woher wissen wir das?«, fragte sie unsere Gruppe aus zwölf wissbegierigen Museumsbesuchern.

Ach du heilige Buttercreme, jetzt auch noch sokratische Methoden der Wissensvermittlung? Ich kam mir vor, als wäre ich wieder im Medizinstudium. Ich hoffte nur, sie würde mich nicht drannehmen, denn ich hatte keinen Schimmer. »Wer mogeln will, schaut auf den Titel.« Sie lachte leise (Sinn für Humor – der war Joshua wichtig). »Dieses Werk heißt *Venus vor dem Spiegel* oder auch die *Venus von Rokeby*. Aber wen wir hier betrachten, wissen wir auch, weil Velázquez uns einen wichtigen Hinweis gibt. Kann mir jemand sagen, welcher das ist?«

Als jemand etwas murmelte, nickte sie begeistert. »Ganz genau: *Amors* Gegenwart verrät uns, dass sich hier nicht irgendeine Frau im Spiegel bewundert, sondern die Göttin Venus.«

Woher weiß man denn, dass es sich um Amor handelt?, wollte ich fragen. Aber ich blieb still. Vermutlich war das offensichtlich. Sie fuhr fort, uns von Velázquez zu erzählen und dass eine Suffragette einmal einen Anschlag auf das Gemälde verübt hatte.

»Was mir an diesem Gemälde so gefällt«, sagte Janet, »ist, dass Velázquez – ein Mann – es zwar für männliche Betrachter gemalt hat, doch für mich hat Venus in dieser Komposition die Kontrolle inne. Sie bewundert sich selbst im Spiegel. Sie sieht ihre eigene Schönheit und Macht darin reflektiert. Manche wenden ein, dass sie aus diesem Blickwinkel gar nicht in der Lage wäre, sich im Spiegel zu sehen, aber dies ist ja auch kein Foto. Es ist eine Darstellung von Selbstliebe. Für mich symbolisiert dieses Gemälde weibliches Selbstbewusstsein und weibliche Macht.«

Ich betrachtete das Motiv erneut. Das Spiegelbild. Die über dem Bett drapierten Laken – sinnlich wie Venus selbst. Sie war kein makelloses Model wie aus Modemagazinen und von Laufstegen, aber sie war stolz darauf, was sie im Spiegel sah. Sie war mit ihrem Äußeren zufrieden. Aber irgendetwas sagte mir, dass sie auch ihr Inneres mochte.

Jede Frau, die in Bezug auf sich selbst so empfand, hatte wahre Macht.

Seit dem Unfall erinnerte mich mein Körper permanent an alles, wozu ich nicht in der Lage war, was ich verloren hatte. Ich kam nicht umhin zu denken, dass ich auch gern wie Venus wäre und mich so gut fühlen würde. So mächtig. So frei.

Ich holte mein Handy heraus und machte ein Foto, weil ich das Gefühl einfangen wollte, um später weiter darüber nachzudenken.

Nachdem Janet Fragen beantwortet hatte, gingen wir weiter. Ich achtete darauf, bei der Gruppe zu bleiben, und schaffte es, beim nächsten Gemälde ganz vorn zu stehen.

»Das ist *Bacchus und Ariadne* von Tizian«, sagte Janet. »Es ist ein wunderbares Beispiel für die geometrische Bildkomposition der Renaissancezeit und eines der wichtigsten Werke hier im Museum. Ich kann zu diesem Gemälde noch weiter ins Detail gehen – aber was denken Sie darüber? Was *empfinden* Sie, wenn sie es betrachten?«

»Er ist verliebt in die Frau«, platzte ich heraus. »Bis über beide Ohren.«

Janes Augen erstrahlten. »Genau. Hier stellt Tizian den Moment dar, als Bacchus Ariadne zum ersten Mal sieht und sich auf der Stelle in sie verliebt. Es ist die großartigste Darstellung von Liebe auf den ersten Blick der gesamten Kunstgeschichte.«

Ariadne wirkte jedoch nicht überzeugt. »Läuft Ariadne

weg?«, fragte ich mit Blick auf die Frau, die das Objekt von Bacchus' Zuneigung war.

Janet drehte sich zu dem Gemälde um. »Ich glaube, so habe ich es noch nie betrachtet. Die übliche Deutungsweise ihrer Körperhaltung ist, dass sie unglücklich übers Meer zu Theseus' Schiff schaut, der sie verlassen hat und fortsegelt.« Sie deutete auf die zarten Pinselstriche ganz links oben, die ein Schiff darstellten. »Aber das ist das Schöne an der Kunst: So vieles lässt Raum für Interpretation. Vielleicht ist dies der Augenblick, in dem Bacchus Ariadne sieht und ihr verfällt, aber noch der Augenblick, *bevor* Ariadne seine Liebe erwidert.«

Der Augenblick, bevor sie seine Liebe erwidert. Ich holte tief Luft und sann über das Konzept nach, dass Liebe eine Art linearen Verlauf hatte: ein Bevor, ein Währenddessen und manchmal ein Danach. Das ergab Sinn. Und mir gefiel die Vorstellung, dass Ariadne Bacchus nicht bloß mochte, weil er sie mochte. Gut, sie hatte vielleicht nicht lange gebraucht, bis sie genauso verliebt gewesen war, aber sie entschied selbst, wie sie ihn fand. Ich holte mein Handy heraus und machte ein weiteres Foto.

»In der Kunst geht es ebenso sehr um das, was man empfindet, wie um das, was man sieht.« Janet lächelte ihre Zuhörer begeistert an. »Man braucht kein Vorwissen, um sich an Kunst zu erfreuen oder aus ihr etwas über das Leben zu lernen.«

Das nächste Gemälde war eine Darstellung von Samson und Delila von Rubens. Es zeigte den Moment, kurz nachdem sie Sex gehabt hatten. Es war derart unverstellt und lebensecht, dass ich errötete. Samsons gebräunte, muskulöse Arme erinnerten mich an Joshua. Und durch Delilas Gesichtsausdruck und die Art, wie ihre Hand auf dem Rücken des schlafenden, befriedigten Samson ruhte, gewann ich den Eindruck, dass sie mehr Gefühle für ihn hatte, als sie sollte. Ich wollte sie zur Seite nehmen und ihr sagen, dass sie schleunigst ihr Abwehrschild wieder hochfahren sollte, sonst würde sie Schwierigkeiten bekommen.

Am Schluss der Führung fand ich nicht mehr, dass die Gemälde, die wir uns angeschaut hatten, bloß verstaubte alte Schinken waren, sondern überlegte, wann ich das nächste Mal herkommen könnte.

Als Janet die Führung beendete, holte ich mein Handy hervor, um ein Foto von Joshua herauszusuchen. Sie mochte es etwas merkwürdig finden, wenn ich versuchte, sie zu einem Date mit einem Fremden zu überreden, aber wenn sie ihn sah, würde sie es sich hoffentlich anders überlegen. Ich scrollte durch meine Fotos. Auf dem neuesten, das ich von ihm hatte, stand er neben meiner genialen Torte. Er wirkte total albern, weil er versuchte, ein möglichst geschocktes Gesicht zu machen. Ich musste grinsen, als ich ein Foto von ihm auf unserer Rückfahrt von der Wohnung in Borehamwood fand. Wir hatten an einer Ampel gehalten, und ich hatte den Moment festgehalten, als ich ihn damit aufzog, was für ein Snob er sei, der nicht über einer Frittenbude wohnen wollte. Bis jetzt hatte ich mir das Foto noch nie genauer angesehen – es war bloß ein Schnappschuss gewesen, den man machte, ohne groß darüber nachzudenken. Ich wusste nicht recht, ob es daran lag, dass ich nach dem vorteilhaftesten Foto von Joshua suchte, oder ob das Betrachten der Gemälde heute mich dazu bewegte, genauer hinzuschauen, aber ich hatte ehrlich noch nie zuvor bemerkt, mit welchem Gesichtsausdruck er mich ansah. In seiner Miene lag keinerlei Verärgerung. Und auch nicht die mir bestens vertraute Genervtheit. Sondern … Zuneigung vielleicht. Oder etwas anderes, das ich nicht recht benennen konnte.

»Haben Sie noch eine Frage?«, erkundigte sich Janet. Als ich mich umschaute, stellte ich fest, dass sich die Gruppe bereits aufgelöst hatte. Janet wäre ein tolles Date für ihn – sie war hübsch, interessant, klug und witzig.

Zögernd betrachte ich noch einmal das Foto von Joshua.

Ich schüttelte den Kopf. »Ich wollte mich nur für die großartige Führung bedanken«, sagte ich. »Ich habe wirklich viel gelernt.«

Bevor ich das nächste Date für Joshua organisierte, wollte ich lieber erst herausfinden, was genau ich auf diesem Foto eingefangen hatte.

19. KAPITEL

HARTFORD

Nach einer turbulenten Arbeitswoche wollte ich mich nur noch im Bett verkriechen und schlafen. Aber Joshua hatte mein zweites Date arrangiert, und das würde ich nicht absagen. Besonders da ich ein schlechtes Gewissen hatte, weil ich sein nächstes Date noch nicht mal angebahnt hatte. Schob ich es absichtlich auf die lange Bank? Nein. Aber eilig hatte ich es damit auch nicht. Heute wollte ich offen dafür sein, jemanden kennenzulernen, der mich ansah wie Bacchus Ariadne. Von meinem Platz an der Bar blickte ich zum Eingang, um zu sehen, ob jemand Neues hereingekommen war. Heute Abend war ich nur auf einen Drink mit einem Kunden von Joshua verabredet. Und der kam ein bisschen zu spät.

Ich griff nach meinem Handy und scrollte durch die Fotos, die ich vergangene Woche in der National Gallery gemacht hatte. Heute Abend musste ich Venus' Macht verinnerlichen.

»Hartford?«, sagte ein Mann hinter mir.

Als ich mich umdrehte, stand jemand vor mir, der aussah, wie der Zwillingsbruder von Michael Fassbender.

Ich lächelte. »Hallo, ja, ich bin Hartford.«

Er schenkte mir ein seltsames, fast schon gezwungenes Lächeln und setzte sich mit einem Nicken neben mich. »Ich bin David.« Er gab mir weder die Hand noch einen Kuss auf die

Wange, aber ich vermutete mal, es war auch schwierig, jemanden zu begrüßen, der an einer Bar saß.

David nahm sich die Getränkekarte und schien sie zu studieren, als wäre sie das Beweisstück in einem Mordfall. »Wohnen Sie in der Nähe?«, fragte er, ohne hochzuschauen.

»Ja, ich bin Joshuas Nachbarin.« Ich lächelte, was David jedoch nicht merkte, weil er mich nicht ansah. »Das ist eine Piña Clara.« Ich hielt meinen Cocktail hoch, bevor ich daran nippte. »Habe ich noch nie getrunken. Wenn Sie eine Empfehlung möchten – die schmeckt lecker.«

Der Barkeeper erschien vor uns. »Ich nehme einen Hudson Manhattan Rye«, sagte David.

Obwohl mein Glas schon fast leer war, machte ich mich bereit, ihm mitzuteilen, dass ich kein neues Getränk wollte. Auch wenn ich morgen keine Patienten betreuen musste, wollte ich einen klaren Kopf haben.

Aber David hatte mich seit der ersten Minute noch immer kein weiteres Mal angesehen, geschweige denn den Füllstand meines Cocktailglases taxiert.

Vielleicht war er nervös.

Oder er hatte es einfach vergessen.

»Also«, meinte er und drehte sich dabei endlich zu mir, »woher kennen Sie Joshua?«

»Er ist ein alter Freund der Familie«, antwortete ich. »Und Sie?« Obwohl ich die Antwort kannte, war ich entschlossen, das Eis zu brechen, welches im Moment meterdick zu sein schien.

Als Davids Getränk serviert wurde, atmete ich erleichtert auf. Vielleicht brauchte er bloß ein bisschen Alkohol, um die Zunge zu lösen und sich zu entspannen. Die kommenden zwei Stunden konnten doch bestimmt nicht dermaßen … krampfig werden.

»Ich bin einer seiner Kunden.«

Nickend bedeutete ich ihm fortzufahren. Aber nein. Mein Date fing an sich umzugucken, was sich hinter dem Bartresen befand, und dann, was hinter mir. »Als was arbeiten Sie denn?«, fragte ich. Er schien überhaupt nicht hier sein zu wollen.

»Ich arbeite im Marketing. Für Mulberry.« Sein Ton war knapp und kühl.

»Und gefällt es Ihnen?«, wollte ich wissen.

Nachdem er ausgiebig in alle anderen Blickrichtungen geschaut hatte außer direkt vor sich, sah er mich an und seufzte. »Kann ich ehrlich zu Ihnen sein?«

Jetzt kam es. Er würde gestehen, dass er einen Höllentag gehabt hatte und keine große Begeisterung für unser Date aufbringen konnte. Aber damit wären wir in einer hervorragenden Ausgangslage, denn ich konnte wunderbar die Zuhörerin spielen, während er mir von seinen Problemen erzählte. »Natürlich«, sagte ich. »Seien Sie ruhig ehrlich. Meiner Meinung geht es überhaupt nur so.«

Er rutschte von seinem Barhocker und leerte sein Whiskeyglas. »Hier wird nichts draus. Sie sind einfach nicht mein Typ. Ich stehe auf … sexy Girls … und Sie sind … Es kommt mir wie Zeitverschwendung vor. Ich werde gehen.« Er nahm seine Geldbörse heraus, legte dreißig Pfund auf den Tresen und ging. Einfach so.

Hitze kroch mir den Hals hinauf. Als sie mein Gesicht erreichte, fühlte es sich an, als würde ich brennen.

Oh Gott. Oh Gott. Oh Gott.

Ich sah in der Hoffnung stur geradeaus, dass ich dadurch unsichtbar würde. Wenn ich jetzt jemandes Blick auffinge und darin bestätigt fände, dass er oder sie mitbekommen hatte, was hier gerade passiert war, würde ich mich eventuell nie wieder hiervon erholen.

Als das Brennen in meinem Gesicht nachließ, merkte ich, dass ich mein Glas etwas zu fest umklammert hielt. Langsam schob ich den fast leeren Cocktail auf den Bartresen. Die Menschen um mich herum schienen sich zu unterhalten, und ich hätte es zwar nicht beschwören können, aber niemand schien mich anzustarren.

Ich schnappte nach Luft und überlegte, was ich tun sollte.

Ich hatte nicht mal die Chance gehabt zu reagieren. Und selbst wenn, hätte ich nicht gewusst, was ich sagen sollte. Der Typ hielt es nicht einmal aus, mit mir etwas zu trinken und ein bisschen Small Talk zu machen? War ich dermaßen scheußlich? Langweilig? Lachhaft?

Ich sehnte mich nach der Mühelosigkeit des Krankenhauses, wo mir soziale Interaktion leichtfiel und der Einsatz geringer war. Wo ich meine Rolle kannte, an meinen Aufgaben wuchs. Eine derartige Hoffnungslosigkeit hatte ich nicht mehr verspürt, seit die Sanitäter mich vor über zehn Jahren aus dem Straßengraben gezogen hatten.

Der Barkeeper kam und fragte, ob ich noch etwas bestellen wolle. Was ich wollte, war so etwas wie einen magischen Knopf, der mich von dem Barhocker direkt in mein Bett beförderte. Ich entschied mich, ihn um die Rechnung zu bitten. In einem Laden wie diesem würden die dreißig Pfund nie im Leben für beide Getränke reichen.

In Gedanken beschwor ich den Barkeeper, Gas zu geben, damit ich so schnell wie möglich gehen konnte.

Aber wo sollte ich hin?

Ich war nur zwei Straßen von meiner Wohnung entfernt. Am liebsten wollte ich in mein Bett krabbeln und Kuchen essen, aber Joshua würde mich bestimmt nach Hause kommen hören. Ich konnte ihm nicht gegenübertreten, ihm nicht erzählen, was gerade passiert war. Wenn ich ganz leise wäre, könnte ich mich vielleicht unbemerkt reinschleichen. Ich könnte ihm nach Ablauf der zwei Stunden schreiben, dass ich zu müde für eine Nachbesprechung sei. Und bis dahin könnte ich mich ins Bett kuscheln mit Netflix, einem Cupcake und der Demütigung meines Lebens.

20. Kapitel

Joshua

In der obersten Etage des Gebäudes gab es nur zwei Wohnungen, deshalb stammten die leisen Schritte draußen im Hausflur höchstwahrscheinlich von Hartford.

Bloß dass sie eigentlich erst in einer Stunde zurück sein sollte. Ich sah auf mein Handy. Vielmehr in anderthalb Stunden. Nie im Leben würde sie ihr Date so schnell abservieren. Ich schlich zur Wohnungstür und drückte das Ohr ans Holz. Nichts. Es musste jemand vom Reinigungspersonal gewesen sein. Oder ein Mitarbeiter, der etwas überprüfte.

Und dann hörte ich eindeutig das Ratschen eines Schlüssels, der ins Schloss geschoben wurde. Als ich die Tür aufriss, sah ich, wie Hartford auf der anderen Seite des Flurs ihre Tür aufsperrte.

»Du hast dein Date nach einer halben Stunde abserviert und dachtest, ich würde dich nicht dabei erwischen, wie du wieder reingeschlichen kommst?« Kopfschüttelnd feixte ich mir eins darüber, dass sich der Spieß heute komplett umgedreht hatte. »Ich weiß ja nicht, Hartford, kannst du dich nicht mal zwei Stunden lang mit jemandem unterhalten?«

Ohne sich umzudrehen, öffnete sie die Tür. »Ehrlich gesagt geht's mir nicht so gut. Ich berichte dir später.« Sie schlüpfte nach drinnen und machte die Tür zu.

In mir mischten sich Verwirrung und Scham. Ich hatte bloß

Spaß gemacht. War sie beleidigt? Ich nahm mein Handy und tippte eine Nachricht.

Sorry, dass ich gleich vom Schlimmsten ausgegangen bin. Hoffe, dir geht's gut.

Fünf Minuten später hatte sie noch nicht geantwortet.

Aber das war verständlich, falls sie sich übergab oder … auf der Toilette hockte.

Als sie nach einer Viertelstunde noch immer nicht geantwortet hatte, fing ich an, mir Sorgen zu machen. Ich schrieb eine zweite Nachricht.

Kann ich dir irgendwas bringen? Oder soll ich einen Arzt rufen?

Nicht nötig, antwortete sie.

Zumindest war sie noch am Leben. Ich bestellte Cupcakes bei Dragonfly und bereute es dann sofort. Wenn sie eine Magenverstimmung hatte, würde Buttercreme es nicht besser machen.

Ich lief auf und ab. Während sie noch auf David wartete, hatte Hartford nichts davon erwähnt, dass es ihr nicht gut ging. Vielmehr hatte sie mir geschrieben, sie könne es nicht fassen, dass die Cocktails in der Bar fünfunddreißig Pfund kosteten. Demnach war ihr entweder von dem Cocktail schlecht geworden …

Oder von ihrem Date.

Geduld war noch nie meine Stärke gewesen, und heute würde sich das auch nicht ändern. Ich wollte wissen, was passiert war.

Ich schlich aus meiner Wohnung und durchquerte den Flur. Ich widerstand dem Drang, gegen ihre Tür zu wummern. Stattdessen tippte ich noch eine Nachricht. *Soll ich dir Gesellschaft leisten?*

Keine Antwort.

In dem vollen Bewusstsein, dass ich gerade ein penetranter Mistkerl war, klopfte ich an ihre Tür.

Ich wartete. Und wartete. Aber nach einer Weile hörte ich, wie sie zur Tür kam.

»Was willst du, Joshua? Ich gehe heute früh schlafen.«

Ich konnte ihr die Traurigkeit anhören. Das war nicht die Hartford, die ich kannte, und ich wollte wissen, was los war. »Erzählst du mir, was passiert ist?«

»Gar nichts«, sagte sie. »Wirklich, es ist echt nicht weiter wichtig – « Ihr versagte die Stimme, und sie schwieg.

Beim Klang ihrer Stimme zog sich mir vor Angst der Magen zusammen. Etwas Schreckliches war passiert. So hatte ich sie noch nie erlebt. »Hat er dir wehgetan?«

»Du liebe Güte, nein. Nichts dergleichen. Mein Ego ist bloß angeknackst.«

Gott sei Dank war sie nicht körperlich verletzt. Allerdings gefiel mir die Vorstellung nicht, dass auch nur irgendein Teil von ihr angeknackst war. »Das tut mir leid.«

»Muss es nicht. Mir geht's gut. Es gibt Leute, denen es viel schlechter geht als mir – ich bemitleide mich nur selbst.«

»Hör auf«, sagte ich. »Du darfst auch mal traurig sein, Hartford. Wenn du dich nicht ärgern darfst, weil es anderen Menschen noch schlechter geht, dann dürftest du nach deiner Logik auch nicht glücklich sein, solange du nicht der glücklichste Mensch der Welt bist. Du magst kein tragisches Schicksal haben, das heißt aber nicht, dass du keine Schulter zum Ausweinen brauchst und ein Stück Kuchen zum Naschen.«

Das Bedürfnis, ihre Tür aus den Angeln zu heben und sie in die Arme zu schließen, war beinahe überwältigend.

Ich wollte sie einfach nur an mich drücken.

»Ich bin okay, Joshua. Aber danke, dass du nach mir schaust.«

Was konnte ich tun? Was auch immer sie so traurig machte, ich wollte es ändern. Aber ich konnte schlecht die Tür eintreten und verlangen, dass sie lächelte. Oder? »Na gut, aber ich bleibe noch eine Weile hier. Falls du reden möchtest, bin ich gleich hinter der Tür. Und wenn nicht, bin ich trotzdem gleich hinter der Tür.«

Ich lehnte mich gegen die Wand und richtete mich darauf ein, eine Weile hierzubleiben. Sie sollte wissen, dass ich in der Nähe war, wenn sie mich brauchte.

»Ich führe mich albern auf«, sagte sie schließlich.

»Bestimmt nicht.«

»Er hat nichts gemacht. Im Grunde war es netter so, dass er einfach ... na ja.« Sie seufzte. »Ich brauche bloß eine Dosis Reality-TV und muss mich mal ordentlich ausschlafen.«

Mit einem Plingen gingen die Fahrstuhltüren auf, und einer der Portiers erschien mit einer Schachtel Cupcakes. »Na, könnte ich vielleicht noch einen Cupcake dazu beisteuern, wenn das hilft?« Ich nahm die Schachtel und bedankte mich mit einem stummen Nicken.

»Du hast Cupcakes?« Ihr Tonfall war zwar noch immer matt, aber ihre Antwort kam ein bisschen schneller als zuvor.

»Ja. Soll ich sie vor der Tür abstellen?«

Nach einigem Gepolter ging die Tür knarrend auf. »Komm rein.« Ihre Augen waren rot und geschwollen. Sie hatte eindeutig geweint.

Ich würde David ausfindig machen und ihn umbringen.

Ich hielt die Tür fest, ehe sie wieder ins Schloss fiel, und ging zu ihr ins Wohnzimmer. »Willst du einen Teller?«

»Ich brauche ein Glas Wasser. Möchtest du auch eins?«

Ich folgte ihr in die Küche und schob die Kuchenschachtel auf die Kochinsel. »Wasser wäre toll.«

Nachdem sie mir ein Glas gegeben hatte, wanderte ihr Blick zu den Cupcakes. »Gibt es auch einen mit Cookies and Cream?«

Ich klappte den Deckel auf. »Wie's aussieht, sogar drei.«

Sie kletterte auf einen der Barhocker, wodurch sie fast auf Augenhöhe mit mir war. »Das sollte reichen.«

Ich konnte mich nicht entsinnen, sie jemals einen ganzen Cupcake aufessen gesehen zu haben. Wenn sie vorhatte, drei zu verdrücken, musste es wirklich schlimm sein. Ich holte tief Luft und versuchte, mein Bedürfnis zu zügeln, zu erfahren, was zum Teufel los war.

»Ich will keine große Sache daraus machen.« Sie nahm einen Cupcake und drehte ihn in den Händen, als überlegte sie, von welcher Seite sie zuerst abbeißen würde.

»Okay.« Ich lehnte mich neben ihr gegen den Tresen und wappnete mich für das, was gleich kommen würde.

Sie nahm ein winziges bisschen Creme auf die Fingerspitze, steckte sie sich in den Mund und seufzte. »Er ist angekommen, hat ein Getränk bestellt, meinte dann nach ungefähr zwei Minuten, er habe kein Interesse, und ist gegangen.«

Ich ballte die Fäuste und strengte mich an, meine Gedanken für mich zu behalten. So. Ein. Trottel.

Wenigstens hatte er sie nicht angefasst. Der Typ war ein Idiot, wenn er kein Interesse an Hartford hatte. Pech für ihn. Ich würde nicht zulassen, dass es sich negativ auf sie auswirkte. »Erzähl mir alles von Anfang an.«

Ich blieb so ruhig ich konnte, versuchte eine neutrale Miene beizubehalten und normal weiterzuatmen, während sie mir die ganze sehr, sehr kurze Geschichte erzählte.

»Eigentlich hat er mir einen Gefallen getan. Wenigstens war es kein verschenkter Abend.«

Nein, es war viel schlimmer. Dieses Arschloch hatte ihren Abend ruiniert *und* ihr Selbstvertrauen. »Er ist ein Blödmann.«

»Er war nur ehrlich.« Sie wollte ihn aus der Verantwortung nehmen, aber ihr trauriger Blick verriet mir, dass Kuchen nicht reichen würde, um wiedergutzumachen, was er getan hatte.

»Er war fies«, erwiderte ich. »Er hätte auf ein Getränk bleiben können.«

»Wie, und dann nach einer Stunde einen Notfall vortäuschen? Wäre das besser gewesen?«

»Ich weiß es nicht.« Was stimmte nicht mit ihm? Sah er denn nicht, wie toll Hartford war? Nicht dass er Gelegenheit gehabt hätte, sie kennenzulernen. »Er hätte merken müssen, was für ein verdammtes Glück er hat, ein Date mit dir zu kriegen. Du bist klug und lustig und schön. Wenn er nicht mal lange genug bleiben kann, um zu merken, wie verdammt toll du bist, hat er dich gar nicht verdient.«

Sie sah von ihrem Cupcake zu mir hoch und zog die Nase kraus nach dem Motto *Das musst du ja sagen*. »Du bist super als bester Freund. Hat dir das schon mal jemand gesagt?«

»Ich meine es ernst. Du hast so viele Vorzüge, und er war nicht Manns genug, um zu bleiben und es herauszufinden. Sein Pech. Und scheiß auf Mulberry. Die werde ich als Kunden fallen lassen.«

Als Hartford lachte, zuckten meine Mundwinkel bei dem Klang. »Du wirst Mulberry nicht als Kunden fallen lassen.«

Da hatte sie vermutlich recht. »Ich finde einen Weg, mich an ihm zu rächen.«

»Er hat mir nicht das Herz gebrochen, Joshua. Du bist echt lieb, aber ehrlich, ich glaube, du bist gerade wütender als ich. Ich habe zwei Bissen Kuchen gegessen und fühle mich schon viel besser.«

»Wirklich?«, fragte ich. Sie wirkte ein wenig aufgeheitert. »Na, wenigstens bringe ich dich zum Lachen.«

Und dann kehrte auf einmal der traurige Blick zurück. »Ich bin selbst schuld. Ich habe mir keine große Mühe gegeben. Ich dachte, ein bisschen Mascara und irgendein anderes Outfit als meine Arztsachen würden reichen. Schätze, die meisten Kerle stehen auf Contouring – was immer das ist. Und auf Selbstbräuner und Wimpernverlängerung. Ich werde nie eine sein, die aussieht, als wäre sie gerade einer Zeitschrift entstiegen. Mein Hintern wird immer ein bisschen zu groß sein, mein Haar bei feuchter Luft störrisch und mein Lächeln ein bisschen schief. Unterm Strich habe ich einfach keine große Lust, irgendwas mit Make-up anzustellen, was länger als fünf Minuten dauert.«

Es stimmte, Hartford investierte weder Zeit noch Mühe ins Make-up oder andere schicke Dinge, die bestimmte Frauen so betrieben, aber deswegen war sie meiner Meinung nach nicht weniger umwerfend. Und egal, was sie anzog, es konnte sie nicht witziger, freundlicher oder interessanter machen. Das schätzte ich am meisten an ihr, mochte ich am meisten an ihr … All das an ihr wollte ich nicht verlieren.

»Was redest du da? Dein Hintern hat die perfekte …« Ich wusste nicht, wie ich den Satz beenden sollte, ohne wie ein Depp zu klingen. Außerdem sah ihr Haar immer toll aus, wenn sie es offen trug – was nicht oft vorkam.

Sie legte den Kopf schief. »Joshua …«, sagte sie, und ihr Tonfall war eine Warnung, ihr keinen Bullshit zu erzählen.

»Ich meine es ernst!« Wieso merkte sie nicht, dass ich absolut ehrlich war? Ich stellte mein Glas ab und drehte mich zu ihr. »Du brauchst weder verdammtes Contouring noch sonst irgend so ein … Zeug.« Für einen Kerl, der charmant sein wollte, fand ich ihr gegenüber keine überzeugenden Worte.

Sie verdrehte die Augen. »Er war bloß ehrlich und –«

Ehe ich es mir anders überlegen konnte, trat ich näher, überwand damit den Abstand zwischen uns, legte die Hände an ihre Wangen und drückte meine Lippen auf ihre. Mein Herz raste, als rollte es ungebremst einen Berg hinunter, und meine Fingerspitzen kribbelten, als hätte ich einen Strom führenden Draht angefasst.

Und dann drückte mich eine feste Hand auf meiner Brust weg.

»Joshua.« Sie guckte ernst. *Fuck.* Ich hatte alles noch schlimmer gemacht. »Ich brauche keinen Mitleidskuss von dir.«

Ich wich einen Schritt zurück. Einen was? »Was redest du da? Das war nicht aus Mitleid.«

Sie verdrehte die Augen. »Im Ernst? Wir waren uns doch einig, dass das hier …«, sie deutete mit dem Finger zwischen uns beiden hin und her, »… keine gute Idee ist.«

»Ich weiß«, sagte ich. »Ich weiß. Bloß … ich will dich küssen. Und ich glaube, du willst mich auch küssen.«

Ihre blassblauen Augen wurden groß, und sie trat einen Schritt vor.

»Wenn du das hier nicht willst, dann sag's einfach. Aber ich verteile keine Mitleidsküsse.« Ich legte die Hand in ihren Nacken und presste erneut den Mund auf ihren, dabei schob ich diesmal meine Zunge zwischen ihre weichen Lippen und küsste sie richtig. Ich verschwendete keinen weiteren Gedanken daran, was das hier war oder nicht war oder werden könnte. Zum Teufel mit den Konsequenzen – ich küsste Hartford.

Als sie gegen meine Brust drückte, hörte ich widerwillig auf. »Joshua.«

Ich wollte nicht aufhören. Ich wollte mehr. Sämtliche Gründe, warum *mehr* keine gute Idee war, schienen draußen im Flur geblieben zu sein, und jetzt hier, in diesem Moment, wollte ich nur Hartford.

Ich zog an ihrer Bluse und fing an, sie aufzuknöpfen. Sie konnte mich aufhalten, wenn sie wollte, aber ich konnte nur noch daran denken, wie sich ihre Haut an meiner anfühlen würde und wie ihre Brüste zwischen meinen Lippen schmecken würden.

»Es geht mir gut, Joshua. Du brauchst das nicht zu machen.«

Ich schaute zu ihr hoch. »Ich will es. Ich will *dich*.«

»Aber … ist das denn eine gute Idee?«

Ich zog ihr die Bluse aus, schob den BH-Träger über ihre Schulter und küsste den Abdruck, den er hinterlassen hatte. Ihre Haut war weich und glatt und megaheiß. »Es fühlt sich nach einer guten Idee an.«

Sie seufzte, als ich die Finger an ihrer Wirbelsäule hinaufwandern ließ. »Es gibt jede Menge Gründe, die dagegen sprechen.«

»Wir sind Freunde«, sagte ich. »Das hier, heute Abend, braucht nichts daran zu ändern, wenn wir es nicht zulassen.«

Während sie auf meinen offenen Kragen starrte, hielt ich inne, um ihre Antwort abzuwarten.

Sie ließ die Hände an meinem Oberkörper hinaufgleiten und begann, mein Hemd aufzuknöpfen. »Und morgen wird es sein, als wäre nichts geschehen.« Das war keine Frage, und ich hatte nicht vor, zu diskutieren. »Ja. Ich kann die Tatsache ausgleichen, dass ich heute erst sechstausend Schritte zurückgelegt habe.«

Mit einem leisen Lachen zog ich mein Hemd aus und streifte meine Hose ab. »Das klingt nach einer Challenge. Mal sehen, ob ich es schaffe, dich ins Schwitzen zu bringen, Hartford.« Ich ließ den Knopf ihrer Jeans aufspringen und schob eine Hand in ihren Slip, wo mich noch mehr Hitze erwartete. »Mal sehen, ob ich es schaffe, dich zum Keuchen zu bringen.« Meine Finger fanden ihre Klitoris. Ich dämpfte ihr Stöhnen mit meinem Mund, als ich sie erneut küsste. Diesmal war es leidenschaftlicher, unkoordinierter. Begieriger. Versauter.

Sie fing an, die Hüften zu wiegen, während ich die Finger kreisen ließ und Druck ausübte. Ihr Körper war so empfänglich. Aber, oh Mann, das reichte nicht.

Ungeduldig trat ich zurück und zerrte ihre Jeans herunter.

»Ich weiß gar nicht, womit ich anfangen soll. Mein Mund auf deiner Pussy, deine Brüste in meinen Händen oder mein Schwanz, so tief er nur hineingeht.«

Sie verlagerte das Gewicht von einem Bein auf das andere, als ich ihr die Jeans auszog, und schob die Finger in mein Haar, um sich abzustützen.

Ich blieb auf den Knien, zog sie an mich und zerrte ihr Höschen zur Seite.

»Joshua«, keuchte sie und ging stolpernd rückwärts, bis sie gegen das Sofa stieß und sich setzte. Perfekt.

Die Hände auf ihren Oberschenkeln, drückte ich ihre Beine auseinander und beugte mich vor, um sie zu kosten. Herrlich. Ihre Klitoris pulsierte unter meiner Zunge, während ich begierig leckte und saugte und vorstieß und sie umkreiste. Sie wurde superschnell feucht, und meine Erektion pochte ungeduldig bei der Vorstellung, dass ich bald darin versinken würde. Ich konnte ihre feuchte Hitze nicht erwarten und schob zwei Finger hinein.

Sie verkrampfte die Hände in meinen Haaren und drückte die Hüften von den Polstern hoch. »Joshua. Ich halt's nicht aus. Ich komme gleich.«

Ich löste den Mund von ihr. »Gut so.«

Während ich den Daumen um ihre Klitoris kreisen ließ und die Finger in sie brachte, beobachtete ich, wie ihre Lust immer größer und größer wurde. Sie stieß einen Schrei aus, als ich spürte, wie sie um meine Hand herum erbebte.

Fuck, ich konnte es nicht erwarten, in ihr zu sein.

Nachdem ihr Orgasmus abgeebbt war, schenkte sie mir ein kleines, schüchternes Lächeln.

»Du bist so sexy«, sagte ich und streckte ihr die Hand hin.

»Ich bin nicht sicher, ob ich laufen kann.«

Leise lachend zog ich sie vom Sofa hoch. »Dabei fangen wir gerade erst an.«

Als wir in ihrem Schlafzimmer waren, drehte ich sie um und hakte ihren BH auf. »Schon seit ich dich vom Flughafen abgeholt habe, frage ich mich, wie es wohl ist, die zu halten.«

»Ja?«, fragte sie.

Ich ging um sie herum und umfasste ihre Brüste. Weich und fest, quollen sie fast aus meinen Händen. Ich strich mit den Daumen über ihre Brustwarzen und stöhnte. Ich wollte sehen, wie sie wippten, wenn ich mit ihr schlief.

Das Bett war hoch, genau wie das im Penthouse. Ich hatte mich schon immer gefragt, wie es wohl wäre, in meinem Bett zu vögeln. Es hatte die perfekte Höhe. Ich führte Hartford darauf zu, hob sie aufs Laken, spreizte ihre Beine und stellte mich dazwischen.

»Kondom«, sagte sie.

Ich nickte. *Fuck*, wie kam ich jetzt am schnellsten an eins?

»Da muss ich noch mal in meine Wohnung.«

»In der Kommode neben meinem Bett.«

Ich runzelte die Stirn. »Echt jetzt?«

Sie zuckte mit den Schultern. »Es ist gut, auf alles vorbereitet zu sein.«

Das stand mal fest.

Ich schnappte mir ein Kondom, riss es auf und streifte es über meinen fast schon schmerzhaft erregten Penis.

»Es wird morgen nicht komisch sein, oder?«, fragte sie mit einem Blick auf die Stelle, wo ich mich vor ihr in Position gebracht hatte.

»Nicht, wenn wir es nicht zulassen.« Ich schob meine Spitze vor, wobei ich die Kiefer zusammenpresste, um dem Drang zu widerstehen, sofort in sie einzudringen.

»Oh Gott«, machte sie und ließ sich nach hinten aufs Bett fallen. »Joshua!«

Ich schob mich in sie, glitt langsam immer tiefer, bis ich kaum noch einen klaren Gedanken fassen konnte. Der Anblick ihrer nackten Brüste, die ich mir schon so oft vorgestellt hatte, seit sie wieder in meinem Leben war, ihre Enge, die Wärme in ihren eisblauen Augen – ich hatte mich kaum bewegt und wollte schon kommen und kommen und kommen.

Sie war die reinste Göttin.

Sie fuhr mit den Händen meine Arme hinauf und zog an meinen Hüften die Beine an. Der Duft von Zimt hüllte mich ein. »Alles okay?«, fragte sie.

»Mehr als okay. Du fühlst dich total super an.« Ich fing an, mich zu bewegen. Zuerst nur sanft, damit ich nicht gleich übersprudelte. Ich saugte den Klang ihres Stöhnens und Keuchens auf. Ich verschlang den Anblick ihrer wogenden Brüste. Ich schloss die Augen, um mich der Empfindung ihrer Hände, ihrer Hüften, ihrer herrlichen, herrlichen Pussy hinzugeben.

Als sie heftig die Hüften wand und einen panischen Blick bekam, wusste ich, dass sie kurz davor war. Ich lächelte. Verdammt, es gefiel mir, sie zum Höhepunkt zu bringen. Mir gefiel, dass mein Körper so gut zu ihrem passte, dass ich bei ihr für diese Wonne sorgen konnte. Ich stützte die Arme oberhalb ihrer Schultern auf und stieß immer fester zu, als sie sich um mich herum zusammenzog. Ich wurde langsamer, damit sie sich erholen konnte, bis sie leise kapitulierend meinen Namen rief. Etwas an ihrem Timbre durchschnitt meine Selbstbeherrschung wie eine Klinge. Ich konnte mich nicht zurückhalten. Mein Orgasmus überkam mich so heftig und nachdrücklich, als erfüllte mein Körper den Urdrang, dieser Frau alles zu geben.

Verdammt. Was war das?

Verschwitzt und verwirrt brachte ich uns in eine neue Position, sodass wir in Löffelchenstellung dalagen, meine Arme um ihre Taille. »Alles okay?«, fragte ich, sobald sich unsere Atmung wieder normalisiert hatte.

Als sie nickte, streiften ihre langen, weichen Haare meine Brust wie ein Seidenlaken. »Ich hatte zwar gehört, dass es möglich ist, aber zwei solche Orgasmen hatte ich noch nie nacheinander. Passiert das den meisten Frauen, mit denen du zusammen bist?«

So sehr ich Hartfords direkte Art mochte, jetzt war nicht der Augenblick, um Vergleiche anzustellen. »Konzentrieren wir uns doch nur auf –« Ich riss mich gerade noch rechtzeitig zusammen, bevor ich *uns* sagte. Es gab kein Uns. »Konzentrieren wir uns doch auf dich.«

Ich zog ihr Bein nach hinten über meines und ließ die Hand zu ihrer Mitte gleiten. »Das fühlt sich so gut an. Ich liebe es, wie feucht du bist.«

»Das macht dich an?«, fragte sie.

»Natürlich«, erwiderte ich, ganz der bereitwillige Lehrer. »Ist schließlich mein Verdienst. Das gibt mir das Gefühl, mächtig zu sein.« Sie ließ die Hüften kreisen und rieb den Hintern an meinem Penis. Binnen Sekunden war ich noch härter als beim ersten Mal.

Sie fasste nach hinten, schloss die Faust um meine Erektion, drückte zu und ließ wieder locker, während ich gegen ihre Finger wippte. »Ja. Das kann ich nachvollziehen.«

Ein tiefes Brummen vibrierte in meiner Kehle. Ich wusste nicht recht, wie wir an diesen Punkt gelangt waren, doch ich bereute es nicht. Sie fühlte sich besser an, als ich es mir je hätte ausmalen können.

Ich angelte ein neues Kondom, und nachdem ich es übergezogen hatte, schob ich mich langsam von hinten in sie. Diesmal hörte ich nicht auf. Als hätten wir dieselben Gedanken, machten wir beide kleine, perfekte, beherrschte Bewegungen, die unser beider Lust hinauszögerten.

»Das ist so gut«, sagte sie. »Weniger, aber gleichzeitig mehr.«

Ich stieß ein leises Stöhnen aus, denn ich wusste genau, was sie meinte. Ich versuchte, einen gleichmäßigen Rhythmus beizubehalten und mich sanft zu bewegen. Ich wollte noch stundenlang so bleiben – ihre Haut an meiner, mein Herzschlag an ihrem. Wir waren uns so nah, wie wir uns nur sein konnten.

Es war absolut perfekt.

21. KAPITEL

HARTFORD

Ich blinzelte immer wieder und kniff dann für einen Moment die Augen zu. *Konzentrier dich*, befahl ich mir selbst. Ich hatte gleich eine wichtige Besprechung mit Gerry. Da konnte ich jetzt nicht daran denken, wie sich Joshuas Daumen so herrlich in die Kuhlen unterhalb meiner Hüftknochen drückten, wie sich seine Zunge auf meiner Haut anfühlte, an seinen Gesichtsausdruck, wenn er kam. Ich musste mich *konzentrieren*.

Ich straffte die Schultern und klopfte an die Tür von Gerrys Büro.

»Ja.« Gerry klang ungewöhnlich gereizt. »Hartford.« Er schaute zu mir hoch. »Schön, schön. Kommen Sie rein und setzen Sie sich.«

Ich hatte daran gearbeitet, einen Weg zu finden, wie man Merdon davon abhalten konnte, Calmilizer als rezeptfreies Medikament herauszubringen. Solange wir nicht offen über Calmilizer sprechen konnten, waren unsere Möglichkeiten jedoch begrenzt.

»Was haben Sie für mich?«

Ich schob ihm einen von mir verfassten Artikel über die Risiken von rezeptfrei erhältlichen ADHS-Medikamenten für Kinder hin. »Der hat die passende Länge für einen Beitrag im *Health Service Journal*. Und der hier«, sagte ich, während ich ihm ein weiteres Blatt Papier reichte, »ist ein bisschen länger und detaillierter, was ins *BMJ* passt.«

Ich wartete ab, während er sich beide durchlas.

»Wenn wir Calmilizer doch nur namentlich nennen könnten – ihnen eine direkte Kampfansage machen könnten.« Er kratzte sich am Kinn.

»Wir büßen viel Aussagekraft ein, weil alles so vage gehalten ist. Wir haben keine Angriffsfläche. Wenn wir Calmilizer direkt erwähnen könnten, könnten wir Sie in die Fernsehnachrichten bringen, in den sozialen Medien aktiv werden – eine richtige Kampagne starten. Ich denke, wir müssen anfangen, Spenden zu sammeln, damit wir in der Lage sein werden, rechtlich gegen die Entscheidung der Zulassungsbehörde vorzugehen. Wir müssen für unser Statement, dass dies eine schlechte Entscheidung ist, Unterschriften aller führenden Pädiater der Welt sammeln.«

Er holte Luft. »Es ist schwierig. Ich möchte meine Kontaktperson nicht in Schwierigkeiten bringen. Große Pharmakonzerne können … heikel sein.«

»Ich glaube nur nicht, dass wir genug Durchschlagskraft haben, wenn wir nicht offen von Calmilizer sprechen.«

»Lassen Sie uns einen Plan aufstellen – einen, den wir umsetzen können, sobald Merdon in den USA die Zulassung beantragt.«

Nickend gab ich ihm den Ordner, den ich die ganze Zeit in Händen gehalten hatte. »Das ist mein Vorschlag.«

Gerry warf mir einen misstrauischen Blick zu und klappte den Ordner auf. Er blätterte den Stufenplan durch, den ich erarbeitet hatte.

»Ich dachte mir, sobald wir damit an die Öffentlichkeit gehen können, kann ich vielleicht Joshuas Rat einholen – Sie erinnern sich doch an Joshua Luca, den ich zu Ihrem Abendessen mitgebracht hatte? Er hat eine PR- und Marketingagentur. Wenn ich ihn frage, hilft er uns bestimmt. Ich weiß, dass er gerade für ein Pharmaunternehmen arbeitet. Vielleicht kann er wichtige Erkenntnisse beisteuern.«

»Hervorragende Arbeit, Hartford. Ich bin beeindruckt. Das alles ohne jede Hilfe zusammenzustellen muss Sie doch aber viel Zeit gekostet haben. Haben Sie es trotzdem geschafft, für Ausgleich in Ihrem Leben zu sorgen? Haben Sie es geschafft, sich gedanklich ganz von der Medizin zu lösen?«

Ich hatte nicht vor, Gerry zu erzählen, was Joshua letzte Nacht alles mit mir angestellt hatte, das bewirkt hatte, dass mein Kopf völlig leer gefegt gewesen war. »Durchaus. Ich habe weitere Backstunden genommen, ich war neulich in der National Gallery und … ich hatte Dates.«

Gerry lächelte. »Na, dann ist heute ein guter Tag. Wir können nur das angehen, was wir selbst in der Hand haben, und meine Güte, genau das machen Sie.« Seine Stimme war wie eine herzliche Umarmung. Ich konnte nicht anders, als stolz zu sein, dass er zufrieden war.

»Wissen Sie, wann Merdon in den USA die Zulassung beantragen wird?«

»Den genauen Termin kenne ich nicht«, sagte Gerry. »Ich weiß nur, dass er kurz bevorsteht.«

»Sobald sie es tun, kann ich Joshuas Feedback zu meinem Plan einholen, um herauszufinden, ob wir irgendetwas vergessen haben. Aber vieles können wir erst angehen, wenn sie die Zulassung beantragen.«

»Da stimme ich Ihnen zu. Lassen Sie uns die Artikel noch zurückhalten, bis wir Namen nennen können. Hervorragende Arbeit, Hartford. Nicht nur der geplante Kreuzzug gegen Merdon, sondern auch, dass Sie versuchen, sich ein Leben neben dem Beruf zuzulegen. Ich bin stolz auf Sie.«

»Danke.« Lächelnd stand ich auf und zog die Bürotür hinter mir zu, als ich hinausging.

Ich war auch stolz auf mich und dankbar, dass Gerry mich so forderte. Sich Freizeitbeschäftigungen zu suchen war gar nicht so schrecklich, wie ich angenommen hatte. Ich hatte gedacht, wenn mich die Arbeit nicht mehr völlig vereinnahmte, würde ich wieder so werden, wie ich war, bevor ich die Medizin für mich entdeckte. Ich wäre wieder das Mädchen, das nicht mehr tanzen konnte. Doch ich hatte permanent Beschäftigung gehabt, und meine Gedanken waren nicht öfter in die Vergangenheit abgedriftet als sonst auch. Anders als erwartet hatte sich die Reue darüber, was mich meine alberne Verliebtheit in Joshua gekostet hatte, gar nicht eingestellt.

Vielleicht hatte ich deshalb gestern Abend mein Abwehrschild ausgeschaltet und seinen Kuss erwidert. Die Angst davor, was er mit mir anrichten konnte, hatte nachgelassen. Ich kannte ihn inzwischen besser als damals in unserer Teenagerzeit. Heute war es anders.

22. Kapitel

HARTFORD

Als ich aus dem Fahrstuhl trat, kribbelte mein ganzer Körper, so gespannt war ich darauf, Joshua zu sehen. Er hatte gesagt, wenn wir miteinander schliefen, würde das nichts zwischen uns ändern, und ich hoffte, das stimmte. Ich wollte zu gern mit ihm über Calmilizer sprechen. Wir könnten zusammen eine Strategie entwickeln – eher ein Erfolg versprechender Zeitvertreib als gemeinsames Backen. Heute Abend ging das allerdings nicht, denn ich musste Gerrys Kontakt geheim halten. Aber bald.

Ich blieb vor meiner Tür stehen, um meine Schlüssel hervorzukramen. Hinter mir ging Joshuas Tür auf.

»Guten Abend«, sagte er mit jener entspannten, rauen Stimme, die für gewöhnlich bedeutete, dass er eben erst aufgewacht oder tief in Gedanken versunken gewesen war. »Wie war dein Tag?«

Ich drehte mich um und lächelte ihn an. Gott, war er schön. »Gut. Viel zu tun. Gerry ist zufrieden mit meinen Freizeitaktivitäten.«

Joshua zog die Augenbrauen hoch. »Ich hoffe, du bist nicht allzu sehr ins Detail gegangen.«

Ich lachte, während ich mich bemühte, die aufwallende Hitze zu ignorieren, die meinen Hals hinaufkroch.

»Na, ich werde dir noch eine gute Möglichkeit zeigen, wie

du heute Abend deine Freizeit verbringen kannst.« Joshua nahm meine Handtasche und hielt mir die andere Hand hin. Als ich sie ergriff, führte er mich in seine Wohnung.

Während ich ihm nach drinnen folgte, sagte ich zu seinem Rücken: »Wir sollten uns zuerst mal unterhalten, bevor wir wieder miteinander ins Bett steigen. Du hast nur unverbindlichen Sex, das ist mir klar. Wirklich, *glasklar.*«

»Wir können uns gern unterhalten, aber zuerst weihe ich dich in ein Geheimnis von mir ein.« Er führte mich zur Kochinsel, stellte meine Tasche ab und holte ein Glas aus dem Schrank sowie eine Flasche Wein aus dem Kühlschrank. Er goss welchen ein, doch statt mir das Glas zu geben, nahm er es und streckte mir die freie Hand hin. Ich stellte keine Frage. Die Neugierde, was er wohl für mich in petto hatte, nahm meine gesamte Energie in Anspruch.

Ich folgte ihm ins Badezimmer, wo er das Weinglas auf der in die Marmorfliesen eingelassenen Ablage abstellte und ein paar Tasten auf einem Bedienfeld an der Wand drückte; Wasser begann in die Wanne zu laufen. Sein Bad war wie eins in einem Hotel – Marmorwände und gedämpftes Licht. Was wohl auch passte, schließlich *waren* wir ja auch in einem Hotel. Im Prinzip. Er nahm Handtücher und einen Bademantel aus dem Regal auf der anderen Seite des Raums und legte alles auf die Bank gegenüber der Badewanne.

»Okay«, sagte er und wandte sich wieder mir zu. »Hat diese Krankenhauskluft Knöpfe oder zieht man sie einfach aus?« Als er am Saum meines Oberteils zupfte, wich ich zurück. Was machte er da?

»Das ist dein Geheimnis? So verführst du Frauen? Du badest sie?« Würde das jetzt so laufen, nachdem wir miteinander geschlafen hatten? Würde ich das volle Miss-Dienstagabend-Programm bekommen?

»Nein, ich lasse dir ein Bad ein. Und wenn du reinsteigen willst, musst du nackt sein. Ich werde mich draußen vor die Tür setzen, und wir können uns unterhalten, worüber du möchtest.«

Ich hatte das Gefühl, ein Kapitel übersprungen zu haben. »Und das ist dein Geheimnis?«

Er nickte. »Ein Bad nehmen. Das ist der Schlüssel zu Entspannung, Kreativität und Selbstfürsorge. Beziehungsweise sorge ich in diesem Fall für dich.« Aus einer Schublade des Waschbeckenunterschranks nahm er eine Holzschachtel, in der irgendwelche kleinen Fläschchen lagen. »Es braucht ein bisschen Weihrauch, Kamille und natürlich Lavendel.« Er suchte das Gewünschte heraus und fing an, die Zusätze in die Wanne zu träufeln. »Und noch ein bisschen neutrales Badeöl.« Er griff nach einer Flasche, die neben meinem Weinglas stand, und gab einen großzügigen Schwung daraus ins Wasser. »Ist alles bio.«

Der Mann hatte den Verstand verloren.

»Gut, jetzt steig rein. Du kannst es in deinen vierzehntägigen Bericht für Gerry aufnehmen.«

Als Nächstes würde er mir noch Meditieren beibringen.

»Spar dir den skeptischen Blick, Hartford, und zieh deine Sachen aus. Ich kann dir gar nicht aufzählen, wie oft mir beim Baden schon Problemlösungen eingefallen sind. Diese Wanne hat mich schon auf alles Mögliche gebracht, von bahnbrechenden Ideen für einen Pitch bis hin zu Maßnahmen gegen Absatzschwierigkeiten.« Er drehte sich um und fixierte mich mit einem glühenden Blick. »Außerdem habe ich das noch nie jemandem verraten. Keiner Frau. Keinem von meinen besten Freunden.«

Ich schob ihn zur Tür hinaus, damit er mein breites Lächeln nicht sah. Inzwischen sah die Badewanne ziemlich einladend aus.

»Bist du drin?«, rief er. »Ich hole mir ein Kissen und ein Bier, bin gleich wieder da.«

Ich zog meine Sachen aus und stieg in mein erstes Bad seit über zehn Jahren.

»Ich habe Handtücher und einen Bademantel auf die Bank gelegt«, rief Joshua von der anderen Seite der Tür her.

Stand die Bank hier, damit sich jemand, oder auch gleich mehrere Leute, mit der Person unterhalten konnte, die badete? Stieg die Geschäftswelt heutzutage zu Besprechungen in die Badewanne?

»Möchtest du Musik hören?«, fragte er laut, während ein beruhigendes klassisches Klavierstück durch die Lautsprecher drang.

»Ich glaube nicht«, rief ich zurück. Die Sonate endete abrupt.

»Ich habe vergessen, die Kerzen anzumachen. Die rund um die Badewanne sind batteriebetrieben. Der Schalter ist auf der Unterseite.«

Kerzen waren das Letzte, was ich brauchte.

»Bist du schon drin?«, wollte er wissen.

»Ich setze mich gerade.« Wie hatte er es nur geschafft, mich hierzu zu überreden? Ich kam mir albern vor. Doch das Wasser fühlte sich an, als würden man zwischen Seidenlaken gleiten.

»Ich hoffe, die Temperatur ist angenehm. Das Wasser hat exakt achtunddreißig Grad. So bade ich immer.«

Ich lachte kurz auf. »Joshua Luca, ich wette, wenn man die gesamte Bevölkerung Großbritanniens befragen würde, wären die einzigen zwei Menschen im Land, die ihre bevorzugte Badetemperatur kennen, du und die Queen.« Als ich ins Wasser sank, musste ich zugestehen, dass der Mann Ahnung hatte, welche Temperatur zum Baden ideal war.

»Die ätherischen Öle wirken entspannend. Außerdem helfen sie vielleicht dabei, den Jemen-Geruch zu vertreiben.«

»Hey. Ich rieche gar nicht mehr nach dem Jemen.« Aber meine Güte, das Badewasser duftete vielleicht gut. Wie ein Blumengarten. Ich atmete tief ein und ließ mich noch tiefer in die Wanne sinken.

Er lachte. »Nein. Nicht mehr. Also, lass uns reden.«

Eine Welle der Angst wogte durch meinen Bauch. Ich wusste nicht, was ich sagen sollte. Ich mochte Joshua, daran bestand kein Zweifel. Würde mein Abwehrschild Gelegenheitssex mit ihm aushalten? Wie ich wusste, konnte er mir mehr nicht bieten.

»Letzte Nacht habe ich sehr genossen«, sagte er, die Stimme erneut leise und rau.

»Ich auch«, erwiderte ich. »Aber lass es uns nicht zerreden, ja?« Ich wollte keinen Affentanz veranstalten, bei dem er mir erklärte, dass er keine festen Beziehungen einging. Oder dass ein Mal ja ganz nett sei und so, es jedoch keine Wiederholung geben würde. Mein Abwehrschild hatte vergangene Nacht einige Treffer einstecken müssen, und bevor es nicht wieder mit voller Leistung arbeitete, verkraftete ich kein Beziehungsgespräch. Ich wollte einfach, dass wir *wir* waren. Letzte Nacht durfte nicht alles kaputtgemacht haben. »Wir bleiben weiter Freunde.«

»Gut.«

»Mir ist absolut bewusst, dass du nur unverbindliche Bettgeschichten eingehst, also lass uns unverbindlich bleiben. Wenn es noch mal passiert …« Falls es noch mal passierte, würde ich mein Abwehrschild vorher aufladen müssen. Dann würde es sich nicht so löchrig anfühlen wie jetzt gerade. »… dann passiert's noch mal. Und wenn nicht, dann nicht.«

»Gut«, meinte er. »Eine unverbindliche Bettgeschichte.«

»Gut«, erwiderte ich.

»Gut. Kannst du aufhören, *unverbindlich* zu sagen?«, fragte er.

»Kannst du aufhören, *gut* zu sagen?«

Obwohl er sich auf der anderen Seite der Tür befand, konnte ich sein Grinsen zwischen den Schenkeln spüren.

»Wie du willst, Hartford. Wenn wir also nicht über … letzte Nacht reden, möchtest du dann von der Arbeit erzählen?«

Ich wollte mich liebend gern über die ganze Sache mit Merdon und Calmilizer unterhalten, doch das würde warten müssen, bis alles öffentlich wurde. Dann aber würde ich ihn mir schnappen, damit er mir Feedback zu meinem Plan gab. »Eigentlich nicht, nein. Es tut sich einiges, worüber ich vielleicht in ein paar Wochen mit dir reden möchte, aber jetzt nicht.«

»Wie geht's deinem Bein?«

Ich hob es aus dem Wasser und beobachtete, wie die Rinnsale über meine zehn Jahre alte Narbe liefen. »Ganz gut. Ich nehme an, es wird immer meine Schwachstelle bleiben, weißt du?«

»Die hat doch jeder.« Ich hörte, wie er den Kopf gegen die Badezimmertür lehnte.

»Schwachstellen?«, fragte ich nach.

»Ja. Und Narben.«

»Du aber nicht. Ist Joshua Luca nicht absolut makellos? Ein megaerfolgreicher Milliardär und Pussymagnet?«

»Pussymagnet?« Ich konnte das Lächeln in seiner Stimme hören und war für einen Sekundenbruchteil versucht, ihm vorzuschlagen, sich zu mir in das wohlig warme Wasser zu gesellen. Damit er mir seine Schwachstellen und Narben zeigte und ich anbieten konnte, sie alle wegzuspülen.

»Wo sind deine Narben, Joshua?«

Stille senkte sich zwischen uns wie der Dampf auf den Spiegel. Wir befanden uns an einem Scheidepunkt unserer Beziehung: Er konnte einen Spruch bringen, dass er sich noch nie was gebrochen hatte, oder wir tauchten tiefer.

»Ich weiß nicht, ob ich richtige Narben habe. Aber makellos bin ich auch nicht.«

»Nein? Verrat mir, worin du nicht gut bist. Worin du gescheitert bist. Was du gern hättest, aber nicht haben kannst?«

»Es gab in meinem Leben genügend Herausforderungen. Die Arbeit ist …« Als er schwieg, stellte ich mir vor, wie er sich das Hirn zermarterte, was er sagen sollte. »Ich denke, als Diana Schluss gemacht hat, war das ein Tiefschlag.«

Diana. War das die Frau, die er hatte heiraten wollen? Ich erinnerte mich an jede Menge Telefonate und leise Gespräche im Zeitraum rund um die Hochzeit, aber mir fielen keine konkreten Einzelheiten mehr ein. Damals hatte ich wohl angenommen, es sei Joshuas Entscheidung gewesen.

»Rückblickend betrachtet war es genau richtig so. Wir waren viel zu jung und hatten keine Ahnung, worauf wir uns einlassen.«

»Vermisst du sie noch immer?«

»Nein, ich glaube, das habe ich nie. Ich wünschte nur, sie hätte es mir gesagt, statt mich vor dem Altar stehen zu lassen, weißt du?«

Ruckartig setzte ich mich auf, sodass das Wasser über den Rand der Wanne schwappte. Ich hatte nicht gewusst, dass er sitzen gelassen worden war. Damals war ich mitten in meiner »Ich will nichts über Joshua hören«-Phase gewesen, und die schien rund zehn Jahre angehalten zu haben. »Das muss hart gewesen sein.« Ich wollte zu ihm gehen und ihn trösten, doch als das Thema letztens beim Backen zur Sprache gekommen war, hatte er dichtgemacht. Ich konnte mir nicht helfen, es kam mir vor, als öffnete er sich jetzt nur, weil sich eine Tür zwischen uns befand.

»Ja. Irgendwie hatte ich schon mein ganzes Leben geplant und mit einem Mal …«

Änderten sich die Pläne.

Das Gefühl kannte ich.

»War das, bevor du Luca Brands gegründet hast?«

»Ja, kurz vorher.«

»Dann hast du daraufhin deine ganze Energie in den Aufbau eines erfolgreichen Unternehmens gesteckt.«

»Denk schon.«

Das ergab Sinn. Außerdem erklärte es, warum Joshua keine ernsthafte Beziehung einging – wobei ich mir nicht sicher war, ob er den Zusammenhang so klar erkannte wie ich. Seine Narben waren gut verborgen und würden nach dieser langen Zeit wahrscheinlich nicht mehr verheilen. Ohne die Ehe war Joshua mit einem Lebensstil der unverbindlichen Beziehungen verheiratet, und ich musste seine Grenzen respektieren. Ich konnte mein Abwehrschild stets komplett hochgefahren halten, die Gefühle für ihn im Zaum halten, die ständig überkochten. Nur so konnte ich mir mehr von dem erlauben, was wir letzte Nacht miteinander geteilt hatten – und mit jedem Augenblick, den ich mit ihm zusammen verbrachte, wurde klarer, dass ich mehr von Joshua wollte.

23. KAPITEL

JOSHUA

Es war ein ganz normales Sonntagabendtreffen mit meinen fünf engsten Freunden. Als ich mich in der Runde umschaute, erinnerte mich das daran, wie die Jungs mich unterstützt hatten. Als ich mein Unternehmen gründete, waren solche Abende im Pub wertvolle Gelegenheiten gewesen, um Ideen zu sammeln oder Probleme zu besprechen. Und davor, als meine Verlobung endete, hatten diese Jungs dafür gesorgt, dass ich nicht durchdrehte. Dass ich aufhörte zu trinken und meinen Schmerz, die Wut und den Frust in sinnvolle Bahnen lenkte und in mein Unternehmen steckte – oder natürlich in Tennismatches. Wegen dieser Männer war ich darüber hinweggekommen. Seit meinem Gespräch mit Hartford durch die Badezimmertür gab mein Hirn keine Ruhe mehr, und ich kam nicht recht dahinter, woran das lag. Ich hatte Redebedarf.

»Wer ist diese Hartley, von der ich ständig höre?«, fragte Andrew, als wir uns an den runden Eichentisch setzten und beobachteten, wie Dexter und Beck sich am Tresen darüber stritten, wer heute die Zeche zahlte. »Ist sie wichtig?« Er hielt nie mit etwas hinter dem Berg. Gab keine Plattitüden von sich oder übertrieb. Außerdem hatte er die verblüffende Fähigkeit, direkt zum Kern einer Sache vorzudringen.

»Sie heißt Hartford«, sagte ich mit einem Nicken. *Hartford Kent.* »Sie ist nett. Zieht nächsten Monat wieder aus.« Ihre

Zeit in der Wohnung nebenan war schnell herumgegangen, fand ich jedenfalls. Ich hatte gedacht, es würde mich nerven, sie als Nachbarin zu haben, doch es war besser als erwartet gewesen. Viel besser. »Sie ist eine gute Freundin geworden.« Eine Freundin, der ich Dinge anvertraute, die ich noch keiner Menschenseele erzählt hatte.

»Worum geht's?«, fragte Gabriel, während er sich setzte.

»Nichts weiter. Ich meinte nur gerade, dass Hartford bald auszieht. Wir sind gute Freunde geworden. Gestern Abend war sie in meiner Badewanne, und wir haben uns unterhalten –«

»In der Badewanne unterhalten?«, hakte Gabriel nach.

»Mit wem badest du?«, wollte Tristan wissen, als er Platz nahm, dicht gefolgt von Beck und Dexter.

»Joshua hat sich mit Hartford unterhalten, während sie in der Badewanne lag«, antwortete Andrew, und ich brauchte nicht zu Tristan zu gucken, um zu wissen, dass er Stielaugen bekam.

»Ich saß vor der Badezimmertür. Wir waren nicht *zusammen* baden. Wir sind Freunde. Ich wollte sie dazu bringen, sich zu entspannen und ein bisschen Selbstfürsorge zu betreiben.« Ich machte mir nichts vor – ich wollte sie glücklich sehen und wusste, das bedeutete, dass ich sie sehr gernhatte. Kelly mochte zwar eine tolle Frau sein, aber sie ermunterte ich nicht, ein Bad zu nehmen, nachdem wir Sex gehabt hatten. Hartford war anders.

Rund um den Tisch tauschten meine Freunde vielsagende Blicke aus. Ich konnte es verstehen. Dieselbe Verwirrung empfand ich innerlich schon seit einer Weile.

»Okay«, erwiderte Beck. »Du magst sie, und sie ist eine tolle Frau. Attraktiv, scheint zu wissen, wie sie dich anzupacken hat. Ist offensichtlich intelligent.«

»Ja, klar ist sie eine tolle Frau. Und man braucht nicht zu wissen, wie man mich anzupacken hat, vielen Dank.« Das klang ja, als wäre ich ein Rindvieh. Aber er hatte recht, ich mochte sie.

»Schön, dass du endlich eine magst. Wir wissen alle, was für eine fiese Nummer Diana mit dir abgezogen hat, aber damals war sie zweiundzwanzig. Wer benimmt sich mit zweiundzwanzig nicht idiotisch?«, sagte Tristan.

Diana bei unseren Gruppentreffen zu erwähnen war vergleichbar damit, im Theater das Stück Macbeth beim Namen zu nennen. Man ließ es bleiben. Keiner brauchte daran erinnert zu werden, was passiert war. Die Ereignisse gehörten zu uns. Wie die Fundamente eines Hauses, die vor hundert Jahren gelegt worden waren und die seitdem weder irgendwer gesehen noch im Sinn gehabt hatte. Warum also hatten meine sogenannten Freunde beschlossen, dass ausgerechnet heute Abend das Verboten-Schild von meiner Ex entfernt wurde? Vielleicht hatte ich ihnen unbewusst irgendwie die Erlaubnis dazu erteilt.

»Du bist *immer noch* ein Idiot«, blaffte ich Tristan an.

»Nach allem, was ich von Dexter und Beck höre, hast du viel Zeit mit dieser Hartford verbracht«, wechselte Andrew dankbarerweise das Thema. Ich war nicht hier, um über Diana zu reden. »Alle freuen sich für dich.«

»Sprengt es euch das Hirn weg, wenn ich euch erzähle, dass ich sie geküsst habe?« Ich hatte nicht vor zuzugeben, dass noch mehr als das zwischen uns passiert war.

»Gut gemacht«, meinte Tristan und hielt seine Hand zu einem High five hoch, das er nicht kriegen würde.

»Na, das ist doch mal ein Fortschritt.« Gabriel legte mir eine Hand auf die Schulter. »Ich kann dir aus Erfahrung sagen, dass es nicht viel nützt, vor Schmerz wegzulaufen. Diana hat dich vor langer Zeit verlassen. Da warst du noch ein anderer Mensch. Die Geschichte wird sich nicht wiederholen.«

Jetzt fing Gabriel von Diana an? Es kam mir vor, als stünden sie in meinem Keller und würden den Boden aufhacken. Da waren keine Leichen vergraben. Ich litt keine Schmerzen. Und lief auch nicht davor weg. Damals war es schwer gewesen, aber eine schwierige Zeit hatten wir alle schon mal durchgemacht. Heute genoss ich mein Leben. Ich war glücklich.

»Du musst über Diana hinwegkommen, Kumpel«, sagte Andrew. »Die Wahrscheinlichkeit, dass Hartford dich auch vor dem Altar stehen lässt, ist statistisch gesehen vernachlässigbar.«

Jetzt stürzten sie sich alle darauf. Dachten sie das etwa alle? Dass ich immer noch an Diana hing? Irgendwen anders hätte ich ja ignoriert, doch diesen Männern vertraute ich. Falls ich jemals eine Leiche vergraben müsste, würden diese Männer mir dabei helfen. Obendrein würden sie sich einen noch viel clevereren Ort zum Vergraben überlegen als meinen nicht vorhandenen Keller.

Gabriel räusperte sich. »Ich wollte es zwar etwas diplomatischer ausdrücken, aber genau, Andrew hat recht.«

Ich brauchte dringend einen Knopf, der mich geradewegs zurück ins Penthouse transportierte, damit ich mich für zehn Minuten in die Badewanne legen und über das nachdenken konnte, was sie sagten. Anschließend könnte ich mich wieder hierher zurückzappen und ihnen meine Schlussfolgerungen mitteilen. Stattdessen würde ich meine Geniezeit wohl aus dem Stand heraus abhalten müssen.

»Ich gehe keine Beziehungen ein«, sagte ich, als würde ich das erste Puzzlestück eines Tausend-Teile-Puzzles in die Mitte des Tischs legen.

»Okay«, sagte Dexter. »Nachdem man einen solchen Tritt in die Eier bekommen hat wie du, ist es normal, wenn man sich nicht wieder fest binden will … jedenfalls nicht direkt wieder.«

Das zweite Puzzlestück war gelegt worden. Ich konnte Dexters Logik folgen: Ich hatte seit Diana keine ernsthafte Beziehung mehr gehabt. Zum Teil lag das daran, dass ich mich voll auf meine Arbeit konzentriert hatte – was, wenn ich so darüber nachdachte, umso verständlicher machte, warum Hartford sich nach ihrem Unfall ganz dem Arztberuf gewidmet hatte. Es fiel mir wie Schuppen von den Augen, dass wir uns beide unabhängig voneinander als Reaktion auf unseren Kummer in die Arbeit gestürzt hatten. Was sagte es über Hartford aus, dass sie dies auch nach über zehn Jahren noch tat?

»Aber doch nicht auf Dauer«, wendete Gabriel ein. »Irgendwann muss man den Schmerz loslassen und nach vorn schauen.«

»Ich habe nicht das Gefühl, dass die Sache mich noch immer beschäftigt«, sagte ich. Deshalb war ich heute Abend hier. Ich mochte Hartford. Sehr sogar. Ich mochte, dass sie in meiner Gegenwart vollkommen sie selbst war. Ich mochte ihr Lächeln und ihre Sommersprossen und dass sie so ein verdammt guter Mensch war. Ich schwieg genauso gern mit ihr, wie ich mich mit ihr unterhielt. Doch etwas hielt mich davon ab, mit ihr den nächsten Schritt zu gehen. Ich wusste nur nicht recht, was.

Beschäftigte mich Dianas Verrat womöglich schon so lange, dass ich den Schmerz gar nicht mehr wahrnahm? Ich dachte nicht oft an Diana und das, was sie getan hatte – beziehungsweise eben nicht getan. Ich hatte ein ereignisreiches, erfülltes Leben. Es war nicht so, als litte ich immer noch unter einem gebrochenen Herzen.

Eher trug ich noch eine blasse Narbe.

»Ich weiß gar nicht, wie mein Leben mit einer Frau aussähe«, erklärte ich und legte damit ein weiteres Puzzleteil. Wenn ich irgendwem gegenüber ehrlich war, dann gegenüber diesen Männern, die mit mir durch dick und dünn gegangen waren.

»Vielleicht hast du dich nicht gerade angestrengt, es dir vorzustellen«, sagte Gabriel. »Bei deinen aktuellen Arrangements spielen die Frauen, mit denen du schläfst, außerhalb des Schlafzimmers keine Rolle in deinem Leben. Es ist, als würdest du dich nur auf das komplette Gegenteil von einer Ehe einlassen. Vielleicht hilft das auch, aber diese Arrangements wirken wie eine Reaktion darauf, dass du verletzt worden bist.«

Ich fühlte mich nicht verletzt.

»Bethany ist genauso: Sie wollte Ewigkeiten nicht wieder in ihrem großen Bett schlafen, weil sie in der ersten Nacht rausgefallen war. Irgendwann erinnerte sie sich nicht mal mehr daran, rausgefallen zu sein. Sie wusste nur, dass sie das Bett nicht mag.«

Ich atmete tief durch, während ich seine Worte auf mich wirken ließ. »Dass du ein gefühltes Jahrtausend wie ein Mönch gelebt hast, lag daran, dass du nicht im großen Bett schlafen wolltest?«, fragte ich.

Er nickte. »Ich wollte nicht Gefühle für jemanden entwickeln und dann erneut das Herz rausgerissen bekommen. So ähnlich wie du, schätze ich. Als Autumn dann auf der Bildfläche erschien, wusste ich, dass ich mich entscheiden musste, ob ich mich öffnen wollte oder sie verlieren. Mich zu öffnen war das kleinere Übel.«

Meine unsichtbare innere Narbe brannte bei seinen Worten wie Feuer. Der Tag meiner Hochzeit war der schlimmste meines Lebens gewesen. Wenn Leute behaupteten, für sie sei eine Welt zusammengebrochen, übertrieben sie meistens – aber dieser Tag? An dem Tag war alles, was ich über die Welt zu wissen glaubte, in Flammen aufgegangen.

Aufgewacht war ich mit einem Gefühl der Gewissheit darüber, wie der Tag ablaufen würde – wer ich war und wen ich heiraten würde. Binnen Stunden hatte sich das alles in Rauch aufgelöst.

Im Kopf war ich sämtliche Gespräche noch einmal durchgegangen, hatte Hinweise darauf gesucht, dass sie nicht glücklich war oder mich nicht heiraten wollte, doch mir fiel nichts ein. Und bis heute wusste ich nicht, warum sie abgehauen war. Ich hatte nie irgendeine Erklärung bekommen. Ich hatte von vorn anfangen und mich von Grund auf wieder aufrichten müssen – mein Selbstvertrauen, den Glauben an mich selbst, das Vertrauen in die Menschen um mich herum.

Gabriel fuhr fort: »Anders als beim letzten Mal, als du verliebt warst, besitzt du heute Lebenserfahrung.«

Verliebt? Es war, als hätte Gabriel soeben hundert Puzzleteile auf ein sich allmählich zusammenfügendes Bild geworfen und damit wieder den Blick auf alles verdeckt, was sich gerade herauskristallisierte.

»Ich bin nicht verliebt. Außerdem bin ich über Diana hinweg. Es ist ja nicht so, als ob ich die ganzen Jahre im Zölibat gelebt hätte.« Ich lachte, doch Gabriels Miene war wie versteinert.

»Nach einer Trennung nur unverbindlichen Sex zu haben ist nicht verkehrt«, sagte Dexter. »Das kennen wir alle. Aber sofern daraus nicht mehr wird, fängt es irgendwann an, sich bedeutungslos anzufühlen. Da musst du mir doch zustimmen.«

Ich dachte daran, dass ich Kelly schon eine ganze Weile mied. Der Sex mit ihr war nie schlecht, aber er war … ein bisschen weniger geworden als am Anfang. Der Ablauf sah immer gleich aus:

Ein paar Sätze über die Arbeit oder das Wetter.

Küssen.

Ausziehen.

Blowjob.

Sex.

Orgasmus.

Noch ein paar Sätze über die Arbeit oder das Wetter, während wir uns wieder anzogen, gefolgt von der Verabschiedung.

Dexter hatte recht. Es fühlte sich bedeutungslos an. Auch wenn ich erst ein Mal mit Hartford geschlafen hatte – in ihrer bloßen *Gegenwart* fühlte ich mich erfüllt. Und dann brauchte ich Kelly nicht. Und auch sonst niemanden.

»Ich genieße die Gesellschaft schöner Frauen«, sagte ich. »Dafür werde ich mich nicht rechtfertigen. Viele Männer würden sich ein Bein abhacken, wenn sie eine Nacht mit einer der Frauen verbringen könnten, die ich … Ihr versteht schon.«

»Ist doch verdammt egal, was andere Männer denken«, meinte Andrew. »Der Einzige, auf den es ankommt, bist du selbst. Und deine Mum vielleicht. Scheiß auf den Rest. Man schläft nicht mit Frauen, um andere Männer eifersüchtig zu machen. Oder weil man sich einredet, es sei die einzige Möglichkeit, nicht verletzt zu werden. Man macht Liebe mit einer Frau, weil sie einen glücklich macht.«

Es war, als hätte er ein Loch durch meine Brust geboxt und ich könnte den Wind hindurchpfeifen spüren.

Hartford machte mich glücklich.

Nicht glücklich im Sinne von »es macht Spaß, Zeit mit ihr zu verbringen«, sondern eher im Sinne von »vermisse sie, sobald sie den Raum verlässt«.

Es weckte in mir das Bedürfnis, sie in die Arme zu schließen und die ganze Nacht lang mit ihr zu quatschen. Und das Bedürfnis, meine Laufschuhe zu schnüren und loszurennen.

»Verdammt, Andrew. Du arbeitest sonst doch immer. Wieso hast du ausgerechnet heute Abend Zeit?« Er wusste, dass ich es nicht so meinte. Genau aus dem Grund hatte ich im Anschluss an die Nachricht im Gruppenchat noch eine direkte an ihn hinterhergeschickt, in der ich schrieb, ich hoffte, er würde es heute schaffen. Ich brauchte ihn hier.

Ein Lächeln breitete sich auf seinem Gesicht aus. »Gern geschehen.«

»Nehmen wir mal rein theoretisch an, ihr hättet alle recht, dass ich Hartford mag, mich aber selbst schütze. Wie soll ich sie dann davon überzeugen, mir eine Chance zu geben? Sie … denkt, ich wäre zu keiner ernsthaften Beziehung in der Lage.« Ich war gar nicht sicher, ob sie da irrte. Ich hatte keinen blassen Schimmer, wo ich überhaupt anfangen sollte. »Ich werde mich niemandem aufdrängen, der kein Interesse hat –«

»Du Feigling. Du musst an ihr dranbleiben. Sie überzeugen«, sagte Tristan.

»Was? Soll ich es etwa wie du machen und ihr so lange nachstellen, bis sie nachgibt? Haben schon viele Frauen eine einstweilige Verfügung gegen dich erwirkt?«

»Hartnäckigkeit zahlt sich aus«, erwiderte er, womit er den Köder, den ich ihm hinhielt, leider nicht schluckte. »Und wenn sie es wert ist, lohnt es sich, sich für sie ins Zeug zu legen. Das Verlangen zu schüren.«

»Das was, bitte? Du weißt aber schon – ach, schon gut. Ich kann Hartford nicht davon überzeugen, dass ich der Richtige für sie bin, solange sie mich wohl für das genaue Gegenteil von dem hält, was sie sich bei einem Mann wünscht.«

»Wieso denn nicht?«, fragte Andrew. »Gabriel hat immer gedacht, dass er mal Anwalt werden möchte. Und jetzt sieh ihn dir an – ständig voller Sägemehl. Menschen können sich ändern. Du solltest ihr zumindest die Chance geben, die Version von dir kennenzulernen, die es ernst mit ihr meint, und sie selbst entscheiden lassen.«

Ich stöhnte. Sie sah sich wahrscheinlich an der Seite eines Arztes, eines Manns, der Leben rettete und andere ehrenvolle Dinge tat. »Eigentlich muss ich ihr noch ein neues Date organisieren. Der Typ, den ich im Sinn hatte, ist wieder mit seiner Freundin zusammen. Ich brauche jemand Gutes. Der letzte Kerl war eine Vollkatastrophe.«

»Wieso gehst du nicht selbst mit ihr aus, statt ihr ein neues Date zu suchen?«, fragte Tristan.

»Hast du mal mit Hollie geredet? Hartford würde sich bloß kaputtlachen und sagen, ich sei zu faul, jemanden für sie zu suchen.«

»Ich habe eine Idee«, sagte Dexter. »Ich kenne einen Arzt. Gut aussehender Typ. Sportlich. Der einzige Haken ist, dass er Chelsea-Fan ist, aber abgesehen davon ist er ein guter Fang. Ich glaube, er hat sogar diese Ärzte-in-Kriegsgebieten-Sache gemacht, die Hartford auch gemacht hat.«

Es fühlte sich an, als würde mir Dexter langsam ein Messer in den Bauch schieben. »Was soll das bringen?«

Dexter fuhr fort: »Der Mann ist noch nicht bereit für was Festes. Aber du kannst ihn ihr online zeigen. Sie wird sich darauf freuen, ihn zu treffen, stimmt's?«

»Noch mal: Ich verstehe nicht, was das bringen soll«, sagte ich.

»Du schlägst ihr vor, zur Vorbereitung auf dieses Date mit dir zu üben«, erklärte Dexter. »Damit bei ihrem letzten Date auch wirklich alles gut läuft. Du bietest an, ihr Feedback zu geben, sagst ihr, dass du sie coachen wirst, damit das Date mit meinem Kumpel ein Erfolg wird.«

»Gefällt mir«, sagte Tristan. »Und dann machst du dich an sie ran.«

»Du solltest bei dem Date wirklich Gas geben«, sagte Dexter. »Hol sie ab, bring ihr Blumen mit, mach ihr Komplimente, führ sie in ein richtig romantisches Restaurant aus, halte am Tisch mit ihr Händchen. Küss sie vielleicht sogar zum Schluss. Danach wird sie meinen Kumpel komplett vergessen haben.«

»Du schlägst also im Grunde vor, sie reinzulegen, damit sie mit mir ausgeht?« Was mir an dem Verhältnis zwischen Hartford und mir am meisten gefiel, war, dass es keine Spielchen oder falschen Vorwände gab. Bei ihr konnte ich ganz ich selbst sein, weil sie in meiner Gegenwart ganz sie selbst war. Bloß, dass ich alles versaut hatte, indem ich Gefühle entwickelt hatte.

Dexter zuckte mit den Schultern. »Reinlegen würde ich das nicht unbedingt nennen. Sie kriegt nur die Möglichkeit, dich von deiner besten Seite zu erleben. Was hast du schon zu verlieren?«

Hartford. Hartford hatte ich zu verlieren. Doch wenn ich nichts unternahm, würde ich sie so oder so verlieren. Es war also unbedingt einen Versuch wert.

24. KAPITEL

JOSHUA

Es war kurz vor Mitternacht, als ich mich dabei ertappte, wie ich vor meiner Wohnungstür auf und ab lief. Ich hatte den Nachmittag damit zugebracht, meinem Team Feedback zu den Recherchen für den Merdon-Pitch zu geben, und seitdem wartete ich. Wartete. Lief auf und ab. Wartete. Lief auf und ab. Jetzt, wo ich einen Plan hatte, war ich ungeduldig. Ich wollte die Rädchen in Bewegung setzen.

Endlich hörte ich das Pling des Fahrstuhls und riss die Tür auf.

»Hartford«, sagte ich in einem entschlossenen Tonfall. Als sie den Kopf hob, wurden dunkle Ringe unter ihren Augen sichtbar. Sie wirkte müde. Und ein bisschen groggy. »Alles okay?«, sagte ich mit weicherer Stimme. War etwas passiert?

Sie nickte. »Langer Tag, mehr nicht. Und bei dir?« Sie gähnte, wobei sie sich die Hand vor den Mund hielt und die Augen zusammenkniff. Ich wollte sie reintragen, ihr ein Glas Wein einschenken und ein Bad einlassen.

Aber nichts von alldem würde ich tun.

Noch nicht jedenfalls.

»Mir geht's gut. Ich hatte nur bis eben eine Telefonkonferenz mit den USA und habe dann den Fahrstuhl gehört.«

»Wie war dein Tag?«, fragte sie.

»Das willst du gar nicht wissen. Ich sollte dich zu Bett gehen und dich ausschlafen lassen.« Ich würde noch damit warten, ihr von dem dritten Date und meinem Plan, ihr zu »helfen«, zu erzählen. Auch wenn ich es kaum aushielt.

»Ich werde so schnell nicht schlafen können. Bin zu … aufgedreht. Der Tag war krass.«

»Ich habe Kuchen da.« Ich hielt meine Tür auf. Ich hatte ihre Lieblingssorte besorgt: Cookies and Cream.

»Das klingt toll.« Sie ließ sich aufs Sofa fallen und streifte ihre Schuhe ab. Das brachte mich zum Lächeln, denn sie schien sich bei mir so wohlzufühlen, als würde sie hier wohnen. Nicht zum ersten Mal wurde mir bewusst, dass ich Hartford gern in meiner Wohnung hatte. Schon seit der allerersten Woche, als sie den Kopf zur Tür hereingestreckt hatte, um mich zum Einkaufen abzuholen, fühlte sich ihre Gegenwart hier völlig selbstverständlich an. Beweis genug – sofern es einen brauchte –, dass die Grenzen, die ich bei anderen Frauen zog, für Hartford schlichtweg nicht galten. Ich machte mich daran, uns zwei Gläser Wasser zu holen, beide mit einer Scheibe Zitrone darin.

»Ich werde mich am Wochenende noch mal auf Wohnungssuche begeben. In Borehamwood ist was Neues frei geworden, eine Zweizimmerwohnung. Ich glaube, sie würde dir gefallen. Kein Imbiss im Erdgeschoss.« Sie holte ihr Handy heraus und fing an zu scrollen. »Hier«, sagte sie. »Ich tausche gegen ein Glas Wasser.«

Sie nahm das Getränk und gab mir das Smartphone. Ich warf einen flüchtigen Blick auf die Wohnung, die sie zu mieten überlegte.

»Ich kann den Vertrag für nebenan verlängern, wenn du möchtest«, sagte ich. »Ist keine große Sache. Dann hättest du mehr Zeit, dir zu überlegen, wo genau du wohnen möchtest.«

Borehamwood war meilenweit weg. Wenn sie so weit draußen wohnte, würde ich sie gar nicht mehr sehen.

»Das ist sehr lieb von dir. Aber deinetwegen gewöhne ich mich noch daran, wie ein Promi zu wohnen – das geht nicht. Irgendwann muss ich wieder in die Realität zurückkehren.«

Die Vorstellung, dass sie in wenigen Wochen ausziehen würde, weckte in mir wieder dieses Gefühl der Dringlichkeit. »Ich bin mit den Jungs was trinken gewesen. Jetzt habe ich ein drittes Date für dich. Einen Freund von Dexter. Er ist Arzt.«

Ihr Blick erstrahlte. »Wo arbeitet er denn?«

»Ich kenne seinen Vor- und Nachnamen. Soll ich ihn mal suchen?«

Ich tippte »Brian Sandford Arzt« in mein Handy, und schon erschien ein Bild von ihm. Dexter hatte nicht übertrieben, als er meinte, der Typ sehe gut aus. Kurz überlegte ich, sie anzulügen und zu behaupten, es gäbe keine Suchtreffer. Doch ich musste bei meinem Plan bleiben. Und damit der funktionierte, musste sie das Bedürfnis haben, ihn zu beeindrucken. Ich drehte das Handy um und hielt es ihr hin. »Was meinst du?«

»Attraktiv. Darf ich mal?«

Ich gab ihr das Telefon und setzte mich neben sie, während sie durch sein Onlineprofil scrollte. »Er ist ein paar Jahre älter. Aber hat es schon zum Facharzt geschafft. Das ist beeindruckend – oh. Er war bei *Médecins Sans Frontières*.« Schlagartig breitete sich ein Lächeln auf ihrem Gesicht aus. Wie sollte ich da bloß jemals mithalten? »Wann ist das Date?«

»Nächstes Wochenende.« Jetzt war es an der Zeit vorzuschlagen, dass sie mit mir ausging. Ich holte tief Luft und wagte den Sprung. »Ich hab mir gedacht, nach dem letzten Mal brauchst du vielleicht … wie soll ich sagen, zuerst so etwas wie einen Testlauf.«

»Wie meinst du das? Wegen David?«

»Nur für den Fall, dass dein Selbstvertrauen gelitten hat. Wenn du dich mit einem Typen wie Brian triffst, möchtest du doch seefest sein, oder?«

»Er sieht zu gut aus, um wahr zu sein.«

»Genau.« Ich war einerseits erschrocken, dass sie derart schnell Gefallen an ihm gefunden hatte, und andererseits erleichtert, dass sein Onlineprofil mir in die Karten spielte. Es wäre zwar schön gewesen, wenn vielleicht nur ein winziger Teil von ihr gehofft hätte, ich würde vielleicht doch meine Meinung ändern und beschließen, dass mit ihr keine Unverbindlichkeit angesagt war. Aber ich hatte mir die Sache schließlich selbst eingebrockt – weshalb ich nun Fotos von Brian googelte. »Also, möchtest du vielleicht einen Probedurchgang machen, bevor du dich mit ihm triffst?«

»Was meinst du mit *Probedurchgang*?«

»Ach, ich weiß selbst nicht so genau …«, sagte ich, als würde ich mir das Ganze gerade spontan überlegen. »Wir könnten zusammen was trinken gehen – ein Fake-Date haben.«

»Du und ich?« Sie zog die Nase kraus, während sie mir mein Handy zurückgab. Ich verkniff mir ein Lächeln darüber, wie ihre Sommersprossen über ihre Nase tanzten.

»Ja. Wir könnten uns schick machen und so tun, als wäre es ein Date. Weil du mich kennst, wirst du nicht nervös sein. Du gewinnst dein Selbstvertrauen wieder, damit du bei deinem Date mit Brian in Topform bist.«

Sie setzte sich seitlich hin und sah mich an. Ich konnte beinahe sehen, wie Tausende Gedanken in ihrem Kopf miteinander wetteiferten.

Ich wollte jeden einzelnen davon hören.

»Wir tun also so, als hätten wir ein Date, und wenn ich dabei eine Katastrophe bin, könntest du mir ein paar Tipps geben?« Sie wirkte nicht entsetzt über die Idee.

»Genau. Und falls ich irgendwas Unmögliches mache, kannst du mich vielleicht darauf hinweisen und –«

»Klingt gut«, sagte sie.

Schlagartig entspannten sich sämtliche Muskeln in meinem Nacken. »Du bist einverstanden?« Hatte sie die Idee dahinter verstanden?

»Ja. Aber wenn wir uns die Rechnung teilen, können wir dann bitte nicht in dieses Heston-Blumendingsbums-Restaurant gehen? Ich bin da eben erst dran vorbeigelaufen, und die Preise sind irre.«

»Wie wär's, wenn ich zahle?«

»Geht das denn? Ich meine, verstößt das nicht gegen unsere Regel, dass die Rechnung immer geteilt wird«?

»Lass mich dich zum Wohl des Experiments in das Heston-Blumendingsbums-Restaurant einladen.«

Sie sah mich an, als überlegte sie, etwas zu sagen. Dann wandte sie den Blick ab. »Na gut, Abendessen. Du und ich. Was soll ich denn anziehen?«

Ich griff wieder nach meinem Handy. Erst neulich hatte ich etwas gesehen, von dem ich dachte, dass es Hartford großartig stehen würde. Jetzt bot sich der perfekte Vorwand, es ihr zu kaufen. »Das hier«, sagte ich und hielt dabei mein Telefon hoch.

»Hübsch. Wie teuer ist das?«

»Welche Größe hast du?«

»Der Preis hängt von der Größe ab?«

»Nein, sag mir bloß deine Größe.«

»Achtunddreißig/vierzig. Deshalb esse ich heute auch nichts von deinem Mitternachtskuchen.«

Ich lachte leise. Sie brauchte sich überhaupt keine Gedanken zu machen. Sie war perfekt. »Und welche Schuhgröße?« Wenn ich sie schon ausstattete, dann auch von Kopf bis Fuß.

»Ich habe Schuhe«, sagte sie.

»Schuhgröße?« Ich hatte wunderschöne Lavins gesehen, die perfekt zu diesem Kleid passen würden.

»Neununddreißig. Wobei, heute sind sie eventuell auf eine Fünfundvierzig angeschwollen. Es fühlt sich an, als hätten sie meine Schuhe gesprengt.«

»Möchtest du eine Fußmassage?«, fragte ich.

Ein Grinsen breitete sich auf ihrem Gesicht aus. »Du bist der Beste. Aber ich mag dich zu gern, um dir das anzutun.«

Ich erwiderte ihr Lächeln. »Und ich mag dich so gern, dass ich das Angebot ernst gemeint habe.«

»Meinst du, die Nachbarn in Borehamwood sind auch so nett wie du?«

Ich lachte. Ich hoffte nicht.

25. KAPITEL

HARTFORD

Das musste ein Irrtum sein. Ich betrachtete das wunderschöne Kleid aus schwarzer Spitze, das ich gerade unter den Lagen Seidenpapier aufgedeckt hatte, in die es eingeschlagen war. Es war das Modell, das Joshua mir auf seinem Handy gezeigt hatte. Ich nahm das beigelegte Kärtchen und las es zum dritten Mal: *Du wirst wunderschön aussehen. Ich kann es nicht erwarten, dich heute Abend darin zu sehen. Lieben Gruß, Joshua*

Der Mann hatte den Verstand verloren. Wozu kaufte er mir Klamotten? Es war nicht nur das Kleid – Schuhe hatte er auch noch geschickt. Und eine Handtasche. Sorgte er sich vielleicht, ich könnte ihn blamieren, indem ich in meiner Arztkleidung zu dem Abendessen erschien? Fairerweise musste ich zugeben, dass das durchaus im Rahmen des Möglichen war. Vielleicht hängte er seine Hoffnungen an diesen Brian und wollte, dass ich ihn beeindruckte, damit er sich nicht mehr für mich verantwortlich fühlen musste. Möglicherweise machte er das bei jedem Date so. Falls ja, dann war es beeindruckend. Und ein bisschen übergriffig, insbesondere, wenn er die Frau noch gar nicht kannte. Ich nahm mein Notizbuch vom Schminktisch und kritzelte eine Gedankenstütze hinein. Joshua und ich hatten abgemacht, einander nach dem Date Feedback zu geben, und ich wollte den Punkt nicht vergessen. Ich würde ihm erklären, dass diese Geste gegenüber einer festen Freundin toll war, bei einem ersten Date aber ein bisschen drüber. Wobei, ich konnte mir vorstellen, dass eine Million Frauen hin und weg wären, wenn ihnen ein Mann vor einer Verabredung ein solches Kleid schenken würde. Mein siebzehnjähriges Ich wäre bei der Vorstellung vor Freude geplatzt.

Es blieb noch eine Stunde, bis wir Joshua zufolge losmussten, ich hatte also jede Menge Zeit. Ich machte mich gerade daran, meine Haare zu bändigen, als mein Handy vibrierte.

Ich komme dich in einer Stunde abholen. Kann's nicht erwarten, dich zu sehen. xx

Eine Nachricht vorab? Mit zwei Küsschen? Oha, heute Abend lief sein Charme aber auf Hochtouren. Ich musste im Vertrauen ein Wörtchen mit meinen Eierstöcken reden und ihnen erklären, dass Joshua nur so tat als ob, sie also nicht allzu sehr in Begeisterung geraten sollten. Gott sei Dank hatte ich die ganze Woche mein Abwehrschild verstärkt. Hier stand ich nun, kurz davor, ein Fake-Date mit Joshua zu haben, und musste mir in Erinnerung rufen, dass dies zwar die Erfüllung meiner Teenagerträume sein mochte, aber trotzdem nur gespielt war. Seit wann war das Leben nur so kompliziert?

Ich sollte ihm antworten. Ich musste die Sache genauso ernst nehmen wie er.

Ich tippte: *Ich freue mich schon, Joshua.*

Ich zögerte. Sollte ich Küsschen dahintersetzen? So was machten Joshua und ich sonst nicht in unseren Chats. Aber wenn er Brian wäre … würde ich wohl ein Küsschen zurückschicken, wenn ich eins bekommen hätte, oder?

Ich ergänzte zwei Küsschen und drückte auf Senden.

Ich hatte mich auf einen entspannten Abend mit einem Mann gefreut, der mehr und mehr zu meinem besten Freund wurde. Doch wenn er mir gegenüber ganz den charmanten Lover spielte, musste ich einen Gang hochschalten.

Binnen einer Dreiviertelstunde hatte ich es hingekriegt, Mascara und Rouge aufzupinseln, und ausnahmsweise gehorchten selbst meine Haare. Ich hatte es sogar geschafft, mir die Fußnägel zu lackieren. Die Frau im Spiegel sah … gut aus. Hübsch, aber unaufdringlich. Obwohl ich nur in Unterwäsche dastand, schwitzte ich, als wäre ich in der Sahara. Ich tappte ins Badezimmer und hielt ein Handtuch unter kaltes Wasser, bevor ich es auf die Körperstellen drückte, die sich anfühlten, als würden sie in Flammen stehen. Ich war nicht dafür geschaffen, mich schick zu machen. Das sah mein Naturell nicht wirklich vor.

Nachdem ich mich ein bisschen abgekühlte hatte, kehrte ich ins Schlafzimmer zurück und starrte das Kleid an, das an der Tür hing. Es war wunderschön. Jede Wette, dass ich beim Anziehen ein Loch hineinreißen würde. Fest entschlossen, absolut sicherzugehen, dass ich nicht schon Flecken auf den Stoff machte, bevor ich überhaupt das Gebäude verlassen hatte, ging ich erneut ins Bad und wusch mir die Hände.

Mit zitternden Fingern nahm ich das Kleid vom Bügel und zog den Reißverschluss auf. So vorsichtig wie möglich stieg ich in das Rockteil und zog es wackelnd über meine Hüften. Immerhin passte es. Ich schob die Arme hinein und angelte nach dem Reißverschluss am Rücken. Der Stoff fühlte sich herrlich weich auf meiner Haut an und lag an genau den richtigen Stellen eng an. Ich ging zur Garderobe, um mich zu betrachten.

Wow. Ich sah gar nicht aus wie ich. Sondern wie die Frauen, die ich immer im Vorbeigehen in der Hotellobby sah. Ich sah *beinahe* aus, als gehörte ich an Joshuas Seite. Zumindest würde ich ihn nicht blamieren. Jetzt musste ich nur noch die Macht und das Selbstvertrauen der Venus von Rokeby in mir finden.

Ich schlüpfte in die Sandalen mit den superzarten Riemchen. Gerade als ich nach der Clutch griff, klopfte Joshua an die Tür.

Vor Aufregung kribbelte es in meinem Bauch – das hatte ich bei keinem der beiden Dates empfunden, die Joshua bisher für mich organisiert hatte. Wahrscheinlich lag es daran, dass ich wusste, ich würde heute einen wunderbaren Abend haben und brauchte mir keine Gedanken zu machen, wie ich bei einem Fremden Eindruck schindete. Das nahm den Druck weg.

»Hallo«, sagte ich, als ich lächelnd die Tür öffnete.

Joshua hob den Kopf. »Wow.«

»Zufrieden?« Ich machte eine kleine Drehung. »Du hast einen sehr guten Geschmack.«

»Du siehst wunderschön aus«, sagte er.

»Ich habe mehr als eine Stunde gebraucht, um mich fertig zu machen. Kannst du das fassen?«

Joshua lachte. »Die sind für dich.« Er reichte mir ein Blumenbouquet in einer Geschenktüte mit einem schicken Schriftzug darauf.

»Du übertreibst. Du hättest mir doch keine Blumen mitbringen müssen.« Ich sog den Duft der rosa und gelben Rosen und Freesien tief ein. »Aber sie sind wunderschön.«

»Dein Date sollte dir immer Blumen mitbringen. Du bist es wert.«

Ich legte den Kopf schief und schenkte ihm meinen besten Mach-dich-nicht-lächerlich-Blick. »Hör auf.«

»Sag zu einem Mann nicht ›hör auf‹, wenn er dir Blumen schenkt. Bedank dich bei ihm. Klar?«

»Danke, Joshua.« Leicht verwirrt sah ich ihn an. Das Kleid, die Nachrichten und jetzt auch noch Blumen? Er zog echt alle Register.

»Sehr gern geschehen. Sie stehen in einem Wasserglas, halten also durch, bis du wieder nach Hause kommst.«

Ich stellte die Blumen in den Flur und machte die Tür hinter mir zu.

»Gehen wir.« Joshua streckte mir die Hand hin.

Als ich meine Hand in seine gleiten ließ, fühlte es sich vollkommen selbstverständlich an. »Ich kann mich nicht erinnern, schon mal mit einem anderem außer dir Händchen gehalten zu haben.« Heute Abend und Anfang der Woche, als er mich zu dem perfekt temperierten Wannenbad geführt hatte.

»Ich auch nicht«, sagte er.

Es war nicht weit bis zu dem Restaurant. Joshua benahm sich auf dem ganzen Weg wie ein Gentleman, hielt Türen auf – wobei, das tat er immer. Machte mir Komplimente – auch nichts Ungewöhnliches für ihn. Er fragte, wie meine Woche gewesen sei, was ganz normal war. Genauso, wie er ein hervorragendes Fake-Date abgab, war er mir in den letzten Monaten auch ein echter Freund gewesen. Bei dem Gedanken, dass ich in wenigen Wochen wegziehen würde, zog sich etwas in meiner Brust zusammen. Ich würde ihn vermissen.

Wir bekamen eine kleine Sitznische im hinteren Teil des Restaurants. »Ich mache mir ein bisschen Sorgen«, sagte ich. »Ich glaube, die meisten Männer, mit denen ich ausgehe, werden nicht so aufmerksam sein wie du. Was mache ich, wenn die Unterhaltung ins Stocken gerät?«

»Benimm dich einfach ganz natürlich. Sei du selbst.« Er hatte leicht reden. Joshua sagte immer das Richtige.

Ich lachte. »Du weißt, dass das keine gute Idee ist.«

»Nein«, sagte er nachdrücklicher, als ich es erwartet hätte. »Ist es nicht. Du bist ein toller Mensch, und es macht Spaß, Zeit mit dir zu verbringen.«

Ich stöhnte. »Du sollst mir doch helfen. Nur darum sind wir

hier. Wenn du mir bloß immer sagst, dass ich toll bin, lerne ich nichts.« Das war das Problem mit Joshua: Wenn ich mit ihm zusammen war, tat er immer so, als wäre ich der interessanteste und witzigste Mensch, den er je kennengelernt hatte. Gehörte alles zu seiner Masche, schätzte ich.

Er sah mir in die Augen, als wollte er etwas sagen, doch ehe er dazu kam, unterbrach uns ein Kellner, und Joshua bestellte Cocktails für uns. Ich schwieg, weil ich hören wollte, was er zu sagen hatte, doch die Gelegenheit war verstrichen.

»Macht der Mann das für gewöhnlich so? Du hast mich gar nicht gefragt, was ich möchte, hast aber den bestellt, den ich mir selbst auch ausgesucht hätte.«

»Weil ich dich kenne. Du kannst nicht erwarten, dass die Männer, mit denen du verabredet bist, Gedanken lesen können. Aber wenn es dir gefällt, dass ich für dich bestelle, kannst du deinem Date explizit sagen, was du nehmen möchtest. Dann wartest du ab, was er macht, wenn die Bedienung kommt.«

»Stimmt. Die Messlatte wird hoch liegen für Brian.«

Er lächelte, als hätte ich ihm gerade das größte Kompliment gemacht.

»Alles okay mit dir?«, fragte ich. Er wirkte irgendwie verändert. Immer noch wie der Joshua, mit dem ich mich wohlfühlte und liebend gern Zeit verbrachte, aber irgendwie in einer geballten Version. Ich fragte mich, ob es sich wohl so anfühlte, wenn man von Joshua ausgeführt wurde – wenn man seine Freundin war. Das Kleid, die Blumen, die Komplimente – Joshua gehörte nicht zu der Sorte Jungs, die ihre beste Phase zu Schulzeiten erlebten. Er wurde mit den Jahren immer besser. Verflucht, dieser Kerl.

»Ich habe den besten Abend überhaupt. Und du?«

Den besten Abend überhaupt? Er meinte das sarkastisch, oder? Fest stand, dass ich ehrlich ganz genau die gleiche Antwort geben könnte, wenn er mir die Frage auch stellen würde. Zeit mit Joshua zu verbringen, war zu meiner neuen Lieblingsbeschäftigung geworden.

»Ich habe heute eine E-Mail von Thea bekommen«, erzählte ich. »Ist es okay, wenn wir miteinander reden, als würden wir uns kennen?«

»Möchtest du lieber den kompletten Rollenspiel-Modus?«, fragte er. »Wenn ja, dann, Frau Doktor, habe ich schreckliche Schmerzen, die weggeküsst werden müssen. Und zwar gleich hi–«

Ich hielt ihm den Mund zu, während ich mir das Lachen kaum verkneifen konnte. »Ich glaube, mir ist lieber, wenn wir einfach wir selbst sind. Aber …« Ich schaute hinunter auf mein Kleid. »Ich habe einen Ersatzkittel in der Wohnung.« Wenn er eine sexy Flirtnummer abziehen wollte, würde ich *versuchen* mitzuziehen.

»Alles klar – vielleicht lasse ich dich den bei Gelegenheit mal anziehen und meinen Körper gründlich untersuchen, aber heute Abend wär's mir auch lieber, wenn wir einfach wir sind. Was hat Thea denn geschrieben?«

»Ach, sie hat bloß von den Klassenraumregeln an der Schule erzählt, an der sie unterrichtet. Und sich über Moms ständiges Eingemische beschwert. Du weißt schon, nichts Weltbewegendes.«

»Ich glaube, sich einzumischen gehört für Mütter dazu.«

»Findet meine jedenfalls. Von Patrick höre ich natürlich nie, außer an meinem Geburtstag oder zu Weihnachten. Er ist in Singapur und zieht da sein Ding durch. Wie kommt's, dass ihr zwei den Kontakt verloren habt?«

»Einfach so. Die Uni kam dazwischen. Wir hatten beide neue Leute kennengelernt, und ich bin selten nach Hause gefahren, daher habe ich ihn wenig gesehen. Ich nehme an, ich war faul.« Joshua war zweifelsohne charmant, aber auch ehrlich. Er gab nie vor, etwas zu sein, was er nicht war, und er spielte seine Fähigkeiten und Erfolge immer herunter. Auch wenn ich mich damit selbst lobte, hatte ich als Teenager echt guten Geschmack bewiesen. Ich stand nicht auf irgendeinen Popstar mit lauter Allüren oder einen überbewerteten Schauspieler. Joshua war wirklich ein guter Mann. Damals wie heute.

»So ist das wohl im Leben«, erwiderte ich. »Wenn einem ein Mensch nicht so wichtig ist, dass man sich anstrengt, in Kontakt zu bleiben, verschwindet er allmählich von der Bildfläche.« Zwar waren es erst zwei Monate, aber ich hatte mich dermaßen daran gewöhnt, Zeit mit Joshua zu verbringen, ihm von meinem Tag zu berichten oder Geschichten von seinen anspruchsvollen Kunden zu hören, dass es eine echte Umstellung werden würde, wenn ich wegzog.

»Wirst du auch von der Bildfläche verschwinden, Hartford?«, fragte Joshua, als hätte er meine Gedanken gelesen. Sein unnachgiebiger Blick verriet mir, dass er nicht bloß einen Witz machte. »Ich möchte, dass wir in Kontakt bleiben.«

Mir rutschte der Magen in die Kniekehlen. Er klang so ungewöhnlich ernst. Wäre es nicht Joshua, der hier vor mir saß, käme es mir fast romantisch vor. Als wären wir zwei Menschen auf einem richtigen Date, die einander wirklich mochten. Ein hustender Mann drei oder vier Tische weiter erregte meine Aufmerksamkeit. Ich versuchte, den Gedanken wegzuschieben, dass jemand ihm mal kräftig auf den Rücken klopfen musste – ich wollte Joshua meine volle Aufmerksamkeit schenken. Ich wollte wissen, warum er sich beinahe flehentlich angehört hatte.

Doch dann setzte Geschrei ein.

Binnen Sekunden war ich auf den Beinen und durchquerte den Raum. Die Schreie kamen von der Begleiterin eines

Manns, der sich die Kehle hielt und bereits leicht blau anlief.

»Er erstickt!«, rief sie. »Er braucht Hilfe! Bitte!«

Der Mann mit der Halbglatze war aufgestanden und zerrte an seinem Hemdkragen. Er war mindestens einen Kopf größer als ich. Ich musste den Heimlich-Griff anwenden, doch das würde ich selbst auf meinen High Heels nicht im richtigen Winkel hinbekommen. Ich zog die Schuhe aus und stieg dann auf den Stuhl, den der Mann frei gemacht hatte.

Ich legte die Arme um ihn, umfasste meine Faust und *zog*.

Es brachte nichts, aber immerhin hatte ich den Unterrand seines Brustkorbs gefunden. Als ich erneut die geballte Faust nach innen oben drückte, bewegte sich etwas – die Blockade war weg, und er rang nach Luft. Ich sprang vom Stuhl, kurz bevor er sich darauf fallen ließ.

»Ich dachte schon, es wäre vorbei mit mir«, sagte der Mann mit einem amerikanischen Akzent. »Vielen Dank, Miss.« Er holte tief Luft und stieß sie dramatisch wieder aus.

Ich kniete mich neben ihn und befühlte sein Handgelenk, weil ich sichergehen wollte, dass er einen gleichmäßigen Puls hatte. »Trinken Sie einen Schluck Wasser, und ruhen Sie sich etwas aus. Sie sollten ins Krankenhaus fahren. Es scheint Ihnen zwar gut zu gehen, aber ich kann Sie nicht so durchchecken, wie es in der Notaufnahme möglich ist.«

»Mir geht's gut. Atme wieder, dank Ihnen.«

»Ich weiß, aber –«

»Das ist das allerbeste Steak, das ich je gegessen habe.« Er zeigte mit einem pummeligen Finger auf seinen Teller. »Und das sage ich nicht leichthin. Ich komme aus Texas – da gehört ein gutes Steak zum Leben. Auf gar keinen Fall verlasse ich dieses Restaurant, bevor ich aufgegessen habe oder tot umgefallen bin.«

Ich strengte mich an, nicht die Augen zu verdrehen, als ich mich an die Frau neben ihm wandte, vermutlich seine Ehefrau. »Es könnten Speisebröckchen in die Lunge gelangt sein. Er muss wirklich ins Krankenhaus. Ich habe nicht mal ein Stethoskop dabei.« *Notiz an mich selbst: eine Clutch finden, die groß genug für alles Wichtige ist.*

»Vielen Dank, Schätzchen«, sagte seine Frau. »Aber mein Mann ist der sturste Steakesser, den man sich vorstellen kann. Ich werde auf ihn aufpassen.«

»Ja, bitte machen Sie das. Und bringen Sie ihn direkt in die Notaufnahme, falls er irgendwie Probleme mit dem Atmen haben sollte.«

»Keine Sorge.« Sie tätschelte mir den Arm. »Darf ich Ihnen einen Scheck ausstellen oder mich sonst irgendwie bedanken?«

Ich schlüpfte wieder in meine Schuhe. »Nicht nötig. Genießen Sie Ihr Essen.«

Als ich mich umdrehte, starrte mich Joshua mit offenem Mund an. Ich lächelte und kehrte an unseren Tisch zurück.

»Du bist Wonder Woman«, sagte er.

Ich verdrehte angesichts seines Gewitzels die Augen. »Entschuldige die Unterbrechung –«

»Das bringst auch nur du, dich dafür zu entschuldigen, dass du einem Mann das Leben gerettet hast. Er wäre erstickt.«

Ich zuckte mit den Schultern. »Ist er aber nicht.« Als ich einen Blick über die Schulter warf, sah ich den Kerl mit seiner Frau lachen. »Hoffentlich entwickelt er keine Aspirationspneumonie. Aber ich habe getan, was ich konnte.«

Die Kellner veranstalteten mehr Wirbel um mich, als mir lieb war. Sie servierten uns eine Flasche Champagner zu unseren Vorspeisen.

»Das ist schön.« Ich griff nach der Champagnerflöte. »Jetzt

habe ich wenigstens das Gefühl, auch was zu dem Essen beigesteuert zu haben.«

»Dass du mit mir hier bist, ist schon Beitrag genug.« Joshua erhob sein Glas. »Lass uns anstoßen.«

»Darauf, dass keiner beim Essen erstickt?«, schlug ich vor.

»Darauf, dass wir in Kontakt bleiben«, erwiderte er.

Ich grinste, während mir ein warmes Gefühl durch die Glieder fuhr. Ich hatte ganz vergessen, worüber wir uns unterhalten hatten. »Darauf trinke ich.« Ich hoffte, Joshua und ich würden uns weiterhin sehen, wenn ich erst weggezogen war.

Ich würde ihn vermissen.

Viel zu doll.

Deswegen war die Unterbrechung durch den texanischen Restaurantgast auch genau zur rechten Zeit passiert. Es war, als hielte mich Joshua unwillentlich schon den ganzen Abend in seinem Bann. Ich musste mir in Erinnerung rufen, dass das hier heute kein echtes Date war. Er betrachtete mich nicht als potenzielle Partnerin, und ich hatte ein Abwehrschild um mich errichtet, damit ich ihn nicht als potenziellen Partner betrachtete. Wir waren Freunde. Mit einer Vorgeschichte. Das war alles.

26. Kapitel

JOSHUA

Der Abend verlief nicht nach Plan. Hartford überging meine Flirtversuche weiterhin, und egal, wie viel Komplimente ich ihr machte, sie konnte keines annehmen. Laut Tristan sollte ich *das Verlangen schüren*, aber bisher hatte ich nicht mal einen Funken fliegen sehen.

»Du hast mich übrigens ins Grübeln gebracht … Ich weiß, eigentlich hatte ich dieser ganzen Sache mit dem Dating nur zugestimmt, damit Gerry zufrieden ist, aber so langsam denke ich, dass es vielleicht gar nicht so schlecht wäre, sich in jemanden zu verlieben.«

Ich nickte und schaute runter, um nachzusehen, ob mein Herz tatsächlich aus meiner Brust sprang oder es sich nur so anfühlte. Hatte ich es geschafft, zu ihr durchzudringen? Oder redete sie ganz allgemein von der Liebe? Von jemandem, den sie vielleicht irgendwann kennenlernen würde?

Meine Gefühle für Hartford waren nicht mit denen vergleichbar, die ich für Diana empfunden hatte. Sie gingen irgendwie tiefer, trotz der Tatsache, dass Diana und ich hatten heiraten wollen. Wir waren beide furchtbar jung und dumm gewesen. Hartford war wunderbar offen und ehrlich, aber nicht naiv. Heute Abend hatte ich miterlebt, wie sie einem Mann das Leben gerettet hatte, einer Familie Kummer erspart. Sie war sagenhaft kompetent, und auch wenn sie in vielerlei Hinsicht noch ein bisschen unerfahren war, galt das nicht für die Bereiche, auf die es ankam. Sie war eine kluge, einfühlsame, fürsorgliche Frau. Ich respektierte sie vollkommen. Aber nicht nur das. Während ich so dasaß, ihre Hand hielt und ihren Geschichten übers Medizinstudium und den Jemen lauschte, ihren Ansichten über Liebe und Tod, war ich gebannt von den verschiedenen Ausdrücken, die über ihr Gesicht tanzten, von ihrer Höflichkeit dem Kellner gegenüber, von den Mustern, die sie in die Luft malte, wenn sie mit der freien Hand gestikulierte, um diesem oder jenem Wort Nachdruck zu verleihen.

Wenn ich noch irgendwelche Zweifel an meinem Bedürfnis gehegt hatte, mit Hartford zusammen zu sein, am Ende des Abends waren sie verschwunden.

»Wir sollten gehen«, sagte Hartford und sah sich um. »Außer uns ist nur noch ein anderes Paar da.«

»Ich könnte die ganze Nacht hier sitzen und dir zuhören.«

Sie neigte den Kopf und lächelte. »Sehr schmeichelhaft, Joshua.«

Sie hielt alles, was ich sagte, für einen Spruch. War es aber nicht. War es bei ihr nie, denn bei ihr brauchte ich nichts vorzutäuschen. Ich könnte einfach damit rausrücken, ihr sagen, was ich fühlte – genauso offen und ehrlich zu ihr sein wie sie zu mir. Es war ein Risiko, und zwar eines, das ich im Moment nicht einzugehen bereit war. Sie sollte merken, dass ich es ernst meinte; meine Gefühle würden sich nicht über Nacht ändern.

Ich nickte dem in der Nähe wartenden Kellner zu, um ihm zu bedeuteten, dass er die Rechnung bringen sollte. »Nur so als Tipp: Bei deinem nächsten Date solltest du dich vielleicht ein bisschen beeindruckter zeigen.«

»Ich bin immun«, sagte sie und tippte sich dabei an die Nase. »Habe mir ein Joshua-Luca-Abwehrschild zugelegt, als meine

Mum meinte, sie hätte organisiert, dass ich in deinem Gästezimmer unterkomme.«

Der Kellner unterbrach uns mit der Rechnung, ehe ich nach dem Abwehrschild fragen konnte.

»Das mit der Nachbarwohnung war so nett von dir, und dass du mit zu dem Abendessen bei Gerry gekommen bist, mir deine Freunde vorgestellt hast, Dates für mich arrangiert hast und mich jetzt so gewissenhaft auf eins vorbereitest.«

Wir hatten in den vergangenen zwei Monaten viel Zeit miteinander verbracht. Ich mochte jetzt erst gemerkt haben, dass ich Hartford wollte, aber rückblickend betrachtet hatten sich die Gefühle schon … seit dem allerersten Tag entwickelt, als ich sie vom Flughafen abgeholt hatte. »Du warst mir eine schreckliche Last, Hartford. Aber ich habe durchgehalten.«

»Du kannst mich doch nicht als schreckliche Last bezeichnen! Ich bin heute Abend dein Date. Ich nehme an, wenn Mr Nummer drei mir sagt, ich sei eine Last, sollte ich das Date abbrechen?«

»Falls dich jemals irgendwer als Last bezeichnet, rufst du mich an, damit ich dich daran erinnern kann, wie du einmal beim Abendessen einem Mann das Leben gerettet hast.«

Erneut trafen sich unsere Blicke. Kurz glaubte ich, sie begriff, was ich dachte, was ich empfand. Begriff sie, dass dieses Date für mich alles andere als ein Fake war, dass ich ihr zeigen wollte, wie gern ich sie hatte? Dann brach lautes Tischerücken auf der anderen Seite des Restaurants den Zauber, und sie griff nach ihrer Tasche. Ich führte sie hinaus.

Während wir durch den lauen Sommerabend zur Hotelresidenz zurückschlenderten, schob ich die Hand in ihre. Mit ihr zusammen zu sein fühlte sich so unfassbar richtig an – als wäre das Leben genau so, wie es sein sollte.

»Was sage ich, wenn er anbietet, mich nach Hause zu bringen?«, fragte sie mich.

»Kommt darauf an, ob du ihn magst. Eventuell ist es einfacher, ein Taxi zu nehmen, auch wenn man die Strecke laufen könnte. Dann brauchst du dir nicht zu überlegen, ob du möchtest, dass er noch mit hochkommt.« Allein der Gedanke, dass ein anderer Mann mit ihr im Fahrstuhl nach oben fuhr, die Hände auf ihrem Kreuz, die Lippen auf ihrem – »Er wird dich nur bis zum Wagen bringen, wenn er ein anständiger Kerl ist – was er ja zu sein scheint.«

Sie nickte, als würde sie verinnerlichen, was ich ihr gerade gesagt hatte. »Auf die Art brauche ich mich nicht mit irgendeiner ... Kusssituation zu befassen.«

»Kusssituation?«

»Ja. Kannst du dir vorstellen, wenn er mich küssen will?« Sie machte ein Gesicht, als könnte sie sich nichts Schlimmeres ausmalen. Ich hoffte, bei unserem Kuss war es ihr nicht so gegangen.

»Womöglich möchtest du ihn ja küssen«, erwiderte ich trotz des dumpfen Schmerzes in meinem Inneren.

»Das kann ich mir nicht vorstellen«, sagte sie. »Er ist praktisch ein Fremder. Und wir werden gerade gegessen haben.«

Auf dem restlichen Weg zur Hotelresidenz und hinauf zur Penthouse-Etage zählte sie mir weiter lauter Gründe auf, warum sie nicht glaubte, dass sie ihr Date küssen würde. Ich hörte gern zu.

Als wir bei ihrer Wohnungstür angelangt waren, drehte sie sich zu mir um. »Der Abend war großartig.« Sie strahlte mich an, als hätte sie sich keine bessere Gesellschaft wünschen können. »Du bist ein tolles Date.« Ihre tiefblauen Augen funkelten klar und hell.

Sie holte ihre Schlüssel hervor.

»Eins hast du noch vergessen«, sagte ich.

Sie sah mich stirnrunzelnd an.

»Den Gutenachtkuss.« Ich trat näher und legte einen Arm um ihre Taille. »Ich meine, wir sollten es doch richtig durchziehen.«

Als sie zu mir hochschaute, war ich nicht sicher, was ich in ihrer Miene las – wollte sie das genauso sehr wie ich?

»Okay?«, fragte ich, wobei ich die Hand an ihre Wange legte.

Sie öffnete leicht den Mund, als wollte sie etwas sagen, schien es sich jedoch anders zu überlegen und nickte nur.

Mein Herz wummerte gegen meinen Brustkorb, als wollte es verzweifelt heraus. Ich atmete tief durch, um mich zu sammeln.

Vermassel das jetzt nicht, Luca.

Warum war ich so nervös? Ich hatte sie doch schon geküsst. Wir hatten miteinander geschlafen, meine Güte noch mal. Ich nahm an, der Unterschied lag darin, dass ich nun wusste, was ich wollte und was ich zu verlieren hatte.

Als könnte sie meine Sorge spüren, schenkte sie mir ein kleines Lächeln. Mehr Ermunterung brauchte ich nicht.

Ich senkte den Kopf und presste meine Lippen auf ihre. Diesmal wollte ich sie nicht zum Schweigen bringen. Oder sie beruhigen und dafür sorgen, dass sie merkte, wie schön sie war. Ich tat einfach, was sich gut anfühlte. Wieder. Und wieder. Ich konnte mich nicht erinnern, schon jemals zuvor so in einem Kuss versunken zu sein. Normalerweise interessierte mich das, was danach kam, mehr. Doch in diesem Augenblick konnte ich nur an ihre warmen, weichen Lippen denken und an den Duft nach Zimt. Als ich die Zunge in ihren Mund gleiten ließ, musste ich den Drang niederkämpfen, die Hand unter ihr Kleid zu schieben und sie mit den Hüften gegen die Tür zu drücken. Sie ließ die Hände meine Brust hinaufwandern, und ich lehnte mich ihrer Berührung entgegen. Es fühlte sich einfach richtig an. Hoffentlich dachte sie ganz genauso.

Schließlich wich ich zurück und beobachtete, wie sie die Augen aufschlug.

»Ja«, sagte sie mit einem Nicken. »Ich denke immer, dass ich mir das bestimmt nur eingebildet habe, aber nope. Kein Wunder.«

Ich konnte mir keinen Reim darauf machen. »Kein Wunder?«

»Kein Wunder, dass du jede Frau haben kannst, wenn du so küsst.«

Ich grinste. Das hörte sich nicht an, als ob ich es vermasselt hätte.

»Kann ich das?«, fragte ich.

Sie zog leicht die Augenbrauen zusammen, antwortete jedoch nicht. Und da wusste ich ohne den geringsten Zweifel, dass es zumindest eine Frau gab, die ich wollte und schlicht nicht haben konnte.

»Ich sollte reingehen«, sagte sie. »Ist es das, was ich im Anschluss sagen sollte? Selbst wenn er so sexy ist wie du und so küssen kann?«

»Überlegst du, ob du mich reinbittest?«

»Verdammt, dieses Grübchen«, sagte sie. »Ich sollte mich jetzt definitiv verabschieden, sonst …« Sie kniff die Augen zusammen, als versuchte sie, sich einen Reim auf diese absurde Situation zu machen. Statt den Satz zu beenden, legte sie die Hände an meinen Kopf und zog mich zu sich. Ich schloss die Augen, denn ich rechnete damit, gleich ihre Lippen auf meinen zu spüren, doch stattdessen drückte sie einen zarten Kuss knapp neben meinen Mund, auf die Stelle, wo, wie mir in dem Moment klar wurde, dieses verdammte Grübchen aufgetaucht sein musste. Ich konnte mir weder das Lächeln verkneifen noch das heftige Nach-Luft-Schnappen, als Hartfords zarter Kuss sich in einen sanften Biss verwandelte. »Das wollte ich schon seit fünfzehn Jahren machen«, flüsterte sie mit nun rauer Stimme. »Gute Nacht, Joshua.«

Sie hastete hinein, als könnte sie Feuer fangen, wenn sie noch einen Augenblick länger hier draußen bliebe.

Als ihre Tür zufiel, atmete ich tief durch.

Ein Date würde nicht reichen, damit sie mich als potenziellen Partner wahrnahm. Aber es reichte, um mir zu zeigen, dass sie die einzige Frau war, die ich wollte.

Ich musste ihr nur klarmachen, dass ich der einzige Mann war, den sie brauchte.

27. Kapitel

HARTFORD

Als ich die Vorhänge im Wohnzimmer aufzog, kam ein ungewöhnlich blauer Himmel über London zum Vorschein, selbst für den Sommer. Ich brauchte frische Luft, um einen klaren Kopf zu bekommen, also öffnete ich trotz der Klimaanlage die Fenster. In den zwölf Stunden seit dem Abendessen mit Joshua war alles ein bisschen verschwommen geworden. Mein Abwehrschild schwankte nicht nur, nach unserem Fake-Date wollte ich den Aus-Schalter drücken. Der gestrige Abend hatte nur ein So-tun-als-ob sein sollen, aber manche Momente hatten sich überaus echt angefühlt. Ich versuchte immer noch, mir einen Reim darauf zu machen.

Als es an der Tür klopfte, löste das Herzklopfen bei mir aus. Obwohl ich wusste, dass es bloß Stella war, hoffte ich dennoch irgendwie, es handelte sich um Joshua.

»Hallo!« Ich machte einer mit Einkaufstüten bepackten Stella auf. Schnell nahm ich ihr welche ab. Oha, die waren aber schwer. »Was hast du da denn alles drin?«

»Mehl. Und noch ein paar andere Sachen. Ich dachte mir, wir backen Brot.«

Stella nahm ihre Lehrerinnenrolle sehr ernst. In Anbetracht dessen, wie genial sie backen konnte, überraschte mich das nicht.

»Glaubst du, ich bin schon bereit für Brot?«

»Na klar.« Wir stellten die Tüten auf die Kochinsel und machten uns daran, sie auszupacken. »Bevor ich mit Beck zusammengezogen bin, habe ich eigentlich nie gebacken, aber Brot war das Erste, was ich in unserem neuen Zuhause gemacht habe. Die Wohnung hat eine so wahnsinnig tolle Küche, dass ich sie so oft wie möglich nutzen wollte. Dabei hatte ich keinen Schimmer von dem, was ich da machte.«

»Ich hätte gedacht, du backst schon seit kleinauf. Du bist so gut.«

»Nope. Eigentlich bin ich Anfängerin.« Sie nahm eine Schürze heraus und hängte sie sich um, bevor sie sie in der Taille festband, dann ging sie zur Spüle und wusch sich die Hände. Wie eine gute Schülerin machte ich ihr alles nach. »Vor Beck bin ich lange mit einem Mann zusammen gewesen, von dem ich glaubte, ich würde ihn heiraten. Dann heiratete er meine beste Freundin, und ich lernte Beck kennen. Das Leben hat verschiedene Kapitel. Am Anfang der Geschichte ist man nicht derselbe Mensch wie am Ende. Ich bin nicht als Bäckerin zur Welt gekommen, und du bist nicht als Ärztin aus dem Mutterleib geschlüpft.

»Okay, holen wir die KitchenAid raus.« Stella nahm sie aus dem Schrank, stellte sie auf die Arbeitsfläche und steckte den Stecker ein. »Und, wie läuft's mit Joshua? Ist er immer noch ein guter Nachbar?«

Ich war nicht sicher, ob meine Wangen rot anliefen, als ich nickte, aber jedenfalls brannten sie wie Feuer. Ich konnte nicht an Joshua denken, ohne an gestern Abend zu denken. Und an die Nacht, als wir im Bett gelandet waren. Und an unseren ersten Kuss. Und dann an die ganzen Male dazwischen, wenn ich einfach nur seine Gesellschaft genoss.

»Natürlich«, erwiderte ich. »Du weißt doch, wie er ist.« Ich versuchte, meinen besten Wir-sind-bloß-Freunde-Tonfall aufzusetzen, aber irgendwie klang es unglaubwürdig. Zweifellos waren Joshua und ich im Lauf der letzten sechs, sieben Wochen echte Freunde geworden. Aber in dieser Zeit hatte sich etwas verändert.

»Eigentlich nicht«, sagte Stella. »Sonst geht es bei Joshua immer um die Arbeit, seine Freunde, um eine der unzähligen Partys, zu denen er eingeladen ist, oder ... na, du weißt schon, was auch immer er so mit wem auch immer macht.«

Eifersucht sickerte in mein Hirn, und ich versuchte, sie mit einem entschiedenen Blinzeln zu vertreiben. Wer auch mit Joshua schlief, ich war nicht auf sie eifersüchtig. Denn ich war immun. Denn mich umgab immer noch ein Joshua-Luca-Abwehrschild.

Vielleicht nicht ganz ein Abwehrschild, eher ein robuster Zaun.

Ein samtenes Absperrseil.

Ein dünner Vorhang.

»Beck meinte, dass ihr beide euch gegenseitig Dates organisiert«, sagte Stella.

»Ja. Eins steht noch aus. Mit einem Arzt. Joshua möchte, dass ich darauf vorbereitet bin. Er coacht mich.« Ich war ziemlich sicher, dass mich unser Fake-Date für alle anderen Männer verdorben hatte. Ich wusste nicht mal mehr so recht, ob ich mich noch mit Brian treffen wollte. Wozu denn, wenn doch klar war, dass er niemals an Joshua heranreichen würde?

»Er coacht dich?«

»Ich hab wenig Dating-Erfahrung – war die ganzen Jahre immer zu sehr mit der Arbeit beschäftigt –, deshalb hilft er mir.« Noch so ein Beweis dafür, wie lieb Joshua war. Es gab nichts, was ich nicht an ihm mochte.

»Und was umfasst dieses Coaching? Nachhilfestunden in ... was genau?«

»Nachhilfestunden trifft es nicht ganz.« Ich überlegte, ob Joshua gestern Abend eigentlich irgendwas angemerkt hatte, was ich besser machen konnte. »Wir waren gestern Abend zusammen essen. So als Probelauf, weißt du.«

»Wo denn?«

»In einem Laden gleich die Straße rauf. Er hat mir das perfekte Kleid dafür gekauft. Das hat schon mal geholfen –«

Während sie einen Löffel Mehl über die Rührschüssel hielt, erstarrte Stella. »Stopp. Das musst du mir erklären. Joshua … hat dir ein Kleid geschenkt?«

»Ja«, sagte ich. »Damit ich mich nicht stresse, ein Outfit auszusuchen. Es ist wunderschön, und ich mag mir gar nicht überlegen, wie viel es wohl gekostet hat, aber es war toll, etwas zum Anziehen zu haben, das garantiert zum Anlass passen würde.«

»Er hat dir ein Kleid geschenkt, dich zum Essen ausgeführt. Das klingt nach einem *richtigen* Date.«

Ich schluckte, ohne recht zu wissen, was ich sagen sollte. Das Händchenhalten und den Kuss würde ich bestimmt nicht beichten. Ich hatte es mir selbst nicht eingestehen wollen, doch längst hatten sich leise Zweifel angeschlichen. So einen schönen Abend wie gestern hatte ich selten erlebt. Und nichts daran war mir gefakt vorgekommen.

»Versprichst du mir, es niemandem weiterzuerzählen, wenn ich dir etwas anvertraue?«

Stella schwor es hoch und heilig.

Ich holte tief Luft, bevor ich mit meinem Geständnis herausrückte. »Ich glaube, ich mag ihn. S*ehr* sogar. Ich weiß, dass das dumm ist. Wir reden hier über Joshua. Feste Beziehungen kommen für ihn nicht infrage, und er ist es gewohnt, mit Supermodels auszugehen –«

»Das ist nicht dumm«, sagte Stella bestimmt. »Es darf kein Salz an die Hefe kommen.« Sie gab mir ein Päckchen Trockenhefe. »Du musst beides getrennt voneinander zum Mehl geben.«

»Aber letzten Endes wird doch eh alles miteinander verrührt.«

»Ich versteh's auch nicht, aber anfangs habe ich immer probiert, beides zusammen reinzugeben, und es ist nie was geworden.«

Ich machte mich daran, die Zutaten abzumessen, und gab sie vorsichtig in die Schüssel, bevor ich mit einem Holzlöffel umrührte.

»Ich finde, Joshua und du würdet ein tolles Paar abgeben. Ich habe Joshua auf den Partys erlebt, die er für seine Kunden schmeißt, da ist er immer furchtbar lässig und megacharmant. Und wenn ich ihn dann mit Beck und den Jungs erlebe, ist er zwar immer noch lässig und charmant, aber gleichzeitig auch … mehr er selbst. Wenn er mit dir zusammen ist, erlebe ich den echten Joshua. Nicht irgendeine aufpolierte Version. Ich glaube, bei dir kann er er selbst sein.«

Ich lachte. »Aber das liegt daran, dass er in mir eher eine gute Freundin sieht als eine …« Wir hatten miteinander geschlafen, doch das war bloß ein einmaliger Ausrutscher gewesen. Dann gestern Abend … dieser Kuss. Ich schüttelte den Kopf. Ich hatte keine Ahnung, was zum Teufel vor sich ging.

»Ein guter Freund kauft einem keine Kleider. Als Nächstes erzählst du mir noch, dass er dich zum Schluss geküsst hat – *zu Übungszwecken*.«

Sie schaute mich an, als ich nicht antwortete.

»Er hat dich geküsst?«

Ich nickte.

Stella fing an zu lachen. »Er mag dir ja erzählt haben, es wäre ein Fake-Date, aber Joshua würde nie im Leben eine Frau küssen, die er nicht küssen *will*.«

»Aber warum sollte er mich nicht einfach nach einem Date fragen, wenn er das will? Der Mann ist schließlich nicht schüchtern.«

Stella seufzte. »Darauf fällt mir keine Antwort ein.«

»Eben.«

Und was würde ich in dem Paralleluniversum antworten, in dem Joshua Luca mich fragte, ob ich mit ihm ausgehen wollte? Ich hatte ein Abwehrschild um mich herum errichtet, um sicherzustellen, dass ich nicht die gleichen Fehler beging wie damals als verliebter Teenager. Aber ich war keine siebzehn mehr. Er war kein jugendlicher Gott. Ich war eine Ärztin, die tagtäglich vernünftige Entscheidungen traf. Er war ein großzügiger, loyaler Mann, der mir – und allen anderen Menschen um sich – nichts als Liebenswürdigkeit entgegenbrachte.

28. KAPITEL

HARTFORD

Wenn Joshua Luca mich bitten würde, zum Mond zu fliegen, würde ich es wahrscheinlich machen.

Was erklärte, wieso ich gerade aus der Dusche kam, statt ins Bett gekuschelt die neuesten Folgen *Made in Chelsea* zu gucken. Die Arbeitswoche war lang gewesen, denn Gerry und ich setzten unsere Bemühungen fort, uns darauf vorzubereiten, die Zulassung des ADHS-Medikaments von Merdon zu verhindern, sobald bekannt wurde, dass ein entsprechender Antrag gestellt worden war. Irgendwie hatte Joshua mir das Versprechen abgenommen, mit ihm am Mittag essen zu gehen. Ich hätte Nein sagen sollen, denn das zwischen uns war … unklar, und ich wollte nicht, dass es noch komplizierter wurde. Doch wider besseres Wissen hatte ich zugestimmt. Er war einfach immer so wahnsinnig überzeugend – selbst darin, dass ich das Päckchen annehmen sollte, das gestern Abend auf meiner Türschwelle gestanden hatte, als ich nach Hause kam.

Das in Seidenpapier eingeschlagene, in eine hübsche, glänzende schwarze Schachtel verpackte Kleid war unglaublich schön. Wenn ich es im Laden hängen sähe, würde ich es niemals auch nur anprobieren, aber dem Kärtchen nach, das er beigelegt hatte, war ihm klar gewesen, dass ich genau das denken würde. Darauf stand: »Vertrau mir. Es wird toll aussehen. Trag es morgen beim Mittagessen.«

Noch mehr Geschenke. Wieder eine Verabredung – wenn auch diesmal zum Mittagessen. Das hier fühlte sich nach mehr als Freundschaft an.

Ich trocknete mich ab und zog den Reißverschluss des weit geschnittenen Stufenkleids mit Blümchenmuster auf. Wenn meine Mutter hier wäre, würde sie sagen, es sehe aus wie Oma Greens Schlafzimmervorhänge. Und ein bisschen stimmte das auch. Nichtsdestotrotz war es umwerfend. Beim Hineinschlüpfen glitt das Innenfutter über meine Haut, wie es nur teurer Stoff tat. Als ich den Reißverschluss zumachte, passte es wie angegossen, so als wäre es extra für mich geschneidert worden. Joshua hatte auch Sandalen besorgt, die sich an meine Füße schmiegten, als hätte jemand sie nach Maß für mich gefertigt.

Als ich vor dem Spiegel eine Drehung machte, war es zu schön, wie die Luft unter den Rock fuhr und den Stoff hochwirbelte. Ich wollte mich nicht beschweren, schließlich war es ein traumhaftes Outfit, aber für ein Sandwich bei *Pret A Manger* wirkte es etwas übertrieben.

Wie aufs Stichwort klopfte Joshua an die Tür.

»Ich habe das Gefühl, zu schick rausgeputzt zu sein für ein Sandwich-Lunch«, sagte ich, als ich ihm aufmachte. Mit der Hand deutete ich an dem Kleid hinab.

»Stimmt. Trag das nicht, wenn dich jemand fragt, ob du mit ein Sandwich essen gehst.« Er grinste mich an, als hätte er sich gerade einen Werbeetat von Gucci gesichert. Wie ich wusste, wollte er unbedingt für die Marke arbeiten.

»Holen wir uns denn kein Sandwich? Du meintest doch Mittagessen.«

Joshua trug eine Hose in einem hellen Blaugrau und ein weißes Hemd ohne Krawatte. Zusammen hätten wir auf eine Hochzeit gehen können.

Lachend streckte er mir die Hand hin. »Sandwiches gibt's vielleicht auch – unter anderem. Wir machen ein Picknick. Gleich gegenüber von hier.«

Ohne zu überlegen, ergriff ich seine Hand, und wir gingen zum Fahrstuhl.

»Wir halten Händchen«, merkte ich überflüssigerweise an, während wir hinunter ins Erdgeschoss fuhren. »Wird das wieder ein Fake-Date?«

»Ich fand, dass du auch Erfahrung mit einem Mittagsdate brauchst.«

»Lieb, wie du dich für meinen Erfolg ins Zeug legst.« Ich versuchte, seinen Blick aufzufangen, doch er sah geradeaus.

Wir durchquerten die Lobby und traten an die frische Luft. Ich konnte mir nicht vorstellen, dass Joshua ein großer Picknick-Fan war, aber anscheinend meinte er es ernst mit dem Mittagessen im Freien.

Ich fand mich damit ab, verwirrt zu sein.

»Erzähl, wie war deine Woche. Ich habe dich kaum gesehen.«

»Nope, du brauchtest diese Woche bloß nicht wie sonst meinen Babysitter zu spielen.« Ich grinste ihn an, doch er runzelte daraufhin nur die Stirn. »Neben dem üblichen Ärztekram auf der Station arbeite ich mit Gerry noch an einem Projekt, bei dem …« Noch immer konnte ich das mit meinem Chef vereinbarte Stillschweigen über Merdons Antrag auf eine rezeptfreie Zulassung von Calmilizer nicht brechen, auch wenn ein Gespräch mit Joshua vielleicht neue Ideen brächte. Ich wollte Gerrys Kontaktperson nicht in Schwierigkeiten bringen. Eine grobe Zusammenfassung konnte ich Joshua aber schildern, ohne Namen zu nennen. »Wir wollen die Zulassung eines neu auf den Markt kommenden Medikaments verhindern.«

»Aber neue Medikamente sind doch was Gutes?«, fragte er.

»Kommt drauf an. Das Pharmaunternehmen hofft, dass es für den rezeptfreien Verkauf zugelassen wird. Wenn das bekannt wäre, würde jeder vernünftige Kinderarzt das Vorhaben schrecklich finden.«

»Rezeptfrei verkäuflich? Um welches Medikament geht es denn?«

Ich schüttelte den Kopf. »Das kann ich nicht sagen. Tut mir leid. Ich wünschte, es ginge. Es wäre toll, dabei Hilfe von dir zu kriegen.«

Er runzelte die Stirn. »Wenn es so schlimm ist, wird die Behörde die Zulassung doch ablehnen, oder?«

Wenn es nur so einfach wäre. »Das möchte man hoffen.« Ich wünschte, ich könnte ihm alles erzählen. »Wir wollen jedenfalls sicherstellen, dass die Interessen der Kinder berücksichtigt werden.« Gerry und ich hatten eine inoffizielle Initiative gegen das Medikament gestartet. Wir hatten unsere Kontakte genutzt, um an Personen heranzukommen, die Einfluss auf die Zulassungsbehörde hatten, und brieften sie im Vertrauen. Gerry nutzte zudem seinen Bekanntheitsgrad, um Auftritte in Fernseh- und Radiosendungen zu bekommen, wo er über die Auswirkungen auf die Kinder berichtete und darauf zu sprechen kommen konnte, wie wichtig die psychische Gesundheit und die Zusammenarbeit von Ärzten und Eltern waren. Ich hatte das Gefühl, dass wir aktiv wurden, und es war spannend, Teil von etwas Umfassenderem zu sein als der individuellen Behandlung von Patienten. Unsere Arbeit könnte sich auf Tausende Kinderleben auswirken.

»Es geht um ein Medikament für Kinder?«

Ich nickte. »Kinder mit ADHS. Wir versuchen zu verhindern, dass die Verzweiflung der Eltern ausgenutzt wird.« Ich sollte nicht mehr weiterreden. Zwar wusste ich, dass Joshua kaum Erfahrung im Pharmabereich hatte, aber die Welt war klein, und ich wollte niemanden in Schwierigkeiten bringen. »Wie dem auch sei, ich habe allerhand recherchiert und mit Gerry Pläne geschmiedet. Wir hatten viel zu tun. Deshalb musstest du nicht den Babysitter spielen.«

Joshua drückte meine Hand, während er mich über die vielbefahrene Straße und in den Park führte. »Ich war nie dein Babysitter, Hartford. Wir wissen beide, dass du absolut in der Lage bist, auf dich selbst aufzupassen – ob mit oder ohne Gips. Unsere Mütter mischen sich bloß gern in unser Leben ein.«

Er sagte stets genau das Richtige.

»Ich bin nicht so unerfahren, wie sie denkt.«

»Nachdem ich dich geküsst habe, würde ich da zustimmen.«

Bevor ich nachfragen konnte, wie er das meinte, ließ er meine Hand los und drehte mich nach links. Auf dem Rasen lag ein Sammelsurium aus Picknickdecken ausgebreitet, und rund um einen niedrigen Tisch in der Mitte waren große, bauschige Sitzkissen in Edelsteintönen verteilt. Auf der weißen Tischdecke standen Gläser und Becher, Teller und Schüsseln in schönsten Farben und Mustern und verlockten uns, die Köstlichkeiten zu entdecken, die sie bereithielten. »Das sieht aus, als wäre es für ein Fotoshooting arrangiert.«

Er lachte leise. »Witzig. Ich hatte tatsächlich Hilfe von einer befreundeten Set-Designerin.«

»Es sieht wunderschön aus«, sagte ich, während ich mit jedem Blick ein neues Detail entdeckte. *Befand sich unter dem Musselintuch etwa ein Tortenständer?* »So etwas wird doch kein Mann für mich organisieren.«

»Doch, einer hat es schon«, erwiderte er, setzte sich auf eins der Kissen und zog mich neben sich. »Champagner?«

Noch immer verwirrt darüber, was wir hier eigentlich machten, nickte ich. »Wie bist du denn darauf gekommen?«, fragte ich. »Es ist so hübsch und wohldurchdacht, ganz ehrlich, Joshua, ich verstehe nicht, warum du keine Freundin hast. Das mit den romantischen Gesten hast du voll drauf.« So was wie das hier machten feste Partner. Und nicht etwa Nachbarn. Oder gute Freunde. Ich mochte zwar nicht viel Erfahrung mit Dates haben, aber so viel wusste ich. Außerdem wusste ich, dass er es sagen musste, wenn er wollte, dass mehr aus uns wurde. Joshua war nicht schüchtern. Wäre er ein zurückhaltender Mensch, würde er weder das Unternehmen noch das Leben führen, das er hatte. Wenn er etwas Ernsthaftes wollte, würde er es mir sagen. Und wenn nicht, musste ich die ganze Situation irgendwie falsch verstanden haben.

Er reichte mir ein Glas, ließ es jedoch nicht los, sondern sah mir lange in die Augen, ehe er die Finger löste. »Ich dachte, dass ich dir damit eine Freude mache. Außerdem ist das meine Art, Danke zu sagen.«

»Was meinst du? Danke wofür?«

Er zuckte mit den Schultern. »Dafür, dass du einen besseren Mann aus mir machst. Du sollst wissen, dass du etwas bewirkst, einfach, indem du du bist.«

Etwas Netteres hatte wohl noch nie jemand zu mir gesagt. *Nie.* Ich wartete auf ein Aber. Und wartete. Es kam nicht.

»Selbstverständlich gibt es Kuchen«, sagte Joshua, wobei er das Musselintuch von dem Tortenständer zog. »Eine Auswahl von Mini-Küchlein aus dem Hotel. Und dazu Erdbeeren.« Er lüftete eine Cloche, unter der sich eine Schüssel Erdbeeren mit leuchtend grünen Zweigen frischer Minze befand. »Und natürlich Sandwiches.« Er enthüllte noch einen weiteren Kuchenständer unter einem Tuch.

»Können wir hier wohnen?«, fragte ich, während ich den Blick über den Tisch wandern ließ und zu entscheiden versuchte, welche der köstlichen Leckereien ich als Erstes essen würde.

»Besser als Borehamwood ist es jedenfalls.« Grinsend gab er mir einen Dessertteller.

»Dienstag ist Mietbeginn. Bei wem wirst du dir eine Tasse Zucker leihen, wenn ich weg bin?«

Einen Kuchen in der Hand, hielt er mitten in der Bewegung inne. »Du hast mir gar nicht erzählt, dass du schon einen Mietvertrag unterschrieben hast.« Er legte eine Auswahl Minikuchen auf unsere Teller und reichte mir eine Gabel.

»Na ja, meine drei Monate hier gehen nächste Woche zu Ende. Und die Wohnung ist schön. Praktisch. Nah am Bahnhof.«

»Ich werde dich da draußen nicht besuchen kommen, weißt du. Das wird keiner.«

»Das ist in Ordnung. Ich lege mir Katzen zu. Und fange an zu stricken. Dann bist du mich los.«

»Endlich nicht mehr babysitten«, sagte er.

Ich würde die Park Lane vermissen. Nicht wegen des Hotels oder des schicken Empfangs. Nicht wegen des flauschigen Teppichs oder des Ausblicks auf den Hyde Park. Sondern wegen meines Nachbarn. Zu Beginn war er mein erster Schwarm gewesen, dann hatte er sich zu etwas noch Besserem entwickelt – einem wirklich guten Freund und einem Mann, der Picknicks im Park organisierte und mich zum Abendessen ausführte.

Einem Mann, der mich küsste.

Einem Mann, der im Bett Sachen mit mir angestellt hatte, die verboten gehörten.

»Also, ein letztes Date steht noch aus.« Er stellte seinen Teller wieder ab, drehte sich zu mir und überkreuzte seine Beine.

»Ja, mit dem Arzt. Der dank dir *sehr* beeindruckt sein wird von meiner Kusstechnik.«

»Du brauchst mir doch nicht für deine Kusstechnik zu danken.«

»Stimmt. Du hast keinen Dank verdient. Nach dem Kuss neulich bin ich verdorben.«

»Verdorben? Wie kommst du darauf?«

»Ist das nicht klar? Kein Mann wird mich je so küssen können wie du – dass es mich von den Socken haut. Ich bin verdorben. Von jetzt an werde ich jeden Kuss mit deinem vergleichen, und keiner wird mithalten können – da bin ich mir sicher.« Allein beim Gedanken an diesen Kuss fing meine Haut an zu kribbeln, und mir liefen Schauer über den Rücken.

Seine Mundwinkel bewegten sich himmelwärts, als er mir sein typisches Lächeln schenkte. »Aus den Socken, hm?«

War er etwa zum ersten Mal in seinem Leben ehrlich verlegen?

»Du weißt schon.«

Er nahm mir meinen Teller ab und stellte ihn auf den Tisch, bevor er sich hinkniete, mich bei den Händen fasste und erneut küsste. Dass es mich aus den Socken haute.

Er zog mich auf seinen Schoß und schmiegte die Hände an meine Wangen, während seine Zunge ihr Zauberwerk mit meiner vollführte.

Das hier fühlte sich nicht an wie ein Mittagsdate zum Üben oder Nachhilfe im Küssen. Durch meinen Kopf hallte ein leises Dröhnen, das ich als das Geräusch meines endgültig den Geist aufgebenden Abwehrschilds identifizierte. Ich wollte den Mann, der mich im Arm hielt. Und ich wollte wissen, ob er mich auch wollte.

»Ich sitze auf deinem Schoß«, sagte ich.

Er legte die Arme um mich und nickte. »Das ist schön.«

»Reicht es noch nicht, dass ich nie wieder einen Mann küssen kann, ohne ihn mit dir zu vergleichen? Du musstest mich herbringen, all das hier veranstalten«, ich deutete auf die Picknicklandschaft, »damit die Messlatte bei zukünftigen romantischen Dates unmöglich hoch liegt. Gleich hältst du mich noch im Arm, während wir beobachten, wie die Wolken über den Himmel ziehen. Wo bleiben die Gedichte, Joshua? Ich meine, jetzt hast du dich schon so ins Zeug gelegt. Da sollte es auch Gedichte geben.«

»Stimmt.« Er schob mich von seinem Schoß, sodass ich neben ihm saß, dann legte er sich hin und klopfte neben sich auf den Boden, damit ich es ihm gleichtat.

Joshua verschränkte die Arme hinter dem Kopf und räusperte sich. »Backe, backe Kuchen, der Bäcker hat gerufen. Wer will guten Kuchen backen –«

Ich fing an zu lachen. »Du kannst doch nicht *Backe, backe Kuchen* aufsagen. Das ruiniert die Stimmung total.«

»Was denn sonst?«, fragte er. »Ach, okay, ich weiß das perfekte Gedicht.«

»Nicht noch ein Kinderreim«, sagte ich in gespieltem Ernst.

»Nein, versprochen.«

»Dann schieß los.«

»›Der Schnee, der Schnee, Tideli pom …‹«

Ich stützte mich auf den Ellbogen auf. »Das ist kein Gedicht, das ist aus *Pu der Bär*.« Ich versuchte ihn böse anzufunkeln, doch mein Lächeln verriet mich.

Er drückte sich hoch, sodass wir Angesicht zu Angesicht, Nase an Nase waren, um mich dann erneut zu küssen. Diesmal war ich weniger überrumpelt und mehr darauf bedacht, die Festigkeit seiner Lippen und den Druck seiner Zunge zu genießen.

Als er sich zurückzog, lehnten wir die Stirnen aneinander. Ich fuhr mit den Fingern an seiner Kieferpartie entlang, während ich darüber nachdachte, wie es sich anfühlen mochte, wirklich mit diesem Mann zusammen zu sein, statt nur so zu tun. Einem Mann, der mir eben gestanden hatte, dass ich ihn zu einem besseren Menschen machte.

Als wir uns voneinander lösten, nahm er meine Hand, als wären wir schon jahrelang ein Paar.

»Da bin ich anderer Meinung«, fuhr er fort. »›Je mehr es schneit‹ ist das vielleicht beste Gedicht aller Zeiten. Außerdem ist es das einzige, das ich auswendig kann. Es gibt noch eins von Keats, das mir ganz gut gefällt, aber ich weiß bloß noch eine Zeile davon.« Konzentriert zog er die Brauen zusammen. »›Süß sind bekannte Melodien, süßer aber noch die bisher ungehörten‹ Irgendwie gefällt sie mir nicht mehr so gut wie früher. ›Je mehr es schneit‹ und ›Backe, backe Kuchen‹ sind wohl eher mein Niveau.«

»Du bist innerlich immer noch sieben Jahre alt, oder?«

»Sieben nicht, aber ungefähr siebzehn. Du etwa nicht?«

Alles, woran ich mich aus meinem siebzehnten Lebensjahr erinnern konnte, war der Unfall. Durch ihn war ich schnell erwachsen geworden. Als ich meinen Traum aufgab, legte sich mir eine drückende Schwere auf die Schultern, die ich nie wieder hatte abschütteln können. Natürlich war ich seitdem wieder glücklich gewesen, besonders wenn ich mich in die Arbeit stürzte. Aber wenn Joshua bei mir war, konnte ich mir ein Leben darüber hinaus vorstellen. Ein Leben, in dem ich mein Glück in der Ruhe fand.

»Das alles hier ist wunderschön.« Ich wollte wissen, was das zwischen uns war. Ich musste herausfinden, ob ich etwas hineininterpretierte, wo gar nichts war.

Lächelnd sah er mich an. »Ich würde diesen Nachmittag als nahezu perfekt bezeichnen.«

Seine Aufmerksamkeit, die Vorbereitungen, das Küssen. Ich brauchte Klarheit. Ich wollte begreifen, warum wir hier waren.

Also holte ich tief Luft und nahm meinen ganzen Mut zusammen. »Ich würde es als ein Date bezeichnen.«

Er zog mich an sich. »Da würde ich zustimmen – ein perfektes Date.«

29. Kapitel

JOSHUA

Der heutige Tag könnte einer der schönsten meines ganzen Lebens werden.

Ich drückte Hartfords Hand, als ich sie in der Penthouse-Etage aus dem Fahrstuhl führte.

»Der Nachmittag war großartig, Joshua. Danke. Du legst dich echt immer voll ins Zeug, bei dem was du anpackst.«

Es hatte sich gelohnt, um fünf aufzustehen und den Calmilizer-Pitch fertig zu machen, damit ich mir den Nachmittag für Hartford freinehmen konnte. Ich hatte es geradeso geschafft, dass noch zehn Minuten zum Duschen und Umziehen geblieben waren. Ich hatte den Drucker, den ich auf den Esstisch gestellt hatte, die Präsentationsseiten vor sich hin drucken lassen, und mein Team war komplett gebrieft. Wir waren startklar für Montag, und bis dahin würde ich die Zeit mit Hartford genießen. Im Leben ging es um Balance. Arbeit und Erholung. Geschäft und Vergnügen.

Wie Hartfords Augen geleuchtet hatten, als sie das Picknick im Park sah, würde mir für immer in Erinnerung bleiben. Sie hatte überwältigt gewirkt. Glücklich. Als hätte ich ihr die Sterne vom Himmel geholt. Am liebsten hätte ich Luftsprünge gemacht. Ich war mir nicht ganz sicher gewesen, wie es ankommen würde. Sie gönnte sich nicht oft Entspannung, deshalb war es riskant gewesen, mit ihr im Park Champagner trinken und Kuchen essen zu gehen. Schon allein für ihren Gesichtsausdruck hatte es sich gelohnt. Und als sie es dann als Date bezeichnete, war es, als bliebe mir das Herz stehen. Sie hatte gemerkt, dass dies für mich nicht bloß ein Probelauf war.

Ich musste nur herausfinden, ob *sie* immer noch so tat als ob.

Als wir vor ihrer Wohnung ankamen, lehnte ich mich gegen den Türrahmen und betrachtete ihr entspanntes Lächeln und ihre strahlenden eisblauen Augen. Je besser ich sie kennenlernte, desto schöner schien sie zu werden.

»Du bist es ja auch wert.« Ich trat noch einen Schritt auf sie zu, sodass wir dicht voreinander standen, neigte ihren Kopf nach hinten und küsste sie. Weil es sich nach einem Date, wie wir es heute Nachmittag gehabt hatten, für einen Mann so gehörte. Und weil ich es wollte. Ich wollte, dass der heutige Nachmittag wahrhaftig war. Für sie genauso wie für mich.

Sie schmeckte nach Sonnenschein und Wärme, und ich konnte mir ein Stöhnen nicht verkneifen, als ich ihren Mund erkundete. Sie vergrub die Finger in meinen Haaren, und ich schob sie mit vor Verlangen und Ungeduld bebenden Händen gegen die Tür.

»Joshua«, flüsterte sie, als ich an ihrem Hals hinabküsste. »Das ist nicht … du fühlst dich …« Ihre Hände wanderten an meiner Brust hinab zu meinem Gürtel, ihre Finger schlüpften in den Hosenbund. Oh Mann, ich wollte ihre Hände um meinen Schwanz spüren. Ich wollte jeden Zentimeter ihrer Haut unter meiner Zunge spüren. Ich wollte diese Frau zu einem so heftigen Orgasmus bringen, dass sie nie wieder an einen anderen Mann denken würde.

Ich schob die Stofflagen ihres Kleids hoch und strich mit der flachen Hand an ihrem Bein hinauf, immer höher und höher. Ich zog den Kopf zurück, um sie anzusehen und die Frage zu stellen, die mich von innen her auffraß. Ihr Gesicht war gerötet, die Augen vernebelt von – wie ich hoffte – Lust. »Hartford.« Ich senkte den Blick auf ihren vollen, prallen Mund.

»Was machen wir hier?«, fragte sie.

Hatte ich darauf eine Antwort? Ich wollte ihr sagen, dass ich schon monatelang nur noch sie im Kopf hatte. Dass nichts zwischen uns jemals bloß gefakt gewesen war. Dass ich nicht ihr Lehrer, sondern ihr Schüler gewesen war.

»Was möchtest du denn, dass wir machen?«, fragte ich.

Sie seufzte. »Willst du mit reinkommen?«

Ja, ich wollte uns so schnell wie möglich die Kleider vom Leib reißen, aber nicht nur das. Ich wollte sie in meiner Wohnung. Dem Rückzugsort, der mir allein vorbehalten war und an den ich niemals Frauen mitnahm. »Ich möchte, dass du mit rüber zu mir kommst.«

Mit einer Hand zog ich sie zu mir, mit der anderen öffnete ich meine Tür, und dann trat ich mit ihr über die Schwelle.

»Du bist wunderschön«, sagte ich. »Dieses Kleid … deine Augen …«

»Joshua«, machte sie halb flehend, halb ungläubig.

»Ehrlich, Hartford«, fuhr ich fort, während ich den Reißverschluss ihres Kleids aufzog, »dein Äußeres ist genauso schön wie dein Inneres, und das ist total umwerfend.«

Als ihr Kleid zu Boden fiel, stellte sie sich auf die Zehenspitzen und zog meinen Mund zu ihrem.

Sie machte sich an meinen Hemdknöpfen zu schaffen. Ich wollte mir das Hemd einfach herunterreißen, um eine weitere störende Stoffschicht zwischen uns loszuwerden, doch sie sollte nicht denken, sie mache irgendetwas falsch. Also wartete ich ab, sah zu, wie sie sich auf die Knöpfe konzentrierte und mit ihren zarten Fingern am Stoff des Hemds zerrte. Nachdem es ausgezogen war, streichelte sie über meine Schultern. »Du bist … groß.« Sie ließ die Finger nach unten und über meinen Bauch wandern. »Und hart.«

Lächelnd genoss ich es, inspiziert und erkundet zu werden. Sie sollte sich mit meinem Körper vertraut machen. Mich mit Herz und Seele kennenlernen.

Dann pikte sie mir in die rechte Brust. »Ist das überhaupt noch natürlich?«

Ich lachte. »Du bist hier doch die Ärztin.«

Sie legte den Kopf in den Nacken. »Stimmt wohl. Meine Diagnose lautet, dass du eine hervorragende Physis besitzt.«

»Kann ich nur zurückgeben.« Ich ließ die Hand an ihrem Rücken hinabgleiten und packte ihren Hintern.

Sie wand sich. »Sorry wegen des Omaschlüpfers.«

»Den habe ich nicht mal registriert.« Mich interessierte nur sie. »Meine Aufmerksamkeit gehört nicht dem Schlüpfer.«

Ihre Wimpern flatterten, als würde sie Regentropfen wegblinzeln. »Du weißt schon, dass du ein unfassbarer Charmeur bist, oder?

»Aber du weißt schon, dass ich es ernst meine, oder?«

Als sie meinen Nacken umfasste, hob ich sie hoch, zog ihre Beine um meine Taille und ging mit ihr ins Schlafzimmer. Sie stoppte uns, indem sie sich mit einer Hand am Türrahmen festhielt. »Joshua, mein Abwehrschild ist außer Kraft«, sagte sie mit silbrig schimmernden Augen. »Ich tue nicht mehr nur so als ob. Ich kann morgen nach dem Aufwachen nicht so tun, als wäre in der Nacht nichts gewesen.«

Erleichterung durchflutete mich, und ich schloss die Augen, um mich darauf zu konzentrieren, was sie sagte.

»Ich kann keine Miss Dienstagabend sein.«

»Es gibt keine Miss Dienstagabend. Schon seit Monaten nicht mehr. Nicht seit … dir.« Ich hatte mich nicht bewusst dagegen entschieden, Kelly oder eine meiner anderen Bekanntschaften zu treffen. Hartfords Präsenz in meinem Leben hatte sämtliche Leerstellen darin vollständig ausgefüllt, sodass kein Platz mehr für irgendeine andere Frau blieb. Ich hatte bloß eine Weile gebraucht, um zu akzeptieren, was ich fühlte. »Und ich will auch nicht so tun, als wäre das hier nie passiert.«

Wie sie die Finger über meinen Nacken wandern ließ, raubte mir den Verstand. Als wir uns aufs Bett legten, klemmte ich sie zwischen meinen aufgestützten Armen ein, denn ich wollte sie betrachten.

In den letzten paar Monaten schien diese Frau hier unter mir mich aus einem Schneckenhaus gelockt zu haben, von dem mir gar nicht bewusst gewesen war, dass ich mich darin verkrochen hatte. Seit ihrem Einzug konnte ich es Tag für Tag gar nicht erwarten, nach Hause zu kommen. Zu ihr. Um von ihrem Tag zu hören, um zu beobachten, wie sie sich behutsam ein Stück Torte auftat, um mich über ihre Neckerei und ihre völlige Unverstelltheit zu freuen, um über ihre Liebenswürdigkeit zu staunen und darüber, dass alles zwischen uns so unkompliziert war.

Es ließ sich nicht leugnen. Ich hatte mich in Hartford verliebt. Etwas anderes vorzugeben war sinnlos.

Sie ließ die Hände an meinen Seiten hinabgleiten. »Alles okay mit dir?«, fragte sie.

Ich nickte. »Hab bloß überlegt.«

»Wir müssen das nicht machen, wenn du nicht willst.«

Ich strich ihr die Haare aus dem Gesicht. Wie konnte sie nur glauben, ich wolle einen Rückzieher machen? »Doch, ich will. Ich will es mehr, als ich in Worte fassen kann.« Ich wüsste nicht, dass ich je irgendwen mehr begehrt hätte. Unsere Dates und die Küsse waren anfangs noch etwas anderes für sie gewesen. Selbst als wir das erste Mal miteinander schliefen, waren wir uns einig gewesen, dass es nicht echt war. Nicht unumkehrbar. Jetzt sah das für sie anders aus. Und für mich.

Ich öffnete meinen Gürtel, zog die Hose aus und kniete mich dann wieder über sie, verteilte Küsse auf ihrem Hals, leckte und saugte und genoss den Geschmack ihrer warmen, weichen Haut unter meiner. Seufzend ließ sie sich in die Matratze sinken. Ich zog die Träger ihres BHs nach unten und ließ die Zunge über ihre Brustwarzen schnalzen, bis sie verlockend aufragten. Als ich sie mit den Zähnen streifte, lief mir auf Hartfords Stöhnen hin ein Schauer der Erregung die Wirbelsäule hinunter.

Ich würde dafür sorgen, dass sie unsagbar heftig kam.

Ich wanderte tiefer und zog ihr das Höschen mit einer einzigen schnellen Bewegung aus. Sie wand sich weg. »Kommt nicht infrage«, sagte ich, packte ihre Oberschenkel und drückte sie auseinander. »Ich will dich schmecken.«

»Joshua«, sagte sie und ließ dabei die Beine locker.

Ich fasste zwischen ihre Schenkel, glitt mit den Fingern zu ihrer Mitte und fand sie herrlich feucht vor. »Genau darauf war ich aus«, sagte ich. Ich stieß in ihre weiche Seidigkeit und kniff dabei die Augen zu, um auszublenden zu versuchen, wie gut es sich anfühlte.

Wie rundum vollkommen und perfekt alles an diesem Moment war.

30. KAPITEL

HARTFORD

Joshua Luca besorgt es mir mit dem Mund.

Ich versuchte, gedanklich auf Abstand zu gehen, um noch irgendwie die Kontrolle über meinen Verstand und meinen Körper zu wahren, aber das klappte nicht. Joshuas beharrliche Zunge machte Überstunden. Seine Hände waren überall. Als wir das erste Mal miteinander geschlafen hatten, musste ich wohl einen Teil von mir abgeschottet haben aus Angst, zu schnell, zu heftig abzugehen. Jetzt waren alle meine Sinne am Limit.

Sein Körper war nicht mit dem zu vergleichen, was ich in Anatomie gelernt hatte, wohl aber mit all dem, was ich auf den Meisterwerken in der National Gallery gesehen hatte. Seine Muskeln an Rücken, Armen und Schultern wölbten sich unter meinen Fingern wie bei Samson in dem Gemälde von Rubens, das ich betrachtet hatte. Nur dass ich keine Delila war. Es war Joshua, der mich meiner sämtlichen Sinne und Kraft beraubt hatte, nicht umgekehrt.

»Du bist megalecker«, sagte Joshua und schaute dabei zwischen meinen Beinen hoch, während seine Finger weiter eintauchten und vordrangen und mich wild machten.

»Gott, bitte hör nicht auf«, krächzte ich in dem verzweifelten Verlangen hervor, nicht in diesem Schwebezustand des Beinahe-Explodierens gelassen zu werden.

Mein Verstand konnte sich auf nichts konzentrieren.

Joshua senkte den Kopf und nahm mit seiner Zunge jenen Rhythmus wieder auf, der dazu geführt hatte, dass ich mich zum Zerreißen gespannt auf dem Bett wand. Die Vorboten eines Orgasmus meldeten sich am Ansatz meiner Wirbelsäule, sodass ich aufkeuchte. Ich würde es nicht schaffen, anmutig zu kommen. Seine nachdrücklichen Finger und die beharrliche Zunge, sein heißer Atem, all das wirkte auf mich ein wie auf den Tisch trommelnde Fäuste, die meinen Orgasmus verlangten.

Die Erlösung durchzuckte meinen Körper wie ein Blitz. Es war, als hätte mich jemand von einer Klippe gestoßen und ich könnte nichts weiter tun, als im Fallen die Aussicht zu genießen.

Und es war herrlich.

Noch nie war Sex dermaßen überwältigend gewesen. Dermaßen vereinnahmend, dass kein Platz zum Denken blieb. Alles, was ich konnte, war fühlen.

Ekstase.

Entrückung.

Anbetung.

Als mein Körper wieder auf die Matratze sank, nahm ich vage Joshuas über meinen Körper streichelnden Hände wahr und dann seine Lippen auf meinen. Es war, als holte er mich mit seinem Kuss wieder zurück ins Bewusstsein.

Er kniete sich hin und streifte ein Kondom über. Seine Erektion stand senkrecht zu seinem Bauch. Joshuas Zunge war beeindruckend. Aber sein Penis? Perfektion.

Er beugte sich über mich, zog mich näher und legte meine Fersen um seine Oberschenkel. Und genau wie vorhin im Park lehnte er seine Stirn an meine. Für einen Moment gab es kein anderes Geräusch außer dem Rauschen des Bluts in meinen

Ohren, keine Bewegung außer dem Heben und Senken unserer Brustkörbe. Es war, als machten wir uns auf etwas gefasst, als wüssten wir, dass das, was gleich geschehen sollte, folgenreich sein würde.

Der Anfangsmoment verstrich, und Joshua drang in mich, quälend langsam, meine Verzweiflung und Lust in die Länge ziehend.

Ich grub die Fingernägel in seine Schultern und spreizte die Beine noch mehr, damit er tiefer kam, dichter. Seine Muskeln bewegten sich unter meinen Händen. Ich war nicht sicher, ob ich je wieder Atem holen würde.

»Hartford«, presste er hervor und verlieh damit dem Schock eine Stimme, den ich darüber empfand, wie gut wir uns ineinanderfügten.

Er zog sich langsam aus mir zurück, als wäre ich aus Glas, und drang dann wieder ein. Diesmal hielt er die Augen geschlossen, und seine Stirn lag in Falten, als würde er sämtliche Energie in diese eine Bewegung stecken. Als gäbe er mir alles, was er hatte.

Er keuchte, als er in mir zum Halt kam, und riss die Augen auf. »Ich … ich.« In seinem Blick sah ich beinahe schon Panik. »Du fühlst dich so gut an, ich will dich so hart und schnell nehmen, dass du dich eine Woche lang nicht mehr rühren kannst.«

Ich hob die Hände an seine Wangen, woraufhin er auf mich heruntersackte. Der hünenhafte, fitte Typ, den ich als Teenager vergöttert hatte und aus dem ein noch hünenhafteres, muskelbepacktes Exemplar von einem Mann geworden war, atmete schwer, als wäre er einen Marathon gelaufen – und zwar nur, weil es ihn solche Anstrengung kostete, mich nicht in die Matratze zu drängen. Ich stupste ihn, damit er sich umdrehte, bis ich mich rittlings auf ihm befand.

»Echt?«, fragte er.

Ich zuckte mit den Schultern. »Ich habe eindeutig mehr Selbstbeherrschung.«

Seine frech hochgezogenen Augenbrauen ließen vermuten, dass es von vornherein sein Plan gewesen war, mich nach oben zu kriegen.

Ich kippte mein Becken und ließ mich, so tief es ging, auf seine mächtige Erektion sinken. Mit in den Nacken gelegtem Kopf genoss ich dieses Ausgefülltsein, dieses Gefühl, dass alle meine Sinne am Anschlag waren.

Ich stützte die Handflächen auf seine Brust und fing an, mich mit kleinen, intensiven Bewegungen auf seinem Schwanz vor und zurück zu wiegen, bei denen er tief drinnen blieb und die sicherstellten, dass dieser Augenblick jetzt und hier so lange wie möglich andauern würde. Ich wollte nicht, dass es bald vorbei wäre, egal aus welchem Grund. Ich wollte den Zauber dessen nicht brechen, was immer uns in diese Situation gebracht hatte.

Dies war mein gar nicht so gefaktes Date.

Dies war eine alte, nie vergessene Jugendliebe.

Dies war mein bester Freund.

Jeder Augenblick in der Zukunft wartete mit Hindernissen auf, egal in welche Richtung wir uns bewegten, darum wollte ich bis in alle Ewigkeit im Hier und Jetzt bleiben.

Er fasste hinter mich, packte meinen Hintern und fing an, mich auf genau die Weise und in exakt dem Tempo zu bewegen, wie er es wollte. Es mochte den Anschein erweckt haben, ich wäre oben, aber ein Mann wie Joshua behielt immer das Kommando.

»So komme ich gleich«, sagte er. Als ich innehielt, drückte er sich in eine sitzende Position hoch und schlang die Arme um mich. »Nein, ich meine, ich kann nicht mit ansehen, wie deine Brüste wippen. Das ist wie Hexerei. Sie sind total perfekt.«

Ich war Joshuas Schmeicheleien gewöhnt, aber der Glanz auf seiner Stirn und die leichte Atemlosigkeit in seiner Stimme verrieten mir, dass er das nicht nur sagte, damit er gut wegkam oder ich mich gut fühlte. Noch ehe ich die Chance hatte zu antworten, war er unter mir hervorgerückt und drückte mich auf den Rücken.

Er hob meine Hüften an und stieß in mich hinein. Er war unglaublich viel tiefer, ausfüllender, *mehr* als eben gerade noch, und ich schrie seinen Namen. Rhythmisch stieß er in mich, seine Hände auf meinen Hüften brannten sich in meine Haut, und mit jedem Stoß kamen leise sexy Worte über seine Lippen. Ich konnte die Welle meines Höhepunkts nicht aufhalten, als sie rasend schnell heranrollte.

Auf der Suche nach einer Art Anker, mit dem ich überleben konnte, was da nahte, griff ich in die Kissen und Laken, doch nichts würde helfen. Joshua hatte in diesem Moment von meinem Körper Besitz ergriffen. Das musste ich akzeptieren.

Ich schrie auf, und unter einem letzten Stoß spürte ich, wie der Höhepunkt mit Macht über uns beide hereinbrach und jedes Atom jeder Zelle meines Körpers erfasste.

Er sackte über mir zusammen und zog mich an sich, während wir beide um Atem rangen.

Sekunden, Minuten, Stunden schienen zu vergehen.

»Was war das?«, flüsterte er mir ins Ohr.

Meine Ohren fiepten, als wäre ich auf einem vierundzwanzigstündigen Rockkonzert gewesen. Ich hatte die Fähigkeit eingebüßt, meine Glieder zu bewegen. Ich war mir nicht einmal mehr sicher, ob ich noch sprechen konnte, deshalb schüttelte ich nur den Kopf. Was auch immer es war, ich wollte so lange wie möglich daran festhalten.

31. Kapitel

HARTFORD

War es schräg, jemanden beim Schlafen zu beobachten?

Ich war vor ungefähr zehn Minuten aufgewacht. Gestern Abend hatten wir die Vorhänge nicht zugezogen, und irgendwie schaffte Joshua es, trotz des durch die riesigen Fenster hereinfallenden Sonnenscheins zu schlafen. Entweder das oder er wusste, dass ich hier saß und ihn betrachtete, und ließ mich mit meinem schrägen Verhalten durchkommen, indem er so tat, als schliefe er. Zuzutrauen war es ihm.

Ich wollte hierbleiben, bis er aufwachte, den ganzen Tag reden und nackt bleiben, aber in einer halben Stunde musste ich los zu meinem Schichtdienst.

Ich sah auf mein Handy. Korrektur: in zwanzig Minuten.

Shit.

Ich zog mein Kleid an und schaute mich suchend nach Papier und Stift um, damit ich einen Zettel dalassen konnte, fand jedoch nichts. Sorgsam darauf bedacht, keinen Lärm zu machen, öffnete ich die Schlafzimmertür und sah auf dem Esstisch einen Stapel Papier sowie einen überquellenden Drucker, aus dem die womit auch immer bedruckten Seiten bis auf den Fußboden gesegelt waren. Ich würde mir ein Blatt für eine Nachricht klauen, ohne dieses sicherlich organisierte Chaos durcheinanderzubringen.

Als ich mich bückte, um die heruntergefallenen Seiten aufzusammeln, fiel mir ein Bild ins Auge. Ich drehte es richtig herum.

Calmilizer.

Ich las es noch einmal, um sicherzugehen, dass ich es mir nicht eingebildet hatte.

Nein, hatte ich nicht. Da stand definitiv *Calmilizer*. Hitze kroch meinen Körper hinauf, während ich nachzudenken versuchte.

Warum sollte Joshua Unterlagen über genau jenes ADHS-Medikament haben, gegen das Gerry und ich zu kämpfen entschlossen waren? Mein Herz fing in meiner Brust zu wummern an, als ich noch weitere der heruntergefallenen Blätter umdrehte, um zu kapieren, was hier los war. Ich stand auf und legte sämtliche Seiten auf den Tisch. Lauter Bilder von Verpackungen mit verschiedenen Logos. Einige davon waren normale Tablettenschachteln. Andere Tubenröhrchen für Vitamine. Eine sah sogar aus wie eine Tüte Gummibärchen.

Nach mehreren Bildern folgten jeweils ein paar Seiten Text, die ich wie benebelt überflog. Die letzte Seite las ich aufmerksamer, während mein Hirn sich aus dem Schock löste, der mich benommen gemacht hatte. Ich ließ das Blatt fallen, als stünde es in Flammen.

Es blieb mit dem Text nach oben zu meinen Füßen liegen. Ich versuchte, die Übelkeit zu ignorieren, die in meinem Magen rumorte.

Luca Brands präsentiert Calmilizer für Merdon.

Ich hielt mir die Hände vor den Mund, damit ich nicht losschrie. Nein, das würde Joshua niemals machen. Er war der König der Luxusgüter. Warum sollte er mit Merdon zusammenarbeiten?

Ich griff mir an den Hals, während ich versuchte, tief durchzuatmen, doch alles, was ich in meine Lungen zu saugen schaffte, waren Hitze und Panik.

Ich versuchte, die Erinnerungen an unsere Gespräche zusammenzufügen. Er hatte mir erzählt, er arbeite mit einem Pharmaunternehmen, das den Menschen half. Er hatte gesagt, ich würde ihn dazu inspirieren, Gutes zu tun. War es möglich, dass er das tatsächlich glaubte, oder machte er bloß stumpf, was diejenigen sagten, die ihn dafür bezahlten?

Gestern hatte ich ihm erzählt, dass ich mich mit Gerry gegen ein neues ADHS-Medikament engagierte. Bei all den Insider-Informationen, die er hatte, musste er eins und eins zusammengezählt und begriffen haben, dass ich von Calmilizer sprach.

Ich sank zu Boden und versuchte zu überlegen, was ich tun sollte.

Ich könnte ihn wecken und eine Erklärung von ihm verlangen, warum er gestern nichts gesagt hatte. Ich könnte darauf zu bestehen versuchen, dass er die Kampagne für Calmilizer aufgab und sich meinem Kampf dagegen anschloss. Und wenn er sich weigerte? Dann würde ich versuchen müssen, ihn *und* Merdon aufzuhalten. Ehe ich es mir anders überlegen konnte, war ich raus aus seiner Wohnung und sah zu, dass ich zur Arbeit kam.

Ich musste Merdon stoppen.

Ich musste Joshua stoppen.

Ich musste Gerry sagen, dass ich Merdon womöglich gesteckt hatte, dass wir gegen die Zulassung vorgehen würden.

Was hatte ich nur getan? Ich hatte Gerry verraten und mit jemandem geschlafen, der sich gegen alles stellte, woran ich glaubte.

Zum zweiten Mal in meinem Leben hatte ich wegen Joshua aus den Augen verloren, was eigentlich wichtig war – nur würde ich diesmal nicht zulassen, dass mein Leichtsinn sich zu einer Katastrophe auswuchs. Das Leben war bedeutend einfacher, wenn ich mich darauf konzentrierte, Leben zu retten, statt in albernen Kleidchen herumzustolzieren und viel zu oft Kuchen zu essen.

Ich hatte einem Beruf nachzugehen.

32. Kapitel

JOSHUA

Mit noch geschlossenen Augen drehte ich mich auf den Rücken, schob die Decke bis zur Hüfte hinunter und reckte die Arme nach oben, um mich ordentlich zu strecken. Mir fiel wieder ein, wo ich war. Und mit wem. Was letzte Nacht passiert war. Automatisch lächelte ich. Ich machte die Augen auf, doch da war keine Spur von Hartford. Eine alte Angst drehte mir den Magen um, und ich schob sie gedanklich beiseite. Sie war bloß im Bad oder holte Kaffee oder so.

Ich setzte mich auf, schwang die Beine über die Bettkante, zog eine Boxershorts an und ging Hartford suchen.

Das Bad war leer, also tapste ich ins Wohnzimmer.

Keine Hartford.

Das Rumoren in meinem Bauch kehrte zurück. Es hatte sich lange Zeit nicht mehr gemeldet, und ich hatte vergessen, wie es sich anfühlte – als tanzte jemand auf meinem Grab und ich wäre kurz davor, mich zu übergeben.

Ich versuchte zu schlucken, doch mein Mund war trocken. Ich musste mich zusammenreißen. Ich trug keinen Anzug. Und ich hatte auch keine Verlobte.

Heute war nicht mein Hochzeitstag.

Wo steckte sie? »Hartford?«

Nichts.

»Hartford.« Diesmal rief ich lauter. Ich fing an, die Türen

im Flur zu öffnen, ehe ich ins Schlafzimmer rannte, um im Schrank nachzusehen.

Nach letzter Nacht, nach dem, was geschehen war, nachdem wir uns eingestanden hatten, dass es etwas Echtes war – war sie einfach gegangen? Nein, sie musste bloß rübergegangen sein, um etwas zu holen.

Ich schnappte mir mein Handy und wählte ihre Nummer.

Keine Antwort.

Ich wählte erneut.

Immer noch keine Antwort.

Als ich mich zu den Fenstern umdrehte, sah ich den Merdon-Pitch ausgebreitet, die einzelnen Seiten mit den Verpackungsvorschlägen lagen nebeneinander auf dem Esstisch aufgereiht wie Kriminelle in einer Gegenüberstellung.

Shit. Das war ein Bruch der Vertraulichkeitsvereinbarung mit dem Kunden.

Wieso hatte sie sich die Seiten überhaupt angeguckt?

Ich würde mit ihr reden und sichergehen, dass sie zu niemandem etwas darüber sagte. Unsere Unterhaltung kurz vor dem Picknick fiel mir wieder ein. Sie hatte doch bestimmt von Calmilizer gesprochen, als sie das Projekt beschrieb, an dem sie und Gerry arbeiteten? Es hatte sich angehört, als führten sie eine Art Kreuzzug gegen das Medikament. Wenn es um Calmilizer ging, mussten sie missverstanden haben, was Merdon zu erreichen versuchte. Das Unternehmen versuchte, Familien zu helfen. Medikamente günstiger und leichter verfügbar zu machen. Ich würde mit ihr reden und es erklären. Sie und Gerry könnten uns vielleicht sogar bei der Kampagne helfen, wenn Luca Brands den Pitch gewann.

Ich versuchte zu ignorieren, wie sich mein Bauch heftig zusammenkrampfte. Merdon hatte die Vorteile dieses Medikaments ganz klar herausgestellt, aber falls es Nachteile *gab*, würden sie es mir sicher nicht sagen. Vielmehr wären es Menschen wie Hartford und Gerry, die die Gesamtlage richtig erkannten.

Ich wünschte, Hartford wäre geblieben und ich hätte sie fragen können, was sie jetzt, wo sie von meiner Beteiligung wusste, dachte. Es gefiel mir überhaupt nicht, dass sie einfach gegangen war, ohne mir auch nur einen Zettel dazulassen oder mir eine Textnachricht zu schicken. Das passte einfach nicht zu ihr.

Ich schaute auf meinem Handy nach der Uhrzeit. In zwei Stunden würde ich vor Eric stehen und Luca Brands' Pitch für Calmilizer präsentieren. Ich musste mich konzentrieren. Und wenn ich jetzt so darüber nachdachte, musste ich noch einige zusätzliche Fragen vorbereiten, um sicherzugehen, dass ich da nicht in etwas hineingeriet, woran ich nicht teilhaben wollte.

33. Kapitel

JOSHUA

Ich wusste immer schon während der ersten Minuten eines Pitchs, ob Luca Brands den Kunden gewinnen würde. Heute war das nicht anders – Eric trug die Entscheidung wie einen Push-up-BH zu einer tief ausgeschnittenen Bluse. Sie war offensichtlich. Womit ich nicht gerechnet hatte, war, dass Eric uns die Entscheidung verkündete, ehe wir unser Präsentationsmaterial eingepackt hatten.

»Ich freue mich sehr, Eric. Wie Sie wissen, wird Luca Brands unermüdlich für GCVB, Merdon und Calmilizer arbeiten.« Ich versuchte, möglichst stoisch zu bleiben, dabei wollte ich eigentlich am liebsten die Faust in die Luft recken. Nicht nur, dass ich Hunderte Stellen bei Luca Brands gerettet hatte, uns bot sich auch die Chance, Kindern zu helfen, die Medikamente zu bekommen, die sie brauchten.

Ich konnte es nicht erwarten, Hartford davon zu erzählen.

»Wir müssen direkt loslegen«, sagte Eric. »Können wir die Markteinführung durchsprechen?«

»Jetzt?«, fragte ich. Er konnte doch nicht ernsthaft erwarten, dass ich schon einen Markteinführungsplan aufgestellt hatte, ehe ich wusste, ob wir den Auftrag überhaupt bekamen.

»Nur die groben Eckpunkte, dann kann ich auch gleich alle vorstellen. So sparen wir's uns, ein zusätzliches Meeting anzusetzen. Wir stellen morgen den Antrag bei der US-Zulassungsbehörde und … Lassen Sie mich das Team hereinholen.« Er eilte aus dem Raum.

Ich schaute zu den vier Mitarbeitern des Luca-Brands-Teams, die zu beiden Seiten von mir saßen. Ihre angespannten Kiefer und die Panik in ihren Mienen verrieten mir, dass dies das Letzte war, was sie wollten. Aber wir hatten den Kunden gewonnen. Darauf mussten wir uns konzentrieren. Außerdem bekam ich auf diese Weise die Gelegenheit, einige meiner vorbereiteten Fragen bezüglich möglicher medizinischer Einwände gegen das Medikament loszuwerden. Ehe ich mich beruhigend an meine Leute wenden konnte, kam Eric zurück, als hätte schon eine Schlange von Leuten draußen gewartet.

Ich stand auf und trat hinter meinen Stuhl, bereit, Hände zu schütteln. Zwei der sechs Personen, die gerade den Raum betreten hatten, kannte ich, weil sie schon vorher bei GCVB gewesen waren.

Zwei andere Frauen – aus der Unternehmensstrategie beziehungsweise der PR von Merdon – gaben mir die Hand und auch gleich ihre Visitenkarten. Die übrigen beiden Personen, die zum Meeting dazustießen, waren weniger entgegenkommend. Sie nannten ihre Namen – Jean und Tim –, aber nichts weiter.

Wir setzten uns alle an den großen Tisch. Meine Assistentin verteilte das Übersichtsblatt mit den Fotos und Jobtiteln von allen aus dem Luca-Brands-Team, die für den Merdon-Account arbeiten würden. Ich wartete darauf, dass Tim und Jean ihre Visitenkarten über den Tisch schoben, damit ich ihre Rolle in dieser Besprechung verstand. Das geschah nicht.

»Sollen wir eine Vorstellungsrunde machen?«, schlug ich vor, weil ich mehr über die beiden neuen Anwesenden im Raum wissen wollte.

»Ich glaube, die meisten kennen sich schon. Ich möchte unbedingt erfahren, was Sie sich für die Markteinführung überlegt haben«, erwiderte Eric in etwas angespannterem Ton als gewöhnlich.

Diese Reaktion war merkwürdig. Eine Vorstellungsrunde mochte zwar Zeit kosten, war aber angesichts der Größe des Meetings absolut üblich.

»Wir hatten nicht viel Vorlauf zur Vorbereitung, aber vielleicht könnten wir schon einmal den Zeitplan durchgehen. Danach richtet sich alles.« Ich achtete darauf, immer wieder den Blick durch die Runde schweifen zu lassen, um kleinste Veränderungen der Gesichtsausdrücke mitzubekommen. Vielleicht war ich paranoid, aber so langsam bekam ich das Gefühl, dass etwas im Busch war. Die Stimmung beim Pitch war professionell, aber freundlich gewesen. Nun aber hatte sich eine dünne Schicht Eis über die gegenüberliegende Seite des Konferenztischs gelegt.

Eric schaute zu Jean und Tim, fast als rechnete er damit, dass sie sich einschalteten. Sie blieben jedoch still. »Wie gesagt, wir reichen morgen den Antrag bei der US-Behörde ein und rechnen zum Ende des nächsten Quartals mit einer Zulassung.«

»Und die Lieferengpässe, die Sie erwähnt hatten, sind alle behoben, richtig?«, fragte ich.

Eric nickte knapp. »Bis zur behördlichen Zulassung werden wir ausreichende Bestände haben, um Calmilizer zu launchen«, sagte er.

Ich atmete tief ein und überlegte mir die ersten Schritte. Ich wollte verstehen, was Ärzte wie Hartford und Gerry von Calmilizer halten würden. *Und* ich wollte Eric signalisieren, dass wir wussten, was wir bei der Markteinführung des Medikaments tun würden. »Wir wollen die Aufmerksamkeit nutzen, die der Zulassungsprozess mit sich bringen wird, insbesondere in der medizinischen Fachwelt.«

Ich bemerkte ein kaum merkliches Zusammenzucken bei Erics Assistentin und unterbrach mich. Ich musste mehr erfahren.

»Diesen Ansatz werden wir eventuell ein wenig anpassen müssen, aber fahren Sie fort«, sagte Eric.

»Anpassen inwiefern?«, fragte ich.

Eric sah mir in die Augen und holte tief Luft. »Uns ist einiger Unmut von einer Gruppe Pädiater zu Ohren gekommen.«

Mein Innerstes erstarrte, doch ich blieb stumm, damit er es näher erklärte. War mit Unmut die inoffizielle Gegeninitiative gemeint, von der Hartford gesprochen hatte? Standen sie und ich in dieser Sache etwa auf verschiedenen Seiten? Eric sagte jedoch nichts. Er würde das doch jetzt nicht so stehen lassen. Ich brauchte mehr Informationen.

»Unmut inwiefern?«, fragte ich.

»Manche finden, nicht die Eltern sollten darüber entscheiden, ob ihre Kinder Calmilizer brauchen.«

Manche? Meinte er Gerry und Hartford?

»Der wesentliche Punkt ist, dass wir die Entscheidung den Eltern zurückgeben, statt sie den Ärzten zu überlassen. Auf dieser Verunsicherung beruht der Unmut über Calmilizer. Wir überspringen den Rezeptblock des Arztes. Wir verstehen, dass Eltern ihre Kinder am besten kennen.« Erics Antwort klang steif und einstudiert. Es hörte sich an, als wären die Argumente vor unserem Meeting schon intern durchgesprochen worden.

Eric mochte sich ans Skript halten, aber wenn er sich damit auf Hartford und Gerry bezog, stimmte gar nicht, was er sagte. Weder Hartford noch Gerry waren machthungrige Kontrollfreaks, die ihren Patienten das Leben schwermachen wollten. Ich wusste, dass Hartford Kinder und ihre Gesundheit am Herzen lagen. Und sie verehrte Gerry, deshalb war ich sicher, dass dies genauso auf ihn zutraf.

Ich musste aufhören, mich auf Hartfords Sicht der Dinge zu fixieren. Womöglich gehörte sie gar nicht zu den Gegnern, außerdem hatte so ziemlich jedes Produkt und jede Dienstleistung, die heutzutage auf den Markt kam, Kritiker. Dieser Auftrag würde fast meiner halben Belegschaft das Einkommen sichern. Ich musste das große Ganze sehen, statt mich in Probleme reinzusteigern – es sei denn, die würden sich auf unseren Zeitplan auswirken. »Und Sie denken dieser … Unmut könnte sich auf unseren Zeitplan auswirken?«, fragte ich.

Eric warf Tim und Jean einen Blick zu. »Wir stellen Maßnahmen zusammen, damit die Kampagne in der Spur bleibt.«

»Kann Caroline dabei helfen?«, fragte ich. Caroline war die PR-Verantwortliche für diese Kampagne und die Beste ihres Fachs. »Wir haben Erfahrung damit, dass Mitbewerber beim Launch eines neuen Produkts in den sozialen Medien Gegenkampagnen starten, und haben unsere Strategien, um gegenzusteuern. Außerdem besitzen wir ausgezeichnete Pressekontakte in ganz Europa.«

»Danke«, erwiderte Eric. »Wir werden lediglich grundlegende Sicherheitsmaßnahmen gegen Spionage treffen.«

Spionage? »Sie vermuten eine undichte Stelle im Unternehmen?«

Endlich meldete Tim sich zu Wort. »Wir überprüfen die internen Verfahren und Vorgehensweisen.«

Das war keine Antwort. Etwas stimmte nicht. Erwogen sie, das Medikament zurückzuziehen, wollten es uns aber nicht sagen? Es war mir bedeutend lieber, Hand in Hand mit dem Kunden zusammenzuarbeiten. Wenn Probleme und Schwierigkeiten verschwiegen wurden, konnte ich weniger unternehmen, um das Desaster abzuwenden. »Wir sind hier, um Ihnen zu helfen und Sie auf jede erdenkliche Weise zu unterstützen. Bitte zögern Sie nicht, jederzeit von unseren Ressourcen und unserem Netzwerk Gebrauch zu machen.«

Eric zeigte sein angespanntes, oberflächliches Lächeln.

Diesmal war es an Jean, etwas zu sagen. »Falls jemand von Ihnen kontaktiert wird oder Sie irgendetwas Ungewöhnliches bemerken, rufen Sie mich bitte umgehend unter der Nummer auf dieser Karte an.« Sie ließ einen Stapel Karten für mein Team herumgehen. Als ich an der Reihe war, mir eine zu nehmen, sah ich, dass das schlichte weiße Rechteck keinerlei zuordnende Information verriet – nur einen Namen, eine Telefonnummer und eine generische E-Mail-Adresse. Wer waren diese Leute, und warum waren sie hier?

»Kontaktiert?«, fragte Caroline. »Und was meinen Sie mit ›ungewöhnlich‹?«

»Lassen Sie uns weiter den Zeitplan durchgehen«, sagte Jean.

Ich arbeitete schon fast seit meiner gesamten beruflichen Laufbahn für Luxusmarken. Ich war es durchaus gewohnt, dass Kreative wegen der Konkurrenz paranoid waren. Mir war die Wichtigkeit der Geheimhaltung vertraut und die Gefahr der Unternehmensspionage. Ich war es gewohnt, in einem Raum mit einem gestressten, überarbeiteten Team zu sitzen, das alles dafür gab, um sein Produkt mit einem Knall auf den Markt zu bringen. Aber dieses Meeting unterschied sich von allen, die ich je erlebt hatte. Es war, als gehörten sie zum MI5 und hätten herausgefunden, dass Italien plante, einen Krieg anzuzetteln.

Ich arbeitete nicht gern im Ungewissen. Das war der sichere Weg, am Ende wie ein Idiot dazustehen. Eric mochte nicht bereit sein, vor versammelter Runde zu erzählen, was schieflief, aber vielleicht in einem Gespräch unter vier Augen. Wenn ich alle Fakten kannte, war ich besser in meinem Job. Ich wollte sicherstellen, dass keine Überraschungen passierten.

Ich richtete mir immer Google Alerts für alle meine Kunden, Wunschkunden und für die Wettbewerber meiner Kunden ein. Außerdem war ein junger Mitarbeiter dafür zuständig, mich über sämtliche Nachrichten zu briefen, die Auswirkungen auf unsere Kunden haben könnten. Was immer da vor sich ging, es kursierte noch nicht in den Nachrichten – was jedoch nicht hieß, dass die Katastrophe nicht schon hinter der nächsten Ecke lauerte.

Ich kannte da eine Person, die die Zukunft von Calmilizer möglicherweise voraussehen könnte. Das Problem war nur, dass sie heute bisher keinen meiner Anrufe angenommen hatte.

34. KAPITEL

HARTFORD

Ich schloss mein Schließfach, hängte meinen Rucksack über die Schulter und ging zum Ausgang des Krankenhauses. Ich hatte die letzten beiden Stunden meiner Schicht damit verbracht, Papierkram nachzuholen, und darauf gewartet, dass Gerry aus seinen Besprechungen kam. Ich hatte es immer noch nicht geschafft, ihm zu gestehen, was ich getan hatte.

Wenigstens würde ich mich unbemerkt an Joshuas Tür vorbeischleichen können, wenn ich erst in der Hotelresidenz ankam. Ich wollte nicht mit ihm reden. Wenn ich in seiner Nähe war, sah ich nicht mehr, was ich direkt vor mir hatte – ganz wie schon immer. Diesmal würde ich nicht zulassen, dass mein ganzes Leben aus der Bahn geriet, weil ich meine Gefühle für Joshua Luca nicht unter Kontrolle hatte. Morgen würde ich umziehen; ich konnte meinen Rucksack nehmen und was ich sonst noch in den vergangenen drei Monaten angesammelt hatte und meine Postleitzahl von W1 zu WD6 ändern. Von morgen früh an würde ich fast fünfundzwanzig Kilometer entfernt von Joshua leben. Er würde eher nach Mailand reisen, als die Strecke von Tarifzone 1 bis Zone 6 zurückzulegen, ich wäre also sicher.

»Hartford, Sie hatte ich gesucht.«

Ich drehte mich um, als Gerry neben mir auftauchte. Es war fast zehn, und so ungern ich Joshua sehen wollte, mein Bett hörte ich sehr wohl rufen.

»Ich habe morgen ein Interview mit der BBC und überlege, ob ich die Sache mit Merdon anspreche. Es kursieren Gerüchte, dass morgen der behördliche Zulassungsantrag für Calmilizer gestellt wird, insofern komme ich wahrscheinlich damit durch, wenn ich etwas kommentiere, das mir zu Ohren gekommen ist – ohne Gefahr für meine Quelle. Würde es Ihnen etwas ausmachen, einen Blick auf meine Notizen zu werfen?«

Wenn etwas für neue Adrenalinausschüttungen sorgte, dann der Kampf gegen Merdon. »Überhaupt nicht. Diesbezüglich muss ich Ihnen sowieso noch etwas erzählen.« Ich folgte Gerry in sein Büro.

»Ich habe recherchiert, wie man eine Beschwerde bei der Zulassungsbehörde einreicht«, sagte ich.

Gerry seufzte. »Wir müssen organisiert vorgehen. Wir brauchen Anwälte, die uns beraten und eine Beschwerde vorbereiten.«

»Das klingt kostspielig.«

»Wird es auch«, erwiderte er. »Aber wenn wir nichts gegen Calmilizer unternehmen, wird eine ganze Generation Kinder zu Zombies. Dieses Zeug wird womöglich jedem Zweijährigen verabreicht werden, der einen Wutanfall hat.«

Ich wagte es nicht, mir das vorzustellen. »Denken Sie, die werden es tatsächlich durchbekommen?«

»Merdon hat jede Menge Geld.«

»Sie glauben, die werden Leute bestechen?«

Er zuckte mit den Schultern. »Sie werden Millionen dafür ausgeben, dass der Zulassungsantrag Erfolg hat. Und sie werden ihre Anwälte darauf ansetzen, jedes Schlupfloch zu nutzen, das sie finden können.«

»Und noch viele weitere Millionen in die Werbung stecken, wenn der Antrag durchgeht.« Einige dieser Millionen würden an Joshua gehen. Ich hatte versucht, unsere gemeinsame Nacht aus meinen Gedanken zu verdrängen. Ich hatte versucht zu vergessen, was ich gesehen hatte. Den Vertrag. Die verschiedenen Calmilizer-Logos. Die glänzende, kinderfreundliche Verpackung, die ein gefährliches Medikament unschädlich wirken ließ. Ich wollte nicht, dass irgendetwas davon wahr war.

»Genau. Wir werden Geld auftreiben müssen, um richtig dagegen vorzugehen.«

Wir konnten nicht mithalten. Aber wir mussten es versuchen. Die einzigen reichen Leute, die ich kannte, waren diejenigen, die Joshua mir vorgestellt hatte – und sie würden sich in dieser Sache nicht auf meine Seite stellen. Auch wenn er komplett falschlag.

»Wir könnten eine Online-Spendenaktion starten. Die könnten Sie in Ihrem Interview morgen erwähnen. Vielleicht hilft es, um die Anwaltskosten zu bezahlen.«

»Gute Idee. Hier sind meine Notizen.« Er gab mir zwei zusammengefaltete Blätter unliniertes Papier, die mit etwas überzogen waren, was vor drei Monaten für mich noch unentzifferbare Kritzelei dargestellt hätte. Inzwischen konnte ich Gerrys Handschrift problemlos lesen.

Ich überflog die Seiten, um zu sehen, ob er unserer vereinbarten Argumentation gefolgt war, nämlich zu sagen, dass diese Art von Medikamenten nur unter ganz bestimmten Umständen etwas bewirkte, die von einem Arzt beurteilt werden mussten. »Ich denke, es lohnt sich zu erwähnen, dass es Merdons Geschäft ist, Medikamente zu verkaufen und nicht Behandlungswege für Krankheiten.«

»Die Idee gefällt mir.« Gerry fing an, seine Notizen zu ergänzen.

»Vielleicht können Sie in Ihrem Interview sogar erwähnen, dass wir Geld für die Anwaltskosten sammeln. Ich richte eine GoFundMe-Seite ein, über die die Leute spenden können.«

Gerry lehnte sich zurück und legte die Fingerspitzen aneinander. »Ich wusste schon direkt, als ich Sie kennenlernte, dass es die richtige Entscheidung war, Sie einzustellen. Sie sind eine kluge, einfühlsame Ärztin. Und eine gute Kollegin.«

»Vielen Dank, Sir.« Da es von Gerry kam, war es so ziemlich das beste Kompliment, das ich mir wünschen konnte. »Allerdings muss ich Ihnen etwas beichten.«

Ich holte Luft und erzählte Gerry von meinem Gespräch mit Joshua, in dem ich zwar keine Namen genannt, ihm jedoch erzählt hatte, dass wir uns darauf vorbereiteten, gegen ein ADHS-Medikament für Kinder vorzugehen.

»Na ja, er ist ein schlauer Mann. Er wird gewusst haben, dass Sie von Calmilizer sprechen.« Weshalb es umso schmerzlicher war, dass er mir nichts gesagt hatte. Ich hatte ihm vertraut, er mir umgekehrt aber nicht.

»Es tut mir wirklich leid.«

Gerry schüttelte den Kopf. »Sie haben nichts verraten, was in der Fachwelt nicht eh schon gemunkelt wird. Sie haben keinen Schaden angerichtet. Jetzt gehen Sie nach Hause und versuchen Sie zu schlafen. Morgen wird ein großer Tag.«

Der Schlaf würde sich nicht so einfach einstellen. Ich hatte über zu vieles nachzudenken. Zu viel zu tun. Ironischerweise war die Person, zu der ich nach Hause kommen und der ich von all dem berichten wollte – der eine Mensch, der vielleicht helfen könnte –, zugleich der Mann, den ich jetzt als Allerletztes sehen wollte.

35. KAPITEL

HARTFORD

Ich hätte beinahe meine U-Bahn-Station verpasst, weil mir vor Müdigkeit fast die Augen zufielen. Es war fünf vor zwölf, als ich aus dem Fahrstuhl trat, um meine letzte Nacht in der Hotelresidenz zu verbringen. Vor etwas mehr als vierundzwanzig Stunden war ich in ausgelassener Stimmung nach einem romantischen Picknick in diesem Lift mit Joshua nach oben gefahren und kurz davor gewesen, die beste Nacht meines Lebens zu erleben.

Wie konnte sich in so kurzer Zeit so viel verändern?

Joshua dürfte gerade in der Badewanne liegen oder schon schlafen. Wenigstens würde ich ihn nicht sehen müssen. Ich hatte einen stressigen Tag gehabt und lauter berechtigte Gründe, seine vier verpassten Anrufe nicht anzunehmen.

Selbst wenn ich nicht viel zu tun gehabt hätte, wäre ich nicht rangegangen. Es gab nichts zu sagen. Diesen Merdon-Pitch auf seinem Esstisch zu sehen hatte mein Hirn entnebelt und mich in die Realität zurückgeholt. In den letzten paar Monaten hatte ich allmählich unbewusst mein Abwehrschild heruntergefahren, bis es kaum mehr war als eine Linie im Sand. Jetzt wurde ich an die Gründe erinnert, warum es überhaupt erst existiert hatte. Ich wünschte nur, mein Herz würde sich nicht ganz so drückend in meiner Brust anfühlen, wenn ich daran dachte, dass ich gehen musste.

Ich trat aus dem Fahrstuhl und versuchte, so leise wie möglich zu meiner Wohnungstür zu gehen. Mein schweres Herz plumpste zu meinen Füßen, als ich hinter mir das vertraute Geräusch von Joshuas aufgehender Wohnungstür hörte.

»Du hast dich heute Morgen rausgeschlichen und meine Anrufe nicht beantwortet«, sagte er in einem neutralen Tonfall – weder megafreundlich noch sauer.

»Ich weiß«, sagte ich.

»Ich möchte mit dir über deine Bedenken wegen Calmilizer sprechen.«

Ich drehte mich nicht um, sondern gab stattdessen vor, in meiner Tasche nach dem Schlüssel zu kramen. »Es gibt nichts zu sagen.«

»Dann war's das also? Du hast mir den Kopf verdreht, und jetzt lässt du mich fallen?«

Er versuchte, süß zu sein. Charmant. Aber das zog bei mir nicht. Mein Abwehrschild war wieder oben.

Ich drehte mich zu ihm um. »Warum hast du mir gestern nicht gesagt, dass du für Calmilizer arbeitest? Du musst dir doch zusammengereimt haben, dass es das Medikament ist, gegen das Gerry und ich angehen?«

Seine Brust hob und senkte sich. »Ich hatte so einen Verdacht, war mir aber nicht ganz sicher. Ich musste das Projekt vertraulich behandeln, außerdem kamen wir dann beim Picknick an und –«

»Und du hast nichts gesagt.«

»Nein, ich war zu sehr mit dem beschäftigt, was zwischen uns passierte. Aber ich hätte es dir noch gesagt – nehme ich an. Und wenn du mich heute Morgen geweckt hättest, hätten wir darüber sprechen können.«

Meine Kiefer verkrampften. »Du *nimmst an*, du hättest es mir gesagt?«

»Ich habe eine wasserdichte Verschwiegenheitserklärung unterschrieben. Aber ja, ich nehme an, ich hätte dir davon erzählt, wenn wir nicht abgelenkt gewesen wären.«

Ich seufzte. Natürlich klang es absolut logisch, wie er es darstellte. »Ich schätze, es spielt keine Rolle, ob du es mir erzählt hättest oder nicht. Wir haben grundlegend verschiedene Ansichten über etwas, das mir unheimlich wichtig ist.«

»Mir ist das auch wichtig«, sagte er und machte einen Schritt auf mich zu. »Du irrst dich bei Merdon. Das Unternehmen versucht wirklich zu helfen, Menschen die Medikamente verfügbar zu machen, die sie brauchen. In den USA ist es anders – wer keine gute Versicherung hat, kommt nicht an Medikamente.«

Ich wich einen Schritt zurück. »Du bist naiv. Hier geht es um Profit, Merdon will Geld machen. Das ist alles.«

»Ohne eine offizielle Zulassung kann Merdon das Medikament nicht rezeptfrei vertreiben. Es ist ja nicht so, als würde Calmilizer auf dem Schwarzmarkt verkauft werden. Wenn die Zulassungsbehörde es in Ordnung findet, dann wird es in Ordnung sein.«

Das würde auch das Argument der Eltern sein, wenn sie entschieden, selbst bei ihren Kindern eine Diagnose zu stellen und ihnen ohne den Rat eines Arztes ein stimmungsveränderndes Medikament zu verabreichen. Falsch angewendet konnte jedes Medikament gefährlich sein, selbst so etwas wie Paracetamol. Und Calmilizer war viel stärker und potenziell gefährlicher als Paracetamol, weshalb es als verschreibungspflichtig eingestuft gehörte. »Nur weil etwas legal ist, ist es noch längst nicht in Ordnung. Es ist auch legal, einhundert Cheeseburger am Tag zu essen. Gut ist das deswegen trotzdem nicht.«

»Ich habe den Beweis gesehen – ihre Planung. Ich habe Unterlagen gelesen. Studien belegen die Vorteile. Es ist alles auf meinem Computer. Mein Kunde hat mir Tausende Seiten Material geschickt.« Er öffnete seine Tür und deutete nach drinnen. »Ich kann es dir zeigen. Ihre Strategie ist ganz darauf ausgerichtet, Medikamente für jene Menschen verfügbar und bezahlbar zu machen, die sonst keinen Zugang zu ihnen hätten.«

Es tröstete mich ein bisschen, dass Joshua eindeutig glaubte, er täte Gutes. Er war getäuscht worden. »Ich glaube dir, dass sie dir das erzählt haben. Verflucht, vielleicht glauben es sogar manche Leute, die da arbeiten. Aber ich als Medizinerin, Kinderärztin und als eine Freundin sage dir, dass der Versuch, Calmilizer als rezeptfreies Medikament zugelassen zu bekommen, unmoralisch ist.«

Seine Schultern sackten nach unten, und sein Blick glitt zu Boden. »Denkst du wirklich?«

»Ja, das denke ich. Gerry denkt das, und auch die gesamte pädiatrische Fachwelt wird das denken, wenn das Ganze Thema in der Presse wird.«

Joshua fuhr sich mit den Händen durchs Haar. »Ich hatte heute ein Meeting mit denen … irgendwas stimmte da nicht. Was soll ich machen?«, fragte er beinahe, als würde er laut nachdenken. »*Fuck.*«

Ich könnte tausend Vorschläge machen, nicht zuletzt, sich meinen völlig amateurhaften PR-Plan anzuschauen und zu gucken, was daran geändert werden musste.

Aber in den wenigen zurückliegenden Stunden, seit ich sein Bett verlassen hatte, war etwas sehr deutlich geworden. Etwas, was ich die ganze Zeit gewusst, jedoch aus dem Blick verloren hatte. Immer wenn ich an Joshua dachte, nahm ich die Augen vom Ball. Ich musste mich auf meinen Beruf konzentrieren. Auf Calmilizer. Auf meine Zukunft. Es war allzu leicht für mich, mich so von dem Mann hier vor mir einwickeln zu lassen, dass ich aus dem Blick verlor, was wirklich zählte. Nein, ich würde mich nicht zu meinem siebzehnjährigen Ich zurückentwickeln, schon gar nicht für einen Mann, der in Bezug auf Frauen wenig mehr als unverbindliche Bettgeschichten vorzuweisen hatte. Ich wollte mich nicht nur wegen eines Orgasmus erneut verlieren.

»Ich muss ins Bett«, sagte ich und drehte mich dabei zur Tür um.

»Darf ich mit reinkommen?«, fragte er. »Ich möchte das klären.

»Lieber nicht, Joshua. Ich bin nicht in der Stimmung für Unverbindlichkeiten.«

»Hartford«, sagte er in einem fragenden, verwirrten Tonfall. »Ich möchte das geradebiegen. Hilfst du mir nicht dabei?«

»Du brauchst meine Hilfe nicht, um das Richtige zu tun.«

»Ich brauche sie vielleicht nicht, aber ich möchte sie gern.«

Ich drehte mich wieder zu ihm. »Erinnerst du dich daran, wie ich dir von dem Unfall erzählt habe, bei dem ich mir das erste Mal das Bein brach?«

Er runzelte die Stirn. »Klar.«

»In der Nacht damals bin ich dir hinterher.« Das zu gestehen fühlte sich an, als fiele ein enormes Gewicht von mir ab. »Ich wollte, dass du Notiz von mir nimmst, mich als eine erwachsene Frau wahrnimmst.« Ironischerweise war es eine total kindische Entscheidung gewesen – leichtsinnig. Töricht. Und eine, mit der ich bis heute leben musste. »Es war eine dumme Idee, in jener Nacht Auto zu fahren, und im Endeffekt habe ich deswegen meinen Traum aufgeben müssen, Profitänzerin zu werden.« Ich sprach nie mit irgendwem darüber, was ich verloren hatte. Nicht einmal mit meinen Eltern. Die Worte laut auszusprechen holte alles wieder zurück, als wäre es erst gestern passiert. Meine Narbe riss auf und blutete. »Den Fehler werde ich nicht noch ein zweites Mal machen.«

Joshua kratzte sich am Hinterkopf. »Welchen Fehler?«, fragte er.

»Sämtliches Urteilsvermögen einzubüßen, weil ich verrückt nach dir bin. Und siehe da, über zehn Jahre später stehe ich hier wieder fast an demselben Punkt. Wenn du noch einen Schritt näher kommst, ist es aus mit mir, Joshua – ich verliere mich in dir, vergesse alles, was mir wichtig ist, weil ich nur noch dich sehe. Ich habe dir gestern von Calmilizer erzählt, obwohl ich Verschwiegenheit geschworen hatte. Nächstes Mal passiert mir ein Fehler, von dem ich nicht zurückrudern kann.«

»Hartford?« Als er die Hand nach mir ausstreckte, wich ich hastig zurück, in dem verzweifelten Bedürfnis, seiner Berührung zu entkommen, denn ich wusste, welche Macht sie hatte. Welche Macht er hatte.

»Und weißt du was?«, fragte ich. »Es wäre vielleicht sogar lohnenswert, dieser Anziehung nachzugeben, wenn die ganze Sache nicht so einseitig wäre. Aber ich kann mich nicht in jemandem verlieren, der *eventuell* daran denkt, wichtige Dinge mit mir zu teilen, der *vielleicht* mehr als nur Sex will. Ich kann mich nicht in jemanden verlieben, der niemals geben wird, was ich gebe.« Ich würde immer mehr für Joshua empfinden als er für mich. So konnte ich nicht leben.

Er schüttelte den Kopf. »Was meinst du mit verlieben und geben, was du gibst? Du bist im Eiltempo unterwegs, schon tausend Meilen weit voraus. Wir hatten gerade mal *gestern* unser erstes Date.«

Ich sah zu ihm hoch, zu seinem in die Stirn hängenden blonden Haar, seiner gestählten Brust, seinem charmanten Lächeln. Gott, war er schön. »Da hast du wahrscheinlich recht. Ich bin auf dem Weg mit Sicherheit weiter voran als du, und obwohl ich mich zurückhalten möchte, rase ich weiter. Ich kann nicht anhalten. In jeder Beziehung werde ich dir immer voraus sein, Joshua. Und das halte ich nicht aus.«

Mein Abwehrschild lag zerschellt zu seinen Füßen. Alles war für ihn sichtbar. Hoffte ich, dass er sagen würde, ich irrte mich, er befände sich auf diesem Weg direkt neben mir und hielte meine Hand? Wahrscheinlich. Hoffte ich, er würde mir sagen, dass er mich liebte und dass wir das schon hinbekämen, weil wir bis in alle Ewigkeit zusammenbleiben würden? Wenn ja, rechnete ich nicht damit.

Ich wartete, einen Augenblick, zwei, ließ ihm Zeit, die Stille zu füllen.

Wenigstens log er nicht. Er war der, der er schon immer gewesen war. Ich war diejenige, die sich verändert hatte.

Schlussendlich schlüpfte ich nach drinnen und schloss die Tür.

Wir waren fertig.

36. Kapitel

JOSHUA

Ich stürmte in den Konferenzraum, in dem mein Spitzenteam vor dem Hintergrund der Londoner Skyline rund um den Glastisch versammelt saß. Ich hatte die vergangene Woche damit zugebracht, immer wieder mein letztes Gespräch mit Hartford durchzugehen und zu überlegen, was ich hätte sagen können, damit sie blieb.

Letztendlich brachte mich meine Geniezeit darauf, dass Taten mehr zählten als Worte. Ich würde ihr zeigen, wie sehr sie mir am Herzen lag. Wie gut ich zuhörte, was sie zu sagen hatte, und wie sehr ich mich inzwischen von dem Mann unterschied, der sich nur auf unverbindliche Geschichten einließ.

»Ich habe etwas bekannt zu geben.« Ich setzte mich und blickte nacheinander in die Gesichter vor mir.

»Heute habe ich GCVB angerufen und sie informiert, dass Luca Brands nicht für Merdon tätig werden wird.« Ja, ich hoffte, dass Hartford das gut finden würde, hatte Luca Brands jedoch von der Kampagne abgezogen, weil es das Richtige war.

Überall im Raum wurde hörbar die Luft eingesogen. Alle wussten, was das bedeutete: Stellenabbau. »Ich habe noch nicht offiziell von Eric mitgeteilt bekommen, dass Luca Brands für keine der Marken von GCVB mehr zuständig ist, aber ich rechne fest damit.« Eric würde schnell handeln, und ich ging davon aus, dass er Luca Brands bis zum Feierabend gekündigt haben würde. Ich wollte ihm einen Schritt voraus sein.

Einige Hände schossen nach oben, doch ich kannte die Fragen, auf die alle Antworten wollten.

»Fragen beantworte ich am Schluss. Lasst mich noch eben ausreden.«

Eine Woche lang hatte ich die Nächte durchgemacht, um zu brainstormen und eine Strategie zu entwickeln. Meine Geniezeit hatte sich ausgezahlt.

»Ich schaffe eine neue Abteilung im Unternehmen. Und ich möchte, dass interne Topleute von uns die Leitung übernehmen.« Erleichterung machte sich auf ihren Gesichtern breit. »Die Abteilung wird ähnliche Arbeit machen, wie wir sie ohnehin schon tun, nur nicht für Luxusmarken als Kunden. Wir werden mit Charity-Organisationen und für gute Zwecke arbeiten, an die wir glauben. Außerdem werden wir ein neues Team für Lobby-Arbeit gründen, das die Interessen dieser Kunden vertritt. Das erste Projekt für diese neue Abteilung wird es sein, eine Kampagne *gegen* die Zulassung von Calmilizer als rezeptfreies Medikament auszurollen. Wir haben nicht viel Zeit, deshalb brauche ich Leute, die bereit sind, so schnell wie möglich loszulegen.« Hartford hatte recht gehabt – ich brauchte ihre Hilfe nicht, um das Richtige zu tun.

Val, meine rechte Hand bei der ursprünglichen Calmilizer-Kampagne, meldete sich. »Ich würde diese Kampagne sehr gerne leiten. Ich kenne das Medikament, ich kenne die Probleme, und außerdem habe ich ein Kind mit ADHS. Dieses Medikament sollte verschreibungspflichtig sein.«

Ich war baff. Ich bildete mir gern ein, meine Angestellten zu kennen, aber Val hatte nie etwas davon gesagt, dass ihr Sohn, Oliver, ADHS habe. Außerdem hatte sie unermüdlich an der Calmilizer-Kampagne gearbeitet, ohne je auch nur den leisesten Anschein zu erwecken, dass sie damit vielleicht nicht einverstanden war.

»Ich würde deine Leitung begrüßen, Val«, sagte ich.

»Ich habe sogar schon Ideen. Da es bisher nur vereinzelten Protest gibt und keine organisierte Anti-Calmilizer-Kampagne, denke ich, wir sollten als Erstes eine Interessengruppe formieren, die wir als Gesicht und Stimme des vereinten Protests herausstellen können.«

»Sehr gute Idee. Ich wüsste auch schon, wen du kontaktieren könntest, um das anzustoßen.« Ich würde Kontakt zwischen ihr und Gerry herstellen. Ich hatte seine Interviews gesehen – er wäre ein hervorragender Fürsprecher.

»Nur eine kurze Frage.« Val schaute von ihren Notizen hoch. »Wenn wir keinerlei Budget haben, woher kommt dann das Geld, und wie viel kann ich ausgeben?«

»Ich richte als neuen Firmenzweig eine gemeinnützige Stiftung ein. Und dein Budget für die Anti-Calmilizer-Kampagne ist unbegrenzt. Tu, was immer du tun musst, um sicherzustellen, dass dieses Medikament nicht für den rezeptfreien Verkauf zugelassen wird, egal auf welcher Seite des Atlantiks.«

Gemurmel im Raum verriet mir, dass dies eine willkommene Bekanntmachung war. Vielleicht waren nicht allein mir Bedenken wegen Merdon gekommen. Vielleicht wäre das eine gute Entwicklung für alle bei Luca Brands, selbst für die, die nicht direkt damit befasst waren.

»Ich sorge dafür, dass das nicht geschieht.« Val strahlte.

»Du kriegst, was immer du brauchst. Zögere nicht, zu mir zu kommen. Gibt es noch Fragen?«

Hinten im Raum hob John die Hand. »Ich finde das großartig und so, aber wenn wir aus der Calmilizer-Kampagne ausgestiegen sind, dann haben wir GCVB als Kunden verloren. Das muss doch Kündigungen nach sich ziehen.«

»Das ist eine berechtigte Frage, und ich werde deswegen eine Bekanntmachung an die übrigen Mitarbeiter richten, sobald wir aus diesem Meeting kommen. Wenn GCVB sämtliche Kunden-Accounts von uns abzieht, was unweigerlich passieren wird, müssen wir uns neu ausrichten. Das fängt damit an, die neue Abteilung personell aufzustellen. Dann werden wir losziehen und neue Kunden akquirieren. Das wird bedeuten, sich andere Branchen als den Luxusgütermarkt anzusehen. Ich bin offen für eure Vorschläge und habe auch selbst schon einige Ideen. Ich werde für euch alle mein Bestes geben, damit niemand Luca Brands unfreiwillig verlassen muss.«

Es würde ein Kampf werden, und ich würde auf absehbare Zeit täglich eine Geniezeit einlegen müssen, aber Hartford hatte mich inspiriert.

Hoffentlich würde Luca Brands verhindern, dass Calmilizer von der Behörde zugelassen wurde – das wäre der bestmögliche Ausgang für vulnerable Eltern und Kinder. Außerdem hoffte ich, es würde reichen, um Hartford zu beweisen, dass ich ihr zuhörte. Dass ich ihre Meinung respektierte. Und dass ich mich in allen Bereichen meines Lebens von Grund auf ändern konnte.

37. KAPITEL

HARTFORD

Mit meinem Krankenhaus-iPad in der Hand überquerte ich den Flur zwischen der Kinder-Notaufnahme und dem Pausenraum.

»Hartford«, rief Jacob, als ich mir gerade einen Kaffeebecher nahm. Ich schaute hoch. »Tust du mir einen Gefallen? Ich frag dich ja ungern, bevor du wenigstens einen Kaffee trinken konntest.«

»Macht nichts. Lieber Stress als Langeweile.« Jacob war ein netter Kerl, und seit unserem Date war es unverkrampft zwischen uns. Wir waren stillschweigend übereingekommen, dass es zwischen uns keine romantischen Gefühle gab, aber eine kollegiale Freundschaft schien uns beiden recht.

»Ich wurde gerade zu einer Patientin in die Notaufnahme gerufen, aber Gerry möchte mich sprechen. Könntest du das für mich übernehmen?«

»Klar. Kein Problem. Worum geht es?«

»Weiß nicht genau. Nur, dass es eine Achtjährige mit Down-Syndrom ist.«

Ich war mehr als froh über die Ablenkung. Ich ging denselben Weg wieder zurück und steuerte auf die Anmeldung zu, um zu erfahren, wo ich hinmusste.

»In die Zwei«, sagte die Kollegin hinter dem Tresen. »Hier ist das Krankenblatt.« Sie blickte mich stirnrunzelnd an. »Ist nicht böse gemeint, aber ich wünschte, Dr. Cove wäre gekommen.«

Ich lachte. »Unter Garantie würde ihn jede Frau mir vorziehen.« Ich überflog die Symptome. Nichts Auffälliges, abgesehen von erhöhter Temperatur.

Ich trat hinter den Trennvorhang der Zwei. »Millie?« Ich wich einen halben Schritt zurück, als ich die Patientin auf dem Bett sah. Sie war eine Explosion pinken Tülls und Lycras und trug ein Strahlegrinsen im Gesicht.

»Hi«, sagte ich lächelnd. »Wie ich sehe, darf ich heute eine Ballerina behandeln.« Ihr Gymnastikanzug war ein bisschen zu groß und ihr Haar ein bisschen zu kurz für den Dutt, zu dem es zusammengebunden war, aber ihre Fröhlichkeit war ansteckend. Ich grinste sie an.

Ich wandte mich an die Erwachsene, die neben dem Bett saß. »Ich bin Dr. Kent, eine der Kinderärztinnen. Sind Sie die Mum?«

»Ja«, erwiderte die grazile Frau. »Unser Hausarzt hat uns geraten herzukommen. Millie hat seit Donnerstag leichtes Fieber, das einfach nicht weggeht.«

Ich nickte und wandte mich wieder Millie zu. »Wie fühlst du dich?«

»Wunderschön«, antwortete sie. »Ich bin eine Ballerina. Genau wie Mami.« Ich lächelte. »Macht es dir etwas aus, wenn ich deiner Mami ein paar Fragen über dich stelle?« Sie schüttelte den Kopf und hob dabei die Arme in die erste Position.

Ich setzte mich hin und fragte das Grundlegende bei Millies Mum ab. »Ihr Hausarzt hat also vorgeschlagen, dass Sie herkommen und ein Blutbild machen lassen, um zu sehen, ob ein Infekt vorliegt?« Es war immer gut, in Erfahrung zu bringen, warum jemandem geraten worden war, in die Notaufnahme zu gehen.

»Ja. Nur zur Vorsicht«, sagte sie.

»Verstehe. Die Temperatur ist nur leicht erhöht, und sie scheint gut drauf zu sein, deshalb gibt es keinen Grund zur Sorge, aber wie Sie sicher wissen, ist Millie ein bisschen anfälliger für Infekte. Da ist es gut, vorsichtig zu sein.« Ich stand auf, um mit Millie zu sprechen. »Darf ich mal deinen Bauch abtasten und deine Brust abhören?«

Millie nickte.

»Hattest du eben noch Ballettunterricht?«, fragte ich, während ich sie zu untersuchen begann.

»Nein«, sagte Millie. »Ich bin immer eine Ballerina.«

Ich schaute zu ihrer Mutter, die grinste. »Sie liebt Tanzen. Ich war früher Profitänzerin, und sie hat alle meine alten Kostüme gefunden, als sie ungefähr drei war. Seitdem ist sie besessen davon. Wir kommen gerade aus einer Aufführung von *Romeo und Julia* im Royal Opera House.«

Mir rutschte das Herz bis zu den Füßen, mein Herz fing an zu galoppieren, und ich versuchte, mein Lächeln zu wahren.

»Sie waren Profitänzerin?«

»Als ich jünger war, war ich auf der Royal Ballet School. Aber … dann kam das Leben dazwischen und …« Sie zuckte mit den Schultern. »Ich bekam Millie, und jetzt gehen wir zugucken. Und wir tanzen zum Spaß durch die Küche.«

Ich wollte sie fragen, was passiert sei. Kein Tänzer, der auf die Royal Ballet School ging, gab einfach so auf. War sie schwanger geworden, hatte sie sich verletzt, ein Stipendium verloren?

»Zum Spaß tanzen ist toll«, meinte ich, ohne wirklich darüber nachzudenken, was ich da sagte. Es war das genaue Gegenteil dessen, was ich für mich selbst zutreffend fand.

Millies Mutter seufzte. »Oh ja. Und wir gehen oft ins Ballett, stimmt's, Millie?«

Millie nickte. »Tanzen ist super«, Millies Mutter strahlte sie an. Wenn ich die beiden so ansah, glaubte ich ihnen das fast.

»Ich ordne ein paar Bluttests an. Wir behalten das im Auge, aber im Moment bin ich nicht besorgt.«

Auf die Idee, nur zum Spaß zu tanzen oder ins Ballett zu gehen, war ich nie gekommen. Meine Eltern hatten versucht, mich dazu zu überreden, mir immer wieder gesagt, meine Verletzung bedeute nicht, dass ich gar nicht mehr tanzen könne. Oder keine Aufführungen mehr genießen. Das Problem war, dass ich durch den Unfall nicht mehr in der Lage gewesen war, so gut zu tanzen wie zuvor, weshalb ich es nicht zu meinem Beruf machen konnte. Ich hatte beschlossen, wenn ich keine Profitänzerin werden konnte, würde ich überhaupt nicht mehr tanzen. Ich verbannte alles, was mit Tanzen zu tun hatte, aus meinem Leben. Aber die glücklichen Gesichter von Millie und ihrer Mutter zu sehen, wenn sie vom Tanzen redeten, erinnerte mich daran, wie sehr ich es geliebt hatte. Ich hatte es geliebt, die Musik zu hören, fähig zu sein, meinen Körper auf eine Weise zu bewegen, die sie würdigte, und anderen dabei zuzusehen, wie sie das Gleiche taten. Ich liebte das Gefühl, einen Sprung zu vollführen, Pirouetten oder komplizierte Fußarbeit. Ich liebte es, neue Choreografien zu sehen und wie unterschiedlich die Musik interpretiert wurde. Ich hatte sehr viel aufgegeben.

Als ich wieder zum Pausenraum ging, steuerte ich auf die Schließfächer zu. Ich durchsuchte meinen Rucksack nach der Karte, die Joshua mir vor Wochen gegeben hatte.

Konnte ich beim bloßen Zuschauen etwas von der Freude nachempfinden, die mir das Tanzen gebracht hatte? Viele Jahre lang hatte ich alles gemieden, was mit Tanzen zu tun hatte, und das wegen einer dummen Entscheidung, durch die ich in einem Graben gelandet war. Wollte ich zulassen, dass ich noch mein ganzes Leben lang dafür bezahlte?

Joshua hatte mir gesagt, ich könne ins Ballett gehen wann immer ich wolle. Vielleicht war es an der Zeit, sich an die Freude des Tanzens zurückzuerinnern. Tatsächlich, die Karte von ihm steckte noch in der Innentasche meines Rucksacks, in der ich sie verstaut hatte. Ich drehte sie in meiner Hand herum, während ich überlegte, ob ich wohl etwas von der Freude nachempfinden konnte, die das Tanzen mir bereitet hatte, wenn ich den Besten der Besten zuschaute.

Ich würde es nie wissen, wenn ich es nicht ausprobierte.

38. Kapitel

HARTFORD

Ich schaute mich in meiner fast leeren Wohnung um. Nach drei Monaten in der Park Lane würde es eine Weile dauern, sich einzugewöhnen, aber ich war entschlossen, sie mithilfe einer Mischung aus Pinterest und IKEA in etwas zu verwandeln, das sich nach Zuhause anfühlte. Bis dahin werteten erst mal die Rosen, die ich für drei Pfund im Supermarkt gekauft hatte, die Räumlichkeiten auf.

Es klingelte unten, und ich ließ Thea herein. Ich hatte sie seit über anderthalb Jahren nicht gesehen. Und ob sie es ahnte oder nicht, ihr Besuch kam genau zur rechten Zeit.

Als ich die Tür öffnete, fielen wir uns wortlos in die Arme. Ihre Umarmungen waren immer die besten. Ich hatte zu lange ohne eine auskommen müssen.

»Darf ich reinkommen?«, sagte sie schließlich. »Oder sollen wir bloß hier stehen bleiben und uns den ganzen Tag umarmen?«

»Ich wähle Option B.«

»Wenn du wüsstest, was ich in meiner Tasche habe, würdest du A wählen.«

Ich löste mich aus ihren Armen und trat zurück, um sie anzusehen. Was hatte sie in petto?

»Ich hab meinen Pyjama dabei, mein iPad, ein Netflix-Abo und Gesichtsmasken.«

Ich grinste. »Du weißt schon, dass du in allen meinen Kindheitserinnerungen immer eine Gesichtsmaske draufhast?«

»Es ist gut, sich was Gutes zu tun – Moment mal, was sehe ich denn da? Hast du dir etwa selber Blumen gekauft?«

»Ich dachte, du würdest das gut finden.«

»Absolut. Ich bin bloß schockiert, dass du Geld für etwas ausgegeben hast, was einfach nur hübsch ist.«

»Ich weiß.« Das war Joshuas Einfluss. »Das machen drei Monate in der Park Lane mit einem.«

Sie stellte ihren Trolley ab und zog den Reißverschluss auf. »Wein habe ich auch mitgebracht.« Sie hielt eine Flasche hoch. »Wie wär's, wenn wir uns ein Glas einschenken, in unsere Pyjamas schlüpfen und uns angucken, wie Regé-Jean Page sein Hemd auszieht?«

»Wer?«

Sie seufzte und schenkte mir ihr bestes Muss-ich-dir-etwa-beibringen-was-Frauen-so-machen?-Kopfschütteln. »Öffne einfach den Wein.«

Der WLAN-Empfang war im Schlafzimmer am besten, also kuschelten wir uns unter die Decke, nachdem wir schlafanzugverpackt und gesichtsmaskiert waren, und Thea stellte etwas auf Netflix an, was ich noch nie gesehen hatte.

»Ist es schlimm, um vier Uhr nachmittags im Bett zu liegen und zu trinken?«, fragte ich.

»Wieso schlimm?«

Ich lachte. »Weil gerade mal der halbe Tag rum ist. Wir machen Day Drinking.«

»Wir können machen, was uns gefällt. Und überhaupt, du bist meine Schwester, und ich habe dich anderthalb Jahre nicht gesehen, ich finde, unter diesen Umständen ist es selbst für eine Ärztin okay, tagsüber zu trinken.«

Ich ließ mich gern überreden, kam aber nicht umhin, mich

zu fragen, warum für mich manche Grenzen und Grundsätze verhandelbar waren und andere nicht.

»Ich kann beinahe hören, wie dein Verstand rattert«, sagte Thea. »Wenn dich das Day Drinking so beschäftigt, können wir damit bis zu irgendeiner willkürlich gewählten Uhrzeit warten, mit der du dich wohler fühlst.«

Ich setzte mich auf und drückte auf dem iPad auf Pause. »Achtzehn Uhr ist eine willkürlich gewählte Uhrzeit, nach der sich alle weniger schuldig fühlen können, wenn sie zu einem Glas Wein greifen, oder?«

Thea erwiderte nichts, sondern blickte nur auf ihr noch immer volles Weinglas, als wäre es für die nächste Stunde tabu. »Du wirst mich von diesem Glas Wein hier ablenken müssen, das mich anlacht. Wie ist das Leben in London? Hattest du in den letzten drei Monaten überhaupt ein richtiges Leben oder hast du nur bis zum Umfallen gearbeitet?«

»Du wärst sogar überrascht. Ich war im Kunstmuseum, habe Backen gelernt … gepicknickt.« Beim Gedanken an diesen perfekten Nachmittag krampfte sich mir der Magen zusammen.

»Echt?«, machte sie. »Ist das Joshuas Einfluss?« Sie grinste mich an. »Er kann echt gut küssen. Oder zumindest war das früher so.«

»Kann er immer noch«, erwiderte ich.

Thea lachte, als hätte sie von vornherein gewusst, dass ich Joshua geküsst hatte. »Das freut mich sehr für dich. Es war auch mal an der Zeit, dass du ein bisschen Spaß hast.« Sie griff nach ihrem Weinglas, als wäre die Erwähnung von Joshua ein Grund zum Anstoßen und machte Alkoholkonsum zu jeder Tageszeit akzeptabel. »Du musst mir alles erzählen. Ist er immer noch so umwerfend?«

»Bist du gar nicht sauer auf mich?«

Sie runzelte die Stirn. »Wieso sollte ich sauer sein?«

»Ich weiß nicht. Ihr zwei hattet doch mal was miteinander, oder?«

»Zweimal. Vor tausend Jahren. Natürlich bin ich nicht sauer. Ich freue mich, dass du mit jemandem geknutscht hast – es war schon eine ganze Weile her.«

Ich hatte die letzten paar Wochen nur an Joshua denken können. Mit siebzehn war es mir viel leichter gefallen, ihn aus meinen Gedanken zu verbannen. Jetzt fragte ich mich, ob ich jemals über ihn hinwegkommen würde.

»Tja, es ist vorbei. Es wird nicht wieder vorkommen.« Das Problem war, dass ich ihn vermisste. Mehr, als ich für möglich gehalten hätte. Ich wusste, dass das dumm war. Mit der Zeit, das war mir klar, würden die Gefühle vergehen. Ich hatte die richtige Entscheidung getroffen und mir seitdem jede Menge Leid erspart.

»Willst du darüber reden?«, fragte sie.

Ich schüttelte den Kopf. »Lass uns diesen Regé abchecken.« Es war zu schmerzhaft. Zu frisch. Ich brauchte Ablenkung.

39. KAPITEL

JOSHUA

Das Badewasser hatte perfekte achtunddreißig Grad, und ein Glas kaltes Wasser mit einem Spritzer Limette stand griffbereit. Ich wusste nicht mehr genau, ob ich Weihrauch gewählt hatte, aber ich konnte in meinem neuen Badeöl definitiv den Duft nach Lavendel ausmachen. Es handelte sich um eine Spezialmischung, die stresslindernd wirken und die Kreativität anregen sollte. Dennoch konnte ich nicht still sitzen, und mir kamen keine neuen Ideen.

Stattdessen ging mir pausenlos das letzte Gespräch mit Hartford von vor einundzwanzig Tagen durch den Kopf. Ich versuchte dahinterzukommen, warum ich mich nicht mehr ins Zeug gelegt hatte, um zu verhindern, dass sie mir den Rücken zudrehte. Dahinter steckte derselbe Grund, der mich davon abhielt, mich jetzt um sie zu bemühen. Mir lag irgendein Hindernis im Weg, das ich noch nicht auszuräumen geschafft hatte.

Sie hatte mir gesagt, was sie von mir brauchte. Ich musste bloß herausfinden, ob ich es ihr geben konnte. Was wollte ich? Ich wusste, dass ich sie gernhatte und mehr wollte. Was ich nicht wusste, war, ob ich überhaupt zu mehr imstande war.

Eines stand fest: Ich wusste, dass ich mich nicht um sie bemühen würde, ehe ich herausgefunden hatte, ob ich ihr geben konnte, was sie brauchte. Sie hatte etwas Besseres verdient als das.

Seufzend ließ ich mich in die Wanne sinken, sodass ich mit dem Kopf unter Wasser war.

Schließlich tauchte ich wieder auf und holte tief Luft.

»Joshua?« Jemand rief nach mir. »Joshua?«

Wer war da in meiner Wohnung? Was zum Teufel …?

Ich sprang aus der Wanne, schlang mir ein Handtuch um die Hüften und riss die Badezimmertür auf.

Andrew stand davor.

»Wie zur Hölle bist du hier reingekommen?« Ich schnappte mir noch ein Handtuch von dem Stapel und rubbelte mir damit den Kopf.

»Ich bin hier, um zu reden.« Er klang gelassen, als wäre es ganz normal, jemanden in seinem eigenen Bad zu behelligen. »Zieh dir was an, und dann komm zu mir ins Wohnzimmer.«

»Wie bist du hier reingekommen?« Er antwortete nicht, sondern zog nur meine Schlafzimmertür hinter sich zu.

Hatte er schlechte Neuigkeiten? War er okay?

So schnell wie möglich zog ich mir T-Shirt und Jeans an und rannte ins Wohnzimmer. »Was ist denn los?«

Er saß auf meinem Sofa und blätterte in einer Ausgabe eines Reisemagazins. Es sah nicht so aus, als hätte er schlechte Nachrichten zu überbringen. Er klappte die Zeitschrift zu, warf sie auf den Couchtisch und nickte dann in Richtung des Sofas gegenüber. »Nimm Platz.«

»Andrew, das hier ist meine Wohnung. Ich setze mich hin, wann ich will«, erwiderte ich, während ich mich hinsetzte.

»Ich bin stellvertretend für die Gruppe hier«, sagt er mit einem Seufzen.

»Welche Gruppe?«

Er legte den Kopf schief und schenkte mir einen Bist-du-echt-so-blöd?-Blick.

»Ist das etwa eine Intervention?«, fragte ich.

»Nenn es, wie du willst, ich habe jedenfalls nicht viel Zeit, also lass uns zum Wesentlichen kommen.«

»Warum alte Gewohnheiten ändern?«

»Es geht um Hartford.«

Mir rutschte der Magen in die Kniekehlen. Was war passiert?

»Wir haben von Autumn oder Hollie – ich weiß nicht mehr, von wem genau, jedenfalls von einer der Amerikanerinnen – gehört, dass ihr Streit hattet. Was ist passiert?«

Er war hier, um mir den Klatsch zu erzählen, der die Runde machte? Dabei hatte ich genüsslich in der Badewanne gelegen. Jedenfalls so halbwegs. »Was hat das denn mit dir zu tun?«, fragte ich gereizt angesichts dieses Verhörs.

»Fassen wir also mal zusammen: Letztes Mal, als wir darüber geredet haben, war dir klar geworden, dass du diese Frau echt gernhast, du glaubtest aber, dass sie dich nicht ernst nehmen würde, weil du noch nie eine feste Beziehung hattest. Mit Hilfe von der Gruppe hast du also beschlossen, ihr zu beweisen, dass du ihr mehr zu bieten hast als bloß Sex.«

Wow. Man konnte Andrew wirklich nicht vorhalten, dass er um den heißen Brei herumredete. »Danke für das Resümee.«

»Und, hast du sie überzeugt?«

Meine Güte, dieser Mann war vielleicht direkt. »Nein.« Ich seufzte, als meine Abwehrhaltung von mir abfiel. Er war hier, weil er mein Kumpel war. Nicht mein Feind. Er versuchte zu helfen. Ich lehnte mich auf meinem Platz zurück. »Wir hatten Sex. Aber nicht bloß Sex. Verstehst du?«

»Ihr seid eine Verbindung eingegangen«, sagte Andrew. »Warum bin ich dann hier?«

»Woher verflucht noch mal soll ich denn das wissen? Ich lag in der Badewanne und habe ich um meinen eigenen Kram gekümmert. Apropos eigen, noch mal: Wie bist du überhaupt hier reingekommen?«

Er verdrehte die Augen, als wäre das die dämlichste Frage, die er je gehört hatte. »Ich brauche einen Drink. Und du auch.«

Er ging zur Bar, nahm eine Flasche Whiskey aus dem Regal und kehrte dann mit zwei Gläsern zurück.

»Nach dem, was ich von den Amerikanerinnen gehört habe, seid Hartford und du immer noch nicht zusammen. Ich bin hier, um rauszufinden, warum. Es sieht dir nicht ähnlich, dass du etwas nicht hinkriegst, was du dir vorgenommen hast.«

Ich stöhnte, kippte meinen Whiskey hinunter und streckte mich dann nach der Flasche. Die dunkelgelbe, rauchige Flüssigkeit machte mir Sodbrennen. Ich hasste den Gedanken, dass das, was Hartford und ich in den letzten Monaten gehabt hatten, schlicht vorbei war.

Ich wusste nicht, wie ich die Frage beantworten sollte. »Sie hat gesagt, sie will sich nicht in mir verlieren. Soweit ich es mir zusammenreimen kann, hat sie Sorge, dass sie mehr Gefühle hat als ich.«

»Stimmt das denn?«

Ich legte den Kopf gegen die Sofalehne und versuchte, das Kratzen der Ungewissheit in meiner Kehle wegzuschlucken. »Sie hat Angst, dass es ihr mehr bedeutet. Und ich möchte ihr zeigen, dass sie keine Angst zu haben braucht … aber kann ich das denn versprechen? Ich möchte sie gern beruhigen. Ich möchte ihr gern sagen, dass ich niemals gehen werde. Aber das kann ich nicht. Und sie genauso wenig.«

Andrew tippte mit dem Zeigefinger auf die Armlehne. »Du hast Angst.«

»Sie ist mir wichtig«, sagte ich. »Enorm wichtig. Dass sie glücklich ist, wünsche ich mir noch mehr, als dass sie mit mir zusammen ist. Besonders weil … ich keine Ahnung habe, wie man eine Beziehung führt. Ich war noch ein Kind, als ich mit Diana zusammen war. Das hier ist jetzt das echte Leben, und ich werd's bestimmt komplett vermasseln. Will ich das Hartford wirklich antun? Natürlich habe ich Angst, ihr wehzutun.«

»Ihr wehtun – klar, das möchtest du sicher nicht. Und natürlich hast du auch Angst, *selbst* verletzt zu werden.«

»Nein. Ich würde nicht – ich meine, nein – es geht um Hartford. Ich will Hartford nicht wehtun.«

»Du bist ein guter Kerl, Joshua.«

»Ich meine es ernst. Ich will Hartford nicht wehtun. Niemals. Ich will nicht der Kerl sein, der sie kaputtmacht. Der ihr emotionale Narben verpasst, mit denen sie für immer leben muss.« Ich hasste, was sie durchgemacht hatte, als sie das Balletttanzen aufgegeben und sich in die Arbeit gestürzt hatte. Sie war ein guter Mensch und verdiente jemanden, der so etwas wie eine lebenslange Garantie bot.

»Zu lieben und von jemandem geliebt zu werden bringt große Verantwortung mit sich. Das darf man nicht auf die leichte Schulter nehmen.«

Endlich verstand er es. »Genau. Ich möchte schon mit Hartford zusammen sein. Heute. Und morgen. Ich kann mir nicht vorstellen, eines Tages einmal nicht mit ihr zusammen sein zu wollen, aber dieser Tag kommt vielleicht. Ich kann es einfach nicht mit Sicherheit sagen.«

»Das kann niemand.«

»Hartford braucht jemanden, der das kann.«

»Es wird nie jemanden geben, der das ehrlich garantieren kann. Nicht für Hartford. Und auch für niemanden sonst.«

Das stimmte wahrscheinlich. Aber ich wünschte es mir für Hartford. Sie verdiente es.

»Deshalb musst du dir überlegen, ob das Vertrauen groß genug ist«, fuhr Andrew fort. »Niemand kann in die Zukunft schauen, aber du musst dir selbst zutrauen, gut auf ihr Herz achtzugeben. Und du musst ihr zutrauen, dass sie auf deins achtgibt. Und wenn das der Fall ist, dann frag dich, ob du bereit bist, das Risiko einzugehen. Ist es das Risiko wert, dass du sie womöglich verletzt oder selbst verletzt wirst?«

Andrew schaffte es immer, Probleme auf den wesentlichen Kern herunterzubrechen. Und jetzt, wo er das getan hatte, war die Antwort klar. Hartford verdiente mein Vertrauen, meine Zuversicht. Meine Verletzlichkeit. Sie verdiente, dass ich um sie kämpfte.

Ich vertraute darauf, dass Hartford niemals einen Heiratsantrag von mir annehmen und dann kalte Füße bekommen und mich sitzen lassen würde. Ich vertraute ihr, dass sie mir alles erzählen würde, was ihr durch den Kopf ging, ob ich es hören wollte oder nicht. Ich vertraute ihr, dass sie mich liebte. Und ich kannte mich selbst gut genug, um zu wissen, dass ich alles tun würde, um dafür zu sorgen, dass ihr Herz bei mir in sicheren Händen war. Ich vertraute mir, dass ich sie liebte.

Ich leerte mein Glas und schob es auf den Tisch. »Ich nehme an, du findest allein wieder raus, nachdem du dich ja selbst hereingelassen hast.« Ich stand auf und ging auf mein Schlafzimmer zu, um mich umzuziehen. »Sollte mal jemand behaupten, du seist ein kaltherziger Mistkerl, dann richte demjenigen von mir aus, dass er Bullshit labert.«

Andrew tippte sich zum Gruß an die Stirn, und ich nickte ihm zu.

Ich hatte etwas zu erledigen.

40. Kapitel

HARTFORD

Inzwischen war mir das Labyrinth aus Krankenhausfluren vertraut. Ich wusste, welche Fahrstühle die schnellsten waren und welche Treppen am leichtesten zurückzulegen. Ich warf meine Arbeitskleidung in die Wäschetonne und schulterte meinen Rucksack, bereit, sämtliche Abkürzungen zum Ausgang zu nehmen und meinen Heimweg nach Borehamwood anzutreten. Wenn ich schnell lief, würde ich die nächste Bahn nach West Hampstead erwischen und wäre in fünfundvierzig Minuten zu Hause und im Pyjama.

»Hartford«, rief Gerry hinter mir.

Mein Herz trudelte in meine Kniekehlen, während ich mich umdrehte. Ich mochte Gerry und hätte normalerweise nichts dagegen, wenn er mich auf meinem Weg nach draußen abfing, aber heute wollte ich nur nach Hause und Joshua vermissen. So langsam wurde ich richtig gut darin.

»Haben Sie das gesehen?« Er wedelte mit etwas, was nach einem Stapel Zeitungen aussah, und winkte mich dann in seine Vorratskammer von Büro.

Auf seinem Schreibtisch lagen die *Times*, das *British Medical Journal* und das *Health Service Journal*. Die Newsseite der BBC-Homepage war geöffnet, und sofort sprangen mir die Wörter *Merdon* und *Calmilizer* ins Auge.

»Was ist passiert?«

»Ich habe keine Ahnung, aber es sind prima Neuigkeiten. Glaube ich.«

Ich trat näher, stellte meinen Rucksack ab und schaute genauer hin. »Das wirkt wie … eine Art Kampagne gegen Calmilizer.«

»Genau das ist es.«

»Das sind alles bezahlte Anzeigen.« Ich blätterte die verschiedenen Printtitel durch.

»Überwiegend«, sagte Gerry. »Das HSJ hat außerdem einen Artikel über die Kampagne gebracht. Den sollten Sie lesen.«

Er reichte mir das Fachmagazin, und ich setzte mich und las die Überschrift. *Luca Brands startet Kampagne gegen Merdons ADHS-Medikament.*

»Joshua war das?«, fragte ich.

»Ich dachte, dazu hätten Sie ihn angestiftet? Er scheint das nicht im Auftrag eines Kunden zu tun. Er wird damit zitiert, dass seine Firma in Zukunft ab und an Kampagnen für Charity-Organisationen und wohltätige Zwecke übernehmen wird. Wussten Sie denn nichts davon?«

Ich schüttelte den Kopf, während mein Herz langsam in meiner Brust stieg. Warum hatte er nichts gesagt? Ich nahm an, weil er es nicht für mich gemacht hatte. Sondern weil er selbst entschieden hatte, dass es das Richtige war.

Ich hatte es gewusst.

»Er ist ein guter Mann. Das wusste ich sofort, als ich ihn kennengelernt habe«, sagte Gerry.

Joshua hatte Gerry an dem Abend bei ihm zu Hause um den kleinen Finger gewickelt. Aber was er sagte, stimmte. Joshua *war* ein guter Mann. Schon immer gewesen.

41. Kapitel

Joshua

Nicht in tausend Jahren hätte ich gedacht, dass ich mal so viele Ausflüge nach Boreham-gähn-wood machen würde. Hoffentlich würde dies mein letzter werden.

Als ich den zweiten Treppenabsatz erreichte, wurde mir vor Nervosität flau im Magen. Stella hatte Hartford einmal als Ehrlichkeitsbombe bezeichnet, und definitiv fehlte ihr manchmal der Filter. Und sie verdiente umgekehrt ebenso die ungefilterte Wahrheit. Von mir.

Ich holte tief Luft und klopfte an die Tür.

Als sie in Arztkluft vor mir erschien, die Haare wie üblich zu einem Vogelnest am Oberkopf zusammengenommen, das Gesicht Make-up-frei, konnte ich mir das Lächeln nicht verkneifen. Sie war perfekt.

»Joshua!« Sie wirkte nicht sauer, eher … überrascht. Eine bessere Ausgangslage hätte ich mir nicht wünschen können.

»Hartford.« Ich wollte die Arme um sie schlingen und ihren vertrauten Zimtduft einsaugen. »Sorry, dass ich einfach so vorbeikomme. Ich habe dir einiges zu sagen und wollte damit nicht warten.«

Sie blickte hinunter auf den Koffer, den ich mitgebracht hatte. »Was hat es mit dem Koffer auf sich?«

»Das erkläre ich später. Alles der Reihe nach.«

»Komm rein. Ich hatte eigentlich vor, mich bei dir zu melden. Ich habe deine Kampagne gegen Calmilizer gesehen. Sie ist … sie ist wunderbar, Joshua. Clever und durchdacht – ich glaube, sie wird tatsächlich funktionieren.«

Ich konnte das warme Kribbeln in meinem Bauch nicht ignorieren, das sich bei ihren Worten einstellte. Es freute mich, dass sie sie gesehen hatte und gut fand. Schließlich war die Inspiration dazu sie gewesen. »Ich hoffe es.« Ich folgte ihr in ihre winzige Wohnung.

»Ich auch. Aber wenn nicht, weißt du, dass du alles versucht hast.«

Sie bot mir ein Glas Wasser an, und wir setzten uns verlegen gegenüber voneinander an einen kleinen Klapptisch am Fenster. Auf der Fensterbank entdeckte ich etwas, das nach einem Theaterprogramm aussah. Als ich den Hals reckte, erkannte ich Balletttänzer auf dem Cover und das Logo des Royal Opera House in der oberen rechten Ecke.

»Du warst im Ballett?«

Aus irgendeinem Grund blühte Hoffnung in meiner Brust auf, dass dies ein Zeichen dafür war, dass sich die Dinge zwischen uns vielleicht klären ließen.

»Ja. Ich hoffe, das ist okay.«

»Mehr als okay. Hast du es genossen?«

Sie holte Luft und stieß sie langsam wieder aus. »Mehr als das. Danke.«

Nächstes Mal könnte ich vielleicht mit ihr zusammen hingehen. Aber ich war vorschnell. Vielleicht sollte ich meinen Kurs ändern und ihr sagen, dass mir schon hätte klar werden müssen, wie lebensverändernd meine Gefühle für sie waren, als ich in der Hoffnung ein Logen-Abo buchte, dass sie es einmal nutzen würde.

»Siehst du?« Sie blickte sich um. »Ich habe dir doch gesagt, dass ich's mit ein paar Teilen von IKEA hinkriege, es in Borehamwood nett zu machen.«

Ich hoffte nur, sie hing nicht zu sehr an dieser Wohnung – aber ich griff schon wieder vor.

»Sieht toll aus. Aber es sieht überall toll aus, wo du bist.«

Ein kleines Lächeln umspielte ihre Lippen, bevor sie es mit einem Stirnrunzeln unterdrückte. »Joshua.«

Ich schaute zum Sofa, wo pinke Bänder über der Lehne hingen. »Sind das Ballettschuhe?«

Hartford nickte. »Ja. Ich … begrabe ein paar alte Geister. Und unternehme gleichzeitig etwas Schönes in meiner Freizeit.«

Ich grinste. »Klingt gut.« Ich war glücklich, wenn sie glücklich war. Selbst wenn sie es ohne mich war. Ich hoffte nur, mit mir wäre sie glücklicher. Ich atmete aus. Ich musste in den sauren Apfel beißen und ihr die ganze Wahrheit sagen. »Dadurch, dass ich mit dir zusammen war, ist mir in den letzten Monaten einiges klar geworden. Abgesehen von Diana hatte ich noch nie eine richtige Beziehung, und rückblickend betrachtet war das, was sie und ich hatten, nicht sonderlich wahrhaftig.«

Sie nickte, als erzählte ich ihr nichts, was sie nicht längst wusste. Aber es gab noch mehr.

»Du hast mir von deinem Abwehrschild erzählt … Unterbewusst habe ich mir wegen dem, was mit Diana war, auch eines zugelegt. Eines, dem die Angst zugrunde lag, erneut verletzt zu werden. Die Angst, sich jemandem gegenüber verletzlich zu zeigen. Die Angst, erneut gedemütigt zu werden.«

Sie lehnte sich auf ihrem Stuhl nach vorn und legte die Hand auf meine. »Das tut mir leid.«

»Seit du vor drei Monaten in Heathrow gelandet bist, ist mir bewusst geworden, dass mein Leben jahrelang ein Hartford-förmiges Loch hatte.«

Ihre Sommersprossen zogen sich zusammen, als sie die Nase rümpfte. »Ein Hartford-förmiges Loch? Das klingt … schmerzhaft, mein Hintern ist nicht gerade klein.«

»Dein Hintern ist perfekt. Wie dem auch sei, mein Abwehrschild muss unter einem Tarnmuster verborgen gewesen sein oder so. Anders als du habe ich es nie richtig wahrgenommen. Und letztes Mal dann, als wir uns gesehen haben, als du wolltest, dass ich aus mir herauskomme, wurden mir die Mauern, die ich um mich herum errichtet hatte, schmerzlich bewusst.«

Ich drehte meine Handfläche nach oben und verschränkte die Finger mit ihren. Als sie sie nicht wegzog, bedankte ich mich im Stillen.

»Da im Hausflur konnte ich dir nicht sagen, was ich will, weil mein Abwehrschild es nicht zuließ. Ich bin heute hier, um dir zu sagen, dass ich dem Ding den Strom gekappt habe und meine Mauern niedergerissen sind.« Während ich Luft holte, fragte ich mich, wie ich es die letzten paar Wochen geschafft hatte, Hartford fernzubleiben. Ich hatte sie unheimlich vermisst.

»Ich liebe dich.«

Nur drei Worte, doch ich hoffte, sie spürte deren Kraft.

Suchend schaute sie mir in die Augen, als müsste sie sich selbst davon überzeugen, dass ich die Wahrheit sagte.

»Ich weiß, dass du denkst, meine Gefühle wären nicht so stark wie deine«, fuhr ich fort. »Aber ich liebe dich. Ich will dich. Ich will dich niemals loslassen.«

Seufzend schloss sie die Augen. Ich wusste, dass sie Angst hatte.

»Du wirst nicht die Geschichte wiederholen, und ich werde nicht zulassen, dass du dich verlierst. In mir. In der Arbeit. Oder in sonst irgendwas. Ich werde der Mann sein, der dich wieder herauszieht.«

Sie öffnete die Augen und drückte meine Hand. »Das ist leicht dahingesagt.«

»Es ist nicht nur dahingesagt«, erwiderte ich und nickte zur Tür, wo ich den Koffer stehen gelassen hatte. »Ich möchte mit dir zusammenleben. Mit dir zusammen sein. Wenn du willst, heiraten wir nächsten Monat. Oder wir warten noch ein bisschen und planen etwas Spektakuläres.«

Ein leises Lächeln zupfte an ihren Mundwinkeln. »Hast du deinen Koffer mitgebracht, um mit hier bei mir in Borehamwood einzuziehen?«

»Ganz genau.«

»Jetzt weiß ich, dass du mich veräppelst. Nie im Leben –«

»Verstehst du nicht? Ich tue, was immer nötig ist, um bei dir zu sein.« Ich hielt inne – ich hatte mir vorgenommen, absolut ehrlich zu sein. »Wobei, ich will nicht lügen. Es wäre mir viel lieber, wenn du wieder mit mir in die Park Lane kommst.«

Sie lachte. »Du möchtest wirklich, dass wir zusammenziehen?«

»Ich sag doch, ich will das Komplettpaket.«

Ihr Lächeln war noch umso umwerfender, weil sie versuchte, es zu überspielen. »In der Park Lane ist es schöner, dass lässt sich nicht bestreiten. Aber ich möchte nicht in einem Hotel wohnen.«

Ich lachte leise. »Dann suchen wir uns eine andere Wohnung. Oder ein Haus. Ist mir egal, wo, Hauptsache, du bist bei mir.«

Sie schüttelte den Kopf. »Wir schalten also beide unsere Abwehrschilde aus und machen das wirklich?«

»Meins ist schon aus. Und ich bin bereit.« Noch nie war ich mir mit irgendetwas sicherer gewesen.

»Zusammenwohnen? Du willst wirklich ins kalte Wasser springen?«

»Ich will so tief reinspringen, dass ich medizinisch versorgt werden muss«, erwiderte ich.

»Dann bin ich genau die Richtige für dich.«

42. KAPITEL

JOSHUA

Ich schaute aus den winzigen Fenstern von Hartfords winziger Wohnung, um herauszufinden, ob wir beobachtet wurden. Natürlich wurden wir – das passierte quasi zwangsläufig, weil die Gebäude hier so dicht nebeneinanderstanden. Ich schob Hartford von meinem Schoß und durchquerte das Zimmer, um die dünnen Vorhänge zuzuziehen. »Die Nachbarn sollten besser nicht sehen, was ich gleich mit dir anstellen werde.«

»Ich bin nervös«, sagte sie und verlagerte dabei das Gewicht von einem Bein aufs andere.

»Hey, wir sind hier in Borehamwood. Klar, dass du da nervös bist.«

Lächelnd schüttelte sie den Kopf, während ich einen Arm um ihre Taille schlang.

»Ich meine es ernst«, sagte sie. »Bis jetzt war es … Was, wenn es diesmal nicht … du weißt schon?«

»Du hast Angst, dass der Sex mit mir jetzt enttäuschend sein könnte, nachdem wir einander unsere Gefühle gestanden haben?«, sagte ich und senkte dabei den Kopf, um einen Kuss auf ihre Halsbeuge zu setzen.

Sie lachte. »Ja. Und außerdem, dass du von mir enttäuscht sein könntest.«

Ich zog den Kopf zurück, um sicherzugehen, dass ich richtig gehört hatte. »Hartford, du könntest mich niemals enttäuschen.«

Sie stieß erneut ein nervöses Lachen aus, dabei war die Sorge in ihren Augen alles andere als lustig.

»Ehrlich.« Ich legte die Hände an ihre Wangen und drückte meine Lippen auf ihre.

Unter einem Seufzen rückte sie näher an mich. Gott sei Dank.

»Vielleicht ist es so gut gewesen, gerade weil Gefühle im Spiel waren?«, stotterte sie, während ich mich an den Knöpfen ihrer Bluse zu schaffen machte. »Hatten wir zu dem Zeitpunkt überhaupt schon Gefühle füreinander? Ich meine, mein Abwehrschild hatte ernsthafte Aussetzer. Ich weiß ja nicht, wie's dir geht, aber vielleicht hat das den Unterschied gemacht. Oder vielleicht auch –«

»Hartford.«

Sie unterbrach sich und sah zu mir hoch.

»Sollen wir uns nicht lieber darauf konzentrieren, tatsächlich Sex zu *haben*? Falls wir hinterher beide furchtbar enttäuscht sein sollten, kannst du einen kompletten Vergleich anstellen. Eine Monte-Carlo-Simulation. Es nächstes Mal vielleicht sogar auf Video aufnehmen, um zu gucken, was wir falsch machen. Aber lass es uns nicht zu Tode analysieren, solange es gar kein Problem gibt. Einverstanden?«

»Du kannst eine Monte-Carlo-Simulation unserer Sexleistung durchführen?« Sie runzelte die Stirn, als überlegte sie, wie das aussehen würde.

»Ich bin sicher, dass das gehen würde.«

Sie seufzte. »Vielleicht brauche ich einen Drink. Einen Tequila oder so was. Ich meine –«

»Hartford. Hör auf. Im Ernst. Hier geht es um dich und mich. Es gibt keinen Grund, nervös zu sein. Es sind nur du und ich. Solche Gefühle hatte ich bisher noch für *niemanden*. Als ich heute hierhergekommen bin, konnte ich den Gedanken nicht ertragen, dass du mir eine Abfuhr erteilen könntest. Ich weiß nämlich nicht mehr, wie mein Leben ohne dich aussehen soll. Und ich will's auch gar nicht wissen. Ich möchte jeden einzelnen Tag mit dir verbringen. Ich liebe es, mit dir zu reden. Ich liebe es, mit dir Kuchen zu essen. Und Liebe mit dir zu machen, ist das Schönste auf der ganzen Welt.«

Sie legte den Kopf schief. »Mir geht's genauso.«

»Da bin ich froh.«

Sie hakte den Zeigefinger in den Ausschnitt meines Hemds und öffnete den ersten Knopf. »Und es sind bloß Joshua und Hartford, stimmt's?«

»Ja, nur wir.«

Sie atmete tief durch und drückte ihre Lippen auf meine Brust. »Du riechst gut. Allerdings tust du das immer.«

Bei dem Kommentar konnte ich mir ein Lächeln nicht verkneifen. Ich hatte gar nicht gewusst, dass ihr gefiel, wie ich roch. Ich konnte es nicht erwarten, herauszufinden, was ich noch alles nicht wusste. »Bist du eher ein Strandmensch oder ein Städtetrip-Mensch?«

»Findest du, wir sollten mal wegfahren?«

Na, *das* war doch mal eine gute Idee. »Absolut. Worauf hast du Lust?« Ich drückte den Mund auf ihre Stirn.

»Auf irgendeinen Ort, an dem wir nicht viele Klamotten brauchen.« Sie fing an, mir das Hemd abzustreifen.

»Dann also Strandurlaub.« Während sie mich auszog, stellte ich mir weißen Sand vor, Luxushütten über dem Wasser, endlose Sonne. Und Hartford.

Ich führte sie zu einem der Stühle am Esstisch, setzte mich und zog sie auf meinen Schoß. Ihre Arztkluft verdeckte immer noch zu viel von ihr. Ich löste ihr Haar aus dem Knoten, schaute zu, wie es über ihre Schultern fiel, und strich es nach hinten, um meine Lippen auf ihren Hals zu drücken. Als ich ihr das Oberteil abstreifte, kamen die weichen, blassen Kurven ihrer Schultern zum Vorschein und ihre perfekten Brüste.

Ich holte Luft.

Sie war wunderbar.

Ich drückte die Lippen auf ihre Haut, um diesen Moment – den Moment vor dem, was gleich kam – so lange wie möglich hinauszuzögern. Als sie genüsslich summte, bestätigte mir der Laut tief im Innersten, dass ich bei der Frau war, für die ich geschaffen war. Sie ließ die Finger über meine Schulterblätter und hinauf in mein Haar wandern, bevor sie mich an sich zog.

»Ich liebe dich«, flüsterte sie.

Ihre Worte waren wie Sonnenstrahlen – die verblasste Narbe meiner Vergangenheit löste sich in ihrer Wärme auf. Ich schloss die Augen, um diesen Moment zu verinnerlichen. Ich wollte ihn niemals vergessen. Gott, wie hatte ich nur glauben können, ich wäre in der Lage, diese Frau aufzugeben?

»Ich liebe dich.« Ich zog sie noch enger an mich, bis unsere Oberkörper sich berührten. Ich wollte sie nie wieder loslassen.

»Ich gehe nicht weg. Niemals«, las sie meine Gedanken.

»Ich weiß.« Ich war mir dessen sicher. Ihrer sicher.

Ich fuhr mit den Lippen an ihrem Hals hinauf, während sie ihre Finger über mein Schlüsselbein wandern ließ. Seufzend machte sie sich los und stand von meinem Schoß auf. Sie stellte sich hin, um die Arzthose auszuziehen, bevor sie sich vor mich hinkniete.

»Ich mag deinen Penis«, sagte sie wahrheitsliebend wie immer, als sie den Reißverschluss meiner Hose öffnete, sie mir herunter- und auszog.

»Da bin ich froh. Ich mag ihn auch.«

»Ich habe mit der Zeit schon so einige gesehen.« Sie beugte sich vor, schloss die Hand darum und drückte ihn, ehe sie die Faust hinaufbewegte. »Meist die von Toten. Du weißt schon, im Studium und –«

»Hartford, könnten wir die Unterhaltung über tote Penisse auf später verschieben? Das zerstört ein bisschen die Stimmung.«

Lachend ließ sie meinen Schwanz los und küsste mich geradewegs auf den Mund. »Entschuldige.«

Ich umfasste ihr Gesicht und zog sie zu einem richtigen Kuss an mich. Derzeit konnte ich noch aufzählen, wie oft ich sie schon geküsst hatte. Dazu wollte ich nicht mehr lange in der Lage sein. Wir kannten einander viel zu gut, um uns nicht schon unendlich oft geküsst zu haben.

Sie erhob sich und setzte sich rittlings auf meinen Schoß. Ich schloss die Augen, als ich ihre feuchte Wärme an meiner Haut spürte. Unter einem Stöhnen packte ich ihren perfekten Hintern. »Du fühlst dich so gut an.«

Ich schnappte mir ein Kondom und streifte es über. Unsere Blicke trafen sich, und sie drückte sich hoch, bevor sie hinunterschaute, wie ich meine Erektion festhielt, bereit für sie. Allein bei der Vorstellung, dass sie auf mich sank, presste ich die Kiefer zusammen, und als ihre Feuchtigkeit meine Spitze umhüllte, wollte ich mich aufbäumen, so verdammt herrlich war sie. Sie ließ sich so langsam auf mich sinken, als müsste sie sich an mich gewöhnen.

»Es ist intensiv auf diese Art«, hauchte sie mit leicht entrückter Stimme.

Ich nickte. »Mach weiter.«

Es fühlte sich an, als dauerte es Stunden, bis sie ganz auf mich sank und ihre feuchte, heiße Enge mir endlich nachgab.

Ich legte den Kopf in den Nacken und versuchte, mich zu konzentrieren, damit ich nicht auf der Stelle kam.

»Alles okay?«, fragte sie.

Ich streichelte über ihre Oberschenkel. »Wie du schon sagtest, es ist intensiv.«

Sie neigte den Kopf und lächelte mich an. Das war mein Geschenk – die Fähigkeit, dieses Lächeln zu entlocken. Dass ich Anteil an etwas haben konnte, was sie glücklich machte, war das Beste, was ich mir vorstellen konnte.

»Du bist so sexy«, sagte ich, wobei ich ihren Hintern umfasste. Ich ermunterte sie, leicht die Hüften zu bewegen. Jede Bewegung löste heftige Wellen der Lust aus, und ich musste den Atem anhalten.

»Du fühlst dich so gut an«, erwiderte sie. Sie fasste jetzt Selbstvertrauen, ihre Bewegungen wurden mutiger, während sie Empfindung um Empfindung nachjagte. Als sie ihren Busen gegen meine Brust drückte, flackerten in meinem Kopf Erinnerungen daran auf, wie ich sie vom Flughafen abgeholt hatte. Hatte ich damals schon gewusst, dass es mit uns so ausgehen würde? Dieser kribbelnde Schock, als ich sie gesehen hatte – wie ihr Lächeln etwas in mir erwärmt hatte, von dem ich gar nicht gewusst hatte, dass es kalt war. Vielleicht hatte ein Teil von mir die ganze Zeit gewusst, dass es so gut zwischen uns werden konnte.

Sie grub die Fingernägel in die Haut meiner Schultern, und ihre Wangen liefen rot an. Mein Gott, jedes Mal, wenn ich dachte, dass sie nicht schöner werden konnte, haute mich ein neuer Anblick aus der Bahn. Sie um meinen Schwanz zu spüren, ihre Brüste an meiner Haut, das Ziehen ihrer Finger an meinen Haaren. Ihre leisen Stöhnlaute zu hören, als ich begann, den Rhythmus vorzugeben. Ich wollte nicht aufhören, wollte sie vögeln, bis wir beide fix und alle waren.

»Mehr«, sagte sie und legte die Hände auf meine.

Ich grinste. Sie wollte dasselbe.

Ich hob sie von meinem Schoß und stand auf. »Hände auf den Tisch.« Ich musste in der Lage sein, mich zu bewegen. Mit all der Kraft, die sie durch meine Adern jagte, in sie zu stoßen.

Als ich ihre Wirbelsäule küsste, drückte sie sich nach hinten, damit ich weitermachte. Ich richtete mich auf, stützte die Hände auf ihre Hüften und stieß in sie, während sie laut aufstöhnte. Spannung baute sich in meinen Schenkeln auf, während ich mich anstrengte, langsam zu machen – mich davon abzuhalten, sie so hart ranzunehmen, dass der Tisch zusammenbrach.

»Gott, fühlst du dich gut an. So warm. So weich.«

Sie lehnte sich gegen mich, trieb mich an, drängte mich tiefer.

Mit bebender Brust und angespannten Muskeln wurde ich schneller, vollkommen darauf konzentriert, sie mit Lust zu erfüllen und meinem Verlangen nachzujagen.

Ihre wachsende Enge, mein in der Ferne bebender Orgasmus – *»Fuck«*, stöhnte ich heraus. Es war so gut, und ich wollte nicht, dass es allzu bald vorbei war. Ich würde nur ein Mal den ersten Sex mit ihr haben, nachdem sie mir gesagt hatte, dass sie mich liebte, und ich wollte diese Augenblicke festhalten, damit sie ewig dauerten.

Sie fasste nach hinten und nahm meine Hand. »Joshua, ich bin ganz kurz davor.«

Ich wollte zusehen, wie sie kam.

Also zog ich sie zu Boden und legte mich in dem verzweifelten Bedürfnis, wieder in ihr zu sein, auf sie. Pures Verlangen hatte in mir die Führung übernommen. Sie ließ ihre Schenkel über meine Hüften gleiten, während ich mich vor und zurück wiegte, wieder und wieder, uns beide zusammen hinaufbeförderte, immer höher und höher.

Sie öffnete die Augen und drückte den Rücken durch, ihr Körper spannte sich an, und ihr Orgasmus zeichnete Verzückung auf ihr Gesicht, während sich eine Empfindung in mir aufbaute, die schließlich in meiner Brust zu explodieren schien.

Ich brach auf ihr zusammen, während sie die Finger über meinen Rücken gleiten ließ und an meinem Ohr einen zufriedenen Laut von sich gab.

»Du bist wunderschön«, sagte ich.

»Ich gehöre dir«, erwiderte sie. Sie hätte nichts sagen können, woraufhin ich mich besser, hoffnungsvoller, dankbarer gefühlt hätte.

Ich schaffte es, mich auf die Arme aufzustützen, damit ich in ihre schönen blauen Augen schauen konnte. »Und ich gehöre dir.«

43. Kapitel

HARTFORD

Ich stand an der Wohnungstür des Penthouses und beendete gerade ein Telefongespräch mit Gerry, als Joshua von der Arbeit nach Hause kam.

Er warf mir einen Blick zu, der sagte *Alles okay bei dir?*

»Ich wollte noch nie so dringend Sex mit dir haben wie jetzt gerade.«

»Okay«, sagte er langsam, als rechnete er noch mit einem Haken. »Was muss ich tun, damit du das jedes Mal denkst, wenn ich einen Raum betrete?«

»Ach, ich weiß nicht – gegen einen großen Pharmakonzern gewinnen. Leben retten. Einfach der beste Typ sein, der mir je unter die Augen gekommen ist.«

Seine Augen funkelten, und er hielt mit der einen Hand eine Flasche Champagner hoch, mit der anderen eine Kuchenschachtel. »Du hast es schon gehört? Ich wollte dich damit überraschen.«

»Du wusstest es? Seit wann?«

»Ich kenne da jemanden, der jemanden kennt.«

»Gerry auch. Darum weiß ich es. Wann wird es offiziell? Ich möchte es von allen Dächern schreien.«

»Jetzt. Merdon wird keinerlei Mitteilung herausgeben, dass Calmilizer tot ist, und die US-Behörde äußert sich nicht zu Medikamenten, die nicht zugelassen werden. Wir aber schon.«

Ich konnte es nicht glauben. Calmilizer würde niemals als rezeptfreies Medikament auf den Markt kommen, und das lag daran, dass mein Freund toll war. Luca Brands war furchtlos gegen Merdon angetreten. Sie hatten Gerry in lauter Fernsehsendungen in den USA und auch in Großbritannien gebracht und jeden Fernseharzt, den es nur gab, davon überzeugt, sich der Kampagne anzuschließen. Er war klasse gewesen. »Willst du erst Sex haben? Oder erst Kuchen und Champagner?«, fragte ich.

»Lass uns anstoßen und den Champagner dann mit ins Bett nehmen.«

Ich nahm zwei Gläser aus dem Schrank und stellte sie auf die Marmorarbeitsplatte. »Hast du schon etwas vom Hotel gehört?« Luca Brands pitchte andauernd um neue Aufträge, seit GCVB die Agentur hatte fallen lassen. Er hatte einige neue Kunden gewonnen, aber, wie ich wusste, hoffte er, dass die Inhaber des Hauses, das wir unser Zuhause nannten, zu Luca Brands kommen würden.

Wie aus dem Nichts erschien Joshuas Grübchen. »Ja, tatsächlich. Der Tag ist voller guter Neuigkeiten. Der Vorstandsvorsitzende der Hotelgruppe rief mich heute an. Er möchte ein Meeting.«

Ich strich mit einer Hand seinen Rücken hinauf, während er den Schampus eingoss. »Ich sag es dir doch: Du bist unwiderstehlich.«

Als es an der Tür klingelte, schaute ich zu Joshua. Erwartete er jemanden?

Er zuckte mit den Schultern. »Ich schenke weiter den Champagner ein. Geh du aufmachen.«

»Andrew?«, sagte ich, als ich die Tür öffnete. »Was machst du denn – und Tristan! Wir hatten gar nicht mit euch gerechnet.«

Andrew und Tristan kamen nacheinander herein, woraufhin ich bemerkte, dass Tristan Gabriels Tochter an der Hand hielt. »Bethany! Wo ist denn dein Daddy?«

»Was macht ihr zwei denn hier?«, fragte Joshua, als er Andrew und Tristan sah. »Die hier darf bleiben«, sagte er und bückte sich, um Bethany hochzuheben. »Aber der Rest von euch –« In dem Moment kamen Gabriel, Beck, Hollie, Autumn, Stella und Dexter herein. Dexter schien einen Aktenkoffer dabeizuhaben, Stella eine Kuchenschachtel, und alle anderen trugen entweder eine Flasche Champagner oder Wein in der Hand.

»Wir sind hier, um zu feiern«, sagte Stella.

Wussten sie alle von Calmilizer? In dieser Stadt mit ihren neun Millionen Einwohnern verbreiteten sich Neuigkeiten schnell.

»Yep, Joshua trifft nicht alle Tage gute Entscheidungen«, sagte Beck, während er sich vorbeugte, um mich auf die Wange zu küssen. »Du bist die Beste, die er je gedatet hat.« Wenn es noch einen Mann außer Joshua gab, bei dem ich ins Schwärmen geriet, dann Beck. Er schien immer das Richtige zu sagen. Stella konnte sich glücklich schätzen.

Alle brauchten etwas zu trinken. Als ich mich umdrehte, bemerkte ich, wie Joshua etwas in sich hineinmurmelte und Sektgläser aus dem Schrank nahm. »Alles okay?«, fragte ich und stellte mich neben ihn, während alle anderen sich auf den Sofas verteilten. Tristan hielt Bethany an den Knöcheln hoch.

»Wenn du nicht aufpasst, kotzt sie dich voll«, erklärte Autumn Tristan. »Und ich bin die Erste, die dann sagt, dass du es verdient hast.«

»Werd ich nicht, Autumn«, sagte Bethany. »Nur noch ein einziges Mal.«

»Behaupte nicht, ich hätte dich nicht gewarnt«, meinte Autumn.

»Wir wollten doch Sex haben«, flüsterte Joshua mir ins Ohr und lenkte mich damit von Bethanys Gekicher ab. Er klang, als hätte ihm gerade jemand gesagt, er solle seinen Ball nehmen und nach Hause gehen.

»Ist doch nett. Deine Familie ist zu Besuch gekommen.«

»Aber wieso?«, fragte er.

»Keine Ahnung. Außerdem bleibt uns noch jede Menge Zeit für Sex.«

»Hier«, sagte Dexter, wobei er seinen Aktenkoffer auf den Tresen schob.

Hollie erschien hinter ihm. »Ich schenke uns allen was zu trinken ein, während du mit deinem Spielzeug spielst.« Dexter umfasste Hollies Taille, beugte sie herunter und gab ihr einen Kuss wie im Hollywoodfilm. Dann ließ er sie los und fuhr fort, als wäre nichts gewesen.

»Ich denke über einige neue Modelle nach und wollte dich mal nach deiner Meinung fragen, Hartford.« Ich war im Begriff nachzusehen, ob Hollie die Gläser gefunden hatte, wurde jedoch abgelenkt, als Dexter den schwarzen Samtkoffer öffnete und Hunderte funkelnder Ringe darin offenbarte. »Welche Form gefällt dir?«

Ich schaute zu Joshua. »Subtil wie ein Pflasterstein, mein Lieber«, sagte dieser. Er wandte sich mir zu. »Offensichtlich laufen die Geschäfte nicht besonders gut, und aus Dexter ist ein Haustürvertreter geworden.«

Dexter lachte leise. »Ach komm, es ist gut, über so etwas Bescheid zu wissen. Nur für den Fall der Fälle. Weißt du?«

»Moment.« Plötzlich dämmerte mir, was hier vor sich ging. »Dexter, versuchst du herauszufinden, welche Art Ring ich gerne hätte, wenn wir uns verloben?«

»*Falls*«, sagten Dexter und Joshua unisono.

»*Falls* wir uns verloben«, wiederholte Joshua und schlang einen Arm um meine Taille. »Schätze, es schadet nicht, mal einen Blick darauf zu werfen.« Wie konnte der Mann, der bis vor einem Monat nur unverbindliche Geschichten eingegangen war, so beiläufig darüber reden, mich zu heiraten?

»Der Brillantschliff ist natürlich der Klassiker. Wie bei dem hier zum Beispiel.« Dexter nahm einen Ring heraus, auf dem ein einzelner riesiger Diamant saß. Und dann einen zweiten. »Aber vielleicht gefällt dir etwas Vintage-mäßigeres besser, etwa ein Asscher-Schliff – der ist schon immer einer meiner Favoriten. Er ist nicht so kostspielig wie der Brillant, aber bei diesem Schliff lässt sich der Stein nicht verstecken. Er muss makellos sein.«

»Ich liebe es, wenn du über Edelsteine redest«, warf Hollie hinter uns ein, wo sie Champagner in eine endlose Reihe Gläser goss.

»Ich möchte etwas viel Kleineres. Ich möchte meinen Ring nicht bei der Arbeit abnehmen müssen, deshalb müsste er so klein sein, dass ich mir damit nicht andauernd die Gummihandschuhe aufreiße.« Wenn mich doch mein siebzehnjähriges Ich jetzt nur sehen könnte, wie ich mit Joshua Luca einen möglichen Verlobungsring aussuchte. Niemand sollte je behaupten, dass Träume nicht wahr wurden. »Die Auswahl überfordert einen.«

»Ja, ach, ich lasse dir den Koffer ein paar Tage da«, sagte Dexter. »Du kannst dir den Spaß machen, verschiedene auszuprobieren, und dich dann entscheiden.«

Ich hatte das unbestimmte Gefühl, dass es mehr als nur ein paar Tage dauern würde.

»Haben alle was zu trinken?«, fragte Andrew vom Kamin her. Gläser wurden gehoben. »Gut. Dann lasst uns anstoßen.«

»Moment«, sagte Joshua. »Erst will ich wissen, wie ihr hier hochgekommen seid, ohne dass die Rezeption euch angekündigt hat. Das hier soll eigentlich ein sicheres Gebäude sein.«

Andrew schüttelte bloß den Kopf.

»So was gibt's nicht«, sagte Tristan. »Selbst das Pentagon ist kein sicheres Gebäude, wenn ich in der Nähe bin.«

Andrew erhob sein Glas. »Auf Joshua und Hartford. Wir wünschen euch ewiges Glück.«

»Sehr poetisch von dir«, sagte Dexter und knuffte Andrew in die Seite.

»Danke. Fand ich auch.«

»Wir haben auch Neuigkeiten«, verkündete Beck. »Wir haben endlich unser Hochzeitsdatum festgelegt. Heiligabend, wenn ihr da alle könnt.«

»Stopp mal, ihr seid gar nicht verheiratet?«, fragte Autumn. »Ich dachte, ihr wärt längst unter der Haube?« Gabriel flüsterte Autumn etwas ins Ohr, und sie nickte.

»Wurde ja auch mal Zeit«, befand Tristan. »Ich als Trauzeuge komme natürlich.«

Neben mir räusperte sich Joshua. »Tristan wird doch nicht dein Trauzeuge, oder, Beck?«

»Will ich verdammt noch mal nicht hoffen«, meinte Dexter.

»Ihr werdet alle meine Trauzeugen. Hoffe ich.« Beck erhob sein Glas. »Auf die besten Männer Londons und die Frauen, die sie sogar noch besser machen.«

Als ich zu Joshua hochschaute, drehte er den Kopf zu mir und schenkte mir ein albernes Grinsen. »Du machst mich besser«, flüsterte er und drückte einen Kuss auf meinen Hals.

EPILOG

HARTFORD

Einen Monat später

Das Apartment im *Park Lane International* fühlte sich allmählich nach Zuhause an. Aber ich hatte nicht vor, das Joshua gegenüber zuzugeben, sonst würden wir niemals ausziehen. Ich schlug auf der Bank die Füße unter, während Joshua in seinem Schaumbad lag. Der Mann wusste durchaus, wie man entspannte und das Leben genoss. Diese Momente mit ihm, wenn wir zusammen Wein tranken und einander von unserem Tag erzählten, gehörten mit zu meiner liebsten Gemeinsamzeit.

Ich wischte über das iPad, um Bilder von einem Haus aufzurufen, das gerade auf den Markt gekommen war. »Das hier gefällt mir sehr.« Ich drehte das Gerät zu ihm um.

»Die Badewanne ist ja winzig. Wenn du schon in die hier nicht mit mir zusammen steigen willst, dann wird das in der da niemals gehen.«

»Du kannst Immobilien doch nicht nach der Größe der Badewanne beurteilen.«

»Ist das etwa eine Regel, von der ich noch nichts wusste?«

Ich seufzte. Er war extrem wählerisch, wenn es darum ging, wo wir wohnen würden. Ich wollte vorankommen. Ich konnte den Gedanken an das viele Geld nicht ertragen, das er für dieses Apartment ausgab.

»Ich habe übrigens eine Überraschung für dich.«

Ich kniff die Augen zusammen. Joshuas Überraschungen waren meistens extravagant und unnötig, aber ehe ich nachfragen konnte, klingelte es an der Tür. Dem Grinsen auf Joshuas Gesicht nach zu urteilen, hatte er mit dieser Unterbrechung gerechnet.

»Ich hoffe mal, das sind nur Cupcakes.«

»Das auch.«

Er stützte sich auf dem Wannenrand ab und stand auf, sodass das Wasser an ihm hinunterfloss, als wäre er Helios, der aus dem Meer stieg. »Soll ich Beck sagen, dass er sich für eine halbe Stunde verziehen soll?«, fragte er, als er mich dabei ertappte, wie ich ihn angaffte.

Ich sprang von der Bank auf. »Beck ist hier? Mit Stella? Ist das meine Überraschung?«

»Ein Teil davon, würde ich sagen.« Er wickelte sich ein Handtuch um.

»Ich gehe ihnen aufmachen.« Ich schnappte mir mein Weinglas und das iPad und ging zur Tür. Als ich mit den Begrüßungsumarmungen fertig war, kam Joshua hereingeschlendert. Ich machte mich daran, allen etwas zu trinken zu holen.

»Ich stecke den mal am Fernseher ein«, sagte Beck und hielt dabei etwas hoch.

Ich schaute zu Joshua, der Beck mit einem Nicken sein Einverständnis gab. Wenigstens wusste einer von uns, was hier vor sich ging. Ich schenkte Wein ein und reichte die Gläser herum.

»Komm, setz dich«, sagte Joshua von seinem Platz auf dem Sofa her und streckte die Hand nach mir aus.

Stella ließ sich neben mich plumpsen, und wir guckten alle zu Beck hoch, der aussah, als wollte er uns mitteilen, dass es um einen Film, ein Buch oder ein Theaterstück ging.

Beck griff nach der Fernbedienung und deutete zum Fernseher. »Willkommen in der Alford Street Nummer sechs.«

Ein Film zeigte die Außenansicht eines rot- und cremefarbenen Backsteinhauses. Die Kamera schwenkte die Steinstufen hinauf und durch eine große Doppeltür nach drinnen.

Ich war überrumpelt worden.

Ich stand auf. »Halt mal. Drück auf Pause.« Als das Video stoppte, schaute ich zu Joshua. »Hat dir deshalb keins der Häuser gefallen, die ich dir gezeigt habe? Weil du das schon die ganze Zeit in der Hinterhand hattest?«

Er schnitt eine Grimasse. »Nicht die ganze Zeit.«

»Wieso hast du nichts gesagt?«

»Ich möchte, dass du siehst, wie es einmal aussehen wird«, antwortete er.

»Es ist noch nicht fertig«, sagte Beck. »Aber bis Weihnachten schon.«

»Und es ist gleich um die Ecke von uns«, meinte Stella und strahlte mich an. »Es wird traumhaft. Vertrau mir. Wir können zusammen dafür sorgen, dass es genau so wird, wie du es haben möchtest.«

Joshua stöhnte. »Nein, daraus wird nichts. Wenn wir es Hartford überlassen, wird das ganze Haus mit IKEA-Möbeln eingerichtet.«

»Es ist nichts Falsches an IKEA-Möbeln«, erwiderte ich, während ich mich wieder aufs Sofa sinken ließ.

»Stimmt«, meinte Stella. »Aber das soll euer gemeinsamer Rückzugsort werden. Und Joshua steht nun mal auf schöne Dinge, von daher –«

»Ich schlage dir einen Kompromiss vor«, sagte ich.

»Raus damit«, verlangte Joshua.

»Ich wähle, ohne nachzufragen, aus dem aus, was Stella mir vorschlägt, wenn du einverstanden bist, welche Summe wir auch immer für das Haus ausgeben, durch eine Spende in gleicher Höhe an die *Luca Foundation* oder *Médecins Sans Frontières* auszugleichen.«

Joshua runzelte die Stirn, was, wie ich inzwischen gelernt hatte, ein Zeichen dafür war, dass er versuchen würde zu verhandeln. Aber ich würde nicht nachgeben. »Ich werde eine Spende in Höhe unserer Ausgaben für die Geräte und Möbel im Haus an die Luca-*Kent*-Foundation spenden.«

»Die Luca-Kent-Foundation?«, fragte ich.

»Ich habe sie umbenannt«, erklärte er und hielt mir sein Handy hin. Er hatte eine E-Mail von seinem Anwalt aufgerufen, die die Namensänderung bestätigte. Er war der süßeste, romantischste Mann überhaupt. Viel besser als in jeder Fantasievorstellung, die ich mit siebzehn gehabt haben mochte.

»Mein Name muss nicht auf dem Briefbogen stehen. Ich will nur, dass die Stiftung Geld erhält.«

»Na ja, du bist der Mensch, der mich zur Gründung der Stiftung inspiriert hat, da ist es nur recht, wenn sie auch den Namen Kent trägt. Und überhaupt, ich hoffe mal, wir *zwei* werden schon bald Luca-Kent heißen.«

Ich versuchte, das warme Kribbeln in meinem Bauch zu ignorieren. Wir redeten ständig über unsere Zukunft, davon, Kinder zu bekommen und zusammen alt zu werden. Aber ich wusste, dass Heiraten ein sensibles Thema für Joshua war. Diana hatte ihm übel mitgespielt. »Du weißt aber schon, dass ich kein Schriftstück brauche, auf dem steht, dass wir für immer zusammenbleiben.«

»Mag sein. Aber *ich möchte* eins. Und ich hoffe, du auch.«

Als ich zu Beck und Stella schaute, grinsten uns die beiden mit verklärter Miene an.

Ich drehte mich wieder zu Joshua und legte ihm die Hand auf die Brust. »Ich wäre liebend gern eine Luca-Kent.«

»Und nein, das hier ist kein Antrag, ich arbeite da nämlich an was.«

»Vielleicht erspare ich dir die Mühe und nehme die Sache selbst in die Hand.«

»Das wäre so lustig«, sagte Stella.

»Ich warne dich nur«, sagte Joshua. »Ich möchte eine große, prunkvolle Hochzeit. Ich bin der glücklichste Mann auf diesem Planeten und will, dass die ganze Welt das weiß. Ich will dich auf mich zu Richtung Traualtar schreiten sehen.«

Ich schlang die Arme um ihn. Zwischen seinen Worten steckte so viel Ungesagtes. Er vertraute mir. Er wusste, dass ich ihn niemals verlassen würde, ihn niemals demütigen – und das fühlte sich gut an, denn ich liebte ihn genauso sehr wie er mich.

»Damit kann ich leben.« Wenn es ihm wichtig war, dann war es auch mir wichtig.

JOSHUA

Weitere drei Monate später

Ich plante diesen Augenblick schon seit Monaten. Ich konnte es nicht erwarten, Hartfords Gesicht zu sehen, wenn sie sah, was ich aus den Bädern gemacht hatte.

»Hast du einen Grill eingebaut oder so was?« Mit verbundenen Augen blieb Hartford stehen und stemmte die Hände in die Hüften.

»Vielleicht habe ich einen in *dein* Badezimmer eingebaut.« Ich zog sie bei den Händen, damit sie in unser Schlafzimmer kam. »Geh weiter.«

Sie setzte sich wieder in Bewegung. Nur noch wenige Schritte, dann würde sie in unserem Schlafzimmer stehen. »Du weißt aber schon, dass ich es komplett irre finde, dass wir zwei Badezimmer haben?«

Heute würden wir die erste Nacht in unserem neuen Haus verbringen. Im Lauf der Woche hatten wir alle unsere Sachen hergebracht und waren endlich so weit, hier zu übernachten. »Das ist nicht irre. Es steigert den Wiederverkaufswert und ist außerdem praktisch.«

Es gab nur einen Teil unseres neuen Hauses, den Hartford noch nicht gesehen hatte – die von unserem Schlafzimmer abgehenden Bäder. Sie hatte mir damit freie Hand gelassen, und ich hatte mich ausgetobt.

»Die Tatsache, dass ich so viele Schritte zurücklegen muss, bis ich in unserem Schlafzimmer bin, beweist, dass das Haus deutlich zu groß ist.« Sie seufzte. »Aber ich liebe es. Okay, wir haben jetzt Teppich unter den Füßen, kann ich die Augenbinde also abnehmen?«

»Nope. Noch nicht.« Ich zog sie weiter, bis sie die Schwelle zu ihrem Badezimmer übertreten hatte. Die Musik, die ich ausgesucht hatte, lief in der perfekten Lautstärke, und ich drehte Hartford um, damit die Jalousien nicht das Erste waren, was sie sah. Ich musste nur noch ein paar Kleinigkeiten erledigen. »So. Bleib genau hier stehen.«

Schnell zog ich mich aus und wickelte mir ein Handtuch um die Hüften.

»Ist das Natasha Bedingfield?«

Ich grinste. Ich war mir nicht sicher gewesen, ob sie sich daran erinnern würde. »Ja.«

»Das ist das Lied, das in dem Sommer rauf und runter lief, als du mit der Uni angefangen hast.« Als sie lächelte, wusste ich, sie erinnerte sich an jene langen Sommer unserer Jugend erfüllt von langen Sonnentagen, Tennismatches und ersten Schwärmereien, aus denen die große Liebe wurde.

Dieser Frau entging nichts. Gott sei Dank war ich der Mann, der versuchen durfte, mit ihr mitzuhalten.

Mir gefiel der Gedanke, dass ich meine Frau von Anfang an gekannt haben würde, wenn mein Leben einmal zu Ende ging. Dass wir schon seit so langer Zeit zum Leben des anderen gehörten. Niemand würde mich je besser kennen.

»Du musst dich ausziehen«, sagte ich.

»Mit verbundenen Augen?«

»Ja, wird aber nicht so spleenig, wie es sich anhört.« Sie trug eine Bluse und Jeans, deshalb ging ich ihr ein wenig zur Hand. Als sie vollständig entkleidet war, half ich ihr – wenn auch widerwillig – in den flauschigen weißen Bademantel mit der *Luca-Kent*-Stickerei auf der Brust, den ich bestellt hatte. Ich fragte mich, wie lange es wohl dauern würde, bis es ihr auffiel.

Ich atmete tief durch und nahm ihr die Augenbinde ab. »Euer Bad, Milady.«

Ein Lächeln breitete sich auf ihrem Gesicht aus, doch sie schaute sich nicht im Badezimmer um. Ihr Blick ruhte fest auf mir. »Ich liebe es.«

Ich lachte leise. »Du hast dich ja noch nicht mal umgesehen.«

»Ich liebe es jetzt schon«, sagte sie und schlang die Arme um meinen Hals. »Du hast es für uns gestaltet, deshalb liebe ich es. Aber zeig mir alles.«

Ich zog sie an mich und führte sie herum.

»Es bleibt dabei: Ich liebe es!«, sagte sie, während sie sich umschaute. »Und die Badewanne ist der Hammer. So tief. Ich konnte mir schon denken, dass du das nicht vermasseln würdest. Ist dein Bad sehr anders?«

»Mein Bad sieht genau gleich aus, nur mit Portoto-Marmor darin. Ich zeig's dir.« Ich zog die Jalousien an der Wand zwischen ihrem und meinem Bad hoch, um das Sahnehäubchen des Ganzen zu enthüllen.

»Ist das etwa ein Pool?«, fragte sie mit vor Schock weit aufgerissenen Augen, als sie die riesige Badewanne betrachtete, die zwischen unseren beiden Bädern stand. Ich hatte dafür gesorgt, dass das Wasser exakt achtunddreißig Grad hatte. Eine Auswahl der besten Badeöle, die man für Geld kaufen konnte, hatte einen Ehrenplatz in einem extra dafür vorgesehenen Schrank. In den Monaten, seit wir zusammenwohnten, hatte ich es geschafft, Hartford zu regelmäßigen Geniezeiten zu ermuntern, und sie mochte eine Mischung aus Weihrauch und Lavendel am liebsten. Wir passten in so vielerlei Hinsicht perfekt zusammen.

»Nein, nur eine sehr große Badewanne.« Sie maß zwei Meter mal zwei Meter – jede Menge Platz für uns beide. »Und da drüben«, ich zeigte zur gegenüberliegenden Seite der geteilten Badewanne, »ist mein Badezimmer. Die Badewanne steht dazwischen, damit wir zusammen eine Geniezeit nehmen können, wenn uns danach ist.«

»Drei Badewannen in zwei Bädern?«

»Das ist wichtig.«

Sie lachte bloß leise. »Steigen wir jetzt rein?«

Ich ließ mein Handtuch fallen. Sie grinste und streifte ihren Bademantel ab. Dann hielt ich ihre Hand, während sie ins Wasser stieg.

Seufzend ließ sie sich hineinsinken. »Ich glaube, ich könnte mich an das gemeinsame Leben mit dir gewöhnen.«

Mit einem leisen Lachen stieg ich neben sie. »Ja? Na, das hatte ich auch gehofft.«

Obwohl so viel Platz in der Badewanne war, verschränkten wir die Beine miteinander, und ich reichte ihr ein Glas. Und einen Cupcake.

»Ein Cookies-and-Cream-Cupcake. In der Badewanne zusammen mit meinem absoluten Lieblingsmenschen. Im schönsten Haus, das ich je gesehen habe. Kann das Leben noch besser werden?«

»Das hoffe ich doch.«

»Joshua.« Sie warf mir einen strafenden Blick zu. »Mehr als das kann man sich nicht wünschen.«

»Nur eins noch.« Ich holte tief Luft. »Willst du mich heiraten?«

Ihr durchdringender Blick wechselte zu völliger Hingabe. Vorsichtig legte sie ihren noch unangerührten Cupcake auf dem Wannenrand ab und hockte sich über mich, sodass ihre feuchten Schenkel an meinen Hüften entlangglitten. »Tausendmal Ja, Joshua Luca. Mit dir an meiner Seite ist mein Leben perfekt.«

Und einfach so, ohne noch einen weiteren Penny auszugeben, hatte ich alles, was ich mir je wünschen konnte.

LESEPROBE

LOUISE BAY

Mister Bloomsbury

Ins Deutsche übertragen
von Anne Morgenrau

1. KAPITEL

SOFIA

Bislang ähnelte London in vieler Hinsicht New York, abgesehen von Moms Fleischbällchen am Sonntag. Natürlich gefielen mir die roten Busse und auch der Akzent, aber manche Probleme verschwinden nicht einfach, indem man einen Ozean überquert. Ich hatte noch immer keine eigene Wohnung, keine Ersparnisse für den Notfall, und, ja, nicht einmal einen Job. Nur dass mir jetzt britische Pfund anstelle von Dollarnoten fehlten.

Aber ich musste mich auf das Positive konzentrieren. Ich war in *London*, dem Land von Mary Poppins. Der Heimat von Battenberg-Kuchen und Tee, dem Reich von Prinzen und Palästen.

Obwohl ich mich danach sehnte, auszugehen und in einer schicken Bar einen Cocktail zu trinken oder die Parks und Museen zu erkunden, verbrachte ich den Großteil meiner Zeit auf der Couch meiner besten Freundin und suchte im Internet nach Jobs. Meine Gehaltsvorstellungen aus der Zeit, als ich noch mit den Kommilitonen aus dem Master of Business Administration-Studium in den Hörsälen der Columbia University saß, hatte ich längst heruntergeschraubt. Einige Studierende hatten bereits während des Studiums einen Job gefunden, aber die meisten waren noch auf der Suche. Die Zahl der Studis ohne Anstellung wurde immer kleiner, je weiter wir auf den Abschluss zusteuerten, und McKinsey, Bain und Google hatten sich die Jahrgangsbesten herausgesucht. Als wir mit unseren Umhängen und Doktorhüten für die Erinnerungsfotos posierten, hatten nur etwa fünf Prozent meines Jahrgangs noch kein Angebot bekommen.

Ich gehörte zu diesen fünf Prozent.

Ich klappte den Laptop zu und atmete tief durch, so wie es mir meine Meditations-App riet, um Panikattacken zu vermeiden. Zwei der vorgeschriebenen vier Atemzüge hatte ich bereits absolviert, da kam die Besitzerin der Couch, auf der ich derzeit übernachtete, zur Tür hereingestürmt. Außerdem war Natalie seit fünfzehn Jahren meine Freundin. Sie knallte die Tür zu, ließ ihre wunderschöne moosgrüne Tasche von Mulberry fallen und kickte sie über den Boden. Und noch einmal.

Dafür gab es nur eine Erklärung: Andrew Blake.

»Was hat er jetzt wieder angestellt?«, fragte ich und räumte meine Papiere zur Seite, um ihr Platz auf der Couch zu machen.

Sie verpasste der Tasche einen weiteren Tritt und stieß einen Schrei aus.

Wow. Offenbar hatte sich ihr Boss als noch größeres Arschloch erwiesen als ohnehin schon, und das wollte etwas heißen. Wenn sie mir beschrieb, wie mies er mit ihr umging, schien er Prinz William und sie ein Küchenmädchen zu sein. Wenn er überhaupt mit ihr sprach. Anscheinend sagte er manchmal tagelang kein Wort. Ich stand auf und ging zum Kühlschrank. Natalie brauchte keine Atemübungen, sie brauchte Wein.

Ich stellte zwei Gläser auf die Arbeitsplatte – schließlich konnte ich sie nicht allein trinken lassen. Sie brauchte dringend moralische Unterstützung. Ich warf einen Blick auf die Uhr: kurz nach drei.

Drei Uhr *nachmittags*. Natalie kam sonst nie vor acht nach Hause.

»Nat?« Ich rannte in den Korridor, wo Natalie inzwischen von ihrer Tasche abgelassen hatte und jetzt ihren Mantel traktierte. »Warum bist du so früh zu Hause?«

»Ich brauche Alkohol. Sofort!«

Verdammt, hatte dieser Idiot sie gefeuert?

Ich ging zurück in die Küche und goss beide Gläser voll, egal, wie spät es war.

Als ich ins Wohnzimmer zurückkehrte, hatte sich Natalie auf die Couch fallen lassen und starrte mit glasigen Augen vor sich hin.

Ich drückte ihr ein Glas in die Hand, nahm neben ihr Platz und schlug die Beine übereinander. »Erzähl mir, was passiert ist.«

Sie schüttelte den Kopf wie ein verwirrter Welpe. Als hätte sie jetzt erst bemerkt, dass sie ein Glas Wein in der Hand hielt, nahm sie einen großen Schluck. »Mir reicht's. Er hat gestern den ganzen Tag nicht mit mir gesprochen und heute Morgen auch nicht. Als ich ihn gefragt habe, ob er sich den Bericht angesehen hat, den ich erstellt hatte, hat er mich einfach ignoriert. Und als ich aus der Mittagspause kam, ich war noch im Mantel, kam er aus seinem Büro gestürmt und motzte mich an, weil …« Sie verstummte. »Weißt du, ich habe keine Ahnung, was sein Problem war … abgesehen von seiner schweren Persönlichkeitsstörung und der Tatsache, dass er das sturste Arschloch ist, das mir jemals begegnet ist. Und das will was heißen, schließlich bin ich in New Jersey aufgewachsen.«

»Du hast keine Ahnung, warum er wütend war?«

»Nein. Und das Schlimmste ist, dass er nicht schreit oder brüllt. Wenn ich sage, dass er mich anmotzt, dann meine ich … na ja, er macht es auf diese echt unverwechselbare Andrew-

Blake-Art. Er ist plötzlich ganz still, seine Augen werden immer dunkler, und dann senkt sich seine Stimme um zwei Oktaven. Als wäre er besessen. Es ist schrecklich.«

Ihre Beschreibung ließ mich schaudern. »Wie seltsam, dass solche Männer derart erfolgreich sind. Warum können sie sich nicht einfach ganz normal benehmen? Selbst wenn sie in ihrem tiefsten Inneren Psychopathen sind, könnten sie wenigstens so tun, als wären sie normale Mitglieder unserer Gesellschaft.«

»Ich bin fertig mit ihm. Ich kann nicht mehr, sechsstelliges Gehalt hin oder her. Ich habe ihm gesagt, er soll sich den Job sonst wohin schieben, und bin gegangen.«

»Gut gemacht«, sagte ich. Einerseits meinte ich es ernst, andererseits fragte ich mich, ob Natalie genug Ersparnisse hatte, um die Miete zu zahlen, bis sie einen neuen Job finden würde. Und dann ging mir auf, was sie gerade gesagt hatte. »Sechsstelliges Gehalt? Du meinst sechsstellig in dem Sinne, dass er dir über einhunderttausend Dollar im Jahr gezahlt hat?«

»Pfund«, antwortete sie. »Einhundertzwanzigtausend, um genau zu sein. Aber nicht mal zweihunderttausend wären genug, um diesen krassen Misttypen noch länger zu ertragen.«

Einhundertzwanzigtausend Pfund? Ich rechnete den Betrag im Kopf in Dollar um. Das waren über einhundertfünfzig Riesen im Jahr. »Und worin genau bestand dein Job?«, fragte ich.

Sie stöhnte. »Darin, alles zu tun, was Andrew Arschloch Blake von mir verlangte.«

»Und das heißt? Drück dich mal ein bisschen genauer aus.« Unsere Gespräche hatten sich immer nur darum gedreht, dass ihr Chef ein Arschloch war, aber ich hatte nie genau verstanden, was sie eigentlich tat. »Hast du ihm Kaffee gekocht?«

Sie seufzte. »Weißt du was? Das war das Einzige, das ich nicht gemacht habe. Ich habe auch nie seine Wäsche aus der Reinigung geholt oder private Termine für ihn gemacht. Also *niemals* etwas Persönliches. Es war, als hätte er überhaupt kein Privatleben. Als wäre er ein Roboter oder so. Ein dummer, unverschämter Roboter.«

Die meisten Assistenzstellen, die ich kannte, hatten eine Menge mit Kaffeekochen und Besuchen in der Reinigung zu tun. Eine Freundin von mir musste für ihren Boss sogar einmal mit dessen Freundin Schluss machen. Wie konnte Andrew ein mieser Chef sein, wenn er Berufliches und Privates strikt trennte und ihr einhundertfünfzigtausend Dollar im Jahr zahlte?

Ich bin in New York mit einer alleinerziehenden Mutter aufgewachsen, die drei Jobs hatte ... oder zweieinhalb, falls meine Mitarbeit bei der Wochenendreinigung der Büros über der CVS-Apotheke an der 113th Street/Ecke Broadway zählte. Für einhundertfünfzig Riesen würde ich mich mit einem unfreundlichen, anspruchsvollen und verwöhnten Boss einfach abfinden. Verdammt, dafür würde ich mich sogar um seine Wäsche kümmern!

»Und du gehst definitiv nicht mehr zurück?«, fragte ich.

»Auf keinen Fall«, sagte sie und nahm noch einen Schluck Wein. »Kommt überhaupt nicht in Frage.«

»Schlaf lieber noch mal drüber«, sagte ich, während mein Gehirn nach dem richtigen Zeitpunkt suchte, um sie zu fragen, ob sie *mir* diesen Job zutrauen würde.

»Ich habe jetzt drei Monate lang jede Nacht darüber geschlafen. Ich kann nicht mehr. Habe ich dir erzählt, dass meine Vorgängerin in dieser Position nur einen Tag durchgehalten hat? Ach was, nicht mal einen Tag lang ... sie kam einfach nicht aus der Mittagspause zurück.«

»Es war eine stramme Leistung von dir, so lange durchzuhalten. Aber einhundertzwanzigtausend Pfund sind eine Menge Geld.«

Natalie blickte auf meinen Laptop und fragte: »Immer noch nichts?«

»Nein.« Jobs waren Mangelware. »Aber es wird schon. Und wir sind ja nicht hier, um über meine Jobsuche zu reden.«

»Nein, jetzt können wir über *meine* Jobsuche reden.«

Ich bedachte sie mit einem solidarischen Lächeln, das besagte: »Tut mir leid.«

»Ach, macht nichts. Morgen früh bin ich vermutlich erleichtert, dass ich mich mit diesem Idioten nicht mehr herumschlagen muss.«

Es gab keinen besseren Zeitpunkt als diesen. Wenn sie sich absolut sicher war, dass sie den Job nicht mehr wollte, musste ich den Stier hier und jetzt bei den Hörnern packen. »Okay … Wenn das so ist, würde ich dich gern fragen … ob du mich für geeignet hältst, den Job als Andrew Blakes Assistentin zu übernehmen?«

Natalies riss ihre wunderschönen Kulleraugen auf. »Du. Willst. Meinen. Job?«

»Natürlich nicht, solange es noch dein Job ist. Aber wenn du damit fertig bist … wenn du es wirklich und wahrhaftig nicht mehr aushältst, wäre es dann nicht einen Versuch wert?«

Natalie rutschte auf dem Sofa zur Seite und griff mit der freien Hand nach meiner Schulter. »Nein, Sofia. Es ist *keinen* Versuch wert. Er ist schrecklich, absolut furchtbar. Und weißt du, womit dieser Typ seinen Lebensunterhalt verdient? Im Grunde genommen zerstört er das Leben anderer Menschen. Und *du* würdest ihm dabei helfen. Nein, das ist es nicht wert.«

Ich liebte Natalie. Aber sie war in einem wohlhabenden Vorort von New Jersey aufgewachsen. Nicht reich genug für einen Treuhandfonds, aber definitiv wohlhabend genug, um nicht auf ein Studiendarlehen angewiesen zu sein und sich eine super Krankenversicherung leisten zu können.

Seit Natalie und ihr Bruder auf der Welt waren, hatte ihre Mutter keinen Job mehr gehabt – und schon gar nicht drei. Ich nahm Natalie ihre Herkunft keinesfalls übel. Aber es war eine Tatsache, dass sie keine Ahnung hatte, wie es war, wirklich verzweifelt zu sein.

»Natalie, ich bin fast pleite. Wenn es so weitergeht, kehre ich mit weniger nach New York zurück, als ich beim Aufbruch in der Tasche hatte. Und wenn ich nach Hause komme, braucht meine Mutter immer noch ein künstliches Knie, das ich nicht bezahlen kann. Und mit meinem Vater bin ich über belanglose Telefonate noch nicht hinausgekommen. Ich bin hart im Nehmen, Natalie, und ich bin mir sicher, dass ich ein paar Monate mit Andrew Blake aushalten kann. Wenigstens, bis ich etwas Besseres finde.«

Sie senkte den Blick, als hätte ich ihr gerade mitgeteilt, dass ihre Katze gestorben ist.

»Aber ich meine es ernst: Ich bewerbe mich nur um den Job, wenn du wirklich damit fertig bist.«

Sie seufzte. »Ganz ehrlich? Ich würde fast lieber selbst wieder hingehen, als dich diesem Horror auszusetzen. Aber ich glaube, ich ertrage keinen einzigen Tag mehr mit diesem Typen.«

Ich war mir sicher, dass ich Andrew Blake einen Tag lang ertragen konnte. Ich war mir auch sicher, dass ich es drei Monate lang schaffen würde. Vielleicht sogar ein ganzes Jahr. Was auch immer nötig war, um so lange in London zu bleiben, dass ich eine Art von Beziehung zu meinem Vater aufbauen und das Geld für die Knie-OP meiner Mutter auftreiben konnte. Ich würde mich einfach zusammenreißen müssen.

2. Kapitel

SOFIA

Der Himmel spannte sich wie ein riesiges schwarzes Tuch über die große Stadt. Hätte die Dunkelheit es nicht verraten, hätte spätestens die kalte Märzluft mehr als deutlich gemacht, dass es viel zu früh war, um vor den Büros von *Blake Enterprises* zu stehen und zu warten.

Es war Viertel nach fünf am Morgen.

Natalie hatte erzählt, dass sie einmal um sechs ins Büro gekommen war und Andrew ausgesehen hatte, als hätte er sich schon länger dort aufgehalten. Ich musste ihn erwischen, ehe er das Gebäude betrat. Natalies Erzählungen zufolge hatte ich andernfalls kaum eine Chance, ihn zu erreichen. Deshalb wartete ich bereits seit zwanzig Minuten auf ihn.

Als ich Natalie endlich davon überzeugt hatte, dass es nicht weiter schlimm war, wenn ich mich um ihren bisherigen Job bewarb, hatte sie mir ein Bild von Andrew gezeigt, damit ich wusste, wen ich auf offener Straße ansprechen musste. Anfangs glaubte ich, sie hätte das falsche Bild hervorgeholt. Wie konnte jemand, der dermaßen gut aussah, ein solches Arschloch sein? Er sah besser aus als alle männlichen Mitglieder der Avengers zusammen. Es war, als hätte jemand die Haare, das Kinn und das typische Grinsen von John Kennedy Junior auf den Körper von Chris Hemsworth gepflanzt. Bei allen Heiligen, selbst wenn ich keinen Job von dem Kerl gewollt hätte, wäre ich liebend gern um fünf Uhr morgens vor seinem Büro aufgekreuzt, nur um einen Blick auf ihn zu erhaschen.

Ich reckte mich auf die Zehenspitzen und versuchte, am Ende der Straße ein Paar Scheinwerfer zu erblicken, die auf mich zukamen. Nichts. Nicht einmal ein Lieferwagen. Auf der anderen Straßenseite lief ein Jogger in meine Richtung. Er trug ein graues Hoodie, die Kapuze verdeckte sein Gesicht. Ein vorbeifahrendes Auto beanspruchte meine Aufmerksamkeit, und als ich erneut zu dem Läufer schaute, kam er über die Straße auf mich zu.

Adrenalin schoss mir in die Hände, und ich holte mein Handy heraus. *Fuck.* Ich war allein hier draußen. Gerade wollte ich Natalie anrufen, da blieb der Jogger stehen und nahm die Kapuze ab.

Dieses attraktive Gesicht hatte ich schon einmal gesehen.

»Andrew Blake?« Eigentlich war die Frage überflüssig, denn die Antwort lag offen zutage. Sein John-Kennedy-Junior-hat-ein-Baby-mit-Chris-Hemsworth-Look war nicht zu übersehen. Nur das Grinsen fehlte … zum Glück, denn sonst wäre meine Vagina in Flammen aufgegangen. In Fleisch und Blut war dieser Mann noch umwerfender als auf dem Bild.

Auf meine Frage hin wandte er den Kopf, und unsere Blicke trafen sich. Sein missbilligendes Stirnrunzeln schien durch meinen Mantel zu dringen und mich direkt zwischen den Schenkeln zu treffen. Er sah immer noch heiß aus, auch wenn er den Eindruck machte, als würde er mich gleich beißen.

»Ich bin Sofia Rossi«, sagte ich und streckte die Hand aus.

»Und?« Anstatt mir die Hand zu schütteln, holte er einen Schlüsselbund heraus und schloss die graue Tür auf, vor der ich gewartet hatte.

»Ich habe einen Abschluss von der Columbia University. Ich

arbeite hart. Ich bin kreativ, organisiert und *superflexibel.* Und ich möchte Ihre Assistentin sein.«

»Sie sind Amerikanerin«, sagte er und spuckte die Worte aus, als wär eine amerikanische Assistentin das Schlimmste, das er sich vorstellen konnte.

»Ich komme aus New York. Ich bin knallhart und zu allem bereit.«

Er drehte den Schlüssel im letzten Schloss um. »Kein Interesse«, sagte er, öffnete die Tür und ging ins Haus.

Aber so leicht gab ich nicht auf. Ich erwischte die Tür, kurz bevor sie zufiel, und folgte ihm die Treppe hinauf, wobei ich einen Blick auf den Fahrstuhl warf und mich wunderte, warum wir ihn nicht benutzten.

Wie kam es eigentlich, dass Männerhintern in Laufhosen immer gleich um dreißig Prozent besser aussahen? Nur mit Mühe gelang es mir, nicht die Hand auszustrecken und zu überprüfen, ob seine perfekten Pobacken tatsächlich so steinhart waren, wie sie aussahen. »Ich habe gehört, dass Ihre Assistentin gekündigt hat. Wenn Sie mich einstellen, ersparen Sie sich den Ärger, eine neue suchen zu müssen.«

Er schwieg.

In der ersten Etage blieben wir stehen. Andrew bückte sich, um das untere Schloss an der Glasdoppeltür aufzuschließen.

»Ich bin hier und kann sofort anfangen.«

Er ignorierte mich immer noch, entriegelte das obere Schloss, öffnete die Türen und schaltete das Licht ein. Ein heller, weißer Empfangsbereich wurde sichtbar. Ich sah mich um und betrachtete die sauberen, modernen Sessel, die aussahen, als hätte noch nie jemand in ihnen gesessen.

»Ich bin Frühaufsteherin und …«

Andrew ging nach links in ein kleines Büro, das für einen schwanzgesteuerten Vernichter von Existenzen ziemlich klein wirkte, aber als ich ihm folgte, bemerkte ich, dass hinter dem Schreibtisch eine weitere Tür war, auf die er nun zusteuerte.

Er verschwand dahinter und schlug mir die Tür vor der Nase zu.

Okay, das hätte besser laufen können.

Aber wenigstens war ich in seinem Büro. Und er versuchte nicht, mich aus dem Gebäude hinauszukomplimentieren.

Ich lehnte mich im Vorzimmer an einen Tisch und entdeckte Natalies himbeerfarbenen Kaschmirschal an der Garderobe dahinter. Bei diesem Gehalt konnte sie sich Kaschmir durchaus leisten. Geld, das ich gut gebrauchen konnte, um von ihrer Couch in eine eigene Wohnung umzuziehen. Ich würde mich von Andrew Blakes schlechter Laune nicht abschrecken lassen. Auf keinen Fall.

Ich nahm hinter dem Schreibtisch Platz, schaltete den Computer ein und warf einen Blick auf die Papiere auf dem Schreibtisch. Einige davon waren mit verschnörkelten Zeichnungen bedeckt, die bemerkenswerte Ähnlichkeit mit einem Cartoon hatten, in dem Natalie ein übertrieben großes Küchenmesser in der Hand hat. Es gab einen kleinen Stapel Berichte über eine Illustrierte namens *Verity, Inc.* Unter dem Stapel lag ein Kalender. Wie reizend. Ich schlug ihn auf und fand die aktuelle Seite. Offenbar hatte Andrew am Vormittag keinen einzigen Termin. Was machte er dann um diese Uhrzeit im Büro?

Ich beschloss, zu bleiben, bis er wieder herauskam und ich ihn davon überzeugen konnte, dass es seine beste Entscheidung der Woche sein würde, mich einzustellen.

Ich stand auf, zog meinen Mantel aus, hängte ihn neben Natalies Schal, holte ein Notizbuch aus meiner Tasche und begann, mich umzusehen. Als Erstes würde ich hier aufräumen. Nicht dass es unordentlich war, aber da der Eingangsbereich aussah, als könnte man dort bedenkenlos eine Organtransplantation durchführen, nahm ich an, dass Andrew es mochte, wenn alles perfekt war. Ja, ich würde ihm *zeigen* und nicht nur behaupten, dass ich sehr hilfreich sein konnte. Ich würde ihm beweisen, dass ich mir für keine Aufgabe zu schade war.

Ich begann den Schreibtisch aufzuräumen. Ich nahm Natalies Kaffeetasse und ging in die Küche. Sie war absolut makellos. Ich stellte die Tasse in die Spülmaschine, nahm mir eine frische Tasse und machte mir einen Kaffee. Irgendetwas sagte mir, dass es ein Marathon werden würde, Andrew zu überzeugen, und kein Sprint. Einen Moment lang dachte ich darüber nach, auch ihm einen Kaffee zu machen, aber er schien mir nicht der Typ dafür. Bei dem Körper nahm er wahrscheinlich nur Gletscherwasser und Proteindrinks zu sich.

»Kann ich Ihnen helfen?«, fragte eine Stimme hinter mir.

Ich drehte mich um und erblickte einen Mann, der mich mitleidig ansah, als wäre ich ein verirrtes Schulmädchen. Das Herz schlug mir bis zum Hals. Ich stand an einem Scheideweg.

So schnell ließ ich mich nicht unterkriegen, aber es fiel mir immer schon schwer, eine glaubwürdige Geschichte zu erfinden, selbst wenn es um eine lebenslange Versorgung mit Cannoli von *Ferrara* ginge. Das war auch der Grund, warum ich eine Zeitlang am Samstagmorgen zusammen mit meiner Mutter Mülleimer ausgeleert hatte, anstatt zu tun, was normale achtjährige Mädchen am Wochenende tun. Ich hatte behauptetet, mit den Mathe-Hausaufgaben fertig zu sein, aber meine Mutter erkannte aus einer Meile Entfernung, dass ich log, und deshalb waren meine Samstagvormittage für die nächsten fünf Jahre zum Teufel. Prompte und strenge Bestrafung war schon immer der Stil von Mamma Rossi gewesen.

Aber in diesem Augenblick hieß es: Friss oder stirb. Ich brauchte diesen Job, und ich war kein Kind mehr.

»Guten Morgen«, sagte ich, als wären der Fremde und ich alte Bekannte. Ich strahlte ihn an. »Ich bin Sofia, Andrews neue Assistentin. Ich habe den Job von Natalie übernommen.« War es eigentlich eine Lüge, wenn ich zwar Andrews neue Assistentin *werden* würde, er mich aber noch nicht eingestellt hatte?

Der Typ trat einen Schritt zurück. »Er hat schon eine neue Assistentin eingestellt?«

Ich zuckte mit den Achseln. »Ich habe heute Morgen angefangen. Darf ich Ihnen einen Kaffee machen?«

Er zog die Brauen zusammen. »Das brauchen Sie nicht. Wir machen uns den Kaffee hier selbst.« Er nahm die karierte Mütze ab, mit der er aussah wie ein altmodischer Privatdetektiv, und machte Anstalten, die Küche zu verlassen. »Aber«, fuhr er fort und drehte sich wieder zu mir um, »wenn Sie das nächste Mal zu Andrew hineingehen, könnten Sie ein paar Unterlagen mitnehmen, die ich ... Sie haben doch eine Verschwiegenheitserklärung unterschrieben, oder?«

Ich nickte und tat mein Bestes, um überzeugend zu wirken.

»Es geht um *Verity.*« Er öffnete seine Aktentasche und entnahm ihr ein paar Dokumente. »Es ist ein völliges Desaster, Andrew muss sich das unbedingt mal ansehen.«

»Natürlich, kein Problem.« Ich nahm ihm die drei mit Zahlen bedruckten Blätter Papier ab.

Er nickte, rührte sich aber nicht vom Fleck. »Kleine Warnung: Was Sie ihm da zeigen, wird ihm nicht gefallen, also geben Sie es ihm ... und gehen dann in Deckung. Oder noch besser, laufen Sie weg.«

Ich lächelte unbeirrt weiter und fragte mich, ob ich sehr bald das Opfer eines 217 – der Polizeicode für einen Angriff mit Tötungsabsicht – werden würde. »Kein Problem«, sagte ich und senkte den Blick für einen Moment auf die Dokumente. »Geben Sie es mir. Soll ich ihm sagen, von wem es –?«

Zu spät. Der Mann mit der Mütze war verschwunden. Offensichtlich hatte sich meine Fähigkeit zu schwindeln in den letzten zwanzig Jahren deutlich verbessert. Ich nahm meine Kaffeetasse und ging zurück zu meinem Schreibtisch – oder zu dem, was mein Schreibtisch sein würde, sobald ich tatsächlich hier arbeitete.

Nachdem ich zu Ende aufgeräumt und mir eine zweite Tasse Kaffee gemacht hatte, rief ich Natalie an, um sie nach dem Passwort für den Computer zu fragen. Sie flehte mich zwar an, nach Hause zu kommen, und versprach, mir genug Geld für den nächsten Monat zu leihen, gab schließlich aber doch noch nach. Sie nannte mir das Passwort (go_2_He11_BLakE) und eine verkürzte Liste ihrer täglichen Pflichten und erklärte mir, wo ihre elektronische To-do-Liste abgespeichert war. Ich verschwieg ihr, dass Andrew mich noch nicht eingestellt hatte. Ich hatte genug manifestiert, um ein Loch ins Universum zu reißen, da würde ich mich mit der Tatsache, dass es *noch nicht* passiert war, nicht länger aufhalten.

Aus Andrews Büro war kein Laut zu hören, und ich nahm fast an, dass er überhaupt nicht da war. Vielleicht führte auch ein drei Kilometer langes Labyrinth von Korridoren zu seinem Büro, sodass ich im Vorzimmer eines leeren Raumes saß.

Natalie hatte sämtliche Ordner auf dem Computer nach Firmen sortiert. Sie hatte erwähnt, dass Andrew in Firmen einstieg, die kurz vor dem Zusammenbruch standen, alle Mitarbeiter feuerte und auf diese Art Unmengen Geld verdiente. Am Abend zuvor hatte ich mit ein paar Klicks auf Google herausgefunden, dass er ein Turnaround-Experte war, ein Krisenmanager. Er rettete scheiternde Firmen vor dem Aus. Aus Natalies Mund hatte es geklungen, als wäre er ein Monster, aber wenn er Firmen vor dem Konkurs bewahrte, rettete er Jobs, anstatt sie zu vernichten.

Wenn der Typ mir Unterlagen über *Verity* gegeben hatte, war das also möglicherweise eine Firma, die Andrew retten wollte. Ich rief Natalies Ordner auf und las sämtliche Unterlagen durch. *Verity, Inc.* hatte Anfang des zwanzigsten Jahrhunderts als seriöses, von Journalisten geführtes Magazin begonnen – wie eine britische Version von *The New Yorker* –, hatte sich aber irgendwann neu erfunden. Inzwischen ähnelte das Blatt eher einem Klatschblatt wie dem *National Enquirer*.

Man musste keinen Master in Betriebswirtschaft haben, um in den Papieren, die mir der Mützenmann gegeben hatte, schwindende Profite und sinkende Auflagen zu erkennen.

Die Firma war reif für eine Wende.

Dies war vermutlich Andrews nächstes Projekt. Ich musste nur herausfinden, wie ich ihn dazu bringen konnte, mich einzustellen, damit ich ihm helfen konnte, *Verity* vor dem Aus zu bewahren.